Le Siècle.

EMMANUEL GONZALÈS.

LE

VENGEUR DU MARI

PARIS

BUREAUX DU SIÈCLE

RUE DU CROISSANT, 16.

A. VIALON. DEL.   J. GUILLAUME. SC.

Emmanuel Gonzalès.

LE
VENGEUR DU MARI

DE LA FANTAISIE
ET
DE LA MORALITÉ DANS LE ROMAN.

§ I

Notre langue a obtenu sur toutes les autres langues modernes une incontestable suprématie. Cela tient à ce qu'elle est par excellence la langue de l'abstraction.

Comme le disait dernièrement monsieur de Puibusque : en Espagne, tout ce qui est passion s'épanche et se colore avec une promptitude électrique ; en France, tout ce qui est pensée se résume et se formule avec une précision géométrique, qui ne doit pas être attribuée seulement à l'emploi des désinences, mais à la trempe même du génie national. Aussi notre langue est-elle devenue l'interprète du droit public européen et l'organe universel de la philosophie et de la science.

L'esprit gaulois, vif, juste et mobile, plus facile à séduire qu'à fixer, a su échapper aux longues erreurs par sa mobilité même et se dérober aux excès violens par sa modération. Rayonnant sur le Nord et le Midi à la fois, il a tempéré leurs influences réciproques et se les est royalement assimilées. Loyale conquête que celle-là ! En effet, il ne faut jamais sortir de la littérature nationale que pour y rentrer riche du butin qu'on a conquis. Le génie qui se dépayse se dénature.

C'est bien certainement le propre de notre littérature que de ne pas s'égarer sur les ailes de l'idéal et de l'infini, mais de rester toujours dans la sphère de l'humain et du possible. Le sentiment national le veut ainsi. Des *Oraisons* de Bossuet au roman à tiroirs de Le Sage, de la comédie grecque ou latine de Racine au couplet gaulois de Béranger, nous retrouvons toujours le même caractère pratique, positif et fini.

Le bon sens est la grande préoccupations de nos écrivains, et l'*humour*, le caprice, le dévergondage littéraire, ne sont guère tolérés par eux qu'à titre d'accident. La suprême raison de Molière se serait révoltée contre les écarts et les coups d'aile du gigantesque, du grand aigle poétique, William Shakespeare. Monsieur Scribe a dû ses succès au terre-à-terre de son style et de sa pensée autant qu'à la merveilleuse habileté de sa stratégie scénique.

Les écrivains qui semblent aujourd'hui céder le plus aux bizarreries excentriques de leur imagination ne l'osent qu'à la condition de se moquer spirituellement eux-mêmes de leurs velléités de poésie, de contemplation et de rêverie. Monsieur Alphonse Karr a-t-il jamais l'air de se prendre au sérieux lorsqu'il fait babiller les fleurs et deviser les oiseaux, introduisant ainsi la vie fantastique au sein de la vie réelle. A coup sûr, en France, Jean-Paul-F. Richter eût été renvoyé à Charenton par tous les critiques, sur la foi des premières pages du *Titan* et de l'*Hesperus*.

Ce vif sentiment de la réalité humaine a été poussé si loin que notre littérature n'a été jusqu'à cette époque qu'une littérature de tradition.

Ainsi, la nature, cette force immense qui nous presse de toutes parts, qui sème partout sous nos yeux des aspects merveilleux, qui étend sous nos pieds des tapis de mousses, d'herbes, de fleurs et de bruyères, sur notre tête un dôme d'azur incrusté d'or, — qui nous parle par la voix

44**

des volcans et des tempêtes, par la voix de la brise amoureuse et les hymnes des insectes tourbillonnant dans un
rayon de soleil, la nature qui dresse les montagnes et
creuse les vallons, qui enlace en grappes monstrueuses
les lianes des forêts vierges, qui suspend le pied léger du
chamois à la pointe des abîmes, et fait voler le sable du
désert sous le pas de la gazelle, qui allume des lutins
à la surface des marais et argente les paysages à la pâle
clarté de la lune, qui change en flammes les vagues
phosphorescentes de la mer et met des aigrettes d'écume
à la cime des flots, qui cache sous un manteau de
neige les steppes arides, les rochers chauves et les plaines fécondes, la nature tout entière, avec son fourmillement de plantes, d'animaux, de sites, de couleurs, avait
été oubliée dans notre littérature.

Son introduction ne date que de Bernardin de Saint-
Pierre, de Rousseau et enfin de Châteaubriand, qui, le
premier, raconta les mystères et le silence animé de la
solitude et le vague si rempli de rêves dont elle imprè-
gne l'âme.

les idées et les passions. Nous ne sommes plus de ceux
qui s'écrient : « Qu'importe l'habit grec ou chinois d'un
amant, pourvu que la passion éclate bien dans son cœur et
fasse rayonner noblement son regard ! » Certes, l'homme
avec le nez plat ou le nez aquilin, la toge romaine ou
le plaid d'Ecosse est toujours l'homme; ce sont chez lui
les mêmes vertus et les mêmes vices, les mêmes dévoue-
mens et les mêmes corruptions, le même crétinisme et le
même esprit. Seulement, tout cela se ressemble comme un
chalet ressemble au palais Doria, une jonque chinoise à
un yacht anglais, un condor à un moineau, et une pagode
à Notre-Dame du Paris. Dira-t-on que ce sont également
des maisons, des vaisseaux, des temples et des oiseaux, et
que, l'enseigne étant la même, les objets sont semblables?

Mais nos aïeux littéraires avaient si peu l'intelligence
de la couleur locale, que les acteurs de Racine jouaient
Mithridate et Néron én perruque et en habit français. Et
cela n'était pas aussi ridicule, à coup sûr, que de voir
aujourd'hui Louis XIV habillé ou plutôt déshabillé en
Romain sur son piédestal de la place des Victoires.

§ II

Nos devanciers ôtèrent Dieu et l'univers de leur œuvre; ils n'y admirent que l'homme. Ils firent adopter
leur littérature classique comme la traduction fidèle de
la littérature antique, et n'ayant en effet aucune empreinte nationale ou locale, son moule cosmopolite dut
facilement s'adapter partout, comme ces monnaies neu-
tres qui ne sont d'aucun pays, mais que crée une conven-
tion commerciale afin de faciliter les échanges.

Cette littérature, sans nerf et sans racines nationales,
osa abstraire hardiment tout détail de temps, de lieu,
d'organisation politique, pour ne mettre en scène dans
ses œuvres que des types généralement humains. Lisez
au hasard ; vous verrez les auteurs les plus hardis et les
plus avancés ne tenir aucun compte, même dans leur
théâtre (genre qui exige tant de vérités saisissantes à
l'œil et à l'esprit), des variétés de races, de climats et de
dates.

Corneille, Racine et Voltaire firent parler les passions ;
mais franchement le Bajazet de Racine est-il vrai, et le
Mahomet de Voltaire ne ressemble-t-il pas plus à un ambitieux corrompu du boudoir Pompadour, à un roué de
l'Œil-de-Bœuf, qu'à ce conducteur de chameaux de la
Mecque, ce Mohamed, apôtre du sabre, bâbleur et farouche, rêveur et subtil, œil double et voix enthousiaste,
auquel le soleil calcinant et le mirage du désert firent
rêver des Apocalypses ?

N'est-il pas évident que le génie, les mœurs, les passions de l'homme se modifient singulièrement d'après les
conditions extérieures de son existence, et que le gros
négociant hollandais, somnolent dans les nuages de fumée de sa pipe et dans les brumes marécageuses de sa
patrie amphibie, n'est point dominé par les mêmes pensées que le padischah silencieux et rêveur, accroupi dans
sa caïque aux voiles de pourpre que de vigoureux rameurs font nager comme l'aile d'un alcyon sur les ondes
bleues du Bosphore, tandis que ce fils du Prophète fume
le narghilé dans sa chibouque incrustée de diamans,
ou s'enivre d'une tablette verte de haschich qui le trans-
porte dans ces paradis pavés de seins de houris.

Nous croyons fermement que les costumes, les mœurs,
les climats, les architectures, les paysages déteignent sur

§ III

L'épopée, par où éclate d'ordinaire le génie national,
l'épopée, qui s'assimile si merveilleusement les mœurs,
les traditions, les préjugés, les origines et les caractères
d'un peuple, a manqué à notre littérature.

Nous ne pouvons tenir compte de la Henriade, épopée
rabougrie et académique, épopée d'occasion, qui nous a
été à peu près aussi utile qu'un œil de verre l'est à un
borgne.

Nous n'avons ni Bible, ni Veddas, ni Iliade, ni Enéide,
ni Niebelungen, ni Romanceros, ni Jérusalem délivrée.

Notre raison si vantée nous a fait une littérature éclec-
tique, devenue le lien des autres littératures. Nous les
recevons de première main, nous leur donnons une forme
précise, et transfusons pour ainsi dire leurs génies diffé-
rens.

La fantaisie est née dans les brouillards vaporeux de
la vieille Allemagne et dans les boues jaunes du Gange,
où rampent les monstrueux reptiles, les lézards gigantesques au dos diapré d'écailles, les crocodiles au cri plaintif, les tigres tapis dans les jungles, où la trompe des
éléphans fouille un sol de diamans, et où les extrava-
gantes pagodes arrondissent leurs dômes au milieu de
jardins de roses.

Les mines du Hartz ont engendré les gnômes dans leurs
galeries souterraines ; les ondines ont secoué leurs cheveux pleureurs hors des fontaines et des lacs abrités par
les forêts ténébreuses de la Germanie ou des rochers d'E-
cosse; c'est dans leurs clairières que les blondes willis, à
l'œil bleu comme la fleur de wergiss-men-nicht, ont en-
lacé l'amoureux égaré, dans leurs rondes folles, fiévreuses
et mortelles.

Ce n'est pas en France que Trilby eût osé faire ses malins tours; quelque naturaliste l'eût bientôt découvert
grelotant dans le calice de rose qui lui servait de domicile, et l'eût cloué par les ailes à son carton d'insectes. Il
est facile de compter les ponts que le diable a bâtis en
France; ceux que lui doit l'Allemagne sont innombrables.

Le ciel clair et bleu des Hellènes a toujours fait peur à
la fantaisie, et notre littérature, pastiche de l'école grecque, n'a jamais admis que l'action humaine et réelle.

L'univers n'était pour nous qu'un décor, et l'œil ne dépassait jamais ces étroites coulisses. Lafontaine n'a fait parler les bêtes qu'après les avoir transformées en hommes et leur avoir prêté nos vices, nos instincts, nos sentimens. Jamais il n'a cru faire parler de véritables bêtes, mais bien des hommes déguisés en bêtes.

Tout ceci explique la supériorité ou plutôt la suprématie qui fut accordée à notre théâtre, genre où la littérature put se montrer complète en dehors des conditions de lyrisme et de couleur qui lui manquaient, et sans laisser dans l'âme des spectateurs aucune inquiète et avide impatience de cette lacune immense.

Le procédé de nos grands écrivains dramatiques fut assez simple. Ils personnifièrent une passion ou une idée, l'incarnèrent dans un personnage tout d'une pièce, et le firent se développer à travers certains événemens, ou se briser contre certains obstacles de fait. Les héros de Shakespeare ne sont pas, eux, des abstractions habillées, mais des individualités.

Dans Corneille lui-même, nous assistons toujours à cinq actes d'éloquence, et nous voyons, au lieu d'hommes, marcher des harangues en toge. Le fait est toujours récité. On n'essaye pas devant le spectateur une action dramatique; on se contente de lui déduire les motifs et les conséquences de cette action une fois donnée.

§ IV

La poésie nationale est sortie d'une crise politique, la révolution. Alors elle ne fut plus contenue dans les cantates de J.-B. Rousseau. L'inspiration et l'individualité de l'artiste furent affranchies; on cessa de croire que la patience formait la meilleure partie du génie.

La vieille poésie descriptive fut renvoyée, avec Delille, aux parcs bien peignés, bien grillés, bien taillés. La ferme et le chalet de Jean-Jacques ne bornèrent plus l'horizon; ses excursions alpestres ne furent plus que de médiocres promenades.

Bernardin de Saint-Pierre fit traverser les mers à la poésie; il lui fit gravir les sentiers des mornes et lui fit écouter les voix de la solitude, sous un soleil nouveau et loin de notre pâle civilisation.

Enfin, Châteaubriand nous entraîna sur ses pas dans les forêts vierges du nouveau monde, célébra le carbet du sauvage, et nous fit comprendre la nature, en la rendant telle qu'il l'avait vue et sentie, sans l'intermédiaire des livres. Il restitua le lyrisme à la poésie, car il y introduisit l'élémen chrétien sèchement repoussé par Boileau.

Dès lors nous ne fûmes plus réduits à couler dans le moule d'or de l'antiquité des distiques crayeux et mythologiques; nous ne fûmes plus obligés, nous chrétiens, de tirer des épreuves incolores des fables du paganisme; nous Français, de traduire pour la cent millième fois les traditions héroïques de Sparte et de Rome.

Les plus religieux de nos écrivains classiques dûrent toujours, contraste bizarre, abdiquer leur âme chrétienne dès qu'ils se mirent à une besogne littéraire, et ne laissèrent parler que leur esprit formé par les livres païens.

Or, comme il est impossible de puiser une inspiration réelle dans un monde factice, — a très bien dit monsieur de Laprade, auteur d'un travail où il a développé une opinion semblable à la nôtre,— le résultat de ces divorces de l'intelligence avec la foi ne pouvait être qu'une littérature artificielle qui, par sa correcte élégance, put sa-

tisfaire le goût des classes lettrées, mais n'eut pour personne de larges et fortes émotions.

La grande crise révolutionnaire a déterminé le mouvement de notre littérature, emmaillottée depuis des siècles, comme une momie royale, dans des langes d'or et de pourpre. Les prêtres persécutés, disant la messe dans les granges, les écuries ou les carrefours des forêts, martyrs des noyades et de la guillotine, ont fait oublier les riches et gras bénéficiers et les petits abbés de cour; les cloîtres abattus et les bibliothèques scolastiques mises à feu et à sac, ont permis à l'homme de respirer l'idée de Dieu dans une atmosphère plus large que celle de la sacristie, de ne plus considérer le christianisme d'après son formalisme positif, son côté pratique et ses rapports avec l'individu, mais sous son aspect le plus universel et le plus idéal. Nous avons conquis l'élément religieux.

La révolution, en donnant la main par delà les mers aux jeunes républiques américaines, en éparpillant sur la surface du globe ses proscrits illustres et obscurs, a forcé de nobles esprits, déjà préparés et exaltés par la grandeur des événemens, à contempler face à face la nature dans le désert, animée, luxuriante, immense et vierge de la conquête de l'homme.

Le sentiment de la nature acquis désormais aux imaginations de nos écrivains modernes, ils possédaient ainsi, pour nous servir d'une belle expression de monsieur de Laprade, le sentiment de ce qui est extérieur à l'homme et au-dessus de lui, c'est-à-dire de l'infini.

§ V

Les écrivains classiques ne se préoccupaient que de l'humanité; mais au lieu de la regarder vivre, ils l'étudiaient dans les livres antérieurs. Si nous touchions à la question du plagiat, nous démontrerions tout ce qu'ils ont emprunté à l'antiquité.

Négligeant de connaître l'univers et Dieu, ils ne pouvaient trouver les sources vivifiantes qui seules pouvaient faire reverdir l'aride caducité de leurs œuvres. Châteaubriand et Lamartine allèrent les découvrir sur ce rocher que Moïse frappa de sa baguette divine pour en faire jaillir l'onde qui sauva le peuple de Dieu.

La vieille école n'a cherché que la beauté abstraite, c'est-à-dire la réunion en un seul type de plusieurs figures reconnues belles, et elle n'a produit que des statues aux contours suaves ou énergiques, mais dénuées de mouvement, de vie et de couleur.

L'école moderne a cherché la beauté idéale et la réalité vivante, c'est-à-dire la vie elle-même, le corps et l'âme, avec leurs individualités si variées, avec leurs antithèses tranchées.

Maintenant, si l'on nous demande pourquoi la France a si longtemps et si patiemment adoré le joug classique, nous ne croyons pas commettre une hérésie en déclarant que l'esprit français n'est réellement pas plus sympathique à la poésie qu'à la musique, et que le caractère précis et géométrique de notre langue, hostile au coloris et à l'image, se prête bien plus à l'élévation de l'éloquence, aux luttes du barreau et de la tribune, aux fulgurantes prédications de la chaire, aux sarcasmes de la satire et du roman philosophique, qu'aux extases de la rêverie, de l'enthousiasme et du lyrisme poétique.

Victor Hugo et Lamartine sont mieux compris en Allemagne qu'en France, où l'engouement et la mode ont

45

été pour beaucoup dans leur succès. Nous achetons les *Odes* et les *Méditations* comme nous louons une loge aux Italiens. Nous enfermons la poésie sous clef et nous causons de nos voisins dans la loge.

Jamais la fantaisie ne sera une muse française. De tous nos jeunes écrivains qui l'ont courtisée, les seuls qui ne sont pas restés sous les décombres de la brèche, ce sont ceux qui se sont fait pardonner leur poésie ou leur originalité à force d'esprit, ce rare et difficile compagnon du lyrisme.

Quant à nous, nous ferons toujours des vœux pour les lutteurs courageux qui se donneront à la fantaisie avec une sérieuse bonne foi, car elle est la sauvegarde dernière de notre littérature contre le banal, le commun et le monotone.

Certes, nous défendrons toujours bravement la cause de la vérité, de la morale et du naturel dans le roman et au théâtre. Nous croyons que l'invraisemblance, le fangeux et le faux, en un mot le laid de la nature, ne sauraient être le beau de l'art.

Mais est-ce à dire que la fantaisie, cette déesse si fraîche, éclose au cerveau de toutes les imaginations poétiques, cette reine élégante et capricieuse, qui a des oiseaux sur les lèvres et dont le sourire est une musique, doive pour cela fermer la grille de son parc sur toutes les illusions, flétrir les roses de ses jardins enchantés, tarir l'eau de ses torrens, jeter des nuages bruns sur les horizons bleus de son firmament, sécher les sources jaillissantes des gueules de ses griffons de pierre humide et moussue, briser les casques à panaches de ses chevaliers, exorciser ses doux fantômes, sylphes et lutins, verser enfin la glace de la réalité sur les fronts charmans de ses fées d'amour, et tacher leurs robes blanches dans la boue des sentiers.

Oh non ! que les lions couchés sur les tombes de marbre dorment et se réveillent tour à tour, que les chants d'amour bruissent sans cesse comme les voix mystérieuses des fleurs, que les sérénades murmurent toujours au pied des balcons, que l'œil des étoiles, que la poésie, cette noble et chaste enfant venue d'en haut, étende toujours ses ailes blanches sur les créations de notre esprit, prodiguant les mots du cœur à notre cœur, et ses prestiges merveilleux à notre crédule étonnement; car nous ne sommes que de grands enfans.

Seulement, que jamais l'immortalité, cette esclave loucho et malsaine, ne vienne poser au milieu de ces roses fictions son pied maudit, car l'imagination est l'arche, le paradis, le pur tabernacle où nous aimons à nous recueillir, et elle ne doit pas présenter de mauvais tableaux aux regards de notre pensée.

L'imagination, c'est là le beau chemin dans lequel il faut marcher avec amour, et qui tend sans cesse sous nos pas des tapis de velours, tandis que l'ingrate et misérable vie réelle n'a pour nous que des ronces sans parfums et sans fleurs. Pourquoi donc reprocher à la poésie d'élever trop souvent notre esprit au-dessus des merveilles accoutumées et des horizons bornés de la nature. Elle veut sonder et pénétrer l'infini; pourquoi ne pas satisfaire ses penchans insatiables?

Imiter le banal et le commun au lieu d'imiter le beau réel, ou même le beau idéal et impossible, est donc un tort grave à nos yeux. Les rêves dorés valent mieux que les réalités niaises ou mesquines. L'art peut bien descendre de l'échelle de l'inspiration dans les abimes du grotesque et de l'horrible, mais jamais dans les plates-bandes arides du lieu commun. L'art ne saurait donner de parchemins de noblesse à ce qui est nul.

§ VI

Pourquoi chercher d'ailleurs les inspirations médiocres quand la nature nous offre de nouvelles magnificences, qui rendent notre pinceau ou notre plume impuissans à les reproduire? La nature est toujours au-dessus de nous par quelque côté, par quelque horizon inconnu. C'est une géante auprès de laquelle le génie lui-même est réduit à devenir pygmée. Rabaisser les proportions grandioses de la nature aux étroites limites de l'intelligence vulgaire, est donc une tentative odieuse et ridicule. L'engouement du bourgeois parisien pour les figures en satin et les gorges de moire de monsieur Dubuffe, ne saurait faire proscrire au grenier les têtes de madones de Raphaël. Les succès de Paul de Kock ne sauraient faire tort à l'immortalité de George Sand.

Nous approuvons donc la licence de certaines exagérations dans l'art, parce que nous les croyons nécessaires. Sans cela l'art tendrait incessamment à l'uniformité et finirait par tomber dans la platitude. D'ailleurs, bien des chimères de roman qui paraissent invraisemblables au premier coup d'œil se retrouvent souvent tapies dans quelque repli caché du cœur, et éclatent à l'occasion, de manière à justifier le vers de Boileau : « Le vrai peut quelquefois, etc. »

L'art, à vrai dire, n'a jamais dépassé la nature dans les galops les plus effrénés de son Pégase. Seulement, il l'a creusée, analysée, généralisée.

Les mythes ne sont pas des extravagances, mais des synthèses. L'art est donc le panorama mobile qui met en présence les oppositions de la nature. Grâce à lui, les sources sont plus fécondes, le ciel plus azuré, les orages plus solennels; il resserre aussi les liens des drames et des intrigues morcelés de la vie; il groupe les caractères qui font contraste, et leur prête une accentuation plus noble par le style et l'image; il rend la vie à ces mouvemens subtils qui s'arrêtent et s'éteignent sur le seuil du cœur sans oser éclater; il fait saillir les joies et les douleurs que les nécessités matérielles de la réalité rendent souvent invisibles, même aux yeux des observateurs, qui ne peuvent, comme le diable boiteux, enlever d'un coup de béquille les toits et les terrasses des maisons; enfin, il convertit en drames les élégies mesquines du monde comme il est.

C'est en cela que consiste surtout, selon nous, la moralité du roman, cette expression complète, multiple et suprême de la vie réelle.

VII

Il ne faut pas s'y tromper en effet. Le roman n'est presque jamais corrupteur; de tous ses chefs-d'œuvre, à les examiner sérieusement, se dégage une impression de moralité élevée et salutaire. Il est rare qu'une leçon saisissante, un enseignement amer, ne ressorte pas des tableaux les plus vifs du conteur.

Dans l'œuvre de Balzac lui-même, ce maître puissant, qui a peint le vice sur le fait avec une réalité si complaisante et si crue, est-ce le vice qui attire et séduit l'esprit, grâce à ses formes prestigieuses? Non. La supériorité du vice n'est que momentanée et apparente. Le nimbe d'or n'auréole pas le front de Vautrin, et nulle lectrice, à coup sûr, ne songe à ambitionner l'individualité et le destin de la madame Marneffe des *Parens pauvres*, ce type moderne de la perversité féminine.

D'ailleurs, ce n'est pas l'ignorance du vice qui est une arme contre ses atteintes; ce qui fait la force c'est la lutte, l'épreuve, le danger vaincu.

La littérature ne crée pas la société, elle la reproduit. Le *Sopha* de Crébillon fils n'a pas inventé les roués des petites maisons; il les a écoutés et regardés. Madame Marneffe n'a pas attendu le lorgnon de monsieur de Balzac pour trotter menu sur l'asphalte du boulevard, à la curée des protecteurs. Les lectrices de Richardson, qui pleuraient tant de larmes sur les lettres de Clarisse Harlowe étaient averties et non séduites; le bon imprimeur ne préparait pas de proies faciles aux Lovelaces plus ou moins ressemblans des parloirs anglais.

Au point de vue de la morale stricte et absolue, c'est-à-dire d'une duègne sourde, aveugle et muette, nous reconnaissons volontiers que l'*Odyssée*, l'*Enéide*, *Télémaque* et autres romans à l'usage des collégiens, sont des contes aussi graveleux que la *Nouvelle Héloïse*, mais ils le sont moins à coup sûr que la *Sainte Elisabeth de Hongrie*, de monsieur de Montalembert, ou les *Extases ascétiques de sainte Thérèse recueillies par elle-même*.

§ VIII

Chaque siècle a ses abbés Cottin. Récemment, messieurs de Riancey et de Laboulie ont voulu anathématiser le roman, qui fait sans doute tort au succès de leurs sermons politiques; ils l'ont traduit à la barre de l'assemblée législative comme prévenu, accusé, convaincu de haute immoralité. Puis, ce point bien constaté, ils ont accordé droit de cité à cette immoralité, moyennant finance.

Au moment où ces nouveaux grands hommes, du haut de la tribune, daignaient traiter le roman comme un adversaire politique, nous écrivions sous ce titre, le *Vengeur du mari*, un drame malheureusement trop réel, où se reproduisait la lutte éternelle de la société et de la nature, du devoir et de la passion. Nous étions loin de croire que nous commettions un délit d'immoralité en racontant l'histoire d'une de ces jeunes femmes qui trouvent l'écueil de leur destinée dans leur propre cœur.

Combien n'en avons-nous pas vu de ces belles et charmantes créatures, dont l'âme enthousiaste, généreuse, ouverte à tous les sentiments élevés, a été si cruellement déçue par le mirage de l'amour? Elles se sont mariées avec l'étourderie et l'inconséquence d'enfans qui ignorent la vie, par convenance, par soumission au désir d'un père, par insouciance ou par instinct de liberté, par dévouement ou par reconnaissance quelquefois. Mais l'alliance de mariage n'a pas été un talisman assez magique pour chasser ou pour réaliser le rêve d'amour qui enivrait le cœur de la jeune fille.

Du jour où le mari n'est plus l'amant, où son droit froisse secrètement l'aspiration d'indépendance et de sourde révolte de la femme, il s'établit entre eux une lutte douloureuse et humiliante; le protecteur légitime devient un ennemi; la fille d'Eve recommence le songe enchanté dont le mariage l'a si maladroitement distraite; elle se débat dans ce lien auquel le hasard plus que sa volonté l'a rivée pour la vie; et quand le Léandre du rêve fixe sur elle son premier regard, elle est déjà vain-

cue, car son cœur est le complice hypocrite et mystérieux de cet amant si souvent appelé.

La femme, en effet, ne peut être sauvegardée de l'amour que par l'amour.

Pour elle, malheureusement, cette suprême ivresse est la vie tout entière, tandis que pour l'homme elle n'est qu'une halte et un entr'acte. Si, loyale, noble et courageuse jusque dans son égarement, elle sacrifie son honneur et sa position à son amant, si elle quitte le toit conjugal pour ne pas tromper honteusement, au mépris d'un serment sacré, l'honnête homme qui lui a donné son nom et qui lui confie son bonheur, c'est encore elle qui se prépare la plus cruelle expiation, la plus épouvantable torture qu'il soit donné à l'âme humaine de supporter. Elle verra peu à peu à l'enivrement de la passion succéder la satiété et la lassitude dans le cœur de son amant. Elle assistera à ce spectacle dégradant d'une passion qui, n'étant plus irritée par l'obstacle ou le péril, a honte d'elle-même et ne se soutient plus que par la pitié. L'amour qu'elle poursuit avec tant d'angoisses ne lui est plus accordé que comme une charité dérisoire, une aumône insultante.

A cette heure où le vide et la nuit glacent de nouveau son cœur, elle voudrait s'appuyer sur quelques sympathies; mais elle se trouve isolée, repoussée par le monde, honnie comme l'excommunié du moyen âge; nulle main ne se tend vers elle pour la retenir au bord du gouffre. Un seul visage lui sourit, tandis que tous les regards se détournent d'elle, c'est le visage fardé et grimaçant du vice.

Jusqu'alors l'amour avait peuplé et rempli sa vie; il avait pour elle remplacé le monde, la famille, le foyer honoré, le baiser de son enfant, la vie au grand jour, les intérêts communs et l'orgueil légitime du nom qu'elle portait; maintenant elle a besoin de tous ces appuis naturels de la femme, mais elle les a brisés comme des roseaux dans son délire, et elle ne les retrouve plus. L'amant a vengé le mari. Quant au monde, il se venge lui-même.

Telle est la moralité de ce récit dont quelques personnages vivent encore aujourd'hui.

N'en déplaise donc au prude monsieur de Riancey, nous continuerons à perpétuer sous forme de contes ces délits qui l'indignent si fort. Nous croirons toujours qu'un roman d'aventures comme les *Frères de la Côte* est beaucoup moins dangereux pour la perdition des âmes que le livre du père Sanchez, de la compagnie de Jésus, et qu'un roman historique comme *Esaü le Lépreux* est beaucoup plus instructif et plus sérieux que l'*Histoire de France* du père Loriquet, de la même compagnie.

EMMANUEL GONZALÈS.

PREMIERE PARTIE.

LES CHERCHEURS D'OR.

I

LE NÈGRE DE MADAME DE FAVIÈRES.

La province d'Arispe est encore aujourd'hui une des plus désertes du Mexique. Aussi les rares voyageurs qui la parcouraient, dans les dernières années du dix-huitième siècle, sans espoir d'y rencontrer jamais l'équivoque hospitalité de la *venta* et de la *posada*, étaient-ils singulièrement surpris de découvrir tout à coup, au sein de ces solitudes, une habitation délicieusement située à peu de distance de la Puerta-del-Cajon.

Les Mexicains donnent ce nom bizarre à la gorge où l'Uris, une des branches principales du *rio* San-Miguel commence à s'encaisser entre un amphithéâtre de rochers et la chaîne de montagnes qui va du sud au nord.

Les croupes de cette *sierra* s'étagent en gradins immenses chargés d'arbres. Des saules et des trembles baignent leur verte chevelure dans le lit de la rivière, qui, torrent furieux pendant la mauvaise saison, devient l'été une route délicieuse découpée en capricieux zig zags.

Les rochers du bord opposé sont comme voilés d'un rideau frémissant de lianes, de capillaires, de scolopendres et d'arbustes qui, dans les sites resserrés, forment une arche de verdure sur l'Uris.

Dans les tempêtes d'hiver, les eaux jaillissent et roulent du haut des pitons magnétiques de la *sierra*, entraînant avec elles des sables chargés d'or.

L'habitation dont nous venons de parler, modestement composée d'un rez-de-chaussée en pisé et percée de quelques fenêtres à barreaux de bois, s'élevait sur un de ces plateaux que le feu avait défrichés.

Elle était entourée d'une luxuriante *huerta* · les massifs de grenadiers, de pêchers et d'arbres à coings fêtaient la richesse du climat par l'abondance de leurs fleurs roses, pourpres et blanches. La maison posée au milieu de ce jardin à végétation splendide semblait sortir d'une corbeille fleurie. Les eaux des gradins supérieurs se déversaient dans des bassins creusés en entonnoir, et formaient de chaque côté une jaillissante cascade au murmure sonore. Une haie de saules et de cotonniers aux goussets épanouies bordait la *huerta* du côté de la rivière.

C'est dans ce cadre délicieux que l'aube éclatante d'un jour du mois d'août 1797 éclaira la plus charmante fille d'Eve endormie que l'imagination d'un poëte se fût plu à rêver dans un pareil désert.

Son front blanc comme la neige annonçait la grâce et l'innocence ; un amant eût cru y voir resplendir l'étoile dont les fées avaient le privilége de douer les jeunes filles qu'elles acceptaient pour filleules. Il y avait comme un souffle onduleux et caressant dans les admirables cheveux châtain clair dont les boucles abondantes venaient frissonner sur son col ou le rond comme celui d'un cygne, encadrant l'ovale doucement allongé de son visage. Ses sourcils longs et arqués étaient d'un noir bleuâtre ; les cils de ses paupières, fournis et recourbés comme de petites plumes soyeuses, devaient ajouter une irrésistible expression de tendresse au sourire de ses yeux ; elle avait le nez droit, fin et rose, la bouche fraîche, vermeille, légèrement relevée à la commissure des lèvres. Toute sa physionomie avait un caractère de distinction et de rêverie vraiment séraphiques.

Son *rebozo*, écharpe de soie bleue et blanche avec laquelle les Mexicaines se voilent la tête et les épaules, et qui presque toujours les enveloppe assez étroitement jusqu'à la ceinture pour ne laisser entrevoir que l'éclair de leurs yeux, son rebozo était suspendu à une liane. Une tunique brodée à manches courtes, frangée de guipures, préservait son sein et ses épaules du hâle et du soleil. Le jupon de soie, qu'une ceinture de crêpe de Chine écarlate faisait bouffer autour de sa taille souple, laissait passer ses petits pieds cambrés dont la teinte rosée brillait sous le réseau de ses bas découpés à jour.

A son col était suspendue une chaîne d'or très mince au bout de laquelle tremblaient deux petits médaillons contenant l'un des cheveux blonds et un portrait d'enfant qui avait une ressemblance extraordinaire avec la figure de la jolie dormeuse.

Cette jeune femme avait dû s'endormir de fatigue, après une longue et inquiète attente, au pied d'un frangipanier, car son sommeil était agité, et ses lèvres s'entr'ouvraient par momens et balbutiaient les paroles sans suite d'un rêve.

Cependant, malgré ce calme et ce silence, elle n'était pas seule à cette heure dans la *huerta*. Si elle se fût tout à coup réveillée en sursaut et que son regard eût suivi la direction de l'Uris, elle eût certainement jeté un cri d'épouvante.

Au milieu des flocons blancs et des gousses épanouies des cotonniers se dressait une tête noire et laineuse, d'une forme presque triangulaire, et dont les gros yeux jaunâtres saillissaient sur un front déprimé. A voir la bouche béante et l'immobilité des traits de ce nègre, on eût pu le croire pétrifié, si on n'eût pas fait attention à l'éclat fauve de ses yeux attachés sur la jeune femme et luisant comme deux vitres glacées d'or par les derniers rayons du soleil couchant. L'émail de ses dents tranchait sur la couleur de ses lèvres crispées par un rictus sardonique et cruel. Une admiration naïve, mêlée d'un sentiment d'avidité et de désir sauvages, se peignait sur cette face terrible ; la poignante émotion dont le nègre était saisi ne se révélait point par un tremblement des muscles, mais bien par la pâleur visible qui altérait la teinte d'ébène de sa peau. Il n'était pas été dans une plus profonde extase devant le fétiche informe de ses pères. Il y avait réellement de l'adoration dans son cœur tandis qu'il contemplait la dormeuse comme une merveille étrangère et inconnue.

— Qu'elle est belle ! — murmura-t-il enfin en poussant du fond de sa poitrine un soupir pareil à un ouragan. — Oh ! elle est seule, le maître est loin, il y a longtemps que je veux me venger de lui. Sa figure de bronze se dilata et perdit tout à fait son expression d'admiration hébétée. — Si je l'emportais dans mes bras, — reprit-il avec un sourire féroce, — après avoir mis le feu à l'habitation. Je n'ai qu'à poser ma main sur sa petite bouche, et elle aura beau crier, on ne l'entendra pas ! — Il écarta encore de la main les gousses des cotonniers, et s'avança en rampant sur ses genoux, non sans une sorte d'hésitation et de timidité singulières. Bientôt il se trouva si rapproché de la jeune femme que, en se penchant pour la regarder curieusement, il entendit le souffle de sa respiration entrecoupée, puis sentit cette douce haleine frissonner sur son bras étendu, et enfin crut voir remuer les paupières de la belle endormie, comme si ses yeux allaient s'ouvrir. Il frémit alors, soit qu'il craignît d'être fasciné par le premier regard de sa maîtresse ainsi que par un éclair, soit qu'il craignît lui-même de l'épouvanter. Peut-être cédait-il à ce sentiment d'infériorité et de respect involontaires que subissent les nègres devant les blancs et la bête féroce devant l'homme. Toujours est-il que cet Hercule noir recula doucement. Au même instant, son oreille, subtile comme celles de tous les sauvages et de tous les habitans des déserts, perçut un son singulier et continu, semblable au froissement d'écailles visqueuses sur l'écorce verte et fraîche des arbres. Les yeux du nègre se dilatèrent extraordinairement, un frisson tordit tous ses muscles et il parut prêt à s'enfuir ; mais il se raidit contre cet instinct de lâche effroi, en regardant sa jeune maîtresse toujours endormie, s'enfouit dans l'herbe haute et les lianes qui tapissaient le sol, et écouta, l'oreille collée à terre. Le même clapotement onduleux se répétait sans réveiller la femme blanche. Enfin, il vit s'élancer du haut d'un palmier un serpent, qui se déroulait et s'entortillait aux branches comme la lanière d'un fouet. Sa tête arrondie, étoilée d'une grande tache rousse en forme de croix, se jouait avec un sifflement joyeux au milieu des touffes de huaco, ou lianes à fleurs bleues qui s'enguirlandaient autour du tronc lisse et droit de l'arbre. D'autres taches symétriques marbraient son dos, les unes dorées, noires ou rouges, bordées de blanc, les autres d'un vif écarlate, semées de points et entourées d'un cercle plus clair, comme ces *yeux* brillans qui décorent la queue du paon ou les ailes des beaux papillons. C'était un spectacle horrible de voir cette charmante créature endormie, menacée des embrassemens fétides et mortels du hideux animal. Le nègre regardait cette scène avec des yeux effarés par l'indécision, et tout en portant la main à la ceinture de son caleçon de toile rayée ; son col long et osseux se tendait gauchement hors de l'herbe, et une sorte de sourire haineux et stupide faisait grimacer ses traits couturés par la petite vérole. — Le serpent a senti la chair du nègre, — murmura-t-il, — et il va mordre de la chair blanche. Oh ! oh ! oh ! comme le serpent me vengera bien ! Il va presser de ses froides écailles, il va étouffer sous ses anneaux gluans cette belle Elisabeth dont je n'osais pas toucher le doigt. Ah ! le maître ne l'embrassera plus devant moi, tandis que je chasse les moustiques de leur front avec l'éventail de plumes ! Et il ne me frappera plus avec son nerf de bœuf parce que l'éventail tremble dans ma main lorsque je la vois lui sourire ! morte, elle ne sera plus à personne ! — Et absorbé par cette irritante pensée de vengeance, de jalousie et de passion aveugles, il resta immobile à regarder les évolutions du serpent. Le monstre, continuant à se balancer joyeusement aux branches, faisait chatoyer ses anneaux diaprés aux premiers rayons du soleil, les nouant et les emmêlant, jusqu'à ce que, dans ses jeux curieusement étudiés par l'esclave, ses yeux ronds se fixèrent sur la ceinture éclatante que portait la jeune femme, dont la tête reposait sur un de ses bras nus gracieusement arrondi. Le serpent laissa alors échapper un âcre sifflement, et fit trois ou quatre tours sur lui-même, comme s'il eût voulu se disposer à entourer sa victime d'un cercle mortel. Fatigue ou suite de rêve, un soupir sortit de la poitrine oppressée de la dormeuse, et elle étendit en l'air son autre bras éblouissant de blancheur, avec le geste instinctif d'une personne qui veut conjurer un danger imminent. A cette vue, le nègre ne put conserver son sangfroid sauvage : une sueur froide mouilla ses cheveux crépus, et il se mit à ramper dans l'herbe après avoir serré entre ses dents une baguette d'acier flexible comme un jonc, qui ne quittait jamais sa ceinture ; une pensée rapide comme l'éclair et inspirée par un amour insensé lui était venue. — Elle va mourir, — se disait-il ; — entre elle et la mort, il n'y a que moi. Si je l'empêche de mourir, elle est à moi, elle m'appartient, elle est mon bien ; qui sait si ce n'est pas mon fétiche qui m'a inspiré de venir ici et de la sauver ! — Il s'approcha insensiblement derrière la jeune femme, le visage ruisselant, et s'accroupit, serrant dans sa main la baguette d'acier et suivant de l'œil tous les mouvemens du serpent. Soudain ce dernier s'élança comme une flèche pour s'enrouler autour du cou de la pauvre dormeuse ; mais déjà le nègre, bondissant comme un chat-tigre, s'était redressé et, faisant siffler et tourbillonner sa terrible baguette comme s'il eût fait le moulinet, il brisa les vertèbres du monstre, tandis qu'il

étendait son bras noir comme un bouclier devant le charmant visage d'Elisabeth. La gueule du serpent exaspéré par la douleur atteignit le bras de l'esclave, qui réprima un rugissement de douleur en se sentant mordu. Il se dégagea vivement de cette affreuse étreinte, et écrasa sous son pied la tête tachetée de l'animal, en souriant et sans quitter des yeux la jeune femme. — Le noir est médecin et il ne craint pas les serpens, — murmura-t-il. — Oh ! si mon pied pouvait se poser ainsi sur la face de mon maître ! — Et en même temps il arrachait quelques fleurs bleues des lianes, que les Mexicains nomment *huaco*, il en mâchait les feuilles et les appliquait sur la piqûre : c'était un remède infaillible pour la guérir et empêcher le bras de gonfler. — Maintenant j'ai gagné mon salaire, — ajouta-t-il, et, se courbant, il contempla avidement le bras satiné de sa belle maîtresse ; puis, saisi d'un transport insensé, il appuya frénétiquement ses lèvres saillantes sur la main blanche et mignonne d'Elisabeth.

L'impression ardente de ce baiser la réveilla. Son bras se retira vivement comme si l'empreinte d'un fer chauffé à blanc l'eût brûlé et ses grands yeux, vrais bluets qui semblaient réfléchir le ciel, s'ouvrirent effarés par le doute et la surprise. Leur nuance claire et lumineuse se dégagea du nuage du sommeil comme le rayon doré qui illumine et dissipe le brouillard, et elle vit le nègre debout devant elle, avant d'avoir pu se rendre compte du motif de son brusque réveil.

— Que faites-vous ici, Acacia ? — demanda-t-elle vivement. — Qu'avez-vous à m'annoncer ?

Le nègre étendit silencieusement la main vers le serpent dont les tronçons s'agitaient encore dans l'herbe.

La jeune femme pâlit : tout son sang reflua à son cœur ; elle recula avec un geste de dégoût et d'horreur.

Acacia sourit. — Il n'y a plus de danger pour vous, maîtresse, — dit-il. — C'est moi que le malin a mordu, et je l'ai tué !

— C'est bien, Acacia, — reprit-elle en surmontant son trouble ; — monsieur de Favières vous récompensera de votre courage.

— Le maître est loin, — dit le noir.

— Il doit revenir ce matin, — répliqua Elisabeth, — par le lit de l'Uris, et voilà déjà plusieurs heures que je l'attends.

— Le maître oublie de veiller sur vous, — continua l'esclave.

Il dit ces paroles étranges dans sa bouche avec un accent qui fit involontairement tressaillir la jeune femme.

— Nous sommes en effet entourés de dangers dans ces solitudes, — répondit-elle, — mais nous avons de bons serviteurs qui nous aiment.

— Qui vous aiment, — répéta comme un écho lugubre la voix du noir.

Certes, il n'y avait rien de fort insolite à cela ; cependant l'expression de ces trois mots fut si âcre et si insolente que madame de Favières ne put s'empêcher de tressaillir et de regarder fixement son esclave, puis elle baissa forcément les yeux sous la flamme que rayonnaient les prunelles incandescentes du nègre.

Au même instant un bruit imperceptible pour l'oreille d'un Européen fut entendu par Acacia. Il parut agité d'une tentation terrible, puis, grommelant entre ses dents : « Il est trop tard ! » il s'inclina devant sa maîtresse et se disposa à s'éloigner.

La jeune femme secoua alors la frayeur vague et instinctive qui l'avait dominée pendant quelques minutes, et, faisant signe à Acacia de demeurer, elle lui demanda de nouveau :

— Pourquoi êtes-vous venu à la huerta ?

— Pour vous annoncer l'arrivée du maître, senora, — répondit-il d'une voix humble.

— Enfin, — s'écria Elisabeth avec un transport de joie, — Gontran est de retour ! il ne lui est pas arrivé malheur, comme je le craignais tant ; ma patronne a exaucé mes prières de chaque jour et de chaque nuit ! Je vais donc revivre! il est revenu! Est-ce bien sûr, Acacia, ne me trompez-vous pas?

— Écoutez, maîtresse! — dit le nègre.

Elle prêta l'oreille, et n'entendit d'abord que le jaillissement sonore des cascades et le babil joyeux des oiseaux éveillés sur la branche.

Puis peu à peu le frêle tintillement d'une clochette résonna dans l'air, et enfin le galop du cheval au poitrail duquel elle était attachée retentit sur les éclats de quartz qui trouaient çà et là le sable fin de la rivière.

Acacia s'élança aussitôt au-devant du voyageur si impatiemment attendu, et que Elisabeth vit bientôt apparaître derrière la haie des saules.

C'était un homme d'une trentaine d'années au plus, enveloppée dans une *frezada*, sorte de grossière couverture bigarrée de diverses couleurs : ses bottes de cheval (*botas vaqueras*) formées de deux peaux de chèvre tannées et curieusement gaufrées, étaient armées de longs éperons. Du bout de sa cravache plombée il fouettait avec une impatiente colère, tout en galopant, les buissons qui pouvaient cacher des serpens, les branches de chênes verts et de sapins auxquelles se tordaient en lambeaux les dépouilles de ces animaux et les lianes fleuries balancées par le vent avec un murmure qui se mêlait à celui des chutes d'eau.

A juger d'après sa taille moyenne, mais souple et admirablement prise, il devait être agile et fort, et ses nerfs étaient sans doute comme des ressorts d'acier. Son nez busqué et son large front indiquaient l'homme né pour vivre dans les luttes violentes comme la salamandre dans le feu. Ses yeux, d'un gris changeant et d'une mobilité singulière, inquiétaient l'observateur par un continuel pétillement d'ironie et de finesse pénétrante. Ses lèvres minces et blèmes, formant comme une raie tracée au pinceau sous sa moustache fauve, ou se crispant légèrement aux coins, n'annonçaient aucun sentiment généreux, mais peut-être un instinct de cruauté froide et tenace.

Cependant il paraissait élégant de tournure, distingué de manières, et son visage, en se pliant au sourire, prenait une fausse expression de douceur persuasive.

Acacia tendit son épaule pour servir de marchepied à monsieur de Favières, qui s'élança légèrement à terre et lui demanda brusquement en lui jetant la bride :

— Eh bien! a-t-on enfin des nouvelles de ce damné vagabond Terral?

— Non, maître, — répondit-il avec une joie secrète, — il n'a pas reparu à l'habitation; deux chasseurs qui ont passé ici avant-hier croient l'avoir reconnu au milieu d'une troupe dompteurs de chevaux sauvages.

— Ah! de ces vaqueros qui font du désert leur patrie, — répliqua Gontran. — Le chien infidèle ne se soucie pas de rentrer dans sa niche! Il peut compter, si je peux lui remettre la chaîne au cou, sur vingt-quatre heures de *cepo* au grand soleil!

II

ELISABETH ET GONTRAN.

En ce moment la jeune femme s'avança, et, prenant la main de son mari dans les siennes, elle lui dit avec un accent de doux reproche, et le visage rayonnant de joie :

— Te voilà enfin, Gontran! J'ai été bien inspirée de t'attendre toute la nuit pour être présente à ton arrivée?

— A quoi bon, ma chère, — répondit-il sèchement.

— J'étais si inquiète, mon ami; je me sentais poursuivie de tristes pressentiments. Cette province est si déserte! Mais enfin, te voilà; toutes mes craintes sont oubliées et se perdent dans cet instant de bonheur.

— Vous êtes donc toujours la même, Elisabeth, — dit

monsieur de Favières, — toujours le cœur tremblant et l'esprit en alarmes. N'était-il pas plus sage de dormir tranquillement cette nuit dans votre chambre, sans vous inquiéter de moi et vous forger mille chimères en tête.

— Dormir tranquillement! — répéta la jeune femme en essuyant une larme qui pendait comme une perle à ses cils, — le pouvais-je, quand tout mon sang frissonnait en songeant que vous voyagiez seul dans ce pays! O Gontran, quand je me suis assoupie de fatigue tout à l'heure, j'ai eu un rêve affreux où je te voyais tomber dans un parti d'Indiens ou fuir devant une meute de vaqueros nomades qui gagnaient à chaque seconde du terrain sur toi. Oh! j'aime encore mieux veiller que de dormir ainsi.

— Bah! — reprit monsieur de Favières, — il y a un Dieu pour les gens sans sou ni mailles comme pour les ivrognes. Si j'avais rencontré un voleur, j'en aurais été enchanté, car j'aurais eu la ressource de le dévaliser et de ne pas rentrer les mains vides à l'habitation.

— Quelles folies, Gontran! — dit Elisabeth en souriant.

— Mais non, ma chère, — continua-t-il avec un rire amer, — sous monsieur de Richelieu, un de mes ancêtres ne croyait pas déroger en rossant le guet et en détroussant les tire-laines.

— Comme tu es pâle, mon ami! — reprit la jeune femme : — tu dois être brisé de fatigue. Viens te reposer.

Monsieur de Favières haussa les épaules, mais il se laissa entraîner dans la salle commune de l'habitation, tout en murmurant :

— Le repos, c'est la mort.

Là, après s'être fait tirer ses bottes de cheval par le nègre, il s'étendit mollement dans un hamac suspendu par des crochets de fer aux poutres du plafond, et alluma un cigare qu'il tira précieusement d'une boîte de tissu de sandal. Puis il but à petites gorgées le café que lui versa Elisabeth dans une tasse de vieux Sèvres armorié, mais notablement écornée.

Pendant quelques minutes le silence régna dans la salle. La jeune femme n'osait l'interrompre, car elle voyait une ride soucieuse plisser le front de son mari, et elle se contentait de lever timidement les yeux sur lui; mais souffrant trop à la fin de contempler la triste préoccupation de monsieur de Favières sans en connaître le motif, elle se hasarda à lui demander :

— Ton voyage a-t-il donc été sans résultat, Gontran?

— Oui, — répliqua ce dernier avec un geste de rage.— C'est en vain que j'ai cherché dans les ports du Mexique un seul honnête armateur qui eût confiance en moi. Tous ces trafiquans d'eau salée sont paralysés d'épouvante par les orages politiques qui bouleversent la vieille Europe. Les niais! c'est l'heure ou jamais de pêcher en mer trouble. Oh! si j'avais pu obtenir le commandement d'un bâtiment fin voilier, muni de bonnes caronades, j'aurais fait pour leur compte un commerce qui m'eût rapporté des millions.

— Du commerce, vous, Gontran, qui êtes si fier de votre noblesse! — interrompit Elisabeth.

— Eh! ma chère, — reprit le gentilhomme, — le commerce dont je vous parle, c'est de la belle et bonne guerre, où on risque sa peau à toute minute. L'escompte s'y fait à coups de hache d'abordage. J'aurais gardé mon épée au côté au lieu de la laisser rouiller au clou.

— Quel est donc ce singulier trafic, mon ami? — demanda la jeune femme.

— Le seul qui puisse enrichir promptement aujourd'hui un homme entreprenant, le trafic qui procure aux très illustres et très fainéans hidalgos du Mexique des serviteurs utiles et dévoués comme l'honnête Acacia.

— La traite des nègres! — s'écria Elisabeth en frissonnant.

— Est-ce donc là un projet si extraordinaire qu'il vous fasse tomber en pâmoison? — continua dédaigneusement monsieur de Favières? — Croyez-vous que j'aime mieux me résigner à vivre dans ces déserts comme un ermite de mauvaise volonté?

— Pourtant, mon ami, — reprit avec douceur Elisabeth, — la vie est si belle et si facile ici pour deux êtres qui s'aiment.

— Je ne nie pas que cette province vierge du Mexique ne soit une assez bonne édition du paradis terrestre, à l'usage des femmes, — dit insoucieusement le gentilhomme; — les autres pays semblent s'être cotisés pour lui donner chacun son plus bel arbre, sa plus belle fleur, son plus bel oiseau et son plus riant jour de soleil. C'est vrai. Je sais aussi qu'il suffit souvent aux femmes, pour être heureuses, de regarder à deux les lianes vertes et les étoiles, ou d'écouter le bruissement d'une cascade, la mandore d'un troubadour, le roucoulement élégiaque d'un berger assis à leurs pieds. Mais l'homme, ma chère enfant, a d'autres destinées à accomplir; il ne peut pas être à toute heure de sa vie troubadour ou berger. Il a besoin de dépenser son énergie dans les luttes que lui prépare la société. Ainsi puis-je, moi ex-courtisan de Versailles et de Trianon, végéter ici dans la misère à côté d'un laveur d'or, mendiant déguenillé hier, riche seigneur aujourd'hui. Exilé au Mexique, je voudrais être maître d'y satisfaire toutes mes fantaisies, comme ces vice-rois espagnols qui vivaient en satrapes avec une ville de palais, un peuple d'esclaves et une flotte de galions. Non! un gentilhomme doué de courage et de volonté ne doit pas vivoter comme un poète d'hôpital dans ce pays enchanté où les torrens roulent des sables d'or.

— Oh! Gontran, c'est vous maintenant qui laissez votre esprit s'égarer dans les chimères, — dit Elisabeth.

— Madame, — répliqua brusquement le gentilhomme en jetant avec dépit le bout de son cigare par terre, — il est facile à une femme qui a du sang bourgeois dans les veines de se résigner à l'humble existence que nous menons ici.

Le mot était cruel, car le regard de la jeune femme devint humide, et ce fut d'une voix très basse et tremblante d'émotion qu'elle répondit:

— Je n'ai jamais oublié, Gontran, que je suis la fille d'un marchand, et que votre loyauté et votre générosité seules vous ont poussé à m'offrir votre protection et votre nom de gentilhomme.

— Pauvre enfant! vous m'avez prêté là des vertus de tragédie dont je suis indigne, — dit monsieur de Favières en riant aux éclats et en se berçant dans un hamac. — Vous ne connaissez guère le comte Gontran si vous croyez qu'il vous a épousée pour fournir un sujet de pastorale à son ancien camarade monsieur de Florian, le capitaine de dragons.

— C'est mal de plaisanter sur un tel sujet, mon ami, — reprit tristement Elisabeth; — vous n'êtes plus le courtisan de Versailles. Pourquoi donc rougir d'une noble action comme d'un ridicule et la tourner en raillerie? Oh! vos sarcasmes ne parviendront jamais à chasser de mon cœur le souvenir de cette nuit où vous m'êtes apparu comme un ange sauveur.

— Un ange travesti, Elisabeth, — interrompit Gontran.

— Oh! que vous étiez beau, — continua-t-elle, — lorsque, les yeux pleins d'éclairs et la voix frémissante de menaces contre les lâches qui m'insultaient au bal, vous me souteniez de votre bras et me rassuriez par votre sourire!

— Allons! vous tenez absolument à faire de moi un héros de roman, mais je suis las de vous voler votre admiration, et j'ai la fantaisie de vous dire aujourd'hui toute la vérité.

— Comment! — s'écria Elisabeth, le visage mouillé de larmes, — était-ce donc un mensonge que cet horrible guet-apens dont je fus victime?

— Non, certes, — reprit Gontran. — Deux grands seigneurs et un fermier général avaient remarqué le plus

riche joyau de la boutique de votre père, le roi des orfèvres de la Cité. Ce joyau, c'était vous, Elisabeth; au lieu de se battre pour savoir à qui reviendrait l'honneur de cette charmante conquête, ils trouvèrent plaisant de jouer aux dés la fille de l'orfèvre, qui connaissait à peine leurs visages et leurs noms. Le fermier général gagna, et ses deux rivaux l'aidèrent loyalement dans ses galantes poursuites. Comme il ne put réussir à se faire aimer, il se contenta de vous faire enlever et conduire dans sa petite maison.

— Et là je voulais me laisser mourir de faim plutôt que de toucher à un de ces mets ou de ces vins funestes sur lesquels le misérable comptait sans doute pour étourdir ma raison et vaincre ma pruderie, comme il disait! — s'écria la jeune femme frissonnant à ce souvenir. — Mais un autre piège me fut tendu et j'y tombai. Un des valets qui me servaient avec un respect dérisoire feignit d'avoir pitié de moi; il me dit que si je voulais signer une plainte au roi, il se chargeait de la transmettre à Sa Majesté. La terreur m'avait rendue folle. Je crus à la pitié de ce geôlier et je signai aveuglément le papier qu'il me tendit.

— C'est un vrai tour de Scapin, — dit monsieur de Favières. — Il vous avait fait signer un encatalogement à l'Opéra, grâce auquel vous ne releviez plus de la puissance paternelle.

— Aussi quand mon père alla se jeter aux pieds du premier gentilhomme de la chambre, il fut repoussé comme un laquais. On lui montra ma signature au bas du papier fatal, il crut devenir fou. En vain il jura qu'il était sûr de la vertu de sa fille, et que cette signature avait dû m'être arrachée par force ou par surprise, on lui rit au nez. Ivre de désespoir, il voulut passer de la prière à l'insulte. On le menaça de la Bastille, s'il ne se taisait, et deux valets le jetèrent à la porte de l'hôtel. Jamais vous ne m'avez interrogée, Gontran, sur les détails de cette horrible aventure; mais je veux que vous sachiez tout aujourd'hui, car vos paroles me font craindre que vous n'ayez gardé à ce sujet quelque doute outrageant pour moi.

— Qu'importe le passé? — dit monsieur de Favières. — Je ne vous demande point compte du vôtre, madame, puisque je l'ai accepté les yeux fermés.

— Oh! Gontran, m'avez-vous donc crue coupable? — s'écria Elisabeth pâle comme la mort et étreignant le bras de son mari; — avez-vous cru couvrir la faute d'une jeune fille de votre nom de gentilhomme, ou bien protéger son honneur menacé? répondez! répondez!

— Qu'importe le passé! — répliqua froidement Gontran.

— Oh! mais c'est affreux! — dit la malheureuse femme en se tordant les mains; — et vous avez pu garder pendant des années au fond de votre cœur cette pensée insultante pour moi, et me sourire, et me conduire partout à votre bras, et me nommer devant tous madame de Favières! Oh! non, c'est impossible! Vous êtes noble, vous êtes orgueilleux, vous n'avez pu livrer à votre existence une femme qui eût été une honte vivante. Mais si vous doutez réellement, écoutez-moi donc, monsieur, et que Dieu glace à l'instant même le cœur de ma petite Alice, le cœur de notre enfant, Gontran, si je ne dis pas la vérité. Ce serment te suffit-il, et me crois-tu aussi capable de mentir devant Dieu? — ajouta-t-elle d'une voix brisée par les sanglots.

L'émigré répondit d'un air ennuyé et distrait:

— J'ajoute la foi la plus aveugle à toutes vos paroles, Elisabeth; mais le passé est pour moi le néant.

— Eh bien! Gontran, voici ce qui se passa le soir du même jour où mon père se vit si cruellement repoussé.

III

SOUVENIRS D'UN BAL DE L'OPÉRA.

« Je fus conduite, — continua-t-elle, — un mouchoir serré sur les lèvres en guise de bâillon, dans un étroit salon dont les murs étaient matelassés, et d'où je pouvais entendre une sourde et vague rumeur. Ce salon était une loge secrète de l'Opéra ; cette rumeur lointaine, c'était le bruissement et le tumulte du bal masqué où se ruaient la ville et la cour. Dans cette loge je me trouvais seule devant mes trois ennemis enveloppés de dominos noirs. Ils me déclarèrent avec un calme glacial qu'il me fallait faire mon apparition publique au bal de l'Opéra, en acceptant pour cavalier et pour protecteur le fermier général, que le hasard du jeu avait désigné pour ce rôle envié. Ce fut en vain que je pleurai et que je les suppliai à genoux. Je ne faisais que gâter ma cause, disait l'un, car j'étais plus belle encore dans les larmes. Un autre parut touché lorsque, serrant convulsivement ses mains dans mes mains glacées, je lui criai : « N'avez-vous donc pas une sœur, » une fiancée, une femme, à laquelle vous ne souffririez » pas qu'on fît ainsi violence, n'est-ce pas, monsieur ? » Mais le premier dit en ricanant : « Cette fille n'est plus » pour nous qu'un enjeu. C'est une dette d'honneur que » tu as contractée avec ce Turcaret. Donneras-tu à ce trai- » tant le droit de dire que tu as manqué à ta parole ? » Le jeune seigneur pâlit et garda le silence. Quant au fermier général, je n'osai m'adresser à lui ; il me faisait peur avec ses gros yeux ronds, bêtes et insolens, son ventre qui semblait gonflé de louis d'or, son nez rubescent et ses jambes grêles terminées par d'horribles pieds plats. Quand je vis cet être difforme s'avancer vers moi avec un sourire d'homme ivre, je reculai. Il me prit la main, je sentis une sueur froide couvrir tout mon corps ; et alors savez-vous, Gontran, ce que le misérable, humilié de mon effroi et du dégoût qu'il m'inspirait, osa me dire : « Mademoiselle, » prenez garde ! » s'écria-t-il d'une voix étranglée par la colère ; « ne nous bravez pas! ne nous poussez pas à » bout! Vous êtes belle comme Vénus, et moi je suis riche » comme une flotte des Indes. Si vous acceptez mon bras, » je vous couvrirai de diamans et d'or que les » Guimard et les Duthé auront l'air de Cendrillons à côté » de vous, et les duchesses à tabouret n'oseront pa- » raître à Longchamp, où le public n'aura d'yeux » pour vous. Mais si vous me repoussez, prenez garde, » vous dis-je! » Et soulevant un rideau de grenadine qui divisait la loge en deux parties : « Regardez! » ajouta-t-il. Dans un angle obscur, je vis avec épouvante rougeoyer comme une flamme pétillante d'étincelles, et je sentais une fumée âcre remplir tout à coup la loge ; mais je regardais et je ne comprenais pas. « Mademoiselle, » reprit le fer- mier général, « à cette heure vous n'êtes qu'une fille » perdue, une fille d'Opéra. Vous avez chacun de nous » pour amant, et vous nous trompez tous trois. Nous vou- » lons donc nous venger. Quoi de plus juste ? Vous venez » de voir ces charbons s'embraser dans un réchaud, au » coin de cette loge ; tout à l'heure un laquais, homme de » sac et de corde, va faire rougir à blanc, dans un réchaud, » nos cachets armoriés. — Et puis? » m'écriai-je haletante et terrifiée, en me dressant sur mes pieds par un effort convulsif. « Et puis, » continua-t-il en secouant les grains de tabac semés sur son jabot, « cet homme » imprimera ces nobles cachets sur vos épaules de satin, » ma Vénus, et ce sera grand dommage ; mais nul ne dou- » tera alors que la plus belle fille de la Cité n'ait été notre » maîtresse. »

» Je poussai un cri d'indignation et d'effroi, et je me tournai vers les deux seigneurs : « C'est un mensonge, » n'est-ce pas ? » leur demandai-je. « Vous savez bien » que je ne suis pas une fille perdue, et pour faire croire » à ma honte, vous ne voudrez pas vous déshonorer par » une action que des lâches seuls peuvent commettre! » A ce mot de lâches, je vis passer la rougeur comme une flamme sur le front des deux seigneurs, mais le traitant, me regardant avec un sourire lourd et vil me répondit : « Dans ce siècle-ci, ma chère, et un soir de bal d'Opé- » ra, on aime mieux être lâche entre soi que ridicule de- » vant tout le monde. » Puis élevant la voix, il cria : « Bastien ! » Les gentilshommes restaient muets, immo- biles, glacés comme des ombres. Oh ! quelle fut mon épouvante en entendant ce nom qui me fit froid jusque dans la moelle des os. Bastien, c'était sans doute le nom du laquais chargé d'être mon bourreau. « Mademoiselle, » ajouta le fermier général, « quand vous serez marquée » à nos armes, nous ouvrirons la porte de ce couloir qui » donne sur la salle, et vous pourrez nous fuir, mais notre » aboyeur Bastien vous précédera en criant : — Voici la » belle aux trois amans! »

» Sans doute ces hommes ne voulaient que m'effrayer et dompter ma résistance par leurs menaces. Sans doute ils n'auraient été ni assez lâches, ni assez puissans, ni assez audacieux pour commettre un tel crime. Mais moi, pauvre fille, inexpériente de la vie et du monde, moi qui m'étais vue impunément volée au toit paternel, emprison- née dans la petite maison du traitant comme un chétif oiseau mis en cage, bâillonnée comme une criminelle, j'étais à bout de prières et de larmes ; mes yeux se taris- saient, mes lèvres tremblaient convulsivement, j'étais éblouie comme dans un rêve affreux ; je perdais la raison, je ne sentais plus qu'un sentiment, qu'un instinct, celui de la peur, faire palpiter et saigner mon cœur sous ses ongles de fer. Le pétillement du réchaud bruissait à mes oreilles. Je regardais machinalement, avec la tenace idée fixe du captif, cette porte de couloir que venait de dési- gner le traitant. Tout à coup, entraînée par l'aimant irré- sistible de l'effroi, je m'élançai vers cette porte. Dieu me protégeait! Elle n'était point fermée à clef. Je traversai, rapide comme l'éclair, le couloir obscur, et je tombai dans le tumulte effréné du bal, dans cet étourdissant chaos de lumières, de masques et de dominos, moi qui n'avais ja- mais pressé que le bras de mon père! Un instant je me crus sauvée au milieu de cette foule, mais mes persécu- teurs m'abandonnèrent pas si facilement leur proie. Eux aussi se jetèrent dans le tourbillon du bal, ils me rejoi- gnirent, m'entourèrent et me flétrirent à haute voix de leurs sarcasmes insolens, auxquels je ne savais répondre que par ma pâleur et mon désespoir. Déjà on faisait cercle autour de nous. Éperdue, j'eusse voulu pouvoir disparaître sous terre, je demandais à Dieu une catastrophe qui fît écrouler cette salle infernale sur moi, je plongeais les yeux dans cette foule comme si j'eusse espéré en voir soudai- nement sortir un sauveur. J'entendais bien quelques jeunes gens murmurer : « C'est une lâcheté d'avilir ainsi une » femme! — Bah! » répondaient d'autres voix, « c'est une » impure qui joue la Suzanne. » C'est alors que je vous vis paraître, Gontran, et que j'entendis pour la première fois prononcer votre nom par le traitant, qui s'écria : « Voici le comte de Favières, à qui j'ai gagné ce soir trois mille louis! »

— Le drôle disait vrai! — murmura l'émigré.

« Il vous tendit la main! — continua Élisabeth, — mais vous restiez immobile devant lui, le toisant du regard, et vous lui demandâtes : « Quelle est cette comédie? » Il me semble vous voir encore. Le fermier général se troubla et vous répondit avec un éclat de rire contraint et trivial : « C'est la rosière de la Cité, vous savez, Gontran. » Mais vous, mon ami, vous me tendîtes respectueusement la main, et, le front découvert, vous me dîtes ces paroles, que la mort seule me fera oublier : « Ne craignez rien, » mademoiselle ; vous êtes désormais sous la protection » d'un galant homme. » Oh! comme l'assurance me re- vint aussitôt au cœur. Je ne voyais plus que vos yeux calmes et fiers. Ma main frissonna dans la vôtre et j'osa relever le front, tandis que vous disiez à mes trois bourreaux : « Messieurs, j'espère que vous n'aurez pas dépensé » contre une femme tout votre courage, et que vous en » aurez économisé un peu contre un homme. » Non, mon ami, un Dieu sortant de son nimbe d'or ne m'eût pas paru plus beau, plus radieux, plus grand que vous à cette heure solennelle. Et quand je fus rentrée dans la maison de la Cité, quand la joie de me revoir eut ressuscité ma pauvre mère qui fût morte de mon déshonneur, j'oubliai tout ce que j'avais souffert pour penser à vous; je pleurai et je priai pour mon sauveur. Je n'osais espérer de le revoir, moi pauvre bourgeoise obscure, et cependant, un mois après, le gentilhomme angovin donnait son nom à la fille de l'orfévre que son épée avait protégée. »

— Et vous ne vous êtes jamais dit, — répliqua monsieur de Favières, — que cet orfévre était le plus riche de la Cité, que votre persécuteur m'avait gagné tout mon patrimoine par le jeu ou l'usure la plus sordide, et que grâce à cette mésalliance, je me vengeais du traitant, et je rétablissais mes affaires.

— Vos envieux ont pu vous supposer de telles pensées, Gontran, — dit Elisabeth, — mais nul n'a eu l'audace de croire que je prêterais l'oreille à de si indignes calomnies.

— Très bien, ma chère; du reste, si j'ai dû à l'argent de votre père de pouvoir racheter mon château et mes terres, je n'ai pas joui longtemps de ma seconde richesse, — reprit le gentilhomme. — Les sornettes philosophiques ont porté leur fruit. Une belle nuit, ces bons villageois que vous aimiez à faire danser le dimanche sur la pelouse du parc, et que je négligeais trop fréquemment de faire brancher haut et court pour fait de braconnage, se sont enhardis jusqu'à venir brûler mon château, et ils ont poussé la complaisance jusqu'à faire la haie tout autour pour nous repousser dans le brasier à coups de fourches et autres armes aratoires. Dieu le leur rende!

— Oh! quelle affreuse nuit! s'écria Elisabeth, — quelle terreur lorsque je me réveillai suffoquée par la fumée et me traînai chancelante jusqu'au berceau de ma petite Alice, qui pleurait et m'appelait. Je la pris dans mes bras et me précipitai vers la fenêtre. La cour du château était toute rouge des réverbérations de la flamme qui léchait les murs en sifflant. Une balle vint trouer la vitre et je me rejetai en arrière, effarée. Parmi les incendiaires je reconnaissais pourtant des hommes qui me devaient peut-être la vie de leurs femmes et de leurs enfans, et qui plus d'une fois avaient béni mon nom. Ce fut alors que vous entrâtes dans ma chambre, en m'ordonnant d'abandonner Alice au fond de son berceau, pour fuir avec vous par le corridor secret pratiqué dans l'épaisseur des murailles, et qui conduisait aux caves et aux carrières de la montagne. Comment aviez-vous pu concevoir cette pensée et croire que vous obéirais!

— Les femmes s'exagèrent toutes choses, — dit Gontran. — Croyez-vous donc que j'eusse voulu sacrifier mon enfant? mais j'étais sûr que ces furieux respecteraient son berceau, qu'en emmenant avec nous la pauvre petite créature, ses cris devaient nous dénoncer et empêcher notre fuite et notre salut.

— N'importe, Gontran, je ne me serais pas séparée de l'enfant, j'aurais attendu la mort en la gardant dans mes bras, — reprit la jeune femme, — si à cette heure terrible je n'avais pas vu entrer dans notre chambre, le bonnet rouge sur la tête et la pique à la main, cet honnête forgeron, ce brave Max Birmann que j'avais marié à ma sœur de lait, et qui nous a juré de défendre Alice comme sa propre fille, et de la sauver au risque de sa vie. Oh! j'entends encore à mon oreille le gémissement plaintif de l'enfant, lorsque vous l'arrachâtes à mes baisers et à mon étreinte. Je la vois me suivant de ses yeux étonnés et pleins de larmes! Pauvre Alice! quand pourrai-je te revoir?

— Oui, la destinée nous a accablés, — dit monsieur de Favières, — et d'une façon cruelle. Depuis notre arrivée au Mexique, point de nouvelles de France. J'avais apporté ici les débris de ma fortune, et le jeu les a stérilement dévorés. Il a fallu quitter les villes de la côte et nous réfugier dans ce désert. Que faire à cette heure où j'ai épuisé nos dernières ressources? Je sens en moi une énergie à conquérir un trône, et à quelle misérable corvée ne vais-je pas être obligé de l'user! J'en suis réduit à envier le sort de ces dompteurs de chevaux sauvages, qui risquent chaque jour leur vie pour un morceau de pain!

— Mais ne pouvons-nous, mon ami, vivre de bien peu dans ce coin désert, — reprit timidement Elisabeth.

— Nous n'avons même plus le droit de vivre ici comme des pauvres honteux, madame! — s'écria l'émigré. — Depuis une heure, je cherche vainement à vous faire comprendre l'affreuse position dans laquelle je me trouve. Ecoutez-moi à mon tour, et en deux mots je vais vous dévoiler le passé : Je vous ai aimée, Elisabeth, parce que vous étiez riche. J'ai été ruiné de nouveau, non par mes folies cette fois, mais par une révolution. Aujourd'hui j'ai perdu non-seulement tout l'or qui nous restait, mais encore j'ai perdu sur parole.

— Sur parole! — répéta la jeune femme avec un frémissement nerveux.

— Oui, — reprit le gentilhomme, — et vous seule pouvez me sauver de ce nouveau désastre, si vous m'aimez, non-seulement me sauver, mais me mettre à même de recommencer notre fortune. C'est un grand sacrifice que je vous demande, mais qui aime a confiance, et, si vous me refusiez, je regarderais votre amour comme un mot et une ombre vaine. Pour moi, je ne cherche pas à vous tromper, Elisabeth, je ne me pose pas à vos yeux en héros idéal. J'aimerai en vous la femme dévouée qui m'aura tiré de la misère, comme j'ai aimé celle qui m'a déjà sauvé de la ruine, comme j'ai aimé la mère de mon enfant; mais je haïrais la femme qui, tout en protestant de sa tendresse, voudrait me sacrifier à de vains scrupules!

— Oh! Gontran, pouvez-vous douter de moi, — murmura-t-elle, — mais que puis-je faire? parlez!

— Si vous le voulez, Elisabeth, — reprit avec chaleur monsieur de Favières, — en huit jours je paye ma dette et je frète moi-même un navire pour tenter le trafic dont je vous ai parlé. Si je réussis avec le bétail noir, nous serons riches, et au lieu d'attendre ennuyeusement ici des nouvelles de Max Birmann, nous retournerons en Europe chercher notre petite Alice.

— Alice! — répéta la mère avec une effusion profonde.

— Alice! Mais parle donc, Gontran! dis-moi donc comment je puis magiquement changer notre détresse en bonheur?

Le front de monsieur de Favières se plissa. Un instant le gentilhomme parut éprouver un sentiment d'embarras et d'hésitation; mais ce ne fut qu'un éclair, et il reprit d'une voix ferme :

— A l'heure de notre fuite, Elisabeth, je vous ai vue tirer de votre prie-Dieu un coffret incrusté d'or et de nacre!

— Oui, Gontran.

— Ce coffret renfermait le riche écrin de diamans que votre père vous avait donné comme cadeau de noces.

— Mais vous le savez aussi bien que moi, mon ami.

— Ces diamans sont votre bien, et jamais je ne vous en aurais parlé, Elisabeth, sans la détresse fatale où nous nous trouvons.

— Que dites-vous, Gontran? — s'écria la jeune femme en le regardant avec émotion; — ces diamans ne sont plus mon bien, puisque j'ai une fille. C'est la fortune, c'est la dot d'Alice!

— Oh! — reprit en souriant monsieur de Favières, — rassurez-vous, avec cet écrin je me charge de tripler la dot de notre fille et de relever notre fortune. Cet écrin sera pour nous une baguette de fée.

— Mais je ne puis vous le donner, Gontran! — murmura Elisabeth.

— Vous ne pouvez me le donner — répéta avec un

geste de surprise menaçante l'émigré dont la figure prit une teinte livide. — Pourquoi donc, madame, vous défiez-vous de moi?

— Non, oh! non, mon ami, — dit la jeune femme effrayée, — mais c'est impossible! impossible! oh, malheureuse que je suis!

— Trève à ces détours, — dit durement monsieur de Favières, — il me faut ces diamans. Où sont-ils? j'attends, madame!

— Mais tu ne comprends donc pas que je ne les ai plus! — s'écria Elisabeth, foudroyée par le regard terrible de son mari dans lequel elle venait de voir luire le feu de la haine.

— Mensonge! — dit l'émigré en se jetant à bas de son hamac et perdant tout à fait son insouciance affectée. — Ne cherchez pas à ruser avec moi, madame. Songez qu'il y va de mon honneur et de notre existence; songez que sans ce vague et dernier espoir, je n'aurais pas aveuglément tenté la fortune jusqu'au bout. Si je n'ai pas ces diamans, il ne me reste qu'à devenir un voleur ou à me casser la tête d'un coup de pistolet! Maintenant, répondez-moi encore que vous ne les avez plus!

— O mon Dieu! il ne me croit pas, — dit Elisabeth. — Mais, par pitié, Gontran, ne me parlez pas si durement, ne me regardez pas avec tant de colère; si j'avais cet écrin, aurais-je le courage de vous le refuser?

Mais monsieur de Favières, au lieu d'être apaisé par cette dernière parole, prononcée d'une voix déchirante, fut encore plus exaspéré, car il y devina le cri de la vérité. Il s'approcha de sa jeune femme, et lui saisissant le bras :

— Vous n'avez plus ces diamans,—reprit-il,—mais qu'en avez-vous donc fait, malheureuse?

— J'ai remis l'écrin à Max Birmann, avec la mante de l'enfant,—murmura Elisabeth, pâle comme une morte, et sentant ses genoux fléchir.

— A Max Birmann, —répéta Gontran avec fureur. — Ne mentez-vous pas? Et dans le transport de sa colère insensée, car pour cet esprit blasé et sans principes, pour ce gentilhomme démoralisé par le contraste d'une haute fortune et de la misère, une semblable déception était pire que la mort, il saisit le *chucho* avec lequel il frappait les esclaves paresseux et le leva sur la pauvre femme tremblante, en disant : — Répétez donc cela, madame! faites-moi bien comprendre que nous sommes tout à fait ruinés.

Au même instant une main robuste étreignit le bras de Gontran et détourna légèrement le chucho levé sur Elisabeth.

IV

TERRAL LE PÉON.

A ce contact, les lèvres de monsieur de Favières devinrent blèmes, son visage bilieux s'empourpra, et il s'écria en tournant la tête :

— Qui donc a osé entrer ici et nous écouter?

Son regard rencontra le regard calme et triste du péon Terral.

C'était un jeune homme de haute taille, robuste et bien proportionné, dont le nez droit, le front un peu bombé, le menton fin et la bouche légèrement arquée rendaient la physionomie noble et distinguée. Il avait des cheveux noirs, crépus et bouclés qui, couronnant et dégageant le front, lui donnaient une expression fière rendue plus frappante par le brillant humide de ses yeux aux cils veloutés.

— Comment! c'est toi, misérable,—lui dit Gontran avec une sorte de stupeur. — Tu oses te présenter aussi hardiment devant moi, après ta désertion, et porter la main sur ton maître?

Le péon courba humblement la tête et répliqua :

— J'ai eu tort, maître. Je me suis laissé entraîner à la poursuite des chevaux sauvages, par un fou souvenir de mon ancien métier, et je me suis égaré pendant bien des jours dans le *desplobado!*

— Facile excuse, — dit ironiquement monsieur de Favières.— Et combien m'as-tu dompté de chevaux, habile vaquero? combien en as-tu ramené dans nos splendides écuries?

— Aucun, — répondit Terral.

— Aucun! — répéta l'émigré. — Tu sais alors ce qui t'attend, honorable vagabond. Si tu étais esclave et que j'en eusse beaucoup d'autres de rechange, tu pourrais bien alors pourrir au fond d'une citerne fréquentée par les scorpions et les vipères. Mais puisque tu es un travailleur libre, un engagé volontaire, tu en seras quitte pour seize heures de *cepo*. Je te traite en digne gentilhomme de la selle et de la sangle.

— Seize heures de cepo! — murmura Elisabeth en regardant avec émotion le robuste péon, qui avait écouté cette menace dans une froide immobilité.

— Cela ne me rendra pas le temps qu'il m'a volé, — dit Gontran avec dureté, — mais cela calmera ses goûts volages.

Terral se mordit les lèvres, et une sueur froide mouilla la racine de ses cheveux; pourtant il garda le silence.

— Seize heures! — insista la jeune femme. — Mais ne voyez-vous pas, Gontran, comme ce pauvre péon est fatigué, exténué; son manteau est en haillons; ses pieds sont ensanglantés. N'a-t-il donc pas assez souffert?

— Silence, madame! — dit monsieur de Favières.—Il a souffert pour ses plaisirs, il souffrira maintenant pour son devoir. Nous ne sommes plus à Paris pour faire du sentiment à la façon de monsieur Raynal et de tous vos abbés de ruelles et de mansardes. Avec ce système, au milieu du désert, nous serions tous perdus. Allons, drôle, marche aux cepos!

Et il leva sur Terral le chucho dont il avait menacé Elisabeth, irrité qu'il était de l'air calme et souverain qu'affectait le pauvre péon. Mais ce dernier répliqua tranquillement et sans bouger d'un pas :

— Ne me frappez point, maître.

— Ah ça! est-ce toi qui espères m'en empêcher? — dit monsieur de Favières avec un rire insolent et forcé.

— Peut-être! — répondit le péon.

— Ma foi! j'ai le défaut d'être fort curieux, — ajouta le maître, — et je serais bien aise de voir comment tu t'y prendras!

Et il toucha du bout du chucho l'épaule de Terral. Ce dernier frissonna, arracha l'arme flétrissante des mains de monsieur de Favières, et après un instant d'hésitation, la jeta dans un coin de la salle, tandis que la jeune femme se précipitait vers lui en s'écriant :

— Jacques, ne menacez pas votre maître! ne lui résistez pas!

— Ne craignez rien pour votre mari, madame, — dit Terral avec un calme sourire.

Gontran le regardait en écumant de colère, tant cette révolte était pour lui chose monstrueuse et inouïe.

— Acacia! — cria-t-il enfin.

— Maître, ne cherchez pas à employer la force brutale contre moi, — reprit le péon. — Vous oubliez que je ne suis pas un nègre, un esclave, une chose que vous ayez acheté corps et âme, qui vous appartienne comme votre fusil et votre cheval, et dont vous puissiez faire ce que bon vous semble. Je suis un pauvre diable et je me suis mis volontairement et librement à vos gages. C'est un marché que nous avons fait ensemble. Vous me devez le toit, la nourriture et trente piastres par an. Moi, en échange, je vous ai vendu mon travail et mon temps, mais non pas mon honneur, car je suis de vieux sang chrétien. Si j'ai négligé mon devoir, vous avez le droit de me faire punir, et je subirai sans honte le châtiment. Mais vous n'avez pas le droit de m'insulter; car ce serait me donner celui de me défendre et de me venger. Je suis un honnête péon, maître, car rien ne me forçait de revenir à l'habitation, et ce n'est pas Acacia qui serait parvenu à retrouver ma trace dans le désert.

Monsieur de Favières, vaincu par ce sang-froid, ne répondit point ; il siffla un air de chasse entre ses dents et fit signe au nègre qui était accouru, de mettre immédiatement Terral au cepo. Acacia voulut saisir le bras du péon pour l'entraîner, mais ce dernier le repoussa en disant :
— Marche devant, je te suivrai.

Et il le suivit avec une fierté dédaigneuse.
— Acacia, — dit l'émigré, — tu ne détacheras cet homme du cepo qu'à la nuit et tu ne lui donneras point à boire. — Puis se tournant vers Elisabeth : — Maintenant, madame, — ajouta-t-il froidement, — je désire rester seul, et vous prie d'excuser mon emportement. C'est une lâcheté indigne d'un gentilhomme que de frapper une femme, mais la déception que j'ai éprouvée tout à l'heure m'a causé un instant de folie et d'égarement.
— Gontran, je ne me souviens plus de votre colère, — répondit la jeune femme, — mais dites-moi que vous ne me haïssez pas !
— Est-ce qu'un mendiant a le droit d'aimer encore ou de haïr, — dit l'émigré d'un air sombre ; — il ne doit songer qu'à demander l'aumône avec une prière à la bouche ou une carabine au poing. Maintenant je n'ai plus de force que pour haïr ceux qui sont riches comme je l'ai été, mais mon cœur est mort pour l'amour ! — Elisabeth s'adossa à la muraille, froide et chancelante. Des larmes silencieuses coulaient le long de ses joues pâles.
— Des larmes ! voilà tout ce que les femmes savent nous donner, après nous avoir plongés dans l'abîme, — s'écria durement monsieur de Favières. — Vous ne pleureriez pas, madame, si vous aviez gardé les diamans que vous avez livrés à ce misérable Birmann. Ce serait une fortune, et vous auriez l'espoir de revoir notre enfant, tandis que maintenant, perdus, oubliés, au fond du désert, elle n'entendra jamais parler de nous !
— Oh ! vous êtes trop cruel pour une mère, Gontran, — murmura la pauvre femme, éperdue et cachant son front glacé dans ses mains.

Mais, haussant les épaules, monsieur de Favières sortit de la salle et se retira dans sa chambre, où il se mit à se promener de long en large avec une agitation convulsive.

Cependant le péon avait suivi Acacia dans la petite cour exposée au soleil et où se trouvaient les cepos.

Il serra sur son front le mouchoir à carreaux qui couvrait ses cheveux, ôta sa veste de cuir à boutons d'argent terni et se laissa garrotter par le nègre sur le cepo, formé de deux traverses de bois qui se superposent l'une à l'autre. Une échancrure semi-circulaire pratiquée dans chacune de ces traverses enfermait les jambes et le cou du péon ; elles étaient exhaussées de façon à ce que les jambes du patient fussent plus élevées que la tête, qui s'appuyait sur la nuque. Cette position ne devait pas tarder à devenir intolérable, et la cruauté du supplice était d'autant plus terrible que les rayons d'un soleil ardent tombaient d'aplomb sur le cepo choisi par le nègre.

Terral n'avait pas prononcé une parole pendant les apprêts de sa peine ; mais alors que le nègre l'eut vu solidement lié sur le cepo et dans l'impossibilité de faire un mouvement, il le regarda avec un air de triomphe et s'écria :
— Eh bien ! le péon est traité comme l'esclave ; le blanc si fier de sa peau cuivrée comme la face d'ébène ! il s'est laissé condamner au châtiment des esclaves devant la maîtresse, lui qui se vantait, comme bon chrétien du Mexique, de ne jamais approcher des cepos que pour y attacher Acacia !
— Tais-toi, misérable, — répliqua Terral avec mépris ; — le maître ne m'a pas condamné à entendre tes injures !
— Que ne m'a-t-il ordonné de te frapper avec son chucho jusqu'à ce que le sang jaillisse de ta peau ! Nous ver-

rions si ton sang est d'une autre couleur que le mien, puisque tu es si fier et que tu méprises ceux qui sont comme toi serviteurs de don Gontran.
— Qu'y a-t-il de commun entre nous, Acacia, — dit le péon froidement. — Tu es né et tu mourras esclave ; ton corps, ni ton âme, ni tes pensées ne t'appartiennent. Moi, c'est ma volonté qui m'a fait serviteur. Mon temps fini, je puis courir le désert, et avec mon lasso et ma selle gagner rudement et bravement ma vie !
— Alors, pourquoi t'es-tu fait esclave pour gagner quelques piastres de plus, lorsque ton père t'avait fait libre comme l'oiseau de la forêt ? Le jaguar vient-il tendre son cou à la chaîne pour obtenir un quartier de bison du chasseur ? Oh ! tu vois bien que tu es un lâche, Jacques Terral.
— Un lâche ! — répéta le péon dont les yeux s'allumèrent et qui se tordit sur le cepo comme pour se dégager de ses liens.
— Ah ! est-ce que ces cordes te gênent, — dit en ricanant le nègre. — Tu as peur de tomber peut-être. Attends, je vais les attacher plus solidement. — Et il en resserra les nœuds autour des jambes et des bras de Terral, qui ne lui répondit que par un sourire de mépris, quoiqu'il souffrît cruellement. — Tu as beau faire le vaillant, — reprit Acacia en fixant sur lui un regard sardonique, je le dirais devant don Gontran et devant la senora Elisabeth : tu es un homme sans cœur et sans courage, puisque de vaquero tu t'es fait péon !
— La senora ne te croirait pas, — dit Terral, dont les joues hâlées s'embrasèrent d'une fugitive rougeur. — Elle ne me jugera pas sur la parole d'un reptile tel que toi !
— Un reptile ! — répéta Acacia. — Pourquoi cela ? parce que je suis né d'un père et d'une mère esclaves, et que j'ai été vendu comme un cheval dompté. A qui la faute ?
— Non pas à cause de cela, — dit Terral, — mais parce que tu as l'âme basse et méchante, parce que tu rampes en souriant à tes maîtres, en baisant le chucho qui te châtie, tout en souhaitant de pouvoir brûler leur toit et empoisonner la grenade qu'ils toucheront de leurs lèvres ! Oh ! je te connais, honnête Acacia !
— Quel bon devin ! — s'écria le nègre avec un accent de rire forcé. — Le cepo te rend prophète, bravo péon. Eh bien, veux-tu que je le devienne à mon tour, et que je te dise pourquoi tu as laissé la vie libre libre du désert pour devenir mon compagnon ?

Terral sentit un frisson courir par tout son corps, puis une flamme fiévreuse faire battre le sang dans ses artères, comme s'il eût été couché sur un brasier : ses oreilles bourdonnaient.
— Tais-toi, — cria-t-il enfin d'une voix étranglée, — tais-toi, langue venimeuse !
— Ah ! tu m'as compris trop vite, — répliqua le nègre, et tu voudrais bien comprimer ma bouche avec un bâillon de fer, n'est-ce pas ? Tu voudrais cacher à tous les yeux la passion qui t'a dompté, toi le fier vaquero, comme tu domptais les chevaux les plus endiablés. Mais il fallait dire à ton visage de ne pas devenir rouge et pâle, à tes regards de ne pas briller comme des diamans, à ta voix de ne pas trembler, lorsque la maîtresse te parle ou te regarde. Sa vue te rend faible et craintif comme un enfant. Je pourrais bien me venger de ton orgueil en révélant ce beau mystère à don Gontran ou à la senora Elisabeth...
— Ne prononce pas ce nom, — cria le péon ; — dans ta bouche, le nom de cette sainte est un blasphème. Outrage-moi, mais respecte ta maîtresse.
— Rassure-toi, — dit froidement Acacia, — ils ne sauront rien. Si la senora voyait autre chose en toi qu'un vil péon, un humble serviteur, j'aurais averti le maître, comme le doit faire un honnête esclave, qui ne pense guère à empoisonner les grenades. Mais la maîtresse n'aime que don Gontran ; lui seul est beau, est brave, est fier, est noble assez pour elle. Dans le monde entier elle ne voit que lui.
— Va-t-en, va-t-en ! — murmura Terral, — et laisse-

moi subir en paix la justice de don Gontran, ou bien, — ajouta-t-il d'un air sombre, — je puis te dire à mon tour ce qui te rend si calme et si patient aux châtimens, ce qui t'empêche d'incendier l'habitation et de t'enfuir!

— Ce n'est pas là un grand secret, — reprit Acacia ; — je serais partout dénoncé par ma peau noire et ne trouverais même pas de refuge chez les voleurs des savanes.

— Tu mens, Acacia, — dit le péon. — Si je suis revenu à l'habitation volontairement, moi, c'est que j'avais traité d'égal à égal, d'homme libre à homme libre avec le maître, c'est que j'avais engagé ma parole et que ma parole est sacrée. Mais si, toi, tu ne t'enfuis pas, ce n'est ni par crainte ni par dévouement pour don Gontran. C'est que tu aimes avec la fureur d'une bête fauve cette chaste et noble femme, cette sainte et belle senora, devant qui je m'agenouillerais comme devant l'image de la Vierge Marie! Ah! tu as donc cru qu'on ne pourrait rien lire sur ta face d'ébène, et que ta pensée serait impénétrable à tous derrière ce masque difforme!

Le nègre resta immobile comme une statue de bronze; puis croisant ses bras sur sa poitrine :

— Pauvre péon, — dit-il avec une sorte de pitié ironique, — si nous avons deviné juste tous les deux, le difforme Acacia a eu aujourd'hui plus de bonheur que le beau dompteur!

— Que veux-tu dire? — demanda Terral avec surprise.

— Les femmes aiment mieux les vaillans que les lâches, — reprit Acacia.—La senora va te voir étendu sur le cepo, subissant avec humilité ce honteux châtiment des esclaves voleurs ou paresseux, et moi, le nègre hideux et difforme, elle a vu du moins que je n'étais pas un lâche poltron et que je ne lâchais pas pied devant les serpens!

Le péon fit un violent effort qui dégagea ses mains; il redressa sa tête et regarda en face Acacia, oubliant sa position : la douleur fut atroce, mais il ne poussa pas un cri.

Le nègre sourit et continua :

— Tu es étonné, compagnon? Eh bien, oui, ce matin notre maîtresse était endormie à deux pas d'un serpent que j'ai vu s'élancer vers elle.

— Un serpent! — répéta le péon, dont la figure se couvrit d'une teinte verdâtre. —Et je n'étais pas là pour protéger dona Elisabeth!

Ses yeux s'injectèrent de sang et ses bras se tendirent raides avec tant de violence, que la corde qui liait ses poignets se rompit. Le cepo trembla sous cette convulsion suprême.

— Mais j'étais là, moi, — s'écria le nègre avec un accent de triomphe, — et j'ai écrasé la tête du serpent sous mes pieds.

Terral avait redressé son visage où se résumaient tous les degrés de l'épouvante; des gouttes de sang rougissaient son col nu arraché de l'échancrure du cepo par une énergie surhumaine.

Il regardait Acacia avec un mélange d'envie et d'admiration.

— Tu as fait cela, compagnon? — demanda-t-il d'une voix encore altérée par le saisissement, comme si on lui eût fait avaler des grains de sable ardent. Le nègre recula; il avait peur devant ce robuste patient, capable de briser l'instrument de son supplice et de s'en faire une arme pour abattre son bourreau à ses pieds.—Tu as sauvé la maîtresse! — reprit le péon avec effort.

— Oui, — répondit Acacia.

Une larme perla au coin de la paupière de Terral. Un sourire s'esquissa aux contours de ses lèvres. Il tendit au nègre ses deux mains meurtries :

— Acacia, — dit-il, — je t'ai adressé des paroles de mépris, j'ai eu tort. Je te pardonne ta haine contre moi. Ne crains rien de ton compagnon désormais. Il sera comme toi un fidèle serviteur de don Gontran. Maintenant va

chercher d'autres cordes pour lier plus solidement mes poignets.

Et il laissa retomber sa tête dans l'échancrure du cepo.

V

LA JARRE.

Le nègre haussa les épaules, car il n'était pas capable de comprendre l'héroïsme du sentiment qui dirigeait la conduite de Jacques Terral, et sortant de la cour des cepos, il alla rôder avec un air d'insouciance autour d'une petite hutte de bambous, à demi enfouie derrière les larges feuilles et les tiges grimpantes des calebassiers aux calices d'or. Cette hutte était le boudoir d'Elisabeth. La jeune femme venait de s'y retirer, après que monsieur de Favières l'eut priée avec un geste impératif de la laisser seul, et là elle pleurait amèrement, car il avait suffi de la conversation et de la scène que nous avons rapportées pour tuer dans son cœur tout le bonheur passé.

Jamais le caractère égoïste de son mari n'avait éclaté d'une façon si brutale à ses yeux. A mesure que l'amour de Gontran, cet amour qui chez l'homme naît du désir et de la curiosité, s'était attiédi et glacé, celui de la jeune femme s'était enraciné par la possession et exalté par les souffrances endurées ensemble. Plus le gentilhomme s'était montré léger, insouciant, personnel, avide de joies extérieures, sarcastique et dédaigneux, plus Elisabeth avait trouvé d'attrait à conquérir ce cœur difficile et hautain. Elle s'immolait volontiers à cette idole, dont la présence, la voix, le regard, le sourire étaient pour elle d'immenses bonheurs. Quand il se plaignait de sa position misérable, lui noble, habitué à toutes les jouissances du luxe et de la vanité, elle sympathisait à ces plaintes amères, loin de s'en offenser, et arrivait à se souhaiter ardemment une fortune nouvelle, tombée du ciel, afin de pouvoir la lui sacrifier. Qui sait si dans cet amour ne se glissait pas un peu de cet orgueil secret qui entraîne souvent une femme douce et pure à s'éprendre d'un homme violent et brutal, ou d'un charmant vaurien, dans l'espoir secret de vaincre ses mauvais instincts, orgueil qui jette aussi parfois les plus fières courtisanes aux pieds d'un homme supérieur et dédaigneux des folles joies? N'est-ce pas toujours l'histoire du désir irrité par l'obstacle, du bonheur d'autant plus envié et plus grand à nos yeux qu'il est bien loin de nous? Ajoutons que l'insatiable cupidité de monsieur de Favières et son énergie dans le mal étaient restées voilées pour Elisabeth, tant que son ambition n'avait point éprouvé de résistance et s'était facilement réalisée. Que d'avares mourraient sans être démasqués si jamais nul n'avait essayé de leur emprunter de l'argent ou de leur voler leur cassette? Le lion repu rentre sa griffe et cligne sa fauve paupière en voyant passer un voyageur qui lui eût servi de souper une heure auparavant.

Que dire encore pour expliquer le pourquoi de cet amour constant et opiniâtre, si ce n'est qu'Elisabeth, fille de bourgeois, ressentait une sorte de respect et d'admiration craintive pour les brillans défauts du gentilhomme, dont elle se croyait aimée au fond, et qu'elle subissait l'empire hautain de son mari comme ces gladiateurs gaulois que l'on armait d'un glaive dans le cirque et qui, au lieu de se le plonger dans le cœur, préféraient s'entre-égorger avec leurs frères et cherchaient à mourir avec grâce en amusant le peuple romain?

Cependant la jeune femme n'avait pu s'empêcher d'être frappée de la dignité réelle déployée par le péon, qui, malgré ses haillons, son état d'exténuement et son humble condition, avait su se montrer supérieur à son maître et lui épargner une action honteuse. Elle ne put songer sans émotion aux souffrances que devait endurer le pauvre Terral sur le cepo; cette pensée lui donna du courage pour braver la défense de monsieur de Favières, et elle résolut d'aller visiter le patient pour le consoler dans sa peine et réparer ainsi une humiliation dont elle s'accusait d'être la cause. Après avoir hésité quelque temps encore, elle se décida, réfléchissant que, à cette heure de la sieste et de silence son mari devait être endormi dans son hamac, et que nul regard n'épierait une démarche qu'elle croyait audacieuse. Elle sortit doucement de la hutte et se dirigea vers la cour des cepos, en regardant avec soin autour d'elle elle n'aperçut pas Acacia, tapi dans l'herbe haute, l'œil aux aguets, et qui ne l'eût pas plutôt vue entrer dans la cour, qu'il courut gratter à la porte de son maître.

— J'avais défendu qu'on vînt troubler mon repos, — s'écria aussitôt monsieur de Favières.

— Pardon, maître, — répondit Acacia, — mais j'ai une nouvelle à vous apprendre.

— Quelle nouvelle?

— La senora est allée voir le péon au cepo, maître.

— Ah! tout le monde me brave ici! — dit Gontran en ouvrant la porte. — Suis-moi. Acacia. Leur conversation doit être intéressante et je veux l'entendre.

Cependant la jeune femme était entrée dans la cour avec la légèreté d'une ombre. Terral n'avait pas entendu le bruit de ses pas: il s'exhaussait sur ses coudes et cherchait à se préserver, en croisant ses mains au-dessus de son visage, de l'ardeur calcinante du soleil.

— Pauvre péon, — dit la jeune femme, — comme vous devez souffrir!

En entendant ces paroles prononcées d'une voix mélodieuse, Terral crut faire un rêve; il ouvrit les yeux, et le sang tourna dans ses veines en reconnaissant Elisabeth.

— Vous ici, madame! — murmura-t-il d'une voix troublée. — Vous avez eu pitié de moi, vous la femme du maître inflexible qui me punit. Oh! vous êtes bonne et belle comme la Vierge, madame! Vous ne croyez donc pas, vous, qu'un péon soit une brute servant, ainsi qu'un chien ou un faucon, le désir du maître; que le cœur doive être insensible à l'insulte comme le corps au vent, à la pluie et au soleil. Telle est la croyance de don Gontran. Mais vous, madame, vous comprenez que le cœur d'un péon est susceptible de haine et d'affection, parce que vous avez souffert.

— N'accusez pas monsieur de Favières, — dit doucement Elisabeth. — Il est noble et généreux, mais ses malheurs ont aigri son âme et l'ont rendu défiant et injuste. J'obtiendrai de lui qu'il vous fasse grâce de la peine, maintenant que sa colère est passée.

— Je ne veux rien lui devoir, — interrompit brusquement le péon. — Je ne veux pas que vous priiez pour moi l'homme qui vous a menacée, vous qui êtes douce qu'un ange du ciel, et qui a failli vous frapper comme on frappe les esclaves, vous qu'il devrait adorer à genoux. Il n'aurait qu'à s'emporter de nouveau, et je serais plus là pour recevoir le coup à votre place.

— Taisez-vous, malheureux, — dit la jeune femme effrayée de ces paroles hardies. — N'oubliez pas que monsieur de Favières était en France un fier gentilhomme, habitué à être obéi, et qu'il est tombé du haut d'une existence princière dans cette misère et cette solitude insupportables pour lui. Soyez un fidèle serviteur, Terral, et ne l'abandonnez pas parce qu'il est malheureux. Il est des douleurs pires que le supplice du cepo, croyez-moi!

— Vous dites que don Gontran est malheureux, madame, — reprit le péon, et il est aimé de vous, et vous consentiriez à vivre toujours avec lui au fond de ce désert!

— Oh! — dit Elisabeth, — que ne puis-je en donnant tout mon sang lui rendre cette fortune qui est un besoin pour lui!

— Vous l'aimez à ce point, madame, — s'écria Terral.

— Alors le maître devient sacré pour moi, car j'ai juré

d'aimer qui vous aimeriez, lorsque vous soigniez avec tant de charité ma pauvre vieille mère mourante.

— Je ne faisais que le devoir d'une femme chrétienne, — répliqua naïvement Elisabeth.

— Oh! se montrer chrétienne envers des péons ou des esclaves, — murmura Terral d'une voix plus faible, — c'est être une véritable sainte!.... Oui!... vous êtes une... sainte.

Il put à peine balbutier ces derniers mots. Une sorte de vertige fiévreux éblouissait ses yeux; le sang bourdonnait et sifflait à ses oreilles; la voix mourait dans son gosier enflammé.

— Vous ne pouvez endurer plus longtemps ce supplice, — s'écria la jeune femme émue; — je vais vous aider à vous détacher du cepo!

— Ce n'est rien, madame, — dit le péon, pâle comme un linceul et essayant de sourire... — la fatigue... le soleil... et puis la soif... j'ai la gorge en feu!

— La soif, Terral, — reprit-elle, — et vous n'osiez pas vous plaindre... dans une minute j'aurai rempli la jarre et elle sera portée à vos lèvres.

— Le maître l'a défendu, — murmura le péon d'une voix frêle comme un souffle.

— Qu'importe! — dit Elisabeth en s'éloignant.

— Prenez garde, maîtresse, de l'irriter contre vous à cause du misérable péon, — ajouta Terral. — Oh! j'aime mieux souffrir un jour entier ainsi, dussé-je en mourir, que de vous voir encore une fois outragée.

La jeune femme frissonna, car elle connaissait l'inflexible volonté de monsieur de Favières. Ce dernier eût eu pitié du martyre d'un nègre qui était son bien et sa chose, mais que lui importait la vie d'un travailleur libre, d'un engagé.

Cependant elle répondit avec fermeté:

— Si Gontran vous voyait ainsi, anéanti sous les morsures du soleil, il vous apporterait lui-même la jarre. Si j'ai tort de lui désobéir, que la peine retombe sur moi!

Et elle s'éloigna pour aller remplir la jarre qui servait à désaltérer les serviteurs.

Monsieur de Favières avait assisté, spectateur invisible, à cette scène, avec une sourde colère. Caché derrière le rideau de volubilis aux clochettes multicolores qui masquaient une des fenêtres donnant sur la cour, il dit alors au nègre:

— Je ne m'étonne plus si ce drôle affectait des airs de bravade et d'indépendance. Ah! la femme du maître se fait la sœur de charité des péons. Voyons un peu jusqu'où le senor Terral poussera la familiarité.

Elisabeth venait de rentrer dans la cour, portant non sans effort la lourde jarre, qu'elle appuya avec une grâce toute biblique sur la bouche desséchée du jeune homme, dont le visage s'éclaira d'un regard et d'un sourire ineffables.

— C'est vraiment touchant, — ricana le gentilhomme, — et monsieur Greuze donnerait sans doute cent louis pour être à ma place. Ma femme lui fournirait là le prétexte d'un délicieux tableau. Elle pose admirablement.

VI

LE CAILLOU D'OR.

Lorsque Terral se fut abreuvé à longs traits de cette eau glacée, il releva vivement la tête et dit à sa maîtresse:

— Croyez-vous sérieusement, madame, que la pauvreté seule a rendu votre mari cruel et impitoyable?

— J'en suis sûre, — répondit-elle surprise, — mais pourquoi cette question?

— Croyez-vous, — continua le péon, — que si vous

pouviez soudainement rendre une fortune à monsieur de Favières, il redeviendrait aimant, bon et doux pour vous, madame ?

— Oh ! du moment qu'il pourrait me faire servir par de nombreux serviteurs, me parer comme une idole, faire vanité de ma beauté aux yeux du monde, au lieu de me laisser enfouie comme la perle ignorée au fond de la mer, du moment que je ferais partie de ce faste avec lequel il éblouirait les autres hommes et qu'on lui envierait, de ce moment il m'aimerait, — dit Elisabeth avec un soupir amer. — Eh bien ! c'est honteux à avouer, mais je serais heureuse de cet amour vaniteux, heureuse de le voir être fier de moi ! Mais à quoi bon de tels rêves ! Je ne suis aujourd'hui pour Gontran qu'un obstacle et un fardeau.

— Ce ne sont point des rêves que vos désirs, — répliqua le péon d'une voix ferme, — et puisqu'avec une fortune on peut vous acheter le bonheur, vous serez heureuse. — Elisabeth, comme monsieur de Favières, comme Acacia, regarda Terrral et les rayons dévorans du soleil l'avaient frappé de fièvre ou de délire. Il comprit le regard de la jeune femme, sourit tristement et continua : — Oh ! je vois que vous me croyez fou, madame. Rassurez-vous, j'ai bien toute ma raison. Et cependant tout ce que je vais vous dire vous semblera un songe étrange, à vous, nouvelle venue dans nos déserts qui cachent tant d'enchantemens à côté de tant de dangers. Vous êtes bien étonnée, n'est-ce pas, d'entendre un pauvre diable aux gages de votre mari, vêtu de haillons, mourant de soif et de faim, parler ainsi de fortune ? C'est que vous ne savez pas les hasards merveilleux qui attendent parfois sur la crête d'une montagne ou dans le lit d'un fleuve les intrépides coureurs des bois et des savanes du Mexique. J'aurai la hardiesse, madame, de vous dire le secret de ma vie. Depuis que je vous ai vue veiller à l'agonie et à l'ensevelissement de ma vieille mère, j'ai juré que mes jours vous appartiendraient et vous seraient dévoués. Je savais que votre mari était un émigré français, ruiné ou à peu près, que vous deviez souffrir d'un si terrible changement d'existence. Je vous voyais toujours dans mon esprit, si belle et si rayonnante de bonté, agenouillée et priant près du grabat d'herbes sèches où se mourait ma mère, lorsque j'arrivai à ma hutte conduisant quatre chevaux sauvages que je venais de chasser et de dompter dans le désert. Quel spectacle pour moi qui entrais d'un cœur et d'un esprit rians dans cette hutte ! Je chancelai et tombai foudroyé devant le grabat. Vous me fîtes signe cependant d'embrasser ma mère et j'obéis comme un enfant. Elle sentit mon baiser, la pauvre vieille femme, et ses lèvres remuèrent, et je crus l'entendre murmurer : « Jacques ! » Mon nom mêlé à son dernier souffle. Quelle douleur ! Mais quand je pleurais à chaudes larmes, je vous vis pleurer comme moi ; lorsqu'en votre présence je cherchais à comprimer mes sanglots, vous me dîtes de votre voix douce et tremblante : « Pauvre fils, n'étouffez pas votre douleur ! laissez crier votre cœur. » Jamais je n'avais vu, moi sauvage enfant du désert, une si belle et si bienveillante créature, et pendant une heure, je crus à une de ces apparitions angéliques auxquelles les prières m'ont appris à croire. Comprenez-vous, madame, pourquoi je sentis dès lors le besoin de vous revoir, d'être près de vous, de vous servir de bouclier contre les dangers du désert. Jusqu'à ce moment j'avais été heureux de ma vie libre et vaillante de dompteur de chevaux. Quand j'avais jeté ma lourde selle sur le dos d'une bête farouche et vicieuse, et que, l'étreignant de mes genoux de fer, je me laissais entraîner par elle aux quatre vents, l'air sifflant comme une balle à mes oreilles, j'étais enivré de joie, mes jarrets de l'animal pliaient sous moi, je n'aurais pas vendu mon triomphe pour un empire ! C'est si beau d'être libre ! Eh bien ! ma liberté me devint importune, je la vendis. Je quittai la vie de vaquero pour vous payer la dette de ma mère, en louant à vil prix mes bras et mon temps à monsieur de Favières. Et c'était dur pour moi, madame, de reparaître à vos yeux comme un

mercenaire, comme le compagnon de ce misérable nègre ! Les premiers jours de mon engagement, je fus heureux, mais je le vis bientôt, je ne pouvais vous rendre, dans ma position, que d'humbles services de chaque jour, qui ne pouvaient chasser la tristesse de votre front. Je soignais vos fleurs, je dressais le cheval que vous deviez monter, je veillais sur vos promenades, mais Acacia en eût fait tout autant. C'est alors que je me souvins du métier de mon père le laveur d'or, et qu'une idée folle me vint ; je résolus de m'enfuir de l'habitation ?

— Vous avez donc menti à votre maître, Jacques Terral, — dit Elisabeth, — en lui répondant que vous vous étiez égaré dans le désert ?

— J'ai menti, madame, — répliqua le péon ; — car c'est pour vous que je me suis enfui et que je me suis joint à une troupe de ces hardis chercheurs d'or qui vont, la *baretta* de fer à la main, flairer les mines de diamans et d'or.

— Pauvre rêveur ! dit la jeune femme en souriant. — Et vous croyiez que les mines allaient s'entr'ouvrir sous votre baretta comme sous la baguette d'une fée ?

— Madame, je n'avais qu'une seule pensée, — reprit Terral ; — vous voir riche, c'est-à-dire heureuse et à l'abri des reproches, des dédains et des menaces de monsieur de Favières ; vous rendre indépendante de ce maître orgueilleux, c'était mon rêve à moi. D'ailleurs, dans mon enfance, j'avais commencé avec mon père le rude métier de chercheur d'or, il m'avait appris à connaître les indices des *placers* et des *crestons*, c'est-à-dire des crêtes et des saillies de roches de quartz, brûlés par le soleil et privés de toute végétation, qui s'étendent souvent une lieue entière, et qui contiennent les veines du précieux métal.

Elisabeth écoutait déjà le péon avec curiosité, et monsieur de Favières prêtait une avide attention à cette étrange révélation.

— Et quel fut le résultat de vos recherches ? — demanda la jeune femme, flottant entre l'incrédulité et une vague espérance.

— Durant quinze jours ce fut en vain, madame, — continua Terral, — que je subis les tortures de la faim, de la soif et du soleil, et que je bravai l'ouragan ou la griffe des bêtes féroces. Les éclats de quartz que détachait chaque coup de ma pique de fer trempé n'étincelaient pas de veines et de paillettes d'or aux rayons du soleil où à l'ardeur de la flamme. Je n'avais ramassé dans ma *battea* (c'est le nom de nos sébiles de bois) que cette poudre d'or entraînée dans le fond des vallées par les rivières et les torrens qui descendent des montagnes. J'étais désespéré, et je me décidai enfin à revenir, honteux d'avoir vu s'écrouler et s'évanouir ce rêve magnifique dont je m'étais habitué à faire une réalité.

— Pauvre péon ! — soupira Elisabeth en essuyant avec le bout de son écharpe la sueur au front de Terral. Ce que vous avez fait là prouve un noble cœur ; mais renoncez à votre folie, ne poursuivez pas cette chimère. J'ai entendu dire à Gontran que pour un chercheur d'or qui a la chance de trouver une mine, des milliers périssent misérablement après avoir à peine trouvé à gagner leur pain par le lavage des sables d'or.

— Je savais cela, madame, — dit Terral, — et je crus en effet avoir écouté un faux pressentiment. Je quittai donc mes compagnons, et je revins seul à travers les déserts, vers l'habitation, consterné et découragé. Un soir, épuisé de fatigue, transi de froid, je me reposai dans une clairière où le sol était couvert des cendres du feu d'un bivouac d'Indiens. Je pensai à ma déception, et j'écartai les cendres encore tièdes du bout de ma baretta avec une sorte de rage machinale. Tout à coup je vis jaillir d'un caillou informe une éblouissante lueur au milieu de l'ombre. Le cœur me battit, madame. D'une main tremblante je saisis ce caillou. La chaleur du brasier l'avait dépouillé de son enveloppe terreuse ; c'était un énorme morceau d'or.

— Est-il possible ! — dit Elisabeth.

— Un morceau d'or ! — répéta l'émigré d'une voix sourde en se penchant hors de la fenêtre.

— Je n'ai pas poussé un cri de joie en l'étreignant dans ma main, madame, — reprit Terral, — car j'étais devenu inquiet, craintif et défiant comme l'avare. Je craignais les voleurs du désert ; je craignais que mon visage ne trahît ma joie. Je déchirai ma veste et mon manteau pour qu'ils ressemblassent mieux à des haillons.

— Où est ce caillou d'or, Jacques ? — demanda une voix impérieuse.

C'était celle de monsieur de Favières qui venait de se précipiter dans la cour.

Elisabeth recula, troublée, à l'aspect de son mari, qui bondit jusqu'au cepo.

— Ah ! vous m'avez épié, — dit le péon en le regardant avec un calme dédaigneux.

— As-tu dit la vérité ? — s'écria Gontran.

— Détachez-moi de ces entraves, — répondit Terral, — et je vous montrerai ce caillou d'or qui peut payer mille fois ma liberté.

Monsieur de Favières le détacha du cepo.

— Maintenant, prêtez-moi votre couteau, — dit le péon.

Après un instant d'hésitation, l'émigré lui remit son couteau. Terral ramassa sa veste, déchira la doublure et en fit tomber un morceau d'or d'une prodigieuse grosseur, étincelant sur toutes ses faces.

Monsieur de Favières jeta un cri d'admiration.

— Et tu ne l'as pas volé à quelque *gambusino* ? — demanda-t-il brusquement ; — car ce prétexte lui eût suffi pour chercher à s'approprier ce caillou magique.

Le péon haussa les épaules.

— Quand je le voudrai, je pourrai vous conduire au gîte de la mine, car seul je le connais.

— Tu m'y conduiras, n'est-ce pas ? — reprit vivement l'émigré. — Tu me céderas le droit d'exploiter ta découverte ?

— Pourquoi donc ? — répondit Terral. — Pour vous remercier, peut-être, de m'avoir fait mettre au cepo ?

— Mais tu ne peux tirer qu'un profit dérisoire de ton secret, si tu le gardes pour toi seul, — insista le maître ; — tandis qu'à nous deux il peut devenir la source d'une fortune merveilleuse et incalculable. Sais-tu tout ce que ce *placer* peut nous donner de jouissances et d'honneurs ? Sais-tu que nous pouvons impunément nous venger de tous ceux qui nous ont méprisés et offensés dans notre détresse ?

— Vous voyez bien, don Gontran, que je devrais garder mon secret pour pouvoir me venger de vous impunément, car le péon devenu millionnaire oserait faire l'aumône à un émigré, — dit Terral avec une calme ironie.

Le visage de monsieur de Favières pâlit.

— Ne me brave pas, Jacques, — s'écria-t-il. — Tu es encore à ma merci, dans mon habitation ; et avec l'aide d'Acacia je puis dompter ton orgueil.

— Vous savez bien que je ne crains ni les menaces ni violence, — répondit le péon. — S'il ne s'agissait que de vous seul, je n'aurais pas supporté une de vos insultes, et quand vous me tiendriez dans le cepo jusqu'à la mort, je n'avouerais pas le secret de la mine. Votre misère serait ma vengeance ; mais comme votre malheur retombe sur une femme innocente qui a veillé l'agonie de ma mère, c'est à elle, c'est à dona Elisabeth que je céderai cette fortune. L'acceptez-vous, madame ? — ajouta-t-il d'une voix émue.

La jeune femme tressaillit à cette question, et ses yeux, humides de larmes contenues, se baissèrent devant le regard triste de Jacques Terral.

— Remerciez votre généreux serviteur, Elisabeth, — dit alors monsieur de Favières. — Du reste nous ne serons pas ingrats envers lui.

— J'accepte, — murmura la jeune femme dont le front se couvrit de rougeur, car elle se sentait humiliée par l'âpre cupidité de son mari, qui contrastait si fort avec le noble désintéressement du péon.

Puis, comme elle se retirait à pas lents, le gentilhomme l'arrêta pour lui dire :

— Nous partirons après demain, Elisabeth, à la recherche du placer.

— Je vous accompagnerai, Gontran, — répondit-elle.

— Non, ma chère. Une femme n'est pas assez forte pour courir cette vie d'aventures et de dangers.

— Quoi ! je resterais seule à l'habitation, isolée de tout secours ?

— Acacia, notre fidèle nègre, veillera sur vous, Elisabeth.

Le péon vit en ce moment une sorte de vague effroi se peindre sur le visage de sa jeune maîtresse, et une flamme étrange étinceler dans les yeux de l'esclave.

Il se tourna vers monsieur de Favières et lui dit aussitôt :

— Nous aurons, il est vrai, une rude route à faire, maître, mais le secours d'Acacia nous sera indispensable pour conduire les mules chargées des balfeas, tandis que nous veillerons sur les chevaux. Nous pouvons rester longtemps à la mine et avoir à lutter contre les rôdeurs du désert qui viendraient flairer notre placer. Dona Elisabeth est courageuse ; elle sera plus en sûreté d'ailleurs au milieu de nous que dans cette habitation abandonnée.

— Soit, — dit sèchement l'émigré. — Allez donc vous reposer, Jacques. Demain nous ferons les préparatifs de l'expédition.

Terral s'éloigna, et la jeune femme se dirigea vers la huerta. Quand ils eurent disparu, monsieur de Favières laissa échapper ce seul mot :

— L'insolent !

— Oh ! je savais bien que le péon aimait la maîtresse, — murmura le nègre à l'oreille de son maître. — Il n'y a qu'un fou ou un amoureux qui puisse faire cadeau d'un placer à une femme.

Gontran regarda l'esclave avec un air sinistre :

— S'il est fou, je profite de sa folie, — dit-il ; — s'il est amoureux nous veillerons sur lui, Acacia, et quand le gîte de la mine me sera connu, nous saurons châtier son insolence.

VII

L'AMOUR D'UN ESCLAVE.

Le surlendemain, l'émigré tint parole, et à trois heures du matin il quittait son habitation avec sa femme et ses serviteurs.

Des mules marchaient en avant, chargées des ustensiles nécessaires à l'opération projetée. Acacia, le fouet à la main, activait leur indolence naturelle.

Monsieur de Favières, Elisabeth et le péon montaient des chevaux dressés par ce dernier. Ils sortirent bientôt du lit de l'Uris et suivirent des sentiers improvisés par la nature, au milieu d'une plaine aride, aux vestiges d'habitations.

Le long de la route se dressaient des pics escarpés, couronnés de nuages onduleux et qui n'offraient aux regards que des buissons d'aloès et de cactus épineux ou des chênes verts et des sapins.

Aucun des voyageurs ne parlait, car aucun n'eût osé dire tout haut les pensées qui agitaient son esprit.

Les deux premiers jours se passèrent sans grandes fatigues et sans grands obstacles. Le soir du second jour, quand le désert s'emplit de bruits vagues et solennels de la nuit, quand l'ombre donna une voix mystérieuse au craquement des buissons effleurés par les longes des chevaux, au pétillement des trombes de sable s'abattant sur l'eau, au bruissement des maringouins innombrables voltigeant dans les vapeurs nocturnes, le nègre s'arrêta tout à coup.

Après avoir regardé quelque temps le sol avec une attention minutieuse, il courut vers monsieur de Favières et lui dit :

— Maître, il y a du nouveau. Il est heureux que ce soir la lune brille assez pour que j'aie pu apercevoir les traces que la terre, détrempée par l'orage de ce matin, a gardées.

— Voyons les traces ! — s'écria Terral avec inquiétude.

Il s'élança en avant, descendit de cheval, et examina minutieusement les empreintes laissées dans le sol fangeux. Les autres voyageurs l'entourèrent bientôt, étudiant sur sa physionomie l'impression de cet examen. Il parut de plus en plus surpris.

— C'est la marque des sabots d'un cheval, — dit-il. — Dieu me pardonne, ce cheval n'a jamais été dompté. Quels furieux écarts ! Oh ! mais je le reconnais. Le sabot gauche est plus large que le droit. Oui, c'est ce diable de cheval qu'aucun *vaquero* n'a pu monter. Il a écrasé contre un tronc d'arbre le pauvre Hernandez, et cassé la jambe de Diego, mon camarade, en se renversant sur le dos. Alors on s'est contenté de lui rayer le poitrail d'une croix, avec un fer rouge, et on l'a lâché dans le désert, en le surnommant *le Possédé.*

— Ce cheval, — reprit le nègre, — s'est dirigé sur la gauche du sentier. Son instinct l'a bien servi, car il y a de ce côté, à une faible distance, une source qui alimente un petit étang et où il pourra aller s'abreuver...

— Une source ! que ne le disais-tu plus tôt, Acacia, — interrompit vivement monsieur de Favières. — Il n'y a pas à hésiter, nos montures sont haletantes ; gagnons cette source ; nous passerons la nuit en repos, et demain nous reprendrons notre marche.

Un sourire étrange illumina la face d'Acacia, mais il fut rapide comme l'éclair, et lorsque Terral le regarda fixement en lui demandant si cette halte n'offrait aucun danger, il répondit avec une physionomie impassible :

— J'ai dormi plus d'une fois dans la grotte qui s'ouvre derrière l'étang, lorsque j'allais, avec une carabine, guetter, avec mon ancien maître, les cerfs ou les bisons qui descendaient des bois et des collines pour se désaltérer à la source.

— Eh bien ! soit, — dit Terral. — Acceptons comme guide Acacia, et demain nous reprendrons notre route.

La petite troupe arriva bientôt à l'oasis promise.

Elle était harassée de fatigue ; mais l'aspect pittoresque de la source dédommagea nos voyageurs de leurs inquiétudes et de leurs peines.

C'était un petit étang circulaire, où venaient se dégorger les eaux d'une cascade ruisselant, comme un énorme chapelet de perles, du haut d'un amphithéâtre de collines. La lune jetait sa lueur blanche, mélancolique et indécise sur ce miroir limpide, taché çà et là par les larges feuilles lustrées des plantes aquatiques. Sur les collines s'étageaient des groupes de sumacs et d'acajous, et à leurs pieds s'ouvraient de sombres arcades de frênes et de palétuviers. Du côté de la plaine d'où débouchaient nos voyageurs, deux cèdres seulement s'élevaient sur la berge de l'étang, et à quelque distance une masse informe de pierre, un bloc ou plutôt un entassement de roches qui semblaient avoir été secouées par un tremblement de terre et menacer de se disjoindre, de s'écrouler au premier ouragan. C'était la grotte que le nègre avait annoncée ; et lorsque Terral fut arrivé à l'entrée, il vit qu'elle n'avait que trois pieds de hauteur, et que, large par le bas, elle allait toujours en se rétrécissant, de sorte qu'il fallait se courber pour pénétrer dans la voûte obscure.

Quant aux chevaux, il était impossible de les faire passer par cette étroite issue. Le péon dit à monsieur de Favières qu'il fallait les attacher au tronc des cèdres, sur le bord de l'étang, et que le nègre et lui veilleraient sur eux

à tour de rôle pour écarter les bêtes féroces que la soif ou le flair d'une prise pourraient attirer.

Pendant ce temps Elisabeth était descendue de cheval et s'était avancée vers la berge, d'où elle admirait le calme et magique tableau qui se dessinait sous ses yeux. Les sons mystérieux de la forêt, les vagues et saines odeurs des arbres et des plantes, les rauques et courtes clameurs qui coupaient au loin le silence, les étoiles qui diamantaient le ciel et l'eau à peine ridée de la source, tout cela l'enivrait d'une jouissance pure et sereine, lorsqu'elle tressaillit en regardant la berge.

Elle voyait le terrain humide creusé par des empreintes profondes, comme si de lourdes griffes eussent déchiré le sol à des distances égales, et ces traces étaient d'autant plus remarquables que tout autour on distinguait des branches d'arbres brisés et des feuilles piquées de grains de sable.

— Que signifient de telles empreintes ? — demanda-t-elle en se retournant avec une vague appréhension.

Derrière elle se trouvait le nègre, qui se disposait à attacher le licol de ses mules au tronc d'un cèdre. Il parut contrarié de la remarque de la jeune femme et jeta un coup d'œil rapide du côté de la grotte pour s'assurer que monsieur de Favières et Terral ne pourraient ni l'observer ni l'entendre, puis il répondit d'un air insouciant :

— Il n'y a pas là de quoi s'inquiéter, maîtresse. Ce sont les traces des chevaux sauvages qui ont l'habitude de s'abreuver à la source et qui se seront dispersés en tumulte à notre approche.

Et en même temps il marcha dans les empreintes, comme s'il n'y prenait pas garde, et fit passer dessus les mules qu'il voulait faire boire, d'une façon si naturelle que les traces étaient effacées ou embrouillées au moment où le maître et le péon rejoignirent Elisabeth.

Peut-être la jeune femme eût-elle néanmoins insisté sur cette circonstance singulière, si au même instant un hennissement sonore ne se fût fait entendre, comme s'il venait du milieu de l'étang.

— Que vous disais-je, maîtresse ? — reprit Acacia. — Voici un des fugitifs que la frayeur a pris un bain.

— Ah çà ! les chevaux de ce pays ont donc l'habitude de prendre les étangs pour des écuries ? — dit en s'avançant monsieur de Favières.

Terral s'approcha à son tour, et ils virent s'écarter un réseau de plantes aquatiques et la tête d'un cheval alezan brûlé se dresser au-dessus, les oreilles pointées en avant, les yeux sanglans et voilés à moitié par une houppe de crins emmêlés. Il semblait écouter tout en frémissant les hennissemens par lesquels les chevaux des voyageurs répondaient aux siens, et il se décida enfin à s'approcher insensiblement du bord de l'étang.

— Maître — dit alors le nègre, — la bête paraît vigoureuse et serait de bonne prise. Nous en aurons peut-être besoin.

— Mets-lui le grappin dessus, — répliqua Gontran.

Le cheval s'avançait avec défiance ; il semblait sous le coup d'une terreur aveugle, et parfois s'arrêtait et se cabrait dans l'eau, comme si des miasmes dangereux eussent éveillé son flair subtil. Les trois hommes ne bougeaient pas. Ils s'étaient groupés sous l'ombre du cèdre et retenaient leur respiration.

Enfin, lorsque l'alezan fut à portée, Acacia se pencha sur la berge, s'allongea comme un serpent, et lui jeta avec une adresse et une force remarquables un nœud coulant qu'il serra à l'extrémité de la lèvre supérieure. Le cheval fit un bond en arrière de surprise et de rage, mais Acacia ne lâcha pas la corde, et l'étreinte fut si douloureuse pour l'alezan que, après un hennissement désespéré il se résigna à l'obéissance, et au bout de deux minutes on entendit ses sabots durs et pointus résonner comme du métal sur les galets mêlés au sable du bord de l'étang.

Mais dès que Terral eût vu de plus près le redoutable animal, il saisit la cravache plombée que tenait à la main monsieur de Favières, et cria avec force à ses compagnons :

— Vite, en arrière! Pour Dieu! que la maîtresse ne reste pas ici! Emmenez-la dans la grotte, don Gontran. Ce cheval, je le reconnais, c'est le *Possédé*.

— Allons donc! vous vous amusez à nos dépens, Jacques, — dit monsieur de Favières. — Devons-nous avoir peur d'un cheval comme d'un tigre ou d'un lion?

— Le *Possédé* est dangereux tant qu'il ne sera pas solidement attaché, — répondit Terral. — C'est un animal vicieux qui boit dans le blanc, et dont les flancs ne fumeront et ne saigneront jamais sous la molette de fer. Tenez bien la corde, Acacia; il vous éventrerait d'une ruade.

— Et comme l'alezan, un instant surpris par les voix et l'apparition des hommes groupés sur la berge, pointait encore plus en avant ses oreilles, secouait sa longue crinière flottant en désordre et regardait le nègre d'un œil oblique, Terral leva aussitôt la cravache plombée en criant : — Prenez garde, face d'ébène!

En effet le cheval s'élança, rapide comme le zigzag de l'éclair, sur le nègre; mais celui-ci, prévenu à temps, se glissa derrière le cèdre, autour duquel il entortilla la corde dont l'autre bout gonflait la lèvre du *Possédé*, et en même temps, d'un coup de cravache bien asséné, Terral repoussa en arrière la bête farouche.

Monsieur de Favières avait entraîné sa femme vers la grotte pendant cette courte lutte.

— Nous ne tirerons aucun bon parti de ce maudit alezan, — murmura le péon en l'examinant avec attention.

— Bah! — dit le nègre, — je le crois encore plus poltron que méchant; il tremble sur ses jarrets, tout son poil est hérissé, et ses hennissemens sont plus plaintifs que menaçans.

— Oui, il a peur, — reprit Terral devenu rêveur; — il secoue la corde comme s'il espérait déraciner le cèdre et s'enfuir; pourtant il ne piaffe pas, il ne se cabre pas; il a peur, mais de quoi? il faut que quelque bête féroce rôde dans les environs, car la vue de l'homme ne lui causerait pas une telle épouvante.

— Je n'en ai jamais vu lorsque j'ai chassé dans le pays, — répliqua le nègre un peu troublé; — mais si doña Elisabeth vous entendait, elle ne pourrait dormir de la nuit, et la frayeur lui ôterait tout repos.

— Tu as raison, Acacia, — dit le péon, — et je ne parlerai de mes craintes ni à don Gontran ni à elle. C'est à nous de veiller sur leur sommeil.

— Vous pouvez compter sur ma vigilance et reposer tranquillement dans la grotte jusqu'à trois heures du matin, Jacques Terral. Avec une bonne carabine sur l'épaule, je vous garderais contre une tribu de bisons et de tigres, — poursuivit Acacia en riant.

Le péon sourit lui-même de ses vagues inquiétudes. Il était accablé de fatigue. Le silence s'étendait sur le désert. On n'entendait pas le bramement d'un cerf ni le souffle d'une brise couchant les hautes herbes. Terral aida le nègre à attacher les mules aux frênes et aux palétuviers, puis il disposèrent dans la grotte des amas de feuilles, de mousses et d'herbes sèches sur lesquels nos voyageurs devaient se coucher, enveloppés de leurs *frezadas*. Enfin, lorsque le repos du soir eut apaisé leur faim, monsieur de Favières remit à Acacia une bonne carabine anglaise chargée à six balles et un grand couteau, et il fut convenu que ce dernier veillerait à l'entrée de la grotte jusqu'à ce que Terral le relevât de sa faction, trois heures après.

Les voyageurs furent bientôt endormis d'un profond sommeil. Elisabeth seule ne put fermer les yeux, oppressée qu'elle était par une vague et instinctive terreur. Au milieu de l'obscurité de la grotte, et même lorsque l'épuisement eut fermé ses paupières, elle fut poursuivie par de sinistres visions. Il lui semblait que Gontran n'était entouré que d'ennemis dans son aventureuse expédition, et qu'elle seule pouvait le sauver.

Une fois elle crut entendre des miaulemens stridens, étranges et prolongés, partis des profondeurs de la grotte.

Tout à coup résonna à ses oreilles un gémissement sourd si plaintif, qu'elle ouvrit les yeux et se souleva sur son coude, saisie d'un effroi invincible et l'haleine suspendue. Cette fois elle ne s'était pas trompée. Elle vit une lueur briller et une ombre herculéenne se dessiner dans son rayon et s'avancer vers une anfractuosité de la grotte. Elle regardait avec stupeur, ne sachant si elle devait d'un geste ou d'un cri éveiller les dormeurs, lorsqu'elle reconnut dans l'ombre le nègre Acacia, qui tenait d'une main un bout de corde enflammée en guise de torche, et de l'autre secouait par la peau du cou un animal fauve et tigré de moucheture noires, semblable à un gros chat, et dont les yeux projetaient un reflet lumineux. Trois autres jeunes animaux semblables se jouaient aux pieds de l'esclave, qui les saisit comme l'autre, et les plongea dans un large sac de toile dont il noua l'ouverture avec une corde; puis il jeta le sac sur ses épaules et se dirigea vers l'entrée de la grotte.

Lorsqu'il passa devant le lit de mousse où était couchée Elisabeth, il ne put s'empêcher de s'arrêter pour la regarder, et tressaillit en la voyant éveillée et les yeux fixés sur lui.

— Qu'allez-vous faire, Acacia? — lui demanda-t-elle.

— Avons-nous un nouveau danger à craindre? Etes-vous venu nous donner l'alarme?

— Non, maîtresse, — répondit respectueusement le nègre. — J'ai entendu les miaulemens de ces chats sauvages; et comme j'ai craint qu'ils ne troublassent votre sommeil, je suis entré dans la grotte tout doucement pour les mettre au sac et les noyer dans l'étang.

— Ah! ce sont des chats sauvages, — reprit Elisabeth plus rassurée. — C'était une vilaine compagnie en effet; mais leurs cris ont quelque chose de lugubre et m'ont ôté toute envie de dormir. Je me sens inquiète et glacée dans les ténèbres de ce bloc de pierre.

— La nuit est magnifique, maîtresse, — reprit humblement l'esclave, — et si vous voulez vous asseoir sur le bord de l'étang, vous y trouverez le calme et le repos.

— Oui, dit Elisabeth, — j'ai besoin d'air, car j'ai peine à respirer dans cette atmosphère chaude et humide.

Elle se leva et suivit Acacia, qui la conduisit sur la berge.

Là, toutes ses vagues terreurs disparurent. Au milieu du silence, mille bruissemens dénonçaient la vie puissante de la nature dans ces contrées vierges. Le clapotement d'un poisson dans l'eau, le grelot sonore secoué par une mule inquiète, le frémissement des branches tordues par un coup de vent subit, les piétinemens continuels du *Possédé*, tous ces bruits distrayaient son esprit.

Le nègre restait immobile à côté d'elle, plongé dans une méditation profonde. Ses mains jouaient avec la corde du sac, qu'il laissait glisser insensiblement vers l'eau. Tout à coup il posa une main d'ébène sur l'épaule d'Elisabeth, qui le regarda avec étonnement.

— Maîtresse,— lui dit-il d'une voix brève et altérée, — croyez-vous qu'il soit impossible à une femme blanche d'aimer un nègre?

La jeune femme lui fit signe de se retirer un peu, et répondit :

— Etes-vous devenu fou, Acacia, pour oser me faire une telle question?

— Sans doute, j'ai tort, — répliqua-t-il humblement; — mais c'est que cette belle nuit me rappelle les histoires du pays où mon père était roi d'une grande tribu, et qu'il m'a souvent racontées. Par une nuit semblable, où la lune éclairait le fleuve, la plaine et les factoreries des blancs, et où ceux-ci ne craignaient aucune surprise, mon père eut le courage de pénétrer dans une de leurs habitations et d'y enlever une femme blanche qu'il aimait?

— La malheureuse! — s'écria Elisabeth. — Que devint-elle?

— Elle ne voulut jamais écouter l'amour de mon père, quoiqu'il eût risqué sa vie pour l'enlever, et qu'il bravât à cause d'elle la vengeance des blancs et la haine de sa tribu. Dans un jour de colère, il la blessa avec sa zagaie empoisonnée; puis, désespéré de la voir sourire au milieu de ses souffrances, comme si elle était heureuse de mourir, il suça la plaie et la sauva. Alors, voyant qu'il ne pouvait vaincre son obstination, il résolut de la rendre aux siens. Elle feignit d'y consentir avec joie; mais, à deux lieues de la factorerie, mon père, inquiet de ne plus entendre sa voix depuis quelques heures, ouvrit la litière dans laquelle il la tenait cachée, elle ne lui répondit pas; il toucha sa main, cette main retomba froide. Elle s'était laissé mourir de faim pour ne pas rentrer déshonorée sous le toit de ses parens.

— Pauvre enfant!—reprit madame de Favières.—C'est là une triste réponse à votre question!

— Et cependant,— poursuivit-il d'une voix presque irritée, — à force d'aimer, on doit se faire aimer. Moi, si j'aimais une blanche, belle comme vous, maîtresse, j'en ferais mon fétiche, je lui serais soumis et obéissant comme un chien. Je ne vivrais que pour l'aimer, pour la regarder, pour la protéger. Je la préférerais à tous les plaisirs, à la chasse, à la pêche et à la guerre, même à la liberté, car si elle était prisonnière, je me ferais prendre pour la suivre; oh! dans mon sommeil, son image seule glisserait devant mes yeux, et si elle s'éveillait pour écouter mes rêves, elle n'entendrait ma bouche prononcer que son nom.

— Je ne croyais pas que de si beaux sentimens pussent trouver place dans le cœur d'un esclave noir, — interrompit Elisabeth de plus en plus surprise.—Je vous avais mal jugé jusqu'à présent, Acacia. Eh bien! si vous servez vaillamment votre maître dans son entreprise, comptez que je n'oublierai pas vos paroles. Je déciderai M. de Favières à acheter quelque belle esclave indienne qui vous aimera pour votre courage et votre bonté.

Acacia poussa un éclat de rire effrayant.

— Ah! une esclave qui m'aimera pour ma bonté et malgré ma laideur, n'est-ce pas, maîtresse? mais vous, pourquoi donc alors aimez-vous don Gontran, qui vous oublie pour rêver aux moyens de gagner de l'or, qui vous traite avec tant de fierté et de mépris? Pourquoi l'aimez-vous, ce maître? répondez!

Et il la saisit violemment par le bras.

Elisabeth, frappée de stupeur, le crut en proie à un accès de délire et lui répondit, en essayant de se dégager de l'étau qui la retenait:

— Malheureux! Vous perdez donc la raison! Vous oubliez que vous parlez à la femme de votre maître.

Elle entendit les dents du nègre s'entre-choquer violemment; sa poitrine se soulevait; les paroles avaient peine à sortir de son gosier desséché.

— Mais vous ne m'avez donc pas compris, maîtresse, —continua-t-il en fixant sur elle des yeux jaunes comme de l'or,—c'est vous que j'aime, vous! Quelle folie pour moi, qui ai la peau noire et qui suis un esclave! Cela peut me coûter la vie; mais que me fait de mourir si je vous ai emportée dans mes bras au fond d'une forêt, comme je le souhaite depuis quinze mois!

— Lâchez-moi, misérable! — cria Elisabeth en se débattant.

— Pourquoi donc? — dit le nègre. — Je sais que vous ne m'aimez pas, mais vous êtes ma proie, et je ne recule pas comme les blancs devant un crime pour être heureux un jour dans toute ma vie maudite.

La jeune femme comprit seulement alors la réalité de la passion de l'esclave et l'horreur de sa position. Cependant elle ne désespérait pas, car elle savait son mari et le péon à portée de la secourir, et Terral ne pouvait être le complice de cette trahison.

Elle voulut faire un dernier appel à la raison du nègre.

— Acacia, — dit-elle résolûment, — avouez que vous avez eu un moment de délire et que vous vous repentez. I est encore temps de vous sauver du châtiment que vous avez mérité. Laissez-moi libre, ou j'appelle monsieur de Favières.

— Don Gontran ne vous entendra pas, — dit Acacia en ricanant; — il voit en songe le *placer* de Terral s'entr'ouvrir devant lui et les pierres se changer en or.

— Gontran viendra vous châtier, m'arracher de vos mains, — s'écria Elisabeth indignée, — et le péon vous châtiera!

— Ah! vous comptez Terral au nombre de vos défenseurs, maîtresse, — répliqua le nègre.— En effet, il vous aime; pour vous, il a subi le *cepo* et donné son *placer*. En effet, qui ne vous aimerait, à moins d'être cupide comme don Gontran. Eh bien! — ajouta-t-il en lâchant son bras, —appelez-les donc tous les deux, et qu'ils périssent à vos yeux! C'est vous qui l'aurez voulu!

— Ils ont gardé leurs armes et ils sont braves tous deux, — reprit la jeune femme.

— Tant mieux pour eux,— reprit le nègre,— la chasse sera d'autant plus belle et plus curieuse, car bientôt ils auront affaire à des ennemis qui ne savent pas fuir.

Elisabeth, qui allait s'élancer vers la grotte, s'arrêta.

— Quels autres ennemis que vous ont-ils à redouter?— dit-elle émue d'un pressentiment douloureux.

L'esclave tendit sa main vers elle avec un geste solennel:

— Leur vie est sauve, maîtresse, si vous consentez à les abandonner dans cette grotte et à fuir avec moi sur un de ces chevaux; si vous refusez, si je suis forcé de vous entraîner par violence, vous pourrez les appeler à votre aide, mais ils sont perdus, et vous ne m'échapperez pas davantage.

— Folie que j'étais d'écouter ce traître! — dit la jeune femme, et elle voulut reprendre sa course.

Mais aussitôt un *lasso* lancé par Acacia l'étreignit et la fit chanceler; puis d'un bond la rejoignant, le nègre la traîna jusqu'au cèdre et attacha le bout du *lasso* à la sangle d'un des chevaux.

Puis, profitant de ce que Elisabeth, étourdie de ce brusque choc, n'avait pas encore la force de crier, il saisit son coutelas et l'enfonça dans le poitrail des deux autres chevaux confiés à sa garde. Deux flots de sang jaillirent.

La jeune femme regardait cette action étrange comme on regarde dans les rêves des tableaux monstrueux. Tant d'audace la confondait. Les chevaux vacillèrent sur leurs jambes. Acacia traîna ensuite le sac où il avait renfermé les prétendus chats sauvages à mi-chemin de la grotte, déchira et éventra avec son coutelas ces animaux souples et fauves.

Ils poussèrent un gémissement lugubre et prolongé auquel répondit d'abord au loin un rauquement guttural, puis des rugissemens sourds et terribles, et puis un concert discordant et formidable de clameurs qui semblaient sortir des montagnes, des bois et des plaines.

Alors Elisabeth fut prise d'une épouvante machinale qui tenait du vertige et qui lui rendit la voix. Elle cria éperdument:

— A moi, Gontran! à moi, Terral! nous sommes perdus! — Mais sa voix ne pouvait percer l'harmonie discordante de ces rugissemens, qui remplissaient l'air et qui se rapprochaient comme un cercle de vibrations se resserrant de plus en plus. Les deux chevaux, épuisés par la perte du sang, tombèrent. Les mules, réveillées, frémissantes, agitaient leurs grelots, arrachaient leurs licous, et se dispersaient effarées çà et là. Quant au *Possédé*, tout son poil était hérissé et perlé de sueur, et l'écume blanchissait sa lèvre gonflée. Ses pieds creusaient la terre et la faisaient voler autour de lui. Elisabeth criait toujours:

— Gontran, Terral, à moi!

Sa voix trop faible encore ne fut pas entendue.

VIII

LA SOURCE AUX JAGUARS.

Acacia détacha rapidement son cheval du tronc du cèdre, sauta sur son dos, et, saisissant sa jeune maîtresse par la taille, l'enleva et la plaça en travers de la selle, devant lui. La pauvre femme éperdue, les yeux hagards, les cheveux flottans, meurtrissait ses frêles mains à lui opposer une vaine résistance.

— Oh! tu ne pourras m'échapper, — répéta l'esclave.

— Insulte-moi, maîtresse, déchire-moi, hais-moi! Dans ta haine je puiserai de l'amour.

— Ah! misérable, je me ferai broyer sous les pieds de ton cheval avant de me laisser emporter par toi!

Le nègre exaspéré serra alors les poignets d'Elisabeth à les briser, et lui cria d'une voix sourde :

— Mais, folle créature, tu ne sais donc pas que la mort souffle aux pieds de ce cheval, et qu'il n'y a pas une minute à perdre!

Elisabeth fléchit sur ses genoux. Il la souleva par un effort vigoureux et la posa sur la selle. Des rugissemens éclataient de toutes parts comme la foudre.

— A moi... Gontran... Terral! cria de nouveau Elisabeth, épuisant ses forces dans ce dernier appel.

A ce moment le péon, réveillé en sursaut, apparut à l'entrée de la grotte, armé de son fusil et le long couteau à sa ceinture.

Il resta stupéfait en voyant ce nègre hideux à cheval, enlaçant dans ses bras la jeune femme échevelée. Il arma son fusil et coucha en joue le misérable, qui s'écria aussitôt :

— Si tu essayes de me toucher, tu risques de tuer la bien aimée, vaillant Terral! C'est elle qui me défend, tu le vois.

Le malheureux péon frémissait, et sa main tremblait comme une feuille agitée par le vent.

— Garde ton coup de fusil pour l'ennemi qui vient te tenir tête, — reprit l'esclave, — et apprends que ce petit étang où nous avons fait abreuver nos bêtes s'appelle la *source aux Jaguars.* — A ces mots, l'intrépide Jacques Terral se sentit tressaillir de la tête aux pieds. A cette époque, la source aux Jaguars avait une renommée sinistre dans tout le Mexique. Les voyageurs prenaient toujours soin de se détourner de leur route pour l'éviter, à moins d'être nombreux et de former une de ces caravanes qui sont les armées du désert. Les jaguars ne passaient pas pour exercer une hospitalité très courtoise sur cette étendue de terres arides qui était leur domaine de temps immémorial. Quant aux malheureux qui avaient l'imprudence de s'approcher du petit étang, où venaient s'abreuver de plusieurs lieues à la ronde ces seigneurs et maîtres du désert, ils n'avaient jamais reparu pour raconter dans les *posadas* ou les *haciendas* de la province les détails intéressans de leur rencontre avec ces indigènes peu sociables. — Et maintenant, maîtresse, — reprit le noir, — choisissez entre Terral et moi, entre la mort et le salut.

— Ah! plutôt la mort que d'être sauvée par vous, — répliqua-t-elle d'une voix haletante. — Oh! ayez pitié de moi, Acacia. Je n'ai jamais été injuste ni méchante pour vous; laissez-moi rejoindre Gontran ou mourir près de lui!

— Non, maîtresse, non! — dit le nègre exaspéré, — j'ai juré que le maître et le péon périraient ici, mais il faut que vous viviez, vous, car je te hais et je vous aime.

— Misérable! tuez-moi comme eux, — murmura madame de Favières, — car je ne vous suivrai pas, car Dieu me protégera contre un lâche et un assassin tel que vous en m'envoyant la mort!

Jacques Terral éperdu, entendant les rugissemens qui se rapprochaient toujours, ne savait à quoi se résoudre, car frapper le misérable noir c'était frapper du même coup Elisabeth.

Ce fut à ce moment que monsieur de Favières sortît à son tour de la grotte.

Du premier coup d'œil il comprit ce qui s'était passé ; il vit le nègre comprimant d'une main Elisabeth, et celle-ci attachée et évanouie sur la selle du cheval écumant de frayeur.

Pas un muscle ne remua sur son visage impassible.

— Ah! Face d'ébène va sur nos brisées! Le drôle a bon goût, mais il ne faut pas gâter ses gens, — murmura-t-il. Puis, élevant la voix et tendant sa main vers lui : — Ici, chien! — s'écria-t-il.

Habitué au joug de l'obéissance servile envers le maître, Acacia ne put s'empêcher de tourner la tête et de laisser voir un peu de trouble et d'agitation ; mais en regardant le visage pâle d'Elisabeth, dont les cheveux dénoués ruisselaient sur son bras nu, il reprit toute son audace et répliqua :

— Je ne suis plus ton chien, don Gontran. Je ne t'ai servi avec tant de soumission que pour mieux te tromper. Chacun son lot : tu aimes l'or, moi j'aime les femmes blanches et j'ai pris la tienne. Si je n'avais pas attendu le jour où je pourrais me venger de toi face à face, il y a longtemps que je t'aurais fait boire le lait du mancenillier ou que je t'aurais brûlé dans ta case. Adieu, don Gontran.

Monsieur de Favières éprouva un violent accès de rire.

— Ah çà! — dit-il en se retournant vers le péon, — ce maraud croit, ma parole! que nous avons gardé les jaguars ensemble ; il devient d'une familiarité amusante.

— Maître, — reprit Terral, — dans deux minutes la source et la grotte seront cernées par les jaguars.

Le nègre ayant serré la sangle de son cheval lui lâcha enfin la bride.

— Je suis un fidèle esclave, vous voyez, — cria-t-il au gentilhomme, — puisque je sauve ma maîtresse.

— Tu es trop soigneux, mon garçon, — dit monsieur de Favières, et il coucha le nègre en joue.

Celui-ci se courba sur le cou de son cheval, et ses lèvres touchèrent le front glacé de la jeune femme qui frémit à ce contact.

— Prenez garde, don Gontran, — s'écria le péon, — vous pouvez atteindre dona Elisabeth.

— Qui vous a permis de vous mêler de mes affaires de ménage? — répliqua sèchement monsieur de Favières en suivant du regard l'œil la course du nègre. Puis il cria d'une voix forte : — Ma chère, ne craignez rien.

Elisabeth entendit la voix de celui qu'elle aimait au moment où, grâce à l'air qui fouettait son visage, elle reprenait ses sens.

Elle se débattit encore et eut la force de répondre :

— A moi, Gontran! Tue! tue! Oh! mourir de ta main plutôt que d'être la proie de ce monstre.

Acacia qui connaissait l'inflexible caractère de l'émigré, commença à craindre une résolution désespérée, et enfonça ses éperons dans les flancs sanglans de sa monture.

Au même instant un coup partit, et la balle vint frapper la main qui soutenait la taille d'Elisabeth.

Il poussa un cri de douleur et de rage, et secoua sa main brisée, mutilée, dont le sang jaillit sur la jeune femme.

Le cheval s'était brusquement arrêté, et l'écharpe qui retenait madame de Favières se déchirait. Elle se sentit libre, et sauta à terre avant que l'esclave eût le temps de saisir son couteau et de la tuer, comme il y était décidé si elle lui échappait.

— Ah! tu voulais te sauver et tu aimes mieux périr avec ces hommes que j'ai voués à la mort, — dit Acacia.

— Eh bien! soit. Tu ne sais pas quel supplice t'attend.

La jeune femme ne l'écoutait pas; elle alla tomber, brisée de frayeur et de souffrance près de Jacques Terral.

— Il est trop tard ! il est trop tard ! — se dit alors Acacia : et rayant de la pointe de son coutelas le flanc de son cheval, il s'enfuit au galop et disparut sous l'arcade sombre des palétuviers.

— Mon courage est épuisé, — murmura Élisabeth ; — maintenant je puis vous le dire, Terral, eh bien ! j'ai peur, j'ai peur. Ces rugissemens m'annoncent une si terrible mort ! Jacques, ne nous reste-t-il aucun moyen d'échapper à ces monstres du désert ?

— Non, — répondit Terral désespéré ; — le traître a égorgé les chevaux.

Mais Gontran venait de s'approcher d'eux, et, avec le sang-froid railleur qui le caractérisait, il dit au péon :

— N'en reste-t-il pas un ? — Et il montra le cheval attaché au cèdre, — un qui fait du bruit comme quatre et qui a envie de s'en aller d'ici tout autant que nous ?

— Mais c'est le *Possédé !* — répliqua Terral avec découragement.

— Essaye de le dompter, Jacques. Lui seul peut encore franchir ce cercle de bêtes rugissantes qui semblent si pressées de venir nous rendre visite et de nous faire les honneurs du désert.

— C'est impossible, maître, — dit le péon.

— N'es-tu pas le plus habile vaquero de la province d'Arispe, — insista monsieur de Favières en souriant, — et ne peux-tu tenter l'impossible pour sauver une femme ?

— J'essayerai, — dit froidement Terral. — Oh ! oui, il ne serait pas juste que Dieu vous laissât mourir ainsi, madame, vous si jeune, si généreuse et si belle.

Et il s'élança vers le cèdre.

Élisabeth ne les avait pas écoutés. Elle ne prêtait l'oreille qu'aux cris des jaguars.

— Gontran, — dit-elle tout à coup à son mari, — promettez-moi de me tuer avant que je sois atteinte par une de ces bêtes féroces.

— Je ne puis vous jurer d'avoir ce courage, Élisabeth, — répondit le gentilhomme, — mais voici ma *navaja.*

Et il lui tendit son long couteau poignard qu'elle saisit ardemment.

— Ah ! je dompterai le cheval endiablé, — s'écria Terral épouvanté, — et vous ne vous tuerez pas.

— Ce maraud d'Acacia est plein d'intelligence, — dit Gontran en jetant un coup d'œil de chasseur. — Les jaguars ne pouvaient lui manquer de parole ; ils sont forcés de venir s'abreuver à cette source. Seulement il a compté sans le *Possédé.*

— Mais vous, mon ami, comment espérez-vous trouver votre salut ? — demanda Élisabeth. — Croyez-vous que je veuille fuir et vous laissant dans ce danger ?

— Ma chère, — répliqua Gontran, — je suis chasseur, et je me tirerai d'affaire en grimpant au haut d'un de ces arbres. Votre fuite me rendra service, car les jaguars m'oublieront sans doute en charmant leurs loisirs au moyen de ces chevaux que mon fidèle nègre a eu la précaution d'éventrer. Au jour, ils battront en retraite et je vous rejoindrai à la route que nous a fait quitter ce domestique trop zélé.

Pendant ce dialogue, le péon s'était approché du cheval qui hennissait, écumait et se tordait sur ses jarrets.

— Une fois lâché, l'odeur du jaguar donnera à ces jambes-là une vitesse de dix lieues à l'heure, — observa Terral.

— Mais les voici, les jaguars ! — s'écria d'une voix stridente monsieur de Favières, qui vit les formes agiles et puissantes de quelques-uns de ces monstres se dessiner au-dessus des herbes de la plaine, éclairée par les lueurs de la lune.

Le cri de l'émigré glaça d'effroi le cœur d'Élisabeth et celui de Terral. Cependant celui-ci reprit bien vite courage, et dit d'une voix brève :

— Il s'agit de gagner quelques minutes. Maître, mettez le feu aux herbes. Le jaguar ne recule que devant la flamme, allumez un incendie de trois lieues qui nous servira de rempart une heure, si Dieu nous protège.

Monsieur de Favières s'empressa de suivre le conseil du péon, et les herbes, où reluisaient déjà les yeux dorés des jaguars, s'enflammèrent.

Une troupe de ces terribles animaux, dont les dos constellés de taches noires ondulaient comme des vagues, vint s'abattre en bondissant au milieu de ces flammes improvisées ; mais devant cet obstacle inconnu, sous la morsure de cet adversaire impalpable, la troupe entière recula avec d'affreux rugissemens de rage et de douleur.

— Mais c'est là un merveilleux procédé, — s'écria monsieur de Favières, — et les jaguars ont beaucoup moins l'air de nous chasser que d'être chassés par nous !

— Ils reviendront assez tôt, — dit Terral en se hâtant de ramasser la selle, la sangle et le *bozal* d'un des chevaux morts. — Veuillez maintenant, don Gontran, détacher notre sauveur de l'arbre, afin que je lui jette immédiatement le bandeau de cuir sur les yeux.

La lueur des flammes éblouissait ce cheval, lorsque l'émigré s'approcha pour détacher, malgré ses ruades furieuses, la corde qui l'attachait au cèdre. Il fit un effort si violent qu'il brisa sa longe, mais le lasso du péon siffla aussitôt dans l'air et, s'enlaçant autour de ses jambes nerveuses, l'abattit sur le sable comme un enfant qui trébuche, puis Jacques lui jeta le bandeau de cuir sur les yeux.

Le cheval se releva aveuglé, mais tandis qu'il hésitait, flairant de ses naseaux aux quatre vents, le péon resserra le nœud coulant à l'extrémité de sa lèvre supérieure, et garda le bout de la corde en main.

Ensuite, sans se soucier des écarts furibonds de l'animal, il prit par le pommeau la lourde selle qui gisait sur le sable et la jeta sur le dos du *Possédé*, qui hennit de fureur en sentant rebondir contre ses flancs les larges étriers de bois.

Alors, tandis que Terral, après lui avoir serré la sangle sous le ventre, se hâtait de chausser les courroies de ses éperons, monsieur de Favières noua au-dessus des naseaux une corde de crin en guise de bride, et le caveçon que les Mexicains appellent le bozal.

A ce moment, Élisabeth entendit des rugissemens éclater si près d'eux, qu'elle regarda instinctivement du côté de la grotte et jeta un cri d'épouvante.

L'incendie n'avait pas gagné les alentours stériles et cailouteux de cette caverne. Quelques jaguars des plus déterminés, enfans perdus de l'armée, avaient vu un mur de flammes s'élever derrière eux et les envelopper de manière à leur ôter toute possibilité de fuite.

Ils avaient escaladé les rochers branlans de la grotte qui, sous leur fourmillement, semblait déjà un kiosque mouvant et onduleux, une pyramide étrange de dos zébrés, de queues monstrueuses, d'yeux aux rayons de feu et de gueules dont les lèvres retroussées laissaient voir des dents affamées.

On eût dit que cette pile de roches et de jaguars allait s'élancer sur nos voyageurs pétrifiés comme un seul animal gigantesque. C'était un de ces tableaux comme on en rêve dans les cauchemars.

Élisabeth regardait de ses yeux atones monsieur de Favières, qui tournait son fusil dans ses mains avec le geste d'un chasseur qui regrette de devoir manquer un beau coup.

— Allons ! il est temps de grimper à mon observatoire, — dit-il en se dirigeant vers la colline qui dominait la source. — Jacques, n'abandonnez pas cette pauvre enfant. Si un coup de fusil est nécessaire pour calmer l'appétit d'un de ces gastronomes mouchetés, comptez sur moi.

— Oh ! dit la jeune femme, puisant du courage dans le calme de son mari, — Gontran ne craint rien, lui !

— Il devrait avoir peur pour vous, maîtresse, — murmura le péon ; — mais où je vais mourir, où je vous sauverai !

En même temps il sauta brusquement en selle et arracha le bandeau de cuir qui couvrait les yeux rouges de sang du *Possédé.*

Furieux de ce poids inaccoutumé, le *Possédé* secoua violemment la selle pour s'en débarrasser; mais ce fut en vain, la sangle étrangla son ventre.

Enragé, la crinière hérissée, tordue à son cou et voilant son regard ébloui, il tourna alors subitement la tête et chercha à mordre des dents les jambes de son cavalier.

Le péon, redevenu vaquero, le tira en sens inverse par le bozal qui comprimait ses naseaux.

L'animal rusé resta un instant immobile et soumis, puis soudainement il s'effaça, rua, décrivit une courbe brusque et perfide, se cabra droit sur ses jambes de derrière, et fit enfin un bond subit en avant pour jeter bas son cavalier.

C'était une lutte épouvantable, folle et suprême; mais Jacques Terral, pâle, les yeux étincelans, le corps souple, les jambes collées aux flancs du cheval, réalisait, éclairé par les reflets de la flamme, l'image du centaure antique.

Ivre de colère et d'orgueil froissé, le *Possédé* se ramassa sur ses jarrets d'acier qui se détendirent tout à coup, puis il sauta en deux bonds presque au bord de la source et s'arrêta brusquement sur la pente du talus; mais le péon se renversa en arrière et garda l'équilibre.

Alors ce fut à son tour de faire sentir sa force au cheval indompté; il laboura de ses éperons ses flancs fumans et saignans; il le lança dans l'étang et le lui fit traverser à la nage; lorsque le *Possédé*, la respiration sifflante, voulut arriver à l'autre bord, briser son cavalier contre un arbre, ce fut lui qui dut sous les coups de la cravache plombée s'écarter de l'arbre, et lorsqu'il revint au galop près du cèdre où était restée Elisabeth, il s'arrêta frémissant et baigné de sueur devant elle, à la voix de son vaquero qu'il reconnaissait désormais en sentant la pointe de ses éperons et l'étreinte nerveuse de ses genoux.

— Venez madame, — s'écria le péon, — la bête est domptée.

Et il lui tendit la main.

Les jaguars de la grotte, d'abord effrayés par l'incendie de la plaine, commençaient à se rassurer et à fixer leurs yeux étincelans sur la proie humaine qui semblait les braver.

Mais au moment de fuir et d'abandonner Gontran, madame de Favières sentit l'amour et le dévouement l'emporter dans son cœur sur l'effroi de la mort.

— Jacques, — dit-elle, — sauvez mon mari. Je suis une femme, moi, un être inutile. La vie de Gontran est plus nécessaire que la mienne au bonheur de notre enfant.

A ses gestes, à ses supplications, monsieur de Favières comprit, malgré la distance, car il était déjà réfugié dans le feuillage d'un palétuvier, le sens des paroles d'Elisabeth. Alors il s'écria d'une voix tonnante qui parvint jusqu'aux oreilles du péon :

— Jacques, emportez cette femme !

IX

LE POSSÉDÉ.

Terral semblait en proie à une cruelle hésitation. Il vit un des jaguars se laisser glisser sur le sol du haut de la grotte.

— Ecoutez, — dit-il vivement à la jeune femme, — vous avez raison. Si je vous sépare de votre mari, il en arrivera malheur. Le cheval est dompté et peut se laisser guider par un autre cavalier. Moi, je ne suis rien, nul ne m'aime, je ne suis utile à personne depuis que ma pauvre vieille mère est morte. D'ailleurs, je connais le désert mieux que don Gontran. Sauvez-vous donc tous deux avec ce cheval.

Elisabeth sentit son cœur se troubler à cette proposition d'un dévouement héroïque. Accepter, n'était-ce pas montrer au péon une horrible ingratitude? Mais, sans attendre sa réponse, Terral s'élança vers l'arbre dans les branches duquel se tenait caché l'émigré. Il renouvela à ce dernier l'offre qu'il venait de faire à la jeune femme.

Monsieur de Favières réfléchit une seconde : « Si Terral » meurt, la mine est perdue pour moi, et je ne tiens pas à » vivre si je dois rester pauvre après un si beau rêve. »

Pendant ce temps le *Possédé* se renversa traîtreusement sur le dos; mais le pommeau de la selle heurta seul le sol et meurtrit le garrot du cheval. Terral avait bondi à terre avec légèreté, et il ressauta vaillamment en selle du côté hors montoir, tandis que l'animal se relevait en hennissant comme un victorieux.

— Vous voyez bien, madame, — dit alors l'émigré à Elisabeth, qui continuait de le supplier de partir, — qu'un vaquero mexicain peut seul vous sauver, et que si je cédais à votre prière nous nous perdrions tous deux inutilement. Partez, partez! et bon voyage! Quant à moi, je gagne mon observatoire champêtre en attendant de vos nouvelles.

Les roches de la grotte s'écroulaient sous les corps des jaguars qui se lançaient à terre et qui hurlaient lamentablement autour des prétendus chats sauvages égorgés par le nègre. Les mères reconnaissaient leurs petits.

— Monsieur le marquis a raison, madame, mais laissez-moi vous mettre en lieu de sûreté, — dit vivement le péon, — et je vous jure de revenir ensuite chercher le maître, fût-il au milieu d'une armée de panthères! -

— Noble cœur! — murmura Elisabeth, — qu'ai-je fait pour mériter un tel dévouement!

Terral l'enleva doucement de terre et la plaça en croupe sur le cheval.

— Etreignez le péon de toute la force de vos bras, — cria Favières à sa jeune femme, du haut du palétuvier voisin sur les branches duquel il s'était réfugié, armé d'un coutelas et d'une carabine.

Elisabeth obéit machinalement, et Jacques devint pâle comme la mort. Il détacha vivement la corde qui attachait le *Possédé* au cèdre, puis lui donna un coup d'éperon, et l'animal furieux, qui ne désirait plus que vengeance, prit impétueusement sa course, s'élançant droit au tronc d'un arbre brisé par les coups de vent, qui se dressait comme un poteau à l'entrée de la plaine.

— Prenez garde ! — cria de loin Gontran.

— Nous allons périr ici, devant ses yeux, près de lui, dit Elisabeth, éblouie par cette course rapide.

— Ne craignez rien, maîtresse, — répliqua le dompteur.

Le sable, la terre et les herbes sèches volaient sous les pieds du cheval vite comme des flèches.

Ce côté de la plaine qui longeait les collines et les groupes de palétuviers n'avait pas encore été atteint par les flammes, qui sifflaient et moutonnaient comme une marée montante.

Le *Possédé* n'était plus qu'à dix pas du tronc d'arbre où il paraissait devoir se briser la tête.

Tout à coup le dompteur recouvrit les yeux de l'animal avec le bandeau de cuir qu'il tenait de la main droite. Le cheval, effaré, aveuglé, fit un bond en sens contraire, en sentant ce voile épais s'interposer entre l'arbre et son regard. De ce moment il suivit sans résistance la direction que lui imprima son vainqueur.

Monsieur de Favières les vit bientôt se perdre dans un tourbillon de poussière.

Mais cette course bizarre avait indiqué aux jaguars la trace qu'ils devaient suivre, et toute la troupe s'élança comme une meute, en hurlant, à la chasse du *Possédé*.

Jacques Terral n'avait jamais été si heureux; il sauvait la femme qui, pour lui, remplaçait le monde entier. Il sentait le souffle d'Elisabeth frôler ses cheveux, les bras charmans de la jeune Française se nouer autour de sa taille, lui pour qui la voir était déjà un bonheur.

Cependant les rugissemens des jaguars éclataient comme un glas funèbre aux oreilles de madame de Favières.

— Jacques, entendez-vous les cris de ces monstres furieux! — balbutiait-elle d'une voix frémissante. — Oh! je n'ose retourner la tête, de peur de les voir près de nous atteindre!

— Madame, je suis si heureux de me sentir emporter avec vous par ce cheval presque fou de terreur, de sentir l'air rafraîchir comme une vague mon front brûlant, que j'oublie les jaguars, — répondait le péon.

— Mais ce cheval est épuisé de fatigue; il va s'abattre et nous livrer!

— Le *Possédé!* oh! non, maîtresse. Voyez, son souffle n'est pas entrecoupé! son poil se mouille à peine! C'est une noble bête!

— On dit que la course du cerf lui-même ne peut défier les bonds des tigres et des léopards, Jacques!

— Maîtresse, je ne puis songer au danger, tant il me semble impossible que je ne vous sauve pas! je remercierais plutôt le ciel de m'avoir fourni cette occasion de vous protéger. Je rêve par momens que cette course terrible ne doit jamais finir, car je voudrais pouvoir aller ainsi, seul avec vous, jusqu'au bout du monde!

— Jacques, je vous en supplie, — interrompit la jeune femme d'une voix brève, — regardez si les jaguars ne se rapprochent pas de nous.

Le dompteur tourna la tête. Deux de ces bêtes féroces précédaient la meute de leurs compagnons et décrivaient des bonds si gigantesques, que bientôt leur haleine embrasée devait souffler aux sabots du cheval qui redoublait de furie dans sa fuite et son galop désespéré. Ses pieds rasaient le sol et volaient; mais à chaque bond des jaguars, la distance qui les séparait du *Possédé* diminuait.

Un frisson plissa le visage du vaquero.

— En effet, — pensa-t-il, — dans trois minutes un de ces formidables chasseurs peut accrocher ses griffes à la croupe du cheval.

Il arma aussitôt sa carabine et visa le jaguar le plus voisin, sans arrêter l'élan effréné de sa monture.

La bête de proie fut frappée entre les deux yeux par la balle du péon, poussa un râlement suprême et s'affaissa sur ses jambes nerveuses. L'autre s'arrêta inquiète, comme pour attendre ses compagnons.

Elisabeth, en se voyant menacée de si près, avait senti tout son sang affluer à son cœur. Elle se rassura un peu, mais sa première pensée et sa première parole furent pour son mari:

— Que devient Gontran au milieu de ces monstres? — demanda-t-elle.

— Il est heureux, madame, — répondit le vaquero avec un sourire triste, — puisque vous oubliez vos dangers pour penser aux siens. Oh! pourquoi l'homme aimé de vous est-il possédé de cet amour de l'or qui lui fait désirer des bonheurs étrangers à celui qu'il a sous la main!— En ce moment la flamme de la plaine s'allumait dans leur direction et s'avançait comme deux lignes de torches immenses d'abord, et puis comme deux voiles de feu. Cependant le dompteur cherchait à atteindre une colline qui s'élevait devant eux, rocheuse à sa base et verdoyante à son sommet. Les jaguars, comme s'ils sentaient que leur proie allait leur échapper, redoublaient de vélocité et de vigueur. On voyait leurs gueules haletantes et entr'ouvertes laisser pendre leurs langues râpeuses. Terral entendait leur souffle bruire à ses oreilles; son cheval fendait l'air comme l'aile d'un aigle, mais le pauvre péon sentit les bras d'Elisabeth se dénouer. Il tourna la tête; les yeux de la jeune femme se fermaient de lassitude et de torpeur. — Encore un peu de courage, madame, — lui dit-il, — et nous atteignons le bas de la colline. La flamme s'arrêtera devant ces roches stériles, et ses deux bras, en se joignant, élèveront une barrière entre nous et les jaguars.

Mais elle ne l'entendait plus. Alors il coupa l'écharpe de madame de Favières, la tordit autour de sa taille et la noua au pommeau de la selle.

Puis se dressant des pieds sur le flanc et presque sur le cou du *Possédé*, il excita son ardeur avec sa cravache. Le cheval devint alors rapide comme le vent lui-même. En deux minutes d'un galop inouï, il atteignit la colline juste à temps, car les deux rideaux de flamme se croisèrent, et lorsque Terral regarda en arrière, effrayé des rugissemens surnaturels qui remplissaient l'air, il vit les jaguars bondir comme des spectres informes dans ce brasier étrange et retomber embrasés.

Le péon avait bien tenu sa promesse; il avait sauvé la femme du maître.

Il déposa avec précaution madame de Favières au pied d'un sumac, après l'avoir enveloppée dans sa frezada. Elle était comme assoupie dans un état de faiblesse et d'épuisement alarmant.

Il veilla sur elle jusqu'au matin avec la sollicitude d'un amant qui garde sa maîtresse plutôt qu'avec le dévouement d'un serviteur. Elle ne sortit de son anéantissement que pour tomber dans la fièvre; Terral l'entendait appeler Gontran à grands cris ou exciter avec des exclamations convulsives le galop du *Possédé*. Tant d'émotions convulsives avaient brisé cette délicate nature.

X

LES RIVAUX DANS LE DÉSERT.

Six mortelles heures se passèrent ainsi.

L'incendie de la plaine avait cessé depuis longtemps; la savane n'offrait plus qu'un vaste foyer de cendres aux rayons du soleil, lorsque la fièvre de madame de Favières se calma et que la raison lui revint.

Son regard rencontra celui de Terral troublé par l'angoisse.

— Où est Gontran? lui demanda-t-elle d'une voix faible. — Nous a-t-il rejoints?

— Non, madame, — répondit le péon.

— Eh bien! pourquoi n'êtes-vous pas déjà allé à son aide, comme vous me l'avez promis, Jacques?

— Pouvais-je vous abandonner, exténuée, malade, en proie au délire, dans ce lieu désert! — répliqua-t-il avec un douloureux accent de reproche.

— Il s'agit bien de moi — dit amèrement Elisabeth. — Suis-je ou non votre maîtresse? m'avez-vous promis de retourner près de votre maître, quand vous m'auriez mise en sûreté?... Ai-je mal entendu, ou avez-vous voulu nous tromper tous deux? Comptez-vous mentir à votre promesse? — continua-t-elle en s'animant de plus en plus.

— Mais, madame, le maître est brave, il a des armes, il peut se défendre, — répliqua tristement le péon, — tandis que, si je vous quittais et que vous fussiez surprise par quelque bande d'Indiens ou de voleurs des savanes, monsieur de Favières m'accablerait de sa colère, et il aurait raison.

— Mauvais prétextes, — reprit-elle impétueusement, car une chaleur fiévreuse l'agitait encore et troublait son esprit, ordinairement si juste. — Etes-vous donc devenu un traître, un serviteur infidèle? voulez-vous laisser périr Gontran? avez-vous peur d'affronter la mort qu'il n'a pas craint de braver pour nous laisser fuir?

— Vous me prenez pour le complice d'Acacia sans doute, maîtresse, — dit Terral, — et cependant si je reste, c'est que je crains que ce misérable ne rôde peut-être autour de nous et ne se réjouisse de mon départ.

— Jacques Terral, péon de monsieur de Favières, je vous ordonne d'aller à la recherche de votre maître, — continua Elisabeth, irritée de cette résistance qu'elle soupçonnait de duplicité. Mais en voyant la poignante expression de douleur qui se peignit sur le visage du fidèle péon, elle eut honte de cet ordre impérieux et fondit en larmes:

— Oh! je suis folle et ingrate, Jacques. Pardonnez-moi! Je vous accuse, vous qui avez été si dévoué, si généreux pour Gontran et pour moi!

— Pour vous, madame, — dit vivement Terral, — je n'ai rien fait que pour vous. Le moindre de vos désirs est pour moi un ordre royal. Je suis prêt à vous obéir, mais vous ne pouvez me forcer à vous abandonner sans défense et sans aucuns soins dans cette solitude. Autrement j'irais chercher don Gontran jusque dans les griffes des jaguars.

— Bien, Jacques, — reprit la noble femme. — Ecoutez donc! Je ne puis résister à mon inquiétude. Dussé-je me traîner sur les genoux, je veux retourner à la source. C'est mon devoir!

— Soit, maîtresse, — dit le péon. — Je n'ai pas le droit de m'opposer à votre volonté. Où vous irez, j'irai. Le cheval a pris du repos, et il nous ramènera à ce lieu maudit dont Acacia croyait faire notre tombeau.

Madame de Favières, toute brisée qu'elle était, se fit porter sur le cheval, et le péon se remit en selle; mais comme Elisabeth ne pouvait supporter le galop, ils marchèrent lentement, suivant la courbe capricieuse décrite par les collines, afin que l'ombrage des arbres garantît la jeune femme de l'ardeur du soleil.

Ils étaient à peine partis depuis une demi-heure, lorsqu'ils entendirent résonner les sabots d'un cheval sur les cailloux d'un sentier latéral : le péon arrêta court le sien, et attendit au bord d'une clairière, d'où il devait voir déboucher le nouveau venu, ami ou ennemi.

Lorsque le cavalier apparut, Terral et Elisabeth laissèrent échapper à la fois une exclamation de surprise.

C'était le nègre Acacia qui, lui aussi, revenait vers la source aux jaguars pour s'assurer de sa vengeance. Il tressaillit d'étonnement à la vue du groupe immobile, et faillit tourner bride, comme devant des fantômes vengeurs; mais voyant que le péon était seul avec madame de Favières, une joie brutale dilata aussitôt sa face d'ébène.

— Ah! c'est toi, camarade, — lui cria-t-il; — tu as profité de ma ruse, tu as confié ton maître aux jaguars, et tu as gardé pour toi la maîtresse. Je ne me trompais donc pas en t'accusant de l'aimer. Tu me méprisais donc pas, tu étais jaloux de moi. — Terral, interdit de ce grossier sarcasme lancé devant Elisabeth, ne répondait pas. — Maintenant les chances sont égales entre nous! — poursuivit Acacia. Et saisissant la bride de sa monture avec ses dents, car sa main mutilée était enveloppée de linges sanglans, il prit un long pistolet à l'arçon de sa selle, où ballottait aussi une énorme gourde d'eau, et l'arma avec son autre main, en criant : — Voyons, frère Terral, si tu es aussi bon tireur qu'habile vaquero. Le péon sentit sa raison vaciller dans son cerveau. Il avait bien un fusil, mais c'était une arme inutile, la poudre lui manquait; que faire? Il résolut de forcer son cheval à un bond prodigieux, à l'instant où Acacia viserait. Le meurtrier s'avança la figure crispée par une expression de haine implacable.

— J'aurais voulu payer au maître la dette de ma main brisée, — dit-il, — mais puisque Terral le remplace, près de dona Elisabeth, il voudra bien aussi le remplacer près du pauvre esclave Acacia

Terral n'avait plus la force de proférer une parole. Avoir sauvé Elisabeth pour la voir tomber sous la vengeance de ce misérable! Cette pensée le rendait fou.

La jeune femme sourit alors de son effroi, et penchant son front pâle à l'oreille du péon :

— Jacques, — lui dit-elle, d'une voix presque imperceptible, — n'ayez pas peur, j'ai dans ma main la navaja que m'a donnée Gontran.

Et sa main délicate étreignit le manche du couteau au moment où le nègre visait Terral à la poitrine avec une implacable haine.

Mais aussitôt un lasso siffla dans l'air, du haut de l'arbre sous lequel était arrêté l'esclave, et vint s'enrouler d'un poignet et autour de sa taille épaisse. Le coup de pistolet dévia, et la balle alla se perdre dans les branches d'un chêne.

En même temps un homme se précipita vers le misérable, sauta sur la croupe de son cheval et saisit à bras-le-corps Acacia dans une étreinte furieuse. Puis, avant

que le nègre stupéfait eût pu se dégager, le nouveau venu, dans lequel il reconnut son maître, lui arracha son pistolet et lui en asséna un coup si terrible qu'il roula, masse inerte et sanglante, au fond du ravin qui bordait la clairière.

Cette scène avait été rapide comme la foudre. Le gentilhomme s'avança vers sa femme.

— Sauvé! vous êtes sauvé! —lui dit-elle avec effusion et les yeux humides de larmes de joie.

— Ma chère, — répliqua Gontran, — il faut avouer que les jaguars sont distraits comme des académiciens en séance. Ils se sont si consciencieusement occupés à dévorer les chevaux, qu'il ont, je crois, fait semblant de ne pas me voir. Je n'étais pas un morceau assez friand pour les détourner de leur festin, car aucu d'eux n'a daigné me tenir compagnie. Malgré ce manque de procédés, je les ai quittés sans la moindre rancune et me soucie peu de renouveler plus intime connaissance avec eux. Après avoir passé le reste de la nuit à souper comme des marquis de la régence, ils ont regagné leur domicile au point du jour. J'ai profité de leur absence pour descendre de mon palétuvier, et m'éloigner avec l'agilité d'un orangoutang de ce séjour enchanteur dans la direction que je vous avais vue suivre. Il y a un Dieu pour les audacieux. J'ai rencontré une de nos mules que la peur avait fait s'enfuir, et qui m'a rapporté sans accident jusqu'au détour de ce rocher ; j'y suis arrivé fort à propos, ce qui n'est guère l'habitude des maris. J'y gagne même un cheval de plus et un nègre de moins.

Une voix lamentable qui sortait du ravin interrompit cette légèreté de propos, incompréhensible pour le Mexicain Terral et qu'Elisabeth admirait.

— Achevez-moi, par pitié! — criait Acacia.

— Faisons-lui cette grâce, — dit Terral touché de compassion.

— Non, — répliqua sèchement monsieur de Favières, — il a encore deux ou trois heures de vie à espérer. Il faut lui laisser le loisir d'entendre les jaguars s'inviter mutuellement au festin dont il était l'amphitryon, mais dont il ne croyait pas faire les frais.

— Sois donc maudit! — s'écria en râlant l'esclave. — Le grand Esprit me vengera de cette dernière cruauté. Tu ne sortiras pas de ce désert, tes os blanchiront sur les sables d'Arispe.

XI

LE PLACER.

Cette prophétie menaçante frappa d'un triste pressentiment l'esprit de Terral.

— Il ne faut pas donner raison à ces dernières paroles d'un mourant, — dit-il en étudiant avec inquiétude la direction du vent. — Hâtons-nous de regagner le sentier que nous avons si follement quitté hier soir. Autrement nous pourrions tomber dans un péril plus terrible encore que celui auquel nous échappons. Nous sommes forcés de traverser la plaine ; en suivant les collines nous nous écarterions de notre but.

Monsieur de Favières monta le cheval d'Acacia, à l'arçon duquel pendait une gourde pleine d'eau et ils s'enfoncèrent dans la plaine couverte de cendres.

Leur course était rapide et haletante. Une poussière grise tourbillonnait autour d'eux. Les cendres avaient recouvert les traces des chevaux et des bêtes du désert, ainsi que les sentiers naturels et les lits desséchés des ruisseaux. Impossible de s'orienter. L'inquiétude du péon devenait visible.

Bientôt les cendres des hautes herbes firent place à d'immenses étendues de sables arides et ardens. Les rayons du soleil, reflétés par ce sable doré, brûlaient les yeux de nos voyageurs et leur causaient des éblouissemens.

Ils aspiraient du feu et non de l'air; leurs langues se gonflaient, et ils sentaient leur gorge suffoquée par une âcre et impalpable poussière. Des bruissemens singuliers sifflaient à leurs oreilles; le sable mouvant se trouvait sous les pieds des chevaux emportés.

Le vent s'était tû. Pas un cri d'oiseau ne coupait le silence.

De loin en loin, Terral voyait fuir à l'horizon quelques bisons sur ce sol de fer rougi, dont les effluves embrasaient l'atmosphère.

Il regardait le visage d'Elisabeth, que la souffrance altérait, ses yeux dont l'éclat brillanté faisait ressortir l'encavement des orbites, et il pressait l'ardeur de son cheval, qui s'alourdissait et que le sable de plus en plus friable faisait trébucher.

Les heures s'écoulaient; le chemin se dévorait sans résultat; mais ni le gentilhomme dont le teint devenait plombé et terreux, ni Elisabeth qui sentait sa poitrine brûlée comme par des grains de feu, ni Terral dont les tempes battaient violemment, nul n'osait encore se plaindre de peur de décourager ses compagnons.

Enfin le visage du péon s'éclaircit en voyant s'élever hors du sable un buisson d'aloès près d'une citerne tarie. Il arrêta son cheval.

— Nous avons dévié de notre route, — dit-il à l'émigré, — et nous sommes perdus dans un arenal, un désert de sable; mais je reconais ce buisson où j'ai souvent fait halte avec mon père autrefois, dans nos expéditions de chercheurs d'or.

— Que le nom de votre père soit béni! — murmura Elisabeth, — car je n'espérais plus sortir de ces fournaises.

— Avant la fin du jour nous aurons franchi l'arenal, madame, — répondit le péon.

— Et pour ajouter à tant de bonheur, — dit Gontran en essayant de sourire, — le ciel va nous combler d'un ouragan qui rafraîchira la terre et nos fronts brûlans.

— Un ouragan! — s'écria Terral en regardant vivement le ciel. En effet une sombre nuée venait d'envahir l'horizon et grossissait graduellement. Sa teinte grise se transforma bientôt en jaune brillant, et couvrit la moitié du firmament. Puis un vent terrible en sortit comme d'une outre qui crève, arrachant de leur base les collines de sable. — A terre! cria leur voix épouvantée. Une trombe immense s'avançait rapidement vers nos voyageurs; sa spirale se perdant au ciel et tournoyant avec le sonore retentissement de l'airain. — A terre! couchons-nous à terre! — répéta le péon, — ou nous sommes morts!

Il enleva de sa monture Elisabeth, qui restait muette et les yeux fixes d'horreur; il attacha les deux chevaux et la mule aux tiges des aloès, et les trois fugitifs se couchèrent sur le sable, attendant l'ouragan. Les chevaux enfonçaient leurs naseaux dans le buisson. Le soleil, obscurci par les tourbillons qui sifflaient et labouraient le désert, n'éclairait plus cette scène de désolation.

Le Possédé, furieux d'effroi, rompit ses liens par de violens efforts et s'enfuit d'une course éperdue dans l'arenal.

— Ton cheval s'échappe, Jacques, — cria monsieur de Favières.

— Malheur! — répliqua le péon. — Mais celui de nous qui se lèverait pour le reprendre serait perdu.

L'ouragan éclata dans toute sa rage. Les malheureux sentirent le sable s'entasser et pénétrer dans leur chair comme des milliers d'aiguilles rougies. Leurs lèvres closes empêchaient difficilement l'air enflammé de les anéantir. Pendant deux minutes ce fut l'horreur du chaos, puis l'air devint peu à peu plus libre. Terral put se lever, mais dès qu'il eut jeté un regard autour de lui, il poussa un cri de détresse.

Tout vestige avait disparu; le buisson d'aloès avait été déraciné. La mule gisait morte à deux cents pas. Lorsque monsieur de Favières regarda à son tour, il ne distingua pendant quelques instans qu'une lueur jaunâtre et crut être devenu aveugle. Le péon, foudroyé, se disait amèrement que le ciel, dans sa colère, ne pourrait pas inventer pour eux un nouveau malheur et que ce devait être là leur dernière épreuve, lorsqu'il entendit Elisabeth, toujours étendue sur le sable, s'écrier avec une expression de joie naïve :

— Enfin, après tant de fatigues et de souffrances nous sommes donc arrivés!

— Hélas! vous vous trompez, madame, — dit Terral douloureusement surpris en se rapprochant d'elle, — nous avons encore un long et rude chemin à faire. Il nous faut redoubler de courage.

La jeune femme le regarda avec un sourire d'étonnement étrange, et puis, riant d'un rire convulsif :

— Aveugle! insensé! — s'écria-t-elle en frappant ses mains l'une contre l'autre. — Jacques, ne voyez-vous donc pas là-bas, là-bas, au-dessus de ces beaux tilleuls, cette légère fumée bleuâtre qui s'échappe d'un toit de chaume? Eh bien! c'est là que repose mon enfant, Jacques; nous allons la surprendre dans son sommeil. Viens, Gontran, viens, mais à petits pas; ne fais pas crier le sable sous tes pieds; point de bruit. Il ne faut réveiller Alice que par un baiser sur ses lèvres vermeilles. Vois ses joues roses; admire donc la blancheur de son teint. Ne te sens-tu pas heureux! Son pied, je le cache tout entier dans ma main. Oh! petite Alice, qu'as-tu fait de ton pied? Un baiser à ta mère pour qu'elle te le rende. Vois donc comme elle te sourit, Gontran! Oh! elle t'aime bien; elle t'aimera comme moi! Bercée sur mon cœur, elle lira dans mes yeux combien elle doit t'aimer. Pourrait-elle ne pas être heureuse ici, au milieu de ces beaux arbres, de ces belles fleurs, de ces fruits dorés par le soleil? Comme elle doit mordre ces grosses grappes de raisin. — Puis, étendant sa main vers un petit monticule qui oscillait comme du cuivre rouge en fusion : — Tiens, vois, Gontran, cette source d'eau vive qui jaillit. Ne te donne-t-elle pas envie de boire, mais de boire sans cesse, sans cesse comme si nous devions la tarir tout entière? Oh! comme j'ai soif! Le gosier me brûle! Tu dois être altéré comme moi, Gontran. Attends! je vais remplir la gourde et te l'apporter.

Frappé de stupeur, Terral jeta un regard désespéré à monsieur de Favières, qui sourit d'un air de pitié et de compassion :

— Pauvre femme, faible cerveau; la douleur y a provoqué le délire. Elle se croit en France, près de son Alice, en France, lorsque le soleil du Mexique lance perpendiculairement sur notre tête ses rayons mortels et dessèche notre langue et gonfle nos pieds à ne pouvoir plus nous soutenir.

— Eh bien! — reprit Elisabeth, — vous ne vous réjouissez donc pas comme moi! vous ne m'aidez pas à me traîner jusqu'à cet humble toit où dort Alice? Avez-vous des yeux pour ne pas voir? Voulez-vous donc, Gontran, me séparer une seconde fois de mon enfant? Pourquoi cette figure sombre, Terral? Puisque vous nous aimez, vous aimerez cette enfant. Vous êtes notre sauveur, Gontran vous a rendu votre liberté, mais vous resterez près de nous comme un ami. — Une larme tomba de la paupière du péon. — Pourquoi donc pleurez-vous, — dit-elle avec impatience, — lorsque l'heure est venue d'être tous heureux?

Monsieur de Favières restait immobile, les yeux fixes, à contempler le désert qui se déployait devant lui comme une mer tourmentée.

— Comment détromper la maîtresse? que lui répondre? — demanda Terral.

— Respectons sa folie, — dit Gontran, l'œil toujours fixe et la tête haute malgré l'ardeur calcinante du soleil.

— Elle fera le reste du chemin en croyant rejoindre sa petite Alice. D'ailleurs, elle ne se trompe pas en supposant que nous serons bientôt arrivés. — Et prenant un ton bas et confidentiel : — Nous approchons de la mine, Jacques, — continua-t-il. — Tu m'as assuré qu'elle était située au flanc d'un des monts Bacuaches, n'est-ce pas?

— Oui, don Gontran, — répondit le péon stupéfait.

— Eh bien! les voilà qui s'élèvent à l'horizon tels que tu me les as décrits.—Terral regarda monsieur de Favières avec accablement. — Pourquoi fais-tu si étonné? — reprit l'émigré avec humeur.—Voudrais-tu me tromper, toi aussi? Mais mon coup d'œil ne me trompe jamais. Ces pics escarpés, ne les reconnais-tu pas? Quels blocs d'or! comme ils étincellent au soleil! Ce pays enchanté, c'est mon domaine, ma fortune inconnue! Mais je ne suis pas avare, Jacques; je te récompenserai loyalement, car tu m'as dit la vérité. Et Elisabeth qui croyait voir la cheminée d'un toit de chaume, là où s'ouvre le *placer* avec lequel nous bâtirons des palais! la plaisante vision! Puis, au bas, regarde couler cette rivière aux flots écumeux comme ceux d'un torrent : c'est là que travailleront nos laveurs d'or. Mais d'abord cette eau va nous rendre la vie en désaltérant nos gosiers en feu, car cette soif est horrible.

Terral, pâle et tremblant, se sentait enfin tout à fait découragé; il comprenait que madame et monsieur de Favières subissaient ces terribles effets du mirage qui produisent dans le désert une sorte d'aliénation impossible à combattre. Pour eux, suivant le cours de leurs sentiments et de leurs idées, le sable se tapissait réellement de verdure, ou s'amoncelait en montagnes, ou ruisselait en fleuves.

Il connaissait les divers symptômes de cette terrible maladie de l'arenal; à la folie succéderait l'engourdissement du sommeil, et au sommeil la mort. Il fallait à tout prix les tirer de cette torpeur, avoir le courage de les détromper de leur fausse joie, et les ramener cruellement à la réalité.

Il courut à Elisabeth, qui semblait toujours plongée dans une muette extase.

— Madame, — lui dit-il, — assez d'illusions. Sachez la vérité. Nous sommes égarés dans l'arenal. Ne croyez pas aux prestiges trompeurs dont vos regards sont dupes. Il nous faut marcher longtemps encore pour sortir de ce désert. Levez-vous, madame, levez-vous!

— Pauvre péon, — répondit-elle doucement, avec un sourire ému, — le soleil a fatigué vos yeux. Que parlez-vous de désert et de sable, lorsqu'une herbe touffue verdoie à deux pas de nous; lorsqu'en étendant la main je la baignerais dans cette source qui jaillit!

Cependant la journée s'avançait au milieu de ces tortures, et à mesure que le soleil diminuait d'éclat et d'ardeur, les effets étranges de leur mirage perdaient de leur influence funeste. Terral parvint à décider madame de Favières à se remettre en marche par un dernier effort, et, traînant par la bride le seul cheval qui leur restait et qui portait Elisabeth; je se mit à épier du regard avec une attention pleine d'angoisses les moindres indices qui lui faisaient secrètement espérer de trouver l'oasis désiré, c'est-à-dire quelques arbres abritant une source. Ils allaient lentement et en silence, et le désert s'étendait toujours devant eux, lorsque le péon tressaillit en voyant s'amonceler à une petite distance des couches de sable superficielles qui se continuaient sur un long espace. Il ne s'arrêta pas, mais, les montrant du doigt à son maître, il lui dit avec une expression de froide ironie :

— Réjouissez-vous, don Gontran, ces monticules sont le commencement de ce *placer* merveilleux qui se prolonge jusqu'aux monts Bacuaches et que vous étiez si avide d'atteindre au risque de votre vie.

— Le *placer*! — répéta monsieur de Favières avec une surprise mêlée de doute, — et vous m'annoncez cette nouvelle avec tant d'insouciance, et vous ne vous arrêtez pas, Jacques?

Le péon haussa les épaules.

— Que m'importent ces dépôts de sable parsemés de grains d'or! — répondit-il en regardant Elisabeth, qui pouvait à peine se soutenir sur le cheval; — à cette heure, ne donnerais-je pas la plus riche mine pour quelques gouttes de pluie, pour le fruit le plus commun que je pourrais offrir à la senora?

— Bah! — dit le gentilhomme, — j'oublie toutes nos souffrances, du moment que nous avons atteint le *placer*; mais êtes-vous bien sûr de ne pas vous tromper, Jacques?

Et il s'avança d'un pas précipité et chancelant vers les monticules, serrant sa *baretta* dans sa main défaillante; il s'agenouilla devant les couches de sable aurifère, et ses yeux ternis s'illuminèrent de joie en voyant briller des grains d'or innombrables.

— Oh! tu avais raison, Terral, — s'écria-t-il avec un accent de triomphe. — C'est de l'or à l'état natif, en libre métal, sans alliage de minerai! Il n'y a vraiment qu'à se baisser pour en prendre. Ah! je suis donc enfin riche et heureux! Il me semble à cette heure que je suis maître du monde. Maintenant que j'ai vu cet inépuisable trésor, je reviendrai avec des esclaves pour l'arracher de cette terre bienheureuse.

— C'est un gîte d'alluvion, — répliqua Jacques, — et si cette découverte me réjouit, moi, c'est qu'elle me prouve que nous approchons des montagnes, d'où les neiges descendent en torrens. Encore deux heures de courage, encore deux heures de force et de marche, et nous serons sauvés. Hâtons-nous donc, maître.

Monsieur de Favières ne bougeait pas; ses yeux restaient obstinément fixés sur le *placer*.

— L'exploitation par lavage ne demande que les plus simples appareils, — reprit-il; — nous userons de fourneaux en terre glaise, comme les Indiens. Notre entreprise ne nécessitera donc pas de capital. Nous n'attirerons pas sur nous, par un grand attirail, les yeux des curieux et des voleurs.

Et il promena autour de lui un regard défiant et sombre, comme s'il craignait déjà d'être surpris par des bandits avides de partager avec lui.

— Mais il ne s'agit pas maintenant d'exploiter le *placer*, —dit le péon, sentant lui-même avec effroi la torpeur qui engourdissait ses membres. — Avant tout, il s'agit d'atteindre les montagnes. Chaque instant perdu épuise le peu de forces qui nous restent.

— Laisse-moi contempler ma fortune, — répondit le gentilhomme, en prenant à poignées dans ses mains le sable aurifère et le faisant glisser comme un enfant entre ses doigts — Cela me repose, vois-tu. Cet or, n'est-ce pas le but que les hommes poursuivent toute leur vie, au prix de mille privations, de toutes sortes de dangers et de crimes? N'est-ce pas avec ce métal étincelant qu'on éblouit, qu'on corrompt les vertus les plus austères, qu'on achète les consciences; qu'on fait taire les lois, qu'on paye le sang versé et qu'on est maître de tous les produits de la terre?

— Si l'or est si puissant, maître, — dit le péon, — que ne vous en servez-vous pour faire jaillir une source d'eau vive du fond de ces sables brûlans?

— Oh! rien ne nous manquera maintenant, Elisabeth, — continua monsieur de Favières, absorbé dans sa contemplation. — Nous vivrons désormais en plein conte de fées. Cette poignée de sable brillant représente les esclaves qui vous porteront en litière, cette autre le palais splendide que je vous ferai bâtir.

43

XII

LA GOURDE.

En ce moment, le cheval qui portait Elisabeth poussa un gémissement plaintif, chancela sur ses jambes et s'affaissa sur le sable au moment où Terral prenait la jeune femme dans ses bras et la déposait doucement à terre. Alors, saisissant la main de son maître, il lui dit :

— Réveillez-vous de vos rêves, don Gontran, cette halte nous perd ; la vue de l'or du *placer* ne guérira pas nos pieds gonflés et meurtris ; elle ne vous fera pas oublier longtemps la faim et la soif, cette horrible torture du désert.

Monsieur de Favières essaya de se relever, mais, comme l'avait craint le péon, la halte avait augmenté sa faiblesse, et il retomba exténué en disant :

— Je ne puis marcher, c'est impossible !

— Impossible, — répéta Terral,—lorsque vous avez vu et touché de vos mains ce gîte d'or, dont l'attrait irrésistible vous a poussé à braver tant de dangers pour le conquérir ! Oh ! quelle puissance illusoire et stérile que celle de ce métal pour lequel les hommes ne reculent pas devant un crime, et qui ne peut cependant ni effacer les rides de leur front, ni les défendre contre la mort, ni les faire aimer de la femme qu'ils aiment. Vous voulez donc mourir d'épuisement sur cette couche de sable d'or qui devait vous faire riche et heureux !... Ah ! le *lepero* déguenillé qui boit à cette heure sa tasse d'eau de grenade sous le porche de l'église d'Arispe est plus riche et plus heureux que vous !

Il entendit alors madame de Favières l'appeler doucement, et il s'avança vers elle.

— Jacques, — dit-elle, — n'y a-t-il donc pas une goutte d'eau dans ce désert ?

— Non, madame, — répondit le péon accablé, — pas une goutte d'eau, pas un arbre qui nous verse un peu d'ombre et de fraîcheur ; mais en revanche il y a de l'or, beaucoup d'or !

— Oh ! pourquoi avons-nous quitté notre humble habitation, Gontran ? — dit la pauvre femme.—Quel bonheur c'eût été d'y vivre toujours d'une vie pauvre, mais calme, avec mon enfant jouant sur mes genoux ! Quand je pense à nos cascades si fraîches, à nos haies de cotonniers et de saules à l'ombre desquelles j'attendais votre retour, Gontran, oh ! comme je maudis la découverte de ce *placer*, pour lequel nous avons déserté ce paradis ignoré ! Jacques, pourquoi nous avez-vous fait cette révélation funeste ? C'est vous qui avez poussé mon mari à sa perte.

— Vous m'accusez, madame ? — murmura Terral avec un profond découragement.

— Oui, puisque vous ne sauvez pas Gontran, vous qui êtes un enfant du désert et qui devez connaître ses secrets, vous qui avez flatté son amour de l'or, vous qui, après l'avoir amené en face de ces trésors semés à la surface de la terre, allez l'y laisser périr misérablement !

— Oh ! oui, je suis un misérable, car j'ai osé compromettre votre vie au milieu de ces solitudes, madame, — s'écria-t-il d'une voix brisée.

— Je n'ai pas parlé de moi, — répondit sèchement madame de Favières. Terral se tordait les mains de désespoir. — Mais je suis épuisée, — ajouta-t-elle, — je ne puis faire un pas. Donnez-moi un peu d'eau, Jacques, car je souffre trop ; j'ai du feu dans la gorge, des charbons ardents, et il me semble que je vais mourir. Jacques, donnez-moi un peu d'eau. — Tout à coup Terral, qui promenait autour de lui des yeux hagards, poussa un cri de joie. Il venait d'apercevoir pendant à l'arçon du cheval la gourde d'eau d'Acacia. Il tomba agenouillé et remercia Dieu dans une prière fervente où il mit toute son âme. Il courut détacher la gourde, dans laquelle se trouvaient encore quelques gorgées d'eau, et la montra avec un geste de joie à monsieur de Favières, qui jeta dessus un regard avide et féroce de désir. — Oh ! que j'ai soif ! — murmura la jeune femme en comprimant de ses deux mains sa poitrine incandescente.

— Quel supplice elle a enduré et avec quel courage ! — s'écria le péon. — Mais, Dieu soit loué ! il reste du moins de l'eau pour elle, et cette horrible torture de la soif lui sera épargnée.

Il fit un pas vers Elisabeth. Gontran l'arrêta d'un geste impérieux :

— Es-tu fou, Jacques ? Elisabeth est épuisée, elle ne pourrait plus nous suivre, et nous avons peut-être encore quelques heures de marche avant d'atteindre le placer. Moi aussi j'ai les lèvres écaillées, la gorge ardente, un brasier dans la poitrine ! Moi aussi je ne pourrais continuer la route, si je ne trouve pas mon salut dans cette gourde !

Terral frissonna d'indignation.

— Mais vous êtes un homme, don Gontran, — répliqua-t-il ; — vous êtes plus fort que cette frêle créature, vous pouvez résister plus longtemps à la souffrance. Avant la nuit, nous pouvons trouver une citerne, une source, une rivière, que sais-je ? Mais elle, elle ne peut attendre ; car ce qui pour nous est seulement une douleur, pour elle c'est l'agonie et la mort.

Il voulut se dégager de l'étreinte de monsieur de Favières, mais celui-ci, le retenant comme dans un étau de fer, répliqua :

— Non, Elisabeth nous retarde. Nous ne devons pas, pour la soulager, perdre cette eau précieuse qui peut nous conserver la force nécessaire pour aller en avant et sortir de l'arénal.

Le péon regarda le gentilhomme avec une profonde horreur.

— Ainsi, vous abandonneriez votre femme, si jeune, si dévouée, qui vous aime avec folie, sur ce lit de sable brûlant !

— Nous reviendrons la chercher, — dit Gontran d'une voix sombre, — et alors nous serons sauvés tous trois.

— Non, — s'écria Terral, — mille fois non ! je ne l'abandonnerai pas, moi ! Non, je n'écouterai pas d'un cœur inexorable ses plaintes et ses gémissements déchirants, lorsque je puis apaiser ses souffrances. Je ne tuerai pas comme un lâche et un assassin honteux la femme qui s'est confiée à nous et que nous avons promis et juré de protéger.

— Mais je te dis, misérable fou, que robustes comme nous sommes, ranimés par l'eau de cette gourde, nous pouvons sortir de l'arénal et la sauver, tandis qu'en sacrifiant notre salut à sa douleur du moment, nous sommes tous trois condamnés à mourir ici.

Terral allait se demander si peut-être monsieur de Favières n'aurait pas raison, lorsqu'il vit Elisabeth essayer de se lever et puis retomber faible, exténuée, haletante, le front penché sur la poitrine en répétant :

— Oh ! la soif ! la soif ! Quel bourdonnement à mes oreilles ! Quelles dents d'acier rougi me déchirent la poitrine ! — Puis joignant ses mains, elle s'écria le visage baigné de pleurs : — Oh ! une goutte d'eau, mon Dieu ! une goutte d'eau qui tombe de votre ciel sur mes lèvres ! Oh ! avoir soif ainsi, et voir là-bas, là-bas, cette onde claire et vive qui clapote avec un bruit argentin !

— Entendez-vous ? entendez-vous ? — dit le péon à monsieur de Favières.

— Est-ce que je ne souffre pas, moi ? — répliqua Gontran.

— Un tigre aurait pitié de tant de tortures ! — s'écria Terral. — Maîtresse, calmez-vous et reprenez courage ; je vous apporte une gourde remplie d'eau.

Elisabeth tendit les mains vers lui en disant avec un

sourire craintif, comme celui d'une femme frappée de folie :

— La gourde! la gourde! donnez-la vite, Jacques, car Alice m'appelle et je vais la rejoindre dès que j'aurai repris un peu de force. Attends-moi, Alice, attends-moi, et si tu as soif, viens ici; ta mère a de l'eau pour toi.

Le péon s'avançait en frissonnant de tout son corps vers la jeune femme, qu'il n'osait regarder tant son cœur était brisé devant cette affreuse agonie, lorsque monsieur de Favières lui cria :

— Je t'ordonne de me rapporter cette gourde, Jacques.

Terral haussa les épaules.

— Misérable péon, m'obéiras-tu? — dit Gontran en s'élançant vers lui et se plaçant devant Elisabeth.

— Non, — répliqua le jeune homme. — Comment oses-tu commander ici, don Gontran, dans ce désert où il n'y a que deux hommes, égaux par le péril et le courage, et une femme qui se meurt? Oh! en la voyant souffrir par la faute de ta cupidité, en te voyant sans pitié et sans générosité pour elle, je sens que je l'aime comme une sœur et que je te hais comme un ennemi.

Monsieur de Favières, sans bouger, se prit à rire d'un rire sarcastique.

— Seigneur péon. — répondit-il, — il n'entre pas dans ma manière de voir d'être tutoyé par mes domestiques. Je vous trouve un peu familier.

— Crois-tu donc jouer ici le gentilhomme à tourelles et à créneaux? — dit Jacques avec dédain. — Sois noble par le cœur, si tu veux que je respecte en toi le descendant d'une antique et glorieuse famille.

— Mes moyens ne me le permettent pas en ce moment, ô le plus intime des péons! — dit Gontran qui ricanait à froid, mais sentait monter sa colère.

— Illustre gentilhomme, que n'appelais-tu tes nombreux vassaux pour te défendre contre les jaguars et l'ouragan? — reprit Terral avec exaltation. — Mais puisque tu es si fier, apprends à souffrir. Ici, devant la mort, nous sommes égaux, te dis-je, et je vaux mieux que toi, puisque j'ai pitié de cette sainte créature de Dieu, et que toi, chargé de la protéger, tu l'abandonnes comme un traître et la condamnes comme un bourreau.

— Insulte, mais donne la gourde, — dit Favières froidement.

Les yeux d'Elisabeth s'étaient fermés. Epuisée, elle n'entendait cette querelle qu'avec la vague perception des songes.

— Place, don Gontran laissez-moi passer! — s'écria le péon.

— Non, — dit l'émigré. — Tu veux m'arracher la possession de la mine. Cette gourde est mon unique espoir, c'est ma vie Je te la disputerai.

— Insensé, tu menaces quand tu devrais supplier, — dit le péon exaspéré.

— Supplier mon serviteur! — répliqua monsieur de Favières, — tu oubliais que nous sommes ici deux hommes égaux devant le péril, comme tu l'as dit. Tu dois savoir que je ne suis pas un lâche. Eh bien donc! au plus fort et au plus hardi!

En même temps il saisit le péon et l'étreignit corps à corps. Quoique surpris à l'improviste, Terral lutta vaillamment; mais le gentilhomme avait eu soin d'armer sa main de la naxaja, et dans sa fureur il frappa son adversaire d'un coup que ce dernier para heureusement avec le bras. La gourde roula à terre, et des gouttes de sang coulèrent du bras du péon; alors les deux ennemis, s'enlaçant comme deux serpens, luttèrent et se tordirent sur le sable sans proférer un cri ni un gémissement.

Elisabeth rouvrit ses yeux vitreux et fiévreux sur cette horrible scène; elle entendit leur respiration sifflante et saccadée. Elle essaya de se traîner jusqu'à eux; ses membres étaient paralysés par la fatigue; elle voulut crier, la voix râlait dans sa gorge.

— Jacques, — dit le gentilhomme dans un moment où la faiblesse les força à s'accorder une trêve tacite, — cette femme doit mourir. Que t'importe de prolonger de quelques heures son agonie? Vidons cette gourde et nous attendrons le placer.

— Oh! — s'écria avec horreur le péon, — vous pensez encore à cette mine, que je donnerais pour une goutte de cette eau plus précieuse à mes yeux qu'un royaume.

Les yeux sanglans, le visage livide et gonflé, monsieur de Favières se tourna vers la malheureuse femme et lui dit :

— Madame, ordonnez donc à cet homme, qui vous aime et qui vous obéit, de me laisser apaiser ma soif, ou vous me verrez mourir.

— Oh! la soif! la soif! Oh! oui, j'ai bien soif! — répéta-t-elle avec égarement et d'une voix râlante et étouffée, car le soleil dardait toujours des rayons à enflammer le cerveau flegmatique d'un Hollandais.

A ces paroles d'angoisse, Jacques avait senti une force nouvelle renaître en lui : il renversa violemment son adversaire, se releva, et après s'être précipité sur la gourde et l'avoir débouchée, il la porta aux lèvres desséchées d'Elisabeth.

Mais à cet instant l'émigré, poussé par la rage aveugle et insensée du désir élevé à son paroxysme, arrivait derrière le péon pour lui enfoncer sa naxaja dans l'épaule.

Elisabeth jeta un cri de terreur, et Jacques se retourna à temps pour que son épaule fût seulement effleurée; il voulut arracher le couteau à Gontran, une de ses mains fut hachée de blessures, mais il venait enfin de s'emparer de l'arme fatale, lorsque monsieur de Favières se précipitant pour le reprendre avec une force incroyable, s'enfonça la lame dans la poitrine et tomba.

Le péon laissa tomber la gourde à terre et resta pétrifié devant cet homme gisant à ses pieds.

— Vous avez tué mon mari! — s'écria une voix creuse à son oreille.

Surexcité par cet horrible spectacle, Elisabeth avait trouvé la force de se lever.

— Mais c'est lui-même qui s'est enferré comme un fou, — répliqua Terral stupéfié. — Il voulait m'arracher cette gourde que je gardais pour vous.

— Malheureux! il fallait lui obéir, — dit-elle avec un accent déchirant; — il était votre maître. Oh! mais, Gontran, tu n'as pu mourir ainsi, sans un regard, sans une parole pour moi. Je suis donc cause de ton assassinat, Gontran. C'est pour me sauver qu'on t'a tué. Me sauver! ô folie! me sauver quand tu meurs! Ah! vous avez tué du même coup deux créatures de Dieu, misérable péon! Mais qui sait! il n'est peut-être pas mort; secourez-le!

Terral osa fixer ses regards sur le corps de monsieur de Favières; mais quel espoir de secourir ce dernier, quand il lui fût resté une étincelle de vie, au milieu de ce désert horrible. Comment le transporter et lui prodiguer les soins nécessaires? Il banda sa plaie sanglante et répondit à Elisabeth :

— Don Gontran respire encore, madame; mais je doute qu'il puisse reprendre connaissance et passer la journée.

— Puis ramassant la gourde : — Tu as coûté bien cher, — ajouta-t-il, — tu as coûté la vie d'un homme; mais tu peux sauver celle de cette pauvre femme. Merci, mon Dieu!

— Je ne veux plus vivre! je n'ai plus soif maintenant! — dit la jeune femme.

— Vous oubliez que vous êtes mère, madame, — répliqua le péon.

— Oh! pourquoi m'avez-vous rappelé ma fille? — s'écria Elisabeth chancelante et s'affaissant brisée sur le sable. — Oui, si je meurs, je ne verrai plus jamais mon enfant, plus jamais! elle n'a plus guère que sa mère au monde. Si je vis, je pourrai l'embrasser, la serrer sur mon cœur. Nous sommes séparés par les sables et les océans, mais on peut les franchir; tandis que la mort... oh! c'est la séparation sans espoir. Mais la nuit vient déjà, ce me semble; le soleil est noir. Terral, une goutte d'eau, une goutte d'eau. La vie! oh! il faut que je vive!

Le péon lui tendit la gourde, elle ne put la saisir; il la portait à la bouche de la malheureuse femme, lorsqu'il poussa un de ces cris qui font dresser les cheveux de ceux qui les entendent.

La gourde avait été débouchée, elle s'était vidée; l'eau avait filtré dans le sable, qui l'avait bue comme une larme.

Terral prit sa tête à deux mains et crut devenir fou; déjà il riait de ce rire idiot et terrible des infortunés qui ne peuvent plus ni pleurer ni sangloter.

Madame de Favières le regarda fixement et lui dit avec douceur :

— Vous voyez bien, malheureux homme, que Dieu ne voulait pas me sauver et qu'il nous punit de votre désobéissance aux ordres de Gontran. Partez, partez donc, tandis que vous avez encore un peu de force, ou la fatale prédiction d'Acacia s'accomplira tout entière.

Les yeux de Jacques Terral se dilatèrent.

— Je ne vous abandonnerai pas, madame.

— Si, je le veux, il le faut, — reprit-elle avec une sorte d'autorité; — je sens bien que je n'ai plus que quelques instans à vivre, et l'eau de cette gourde ne m'aurait pas rendu la vie. Portez-moi près de Gontran, Jacques, je souffrirai moins à mourir près de lui.

Le péon obéit. Elisabeth continua :

— Ecoutez mes dernières paroles, Jacques. Vous savez quelle douleur j'emporte en mourant loin de ma fille, en pensant qu'elle ne saura jamais combien je l'ai aimée, en m'accusant peut-être de l'avoir délaissée, elle pour qui seule je regrette la vie et j'ai eu peur de la mort. Eh bien! jurez-moi, si vous sortez vivant de ce désert, qui aura gardé deux victimes, si vous pouvez exploiter cette mine, cause de notre perte, et si elle vous fait riche, jurez-moi d'aller en France,

— Oh! me parler de richesses lorsque je vous vois mourir, madame! — interrompit Terral.

— Jacques, c'est pour moi que vous chercherez à conquérir cette fortune rêvée par Gontran. Alors vous irez en France, mon ami, vous verrez mon Alice, vous serez son protecteur dans ce monde envieux et méchant, et vous lui direz, n'est-ce pas, que je suis morte avec son image devant les yeux, son nom aux lèvres, sa pensée dans le cœur. Oh! jurez-le-moi, et je ne vous maudirai pas, vous qui avez tué Gontran. Vous savez pourtant de quel amour je l'aimais.

— Je jure d'accomplir votre volonté, madame, — répondit le péon d'une voix altérée.

— Bien, Jacques, — reprit-elle avec effort. — Maintenant, approchez-moi de ce corps qui sera bientôt un cadavre.

Et elle désignait monsieur de Favières.

— Je n'ose, madame.

— Vous avez bien osé le tuer, Jacques!

Terral obéit.

— Maintenant, — ajouta Elisabeth d'une voix déjà brève et sifflante, — prenez son portefeuille dans la poche de sa veste. Vous y trouverez tous les renseignemens relatifs à ce Max Birmann auquel j'ai confié mon enfant. —

Le péon obéit encore en tremblant. Lorsqu'il eut pris et ouvert le portefeuille, il regarda madame de Favières, mais il vit ses yeux se voiler, et il murmura encore : — Adieu, Gontran. Alice, Alice, où es-tu?

Jacques tomba à genoux; il lui semblait que son cœur se brisait, et il cria d'une voix éperdue :

— Elisabeth! Elisabeth!

Mais la jeune femme ne répondit pas. Ses lèvres étaient glacées; ses yeux étaient fermés, et pourtant un doux sourire s'épanouissait encore sur son charmant visage, car elle était morte en pensant à sa fille.

En proie à une sorte de vertige passionné, le péon crut que ce sourire s'adressait à lui; et il pressa de ses lèvres ardentes la bouche froide de la morte.

Alors il poussa un cri désespéré, en comprenant qu'il était à jamais séparé d'elle. Il eut honte de sa profanation; puis, s'arrachant à cette dangereuse extase, il s'empressa de couvrir de sable le corps de madame de Favières, et s'enfuit comme un coupable dans la direction des monts Bacuaches.

DEUXIEME PARTIE.

L'ÉTANG DES ILES FLOTTANTES.

I

L'ÉCRIN DE DIAMANS.

Vers la fin d'une froide journée de l'hiver de 1814, une chaise de poste s'arrêtait devant la porte du principal hôtel de la petite ville de Blankenbourg, dans le duché de Brunswick.

Il en descendit un voyageur d'une figure noble et sérieuse, qui accusait une quarantaine d'années.

Son arrivée mit soudain en mouvement l'hôte et deux ou trois domestiques peu habitués à pareille aubaine, par un temps si rigoureux et à cette époque de l'année; mais, insensible aux invitations empressées de l'hôte et aux séductions du feu vif et clair qui pétillait dans l'âtre, le voyageur, après avoir demandé l'adresse du marchand de fer Birmann, se remit immédiatement en marche, enveloppé dans son manteau.

Arrivé devant la maison qu'on lui avait désignée comme étant celle de Birmann, il en trouva la porte à demi ouverte et gardée par une vieille femme encapuchonnée, qui, la tête penchée tantôt à droite, tantôt à gauche, semblait livrée à l'impatience d'une longue attente.

A peine le voyageur se fut-il arrêté qu'elle le saisit par le bras et lui dit à voix basse :

— Enfin, vous voici!

Puis elle mit un doigt sur sa bouche édentée, comme pour lui recommander le plus profond silence.

Cet accueil parut étonner singulièrement le voyageur, qui, au lieu d'obéir à l'injonction de la vieille, lui dit d'un air inquiet :

— Vous vous trompez sans doute, ma bonne mère. Cette maison n'est certainement pas celle de monsieur Birmann, le marchand de fer?

— Je ne me trompe pas, maître, — reprit elle d'un ton aigre-doux. — Vous êtes chez monsieur Birmann; mais, au nom du ciel et des saints apôtres, taisez-vous! Monsieur est dans son cabinet, et s'il entendait votre voix, tout serait perdu.

— L'imbroglio se complique, — pensa l'étranger, — et je ne sais si je dois...

— Qu'attendez-vous? — poursuivit la vieille avec impatience. — Suivez-moi donc. Mademoiselle est seule dans sa chambre, où elle vous attend. Pas de bruit, surtout... marchez avec précaution.

Ces paroles ajoutèrent à la surprise du voyageur, mais elle exercèrent sur lui une influence à laquelle il n'essaya pas de résistance.

Il se laissa conduire.

La vieille lui fit traverser un couloir, monter un petit escalier, et l'introduisit dans une chambre toute simple, mais égayée par le parfum des violettes et des jacinthes, où une jeune personne brodait à la lueur d'une lampe, puis elle se retira.

Si l'étranger s'était attendu à se trouver devant une Allemande blonde et joufflue, il dut éprouver une nouvelle surprise en contemplant la figure ravissante et la taille de sylphe, souple et gracieuse, de celle qui l'attendait.

Elle était vêtue de noir ; les anneaux bruns et abondans de ses cheveux, dans lesquels semblait s'être égaré un rayon de soleil, se détachaient sur la blancheur de son front pâle et régulier, et de son col rond et onduleux.

L'expression étincelante de ses grands yeux brun-clair était adoucie par l'ombre veloutée de cils très longs ; son teint pâle se colorait par instans et paraissait alors doué de cette fraîcheur éclatante des roses épanouies au bord des sources.

Un statuaire grec eût admiré les fins contours de son nez, et la fossette qui riait à droite de sa bouche et où se reflétaient les sourires et les mouvemens de ses lèvres.

Cette jeune fille avait une physionomie pleine de franchise, de candeur et de sentiment, quoiqu'une flamme inquiète et mobile brillât parfois dans son regard.

Le voyageur était resté un instant silencieux à la contempler.

Elle se leva, porta timidement les yeux sur lui, et, posant sa broderie sur la table, elle lui indiqua un siège en l'invitant à s'asseoir, avec un son de voix suave qui résonna comme une douce musique depuis longtemps oubliée à l'oreille de l'étranger, et qui le fit tressaillir.

Il y eut ensuite une pause assez embarrassante entre la jeune fille et le nouveau venu ; l'une pâlissait et rougissait tour à tour, l'autre fixait sur elle des regards à la fois étonnés et ravis.

Enfin, frappant le plancher de son petit pied avec un geste de mutinerie enfantine, la pauvre enfant se résigna à rassembler tout son courage, et demanda d'une voix émue et tremblante à l'étranger :

— Maître, vous êtes discret comme un prêtre, n'est-ce pas ?

— Je n'ai jamais trahi un secret ni failli à ma parole, mademoiselle, — répondit-il avec une douce gravité.

— Oh ! monsieur, vous devez trouver bien étrange, je le sens, — reprit-elle en comprimant les larmes qui se glissaient sous sa paupière, — qu'une jeune fille de dix-sept ans vous fasse venir aussi mystérieusement chez elle.

— Rassurez-vous, mademoiselle, — dit l'étranger, — je suis sûr qu'il ne s'agit ni d'un crime, ni d'un complot, et dès que vous m'aurez expliqué ce que vous attendez de moi...

— Oh ! la proposition que j'ai à vous faire vous paraîtra plus singulière encore que ma démarche, — continua-t-elle, — car, nous autres femmes, nous sommes forcées de nous cacher, même pour faire ce qui est bien. Dès l'enfance, on nous apprend à regarder comme des inconvenances toute pensée, tout geste, toute démarche qui n'a pas été contrôlée et autorisée par un conseil de famille.

— C'est qu'une méchante interprétation de la plus innocente action d'une femme peut perdre son avenir et ruiner le bonheur de sa vie entière, — interrompit l'étranger.

— Tandis que vous autres hommes vous ne devez compte de votre conduite qu'à vous-mêmes, — poursuivit la jeune fille en soupirant. — Avouez cependant, maître, qu'il est des circonstances tellement impérieuses qu'elles ne permettent ni retard, ni hésitation, et qu'il faut savoir braver l'égoïste préjugé des convenances pour accomplir son devoir.

— C'est là un noble sentiment, mademoiselle.

— Ah ! vous me comprenez, monsieur, — reprit-elle en laissant échapper un mouvement de joie ; — vous ne me regarderez pas comme une enfant étourdie et folle, parce que ce matin, sous l'empire d'une nécessité fatale, je vous ai écrit sans vous connaître, pour vous indiquer le rendez-vous auquel vous avez l'obligeance de vous trouver.

— J'attends vos ordres, mademoiselle, — dit respec-

tueusement l'étranger, ému d'une sympathie involontaire pour cette franche et naïve nature chez laquelle tout semblait élan spontané et généreux. — Il s'agit, je crois, d'une proposition ?

— D'un marché, maître, d'un marché, — interrompit-elle. Et sans remarquer l'expression d'étonnement qui se peignit sur la figure de son interlocuteur, elle alla ouvrir un vieux bahut de chêne sculpté et en tira un écrin qu'elle revint placer sur la table. — Monsieur, — continua-t-elle en faisant ruisseler entre ses doigts une rivière de diamans qu'elle sortit de l'écrin, — quelle somme consentiriez-vous à me prêter sur cette parure ?

Le voyageur, au lieu d'abaisser son regard sur les diamans, les releva au contraire sur la jeune fille avec la plus vive surprise.

— Mademoiselle, — dit-il, — pardonnez si je ne réponds pas immédiatement à votre question. Mais, vous l'aviez prévu, tout ceci me semble étrange. En entrant furtivement dans cette maison, qui appartient à un homme honorable, en franchissant le seuil de votre chambre, en me trouvant seul avec vous, il ne m'est certes venu à l'esprit aucune pensée qui pût porter atteinte à votre honneur ; après avoir vue, qui oserait douter de la pureté de vos intentions ? Mais souvent les jeunes filles, dans l'exaltation d'un sentiment généreux, se trompent et s'égarent. Peut-être voulez-vous vendre ces diamans de famille pour venir au secours de quelque infortune secrète, peut-être vous êtes-vous laissé émouvoir par quelque habile comédien de malheur ; mais pourquoi ne pas vous être adressée à la générosité de monsieur Birmann ? Il est riche ; on le dit bon et charitable...

— Ainsi, vous me refusez, monsieur, — dit la jeune fille d'une voix brève et les joues rouges de confusion.

— Je n'ai pas dit cela, mademoiselle, mais permettez-moi seulement de vous adresser trois questions.

— Vous désirez sans doute savoir si cette parure m'appartient, n'est-ce pas ? Oh ! c'est juste, vous êtes un marchand, maître, et je ne sais pas si la parole d'une jeune fille sera pour vous une garantie suffisante.

— J'aurais honte de douter une minute de votre sincérité, mademoiselle ; aussi n'est-ce pas de cela qu'il s'agit.

— Je vous écoute, maître, — dit la jeune fille avec une sorte d'impatience fébrile.

L'étranger se leva, et, se rapprochant de la table :

— Mademoiselle, — dit-il d'une voix altérée, — vous vous nommez Alice, n'est-il pas vrai ?

— Mais le nom de la pupille de monsieur Birmann vous est connu comme à tous les habitans de la ville, — répondit la jeune fille surprise.

— Vous êtes Française et votre famille était noble ?

— C'est vrai, maître.

— Votre père s'appelait Gontran de Favières ? — poursuivit l'étranger.

— De Favières, — répéta Alice violemment émue ; — mais comment savez-vous... ?

Ses lèvres s'agitèrent, mais ne purent proférer aucun son ; sa main, posée sur l'écrin, tremblait comme une feuille secouée par le vent ; des souvenirs douloureux venaient troubler son cœur.

— Avant de s'établir à Blankenbourg, monsieur Birmann n'habitait-il pas un village du Wurtemberg ? — continua le voyageur.

— Gomaringen, — balbutia Alice.

— C'est bien cela, — dit l'inconnu.

La jeune fille osa seulement alors jeter les yeux sur lui, et ne put maîtriser son trouble en voyant, à la lueur de la lampe, la taille encore élégante, la physionomie grave et douce, le regard affectueux et mélancolique de celui qui venait de lui adresser ces singulières questions.

L'ombre d'un doute passa dans son esprit, et, pour le détruire, elle se hâta de poursuivre :

— Mais, monsieur, ces détails dont je suis, je l'avoue, surprise de vous voir si bien instruit, n'ont aucun rapport avec l'affaire pour laquelle je vous ai fait venir.

— Ils en ont un très grand, mademoiselle, avec l'affaire pour laquelle je suis venu, — répondit l'étranger.

Alice éprouva comme un mouvement de frayeur et recula de quelques pas.

— Pardon, monsieur, — reprit-elle, — mais je commence à craindre qu'il n'y ait entre nous deux quelque méprise.

— Je ne le crains point, — répondit l'étranger en souriant, — j'en suis sûr.

— O mon Dieu ! — fit Alice en se dirigeant vers la porte, — ce n'est donc pas à vous que j'ai écrit ! vous n'êtes pas le joaillier Zacharie ?

— Je n'ai point cet honneur, mademoiselle.

— Et comment vous trouvez-vous ici, monsieur ?

— J'arrivais à la porte de cette maison et j'allais demander monsieur Birmann, lorsqu'une vieille femme, m'imposant silence, m'a saisi par le bras et m'a mystérieusement conduit jusque dans votre chambre.

— O monsieur, qu'avez-vous dû penser de moi ? — dit la jeune fille en pâlissant ; — mais pourquoi avez-vous prolongé mon erreur?

— L'intérêt que je porte à la fille de monsieur de Favières m'en faisait un devoir, mademoiselle, — répondit l'inconnu avec une émotion profonde.

— Qui donc êtes-vous, monsieur ? — demanda Alice prise d'une anxieuse curiosité.

— Oh ! je ne suis ni un roi détrôné ni un prince déguisé, — reprit l'étranger ; — je n'ai pas même l'avantage d'être un farouche conspirateur errant et proscrit, ni un chef de brigands romanesque. Je me nomme Jacques Terral, et ce nom, qui vous est inconnu, est celui d'un honnête maître de forges français arrivé de ce soir à Blankenbourg.

— Vous êtes Français, — s'écria la jeune fille. Et la colère qui venait de s'allumer dans son regard s'éteignit aussitôt : sa voix s'attendrit et devint presque suppliante.

— En Français ! — répéta-t-elle. — Oh ! il me semble que vous m'apportez l'image de cette chère patrie que je rêve sans cesse. Vous êtes Français ! alors je suis bien tranquille, car un compatriote ne voudra pas m'affliger en abusant d'un secret auquel il n'a été initié que par surprise.

— Je ne prétends pas vous imposer une condition, — dit l'étranger, — mais permettez-moi de vous adresser une prière. Vous voulez emprunter une somme d'argent sur vos diamans ; dans quel but, je l'ignore. Eh bien ! ne refusez pas une confiance dont j'espère vous prouver que je suis digne. Complétez cette confidence, qui ne s'adressait pas d'abord à moi, et je vous jure sur mon honneur que vous n'aurez pas à vous en repentir.

Le maître de forges prononça ces dernières paroles d'un ton si affectueux que la jeune fille en fut touchée.

— J'ai attendu vainement monsieur Zacharie, que j'avais appelé, — dit-elle avec agitation, — et vous êtes ici, vous que je n'attendais pas. C'est Dieu peut-être qui a voulu qu'il en soit ainsi. Je ne lutterai pas contre sa volonté lorsque je le supplie d'étendre sur moi sa main protectrice.

— Êtes-vous donc menacée de quelque malheur ? — interrompit Terral. — Le sacrifice douloureux que vous vous disposiez à faire avait-il pour but de vous aider à fuir quelque ennemi puissant ou de braver l'atteinte de la misère ?

— Non ! — répliqua vivement Alice ; — il s'agissait pour moi d'acquitter une dette sacrée, une dette que vingt sacrifices pareils ne sauraient payer, car on ne paye pas la tendresse avec de l'argent. Et quelle fille peut se flatter d'être plus tendrement aimée que je ne le suis par monsieur Birmann ! Voilà dix-sept ans, monsieur, que mes parens, forcés d'émigrer, me confièrent aux soins de cet homme excellent et de sa femme, dont j'ai gardé le souvenir un cœur comme celui d'une mère. Dans le cours de ces dix-sept années, pas une lettre, pas une nouvelle, rien ; étais abandonnée ou orpheline,

— Abandonnée ! — répéta Terral en tressaillant. — Oh ! mademoiselle, n'accusez jamais une mère d'abandon.

— La jeune fille le regarda avec surprise, mais il baissa la tête, et, poussant un profond soupir : — Poursuivez, je vous en conjure, mademoiselle, — lui dit-il, — votre récit a réveillé dans mon esprit un pénible souvenir, et je n'ai pas été maître de mon émotion. Vous étiez, avez-vous dit, orpheline ?

— Je voudrais en vain me faire illusion, c'est là, sans nul doute, la vérité, — reprit Alice d'une voix tremblante.

— Comme vous, mes bienfaiteurs n'ont jamais eu l'idée que mes parens m'eussent abandonnée. Ce fut au milieu d'une nuit terrible où leur château allait être incendié et pillé, que mon père dut m'arracher des bras de ma pauvre mère pour la décider à le suivre. Ma mère ! oh ! combien je l'aurais aimée ! Mais son souvenir m'a toujours protégée ; j'agis toujours comme si ses yeux étaient ouverts sur moi. Si je suis contente de ma journée, il me semble qu'elle me sourit ; si j'ai quelque chose à me reprocher, son visage conserve une angélique expression de douceur, mais il se couvre d'un nuage de tristesse et de mélancolie qui me navre, car je la vois dans ma pensée, cette chère mère, comme si elle veillait à mes côtés, et jamais, jamais, elle n'est absente de mon cœur.

— Noble enfant ! — murmura Terral — vous êtes bien la fille d'Elisabeth de Favières, car elle vous a transmis son âme céleste.

— A l'instant où elle me donna son dernier baiser, — continua Alice à voix basse, — elle remit secrètement cet écrin à monsieur Birmann, en lui disant : « Si notre malheureuse étoile veut que nous ne revenions pas, vous donnerez un jour ces diamans à ma fille ; c'est la seule dot que puisse lui laisser sa mère. » Cependant, monsieur, je n'ai jamais eu lieu, comme tant d'autres, de m'apercevoir que j'étais orpheline, si j'ai vécu sous un toit étranger, que je devais mon existence à la charité des autres. Le temps, loin d'attiédir et de glacer l'amour que me prodiguaient mes parens adoptifs, semblait s'accroître de plus en plus. J'étais devenue leur idole ; ils m'aimaient tant qu'ils devinrent ambitieux pour moi, qu'ils rêvèrent de me rendre cette richesse pour laquelle Dieu m'avait fait naître, disaient-ils, et que m'avaient enlevée les malheurs de ma famille. En vain je leur répétai que j'étais heureuse de notre vie médiocre et obscure, mais calme ; ils préférèrent croire que je regrettais l'absence des joies de la fortune. Ils réalisèrent tout ce qu'ils possédaient et vinrent tenter les chances terribles du commerce dans ce pays si renommé par ses mines de fer. Certes, si ce fut une faute, elle puisa sa source dans un généreux sentiment ; mais elle fut bien funeste à mes bienfaiteurs. Deux ans' après, je pleurais avec monsieur Birmann sur la tombe de la sainte femme qui m'avait remplacé ma mère ; elle n'avait pu résister aux fiévreuses agitations de ce duel constant avec le hasard qu'on appelle le négoce. Ce n'est pas tout. Hier si cruellement frappé dans ses affections, c'est aujourd'hui dans son honneur que monsieur Birmann se voit menacé.

— Dans son honneur ! — interrompit Jacques Terral.

— Atteint par la faillite de plusieurs premières maisons de Leipsick, il est à la veille de suspendre lui-même ses payemens, ajouta Alice. — Vous connaissez Birmann, avec la rigidité de principes que je lui connais, ne supportera jamais un malheur qu'il regardera comme un opprobre : il en mourra. Vous comprenez, monsieur, que je dois à tout prix le sauver, moi pour qui seule il s'est jeté dans ces spéculations hasardeuses. C'est pour cela que je veux engager ou vendre les diamans de ma mère.

— Vous avez le cœur d'un ange, comme vous en avez la beauté, mademoiselle, — dit l'étranger avec admiration.

— Mais si je veux réussir dans mon projet, — reprit simplement la jeune fille, — il faut surtout que monsieur Birmann n'en puisse rien soupçonner. Sa délicatesse et son excessive affection pour moi l'empêcheraient d'accepter de ma part le plus léger sacrifice.

— Mais comment avez-vous connu sa position désespérée ? — demanda Terral.

— Oh! sa crainte de m'affliger, de m'inquiéter seulement est si grande, — dit Alice d'une voix altérée par les larmes, — que tout à l'heure encore, avant de rentrer dans son cabinet, l'agonie au cœur, le suicide à la pensée peut-être, il prenait congé de moi avec le sourire sur les lèvres. Jamais je n'aurais su par lui sa terrible situation; la confidence m'en a été faite par son caissier, monsieur Dietrich. J'avais entendu parler d'un joaillier qui prêtait sur diamans; j'ai pris le courage de lui écrire, de le supplier de venir me trouver ce soir en secret. Monsieur Zacharie était aussi inconnu de ma vieille Marthe que de moi; c'est ce qui a causé une erreur dont vous m'avez promis de ne pas vous armer contre moi.

Alice avait répondu à Jacques Terral avec une simplicité si naïve et si touchante que ce dernier n'avait cessé de la contempler avec un charme indicible.

Il croyait voir ressusciter une douce image du passé, entendre la seule voix qui eût jamais le pouvoir de faire battre son cœur.

Lorsqu'elle eut fini, il garda un moment le silence, de peur qu'elle ne soupçonnât, au tremblement de ses paroles les larmes involontaires qui gonflaient ses paupières.

De son côté, la charmante pupille de Max Birmann tenait ses yeux obstinément baissés sur sa broderie, qu'elle venait de reprendre, essayant ainsi de dissimuler la vive émotion que trahissaient les mouvemens inégaux de sa poitrine.

L'entrée de Marthe vint les réveiller de l'état de rêverie auquel ils se laissaient aller insensiblement.

— Mademoiselle, — dit la vieille, en regardant d'un air tout effaré Alice et l'étranger, — que signifie ceci? Il y a en bas un monsieur qui prétend se nommer maître Zacharie le joaillier, et qui insiste pour que sa visite vous soit annoncée.

Alice allait répondre. Terral se hâta de la prévenir.

— Ayez la bonté de dire à maître Zacharie, — dit-il à Marthe, — que mademoiselle est très reconnaissante de la peine qu'il a prise de se rendre à son invitation ; mais les raisons pour lesquelles il a été mandé n'existant plus, elle ne croit pas devoir donner suite à une démarche désormais inutile. — Et comme Marthe, recevant cet ordre d'un autre que de sa maîtresse, hésitait à obéir.

— Allez donc, — poursuivit-il, — et en revenant vous annoncerez à monsieur Max Birmann la visite du maître de forges français avec lequel il est en relation d'affaires.

— Marthe consulta encore une fois Alice du regard, mais le silence de celle-ci lui ayant paru confirmer l'ordre qu'elle venait de recevoir, elle se décida enfin à sortir.

— Rassurez-vous, mademoiselle, — reprit Terral, qui s'aperçut que la jeune fille le regardait avec indécision, — je ne trahirai pas votre confiance. Monsieur Birmann n'entendra pas sortir de ma bouche un seul mot qui puisse lui laisser soupçonner que je sois instruit de sa position. Vous vouliez le sauver toute seule ; je trouve que c'est de l'égoïsme, et je préfère que nous le sauvions à nous deux.

— Est-il possible ! — s'écria Alice avec effusion. — Oh! que Dieu vous récompense d'une si généreuse pensée, monsieur !

— Silence! — dit en souriant l'étranger, — c'est à mon tour de vous recommander de la discrétion. Ne me trahissez pas. — Deux grosses larmes, deux perles divines, roulèrent sur les joues d'Alice, émue jusqu'au fond de l'âme. — Une dernière question, je vous prie, mademoiselle, — somme comptiez-vous obtenir au moyen de vos diamans?

— J'espérais, — répondit la jeune fille, — que, aux yeux de maître Zacharie, ils garantiraient suffisamment un prêt de quatre mille ducats.

— C'est bien, mademoiselle, et maintenant veuillez avoir l'obligeance de me présenter à monsieur Birmann.

II

ALICE DE FAVIÈRES.

Ce dernier était dans son cabinet, occupé à compulser des registres.

Surpris au milieu des amères pensées qui l'agitaient, il n'eut pas le temps de composer son visage, et le sourire forcé de ses lèvres n'eut d'autre résultat que de faire ressortir davantage l'abattement et la pâleur de ses traits.

— A qui ai-je l'honneur de parler, — dit-il en se levant.

— Je suis Jacques Terral, maître de forges à Savenay, dans les Ardennes.

— Soyez le bienvenu, monsieur, — s'empressa de répondre le marchand de fer en essuyant avec un mouchoir son front perlé de sueur, car il redoutait un créancier dans chaque visiteur inattendu. — J'espère, — continua-t-il avec effort, que le dernier compte adressé par ma maison à la vôtre n'a donné lieu à aucune réclamation.

— Il était parfaitement en règle, — répliqua Terral, — et ma visite a un autre but.

Max Birmann respira plus librement, et répondit d'une voix naturelle :

— Je suis prêt à vous écouter.

Alice fit un mouvement pour se retirer.

— Mademoiselle peut rester, — dit gravement le maître de forges. — C'est d'elle surtout qu'il sera question dans notre entretien.

— Vous connaissez Alice? — demanda Birmann avec surprise.

— Je vois mademoiselle pour la première fois aujourd'hui, — dit Terral, — mais je me suis déjà assuré, en échangeant quelques paroles avec elle, qu'elle était bien la fille d'un gentilhomme français nommé Gontran de Favières.

— En effet, — répliqua Birmann, — je me rappelle à présent une lettre que je reçus de vous il y a un mois. Vous me demandiez sur Alice et sur moi-même des renseignemens que j'ai négligé de vous envoyer. Pardon, monsieur, mais j'ai été si accablé par le souci des affaires depuis ce moment...

— Oh! vous ne pouviez deviner tout le prix que j'attachais à ces renseignemens, monsieur, — interrompit vivement le maître de forges. — Il y a si longtemps que je vous cherchais ! J'avais su vaguement qu'un homme portant votre nom habitait une ville du Wurtemberg, mais ce fut en vain que je fouillai tout ce petit royaume avec la frénésie du joueur malheureux qui cherche au fond de sa bourse une dernière pièce d'argent, son dernier espoir. Je désespérais donc de vous trouver, lorsqu'un jour, parcourant mon courrier, votre nom me frappa au bas d'une des lettres qui étaient adressées au maître de forges. Alors ce fut pour moi un instant de joie folle, car j'avais craint de ne pouvoir jamais m'acquitter de la mission sainte que m'avait confiée la plus noble des femmes.

— Et cette mission concerne mon Alice? — demanda Birmann.

— Elle d'abord, vous ensuite, — répondit Terral.

— Que dites-vous, monsieur? Oh! n'abusez pas de la crédulité d'une pauvre fille ! — s'écria Alice en s'élançant vers l'étranger et plongeant son regard fixe et profond dans ses yeux.

Tout son corps tremblait; blanche comme un marbre, les narines gonflées, les mains étendues en avant, sa vie tout entière semblait suspendue aux lèvres de Jacques Terral.

—Hélas!—reprit ce dernier avec un accent plein d'amertume,—c'est au bout de seize années que Dieu me permet de venir vous rapporter les dernières paroles et la bénédiction suprême de votre mère mourante.

— Ainsi elle est morte ! — dit Alice d'une voix sourde et brisée ; — morte, comme je faisais semblant de le croire, tandis qu'au fond du cœur je doutais toujours! morte loin de moi !

— Morte en pensant à vous, morte en prononçant votre nom, mademoiselle.

Alice s'appuya à la muraille; elle se sentait étouffer par ses sanglots et n'avait plus la force de proférer un seul mot.

— Et... son père? — dit alors Birmann ; — n'avez-vous rien à nous dire de monsieur de Favières ?

Jacques Terral devint affreusement pâle à cette question, et ses yeux se fixèrent machinalement à terre; il parvint néanmoins à maîtriser la violente angoisse qui l'avait saisi et répondit avec effort :

— Monsieur de Favières est mort le premier, au milieu des déserts de sable du Mexique et à la veille de reconquérir une fortune,

Et tandis qu'il disait cela, son souvenir lui retraçait avec une puissance et une magie extraordinaires les moindres détails de cette horrible scène de l'agonie des parens d'Alice. Alors la jeune fille, voilant de ses paupières ses yeux humides, inclina doucement sa tête sur l'épaule de Birmann.

Celui-ci la baisa au front, essuya furtivement une larme qui perlait sur sa joue décolorée, et comme s'il eût craint qu'un moment d'attendrissement ne lui fît perdre tout le fruit de ses efforts en dévoilant la véritable situation de son âme, il se retourna brusquement du côté de Terral.

— N'avez-vous pas dit, monsieur, qu'une partie de votre mission me regardait ?

Le maître de forges tira son portefeuille de sa poche, l'entrouvrit, et, prenant quelques papiers qu'il étala sur le bureau de Birmann :

— Voici, — lui dit-il, — des valeurs pour la somme de quatre mille ducats.

— Que faites-vous,— monsieur ? s'écria Birmann, dont les yeux tout grands ouverts exprimaient la plus foudroyante surprise. Je n'ai pas encore vérifié notre compte courant, mais, quel qu'il soit, je ne sache pas que vous puissiez me devoir une somme si importante.

— Monsieur Birmann, — répondit gravement le maître de forges, — depuis cette nuit où madame Favières jeta son enfant dans vos bras, avez-vous jamais reçu un seul envoi d'argent ?

— Je ne m'en suis pas inquiété un seul instant, car de cette nuit-là je me suis considéré comme le père d'Alice, et il n'est pas d'usage qu'un père se fasse payer la pension de sa fille.

— Ces sentimens généreux vous honorent, — dit Terral, — mais ils ne sauraient modifier en rien la mission dont je suis chargé, ni me contraindre à garder un argent qui ne m'appartient pas. Cette somme est un dépôt qui m'a été confié par monsieur Gontran de Favières; mon devoir est de vous le remettre, avec le regret de m'acquitter si tard de ma promesse. — Le marchand de fer ne pouvait rien répliquer à des argumens si péremptoires. Pour déguiser son trouble, il se mit à compter les valeurs et les serra dans son portefeuille. Mais ce fut une longue opération. Son visage pâlissait et rougissait tour à tour, comme s'il allait se trouver mal; ses mains tremblaient en classant les billets, et, lorsqu'il en contrôlait le chiffre, il semblait, en se frottant les yeux, chercher à écarter le voile qui lui obscurcissait la vue. A défaut de paroles, le regard humide d'Alice témoignait à Terral toute la reconnaissance que lui inspirait sa généreuse action. Dans la peur qu'il ne se trahît, celui-ci se hâta de prendre congé de monsieur Max

Birmann. — Je compte, — lui dit-il en se retirant, — demeurer plusieurs jours dans cette ville, où j'ai quelques affaires à régler.

— J'espère, — s'empressa de répondre le marchand de fer, — que pendant votre séjour vous ne dînerez pas ailleurs que chez moi; mais je vous préviens, — ajouta-t-il en souriant, — que cette fois vous ne me forcerez pas à recevoir le prix d'une pension, le portefeuille sur la gorge.

A peine Jacques Terral était-il sorti, que l'excellent homme, pressant Alice dans ses bras et sur son cœur, lui dit, les larmes inondant son visage :

— Mon enfant, ma pauvre enfant... sans cette heureuse visite que je dois ce soir à la Providence... demain tu étais véritablement orpheline !

Terral avait trompé Birmann en lui disant que d'autres affaires le retenaient dans la petite ville de Blankenbourg.

Une seule avait motivé son voyage, et c'était dans la maison même du marchand de fer qu'elle devait se traiter : mais son étrange introduction chez le père adoptif d'Alice avait complètement modifié sa pensée et bouleversé ses plans.

Est-il nécessaire de raconter l'histoire du péon mexicain pendant les années qui s'étaient écoulées entre le début de notre récit et l'époque où nous le reprenons ?

Elle ressemble à celle de tous les hommes doués d'énergie et d'intelligence, qu'un hasard heureux a fait sortir du néant, et qui, une fois le pied sur le premier degré de l'échelle sociale, se sont élevés jusqu'à la fortune par une ascension rapide.

La découverte du *placer* avait été pour lui ce hasard heureux, et il l'avait exploité jusqu'au jour où, se trouvant mêlé à une de ces innombrables crises qui ont désolé le Mexique, il fut forcé de se réfugier en France avec une partie de ses lingots.

Là il devint en peu d'années, grâce à sa prodigieuse activité et à son esprit d'ordre, le plus riche maître de forges des Ardennes.

Quand à son langage, à ses manières, nul homme du monde ne les eût désavoués, car Terral avait reçu de la nature cet instinct, ce tact départi souvent aux gens du peuple lorsqu'ils ont un cœur doué de sentiments élevés.

Sa probité rigide, sa générosité, sa façon de traiter grandement les affaires, lui conciliaient toutes les sympathies, et nul ne se doutait des passions violentes qui pouvaient couver sous le masque froid et tranquille de son visage.

Dès son arrivée en France, une pensée dominante avait préoccupé l'esprit de Jacques Terral : c'était d'accomplir le vœu que lui avait fait jurer madame de Favières mourante.

Il sentait dans son cœur un vague désir de voir cette jeune fille dont l'image flottait devant les yeux mourans d'Elisabeth, et qu'il se plaisait à rêver accomplie en beauté et en noblesse de cœur comme sa mère.

Depuis longtemps, il s'était promis de partager avec Alice la fortune qu'il devait à l'exploitation de la mine dont monsieur de Favières avait failli être possesseur, et ce fut dans l'intention d'exécuter ce projet qu'il se rendit à Blankenbourg, lorsqu'il eut découvert la demeure de Max Birmann.

Cependant, jusqu'alors, Terral, distrait par les violentes agitations de sa vie de travailleur, n'avait cédé, en persistant dans sa résolution, qu'à un strict sentiment de justice et de devoir.

Mais lorsqu'il eut vu Alice, qu'il eut admiré son éblouissante beauté, son caractère élevé et ingénu, son cœur généreux et pur comme le diamant, le maître de forges sentit passer dans son âme un trouble inconnu, une flamme étrange et soudaine; son passé de fatigue et de travaux s'évanouit tout à coup de son souvenir; il lui sembla avoir déjà vécu autrefois, lorsque madame de Favières l'appelait Jacques, et s'être endormi dans un songe triste et nébuleux depuis lors, et renaître maintenant à une nouvelle existence. Dans sa pensée, le monde entier disparaissait pour faire place à cette petite maison du marchand de fer qui resplendissait à ses yeux comme un palais de fée.

C'est qu'il y avait une fée dans ce logis humble et calme: elle s'appelait Alice.

L'idée n'était pas venue à Terral depuis bien des années, que la vie eût un autre emploi que le travail, un autre but que de s'élever et de s'enrichir.

Sortir de la foule, prendre place à côté des riches et des nobles, tel avait été le mobile constant des efforts de cet enfant du désert, autrefois humilié par l'insolence du gentilhomme son maître; il avait dépensé dans cette lutte l'énergie qu'il devait à sa jeunesse indépendante et sauvage.

Ce fut à Blakenbourg que pour la première fois il se trouva jeté au milieu d'un de ces drames de famille qui émeuvent toutes les fibres du cœur, et qu'il subit l'ascendant du caractère noble et exalté d'une jeune fille pour qui la vie n'était pas une affaire, mais un sentiment.

En sondant la profondeur de la tendresse paternelle de Birmann pour Alice, il envia cette réciprocité d'affections qui devient une force contre l'infortune et qui double le bonheur.

Ses yeux s'ouvrirent, et il s'effraya du vide dans lequel s'était usée la meilleure partie de ses jours; il se demanda compte de ses joies passées et s'avoua avec surprise que pas un de ses succès de spéculation ne lui avait valu cette heure d'enivrement où il avait sauvé madame de Favières de la poursuite des jaguars, en l'emportant sur son cheval.

Ce souvenir faisait encore battre son cœur.

Terral passa toute la nuit dans une agitation extrême. Sa pensée et ses rêves avaient pris son corps; l'image touchante d'Alice se mêlait à tous les projets que son imagination enfantait pour l'avenir.

En elle seule résidait tout le bonheur qu'il pouvait désirer.

Ne plus se trouver isolé dans la vie au milieu d'indifférens et d'envieux, être aimé d'une si charmante créature et se faire un but de la rendre heureuse, n'est-ce pas atteindre la chimère de la félicité suprême!

Enfin, Terral était épris pour Alice d'un de ces amours soudains et profonds, qui envahissent surtout les cœurs longtemps endormis, et participent à la fois de l'entraînement naïf de la première passion et de l'opiniâtre entêtement des derniers.

Il sentait remuer dans son cœur la folie chaleureuse du jeune homme et le dévouement sympathique du père pour son enfant.

Quand un homme de quarante ans est atteint de cette plaie terrible, il n'en guérit pas.

La mort même de l'objet aimé ne détache pas de son cœur cet amour incrusté comme la tunique du Centaure; il cherche, comme messieurs de Rancé et Comminges, dans le silence et la solitude, l'heure de rejoindre la morte au ciel pour renouer le lien chéri.

Pourtant le maître de forges avait un esprit trop sensé pour ne pas écouter la voix de la raison, qui faisait justice de ses rêves et dont le souffle glacé chassait cet échafaudage de bonheur comme une vision fantastique.

Or, la raison parlait ainsi à Terral: « Tu as quarante ans, et Alice en a dix-sept! Est-il possible que tu te fasses aimer d'une enfant dont tu pourrais être le père? — Les jeunes filles rêvent toutes pour fiancé un jeune cavalier aux yeux brillans, aux paroles de feu, prêt à chercher querelle à quiconque les regarde, prêt à escalader leur balcon et à briser les barreaux pour baiser leur main blanche. — Toi qui seras timide et honteux de ton amour, toi qui n'oseras espérer le sien, toi qui n'as pas appris, au milieu de tes ouvriers et de tes enclumes, l'art de dire

les douces paroles qui charmeraient les oreilles d'Alice, n'affronte pas les dangers d'une semblable union, ne rêve pas des joies chimériques et impossibles. Puis mademoiselle de Favières est d'une noble naissance, et toi, Jacques, oublies-tu que tu étais aux gages de son père? — Elle l'ignore. Un hasard peut amener cette humiliante révélation. — Crois-tu donc qu'Alice conservera pour toi, après une telle découverte, ce respect, cette estime sincère qu'un mari doit inspirer à sa femme, s'il ne veut pas être honni et bafoué par le monde? »

Et à cette logique sévère de la raison venait se joindre une réflexion bien plus puissante encore: Oserait-il jamais serrer la main d'Alice dans la main du meurtrier de son père?

Dans une première lutte, c'est presque toujours la raison qui reste victorieuse.

Terral, en se levant, avait pris son parti: il se rendrait à l'invitation de Birmann; il lui remettrait à l'insu d'Alice la part qu'il réservait dans sa fortune à la jeune orpheline, et le soir même il s'éloignerait, pour n'y plus rentrer, de cette ville où il n'eût jamais dû venir.

Mais il n'était pas, depuis cinq minutes, dans le salon du marchand de fer que, en regardant le charmant visage d'Alice, en écoutant avec une émotion mystérieuse le son argentin de sa voix, il sentit tout son courage chanceler.

Il se disait qu'il était si sûr de savoir la rendre heureuse, d'être toujours jeune pour partager ses plaisirs, pour écouter même ses caprices, que c'était peut-être une faute de laisser cette jeune fille engager sa vie au hasard.

Pourtant il comprit que jamais il n'aurait le courage de demander formellement la main de mademoiselle de Favières.

Birmann laissa quelques instans Alice seule avec Terral; elle se rapprocha aussitôt de lui avec vivacité et lui dit à voix basse:

— Monsieur, j'attendais avec impatience l'occasion de vous dire combien j'ai été touchée de votre généreux secours. Jamais mon cœur n'oubliera le souvenir de cette soirée où vous avez sauvé un honnête homme, qui serait mort avant de révéler son malheur!

— Rester dans votre souvenir, mademoiselle, — dit Terral, — c'est une récompense bien précieuse pour une action si simple.

— Si simple! — répéta Alice; — oh! je ne crois pas, monsieur, qu'il soit si simple et si commun d'exposer, pour conserver l'honneur à un homme presque inconnu, une somme de mille ducats sur la prière d'une jeune fille qu'on voit pour la première fois. Dans ce pays de négoce, on connaît trop la valeur de l'argent pour commettre de semblables folies, et toutes les larmes d'une orpheline ne vaudraient pas, aux yeux des créanciers de monsieur Birmann, ces mille ducats si précieux. Mais moi qui suis une fille étrange et de sens médiocre, moi qui ne sais raisonner qu'avec mon cœur, je trouve que cette folie vous honore plus que la prudence glacée de nos dignes marchands. Maintenant que je vous ai dit que ma reconnaissance vivra autant que moi, il me reste à acquitter la partie réelle et positive de ma dette.

— Pardon, mademoiselle, — dit Terral, — mais je ne vous comprends pas.

— C'est impossible, monsieur, — reprit vivement Alice. — J'ai accepté l'emprunt que vous m'accordiez avec tant d'empressement; mais, par une étourderie que je ne m'explique pas, votre garantie est encore dans mes mains. Je vais réparer cette négligence.

— Que faites-vous? — s'écria le maître de forges en essayant de la retenir d'une main qui frissonna en touchant le bras d'Alice.

— Je vais chercher les diamans de ma mère, — répondit avec simplicité la jeune fille.

Jacques Terral devint rouge comme le feu en entendant cette réponse, et retenant toujours Alice, il murmura d'une voix altérée:

49

— Mais je n'accepterai pas ce dépôt... je ne puis l'accepter... vous ne me devez rien... absolument rien, mademoiselle!

Alice leva sur lui un regard mêlé de tristesse et de fierté :

— Oh! de grâce, monsieur... ne détruisez pas, en m'humiliant, le mérite de votre noble action! Avez-vous cru que je voulais surprendre votre cœur et vous arracher un dévouement forcé? Avez-vous cru que la fille de monsieur de Favières demandât l'aumône d'un bienfait?

Terral semblait écrasé sous le poids de ces paroles.

— Le ciel me préserve,—répliqua-t-il, — d'avoir la pensée de vous causer un chagrin si faible qu'il soit. Je vous prie seulement de vous rappeler le récit que je fis hier soir, en votre présence, à monsieur Birmann.

— Je ne l'ai point oublié, monsieur, — dit Alice.

— Vous croyez donc que c'était une fiction, un mensonge? — demanda Terral avec un accent d'amertume.

— Je crois que ce récit était vrai, monsieur, car vous ne vous seriez pas joué ainsi de mon cœur; mais quant au dépôt d'une somme précisément égale à celle dont je vous avais parlé, il m'est permis de la révoquer en doute, n'est-il pas vrai? Le maître de forges, embarrassé, baissa la tête pour éviter le regard interrogateur et pénétrant de la jeune fille. — Ne vous opposez donc pas, monsieur, — poursuivit-elle, — à ce que j'accomplisse mon devoir, ou je vais sur-le-champ trouver monsieur Birmann et lui tout révéler.

Jacques Terral saisit alors Alice par les deux mains et lui dit d'une voix suppliante :

— N'en faites rien, je vous en conjure... Vous prétendez que j'ai inventé le fait de ce dépôt. Eh bien, soit! je n'insisterai point. Je vois que je ne parviendrais pas à vous convaincre... mais je n'en persiste pas moins à refuser la garantie que vous vous obstinez à m'offrir. Moi, vous dépouiller un jour, une heure seulement des diamans de votre mère, non, mademoiselle! c'est un legs sacré, un souvenir béni dont vous ne devez, sous aucun prétexte, en aucun temps, vous séparer.

— Et à quel titre mademoiselle de Favières peut-elle accepter ainsi les bienfaits de monsieur Jacques Terral? — demanda Alice avec une sorte de hauteur.

— A quel titre? — répondit le maître de forges. — Mais ces mains qui serrent les vôtres ont étreint les doigts glacés de votre mère! Que parlez-vous de bienfaits! Ah! une dette envers moi vous humilie, et vous avez hâte de vous dégager de cette honte par un aveu complet à monsieur Birmann! Allez donc, vous êtes libre! — Et il lâcha ses mains. Elle fit quelques pas vers la porte. — Allez donc,— reprit-il amèrement,—troubler la joie de ce digne homme que vous aimez tant! allez inquiéter son esprit par la nouvelle d'une obligation qu'il ne saura ni quand ni comment remplir! allez lui jeter l'humiliation au visage en lui apprenant qu'un étranger connaît le secret de sa situation! — Alice s'arrêta et parut hésiter. — Il sera digne d'une âme tendre, généreuse et délicate comme la vôtre, mademoiselle, de porter ce coup fatal à votre père adoptif! — ajouta cruellement le maître de forges.

— Oh! que faire? que je trouble, reprit :

— Vous craignez de m'être personnellement redevable; eh bien! mademoiselle, je me résigne à vous ôter l'ombre même d'une crainte si blessante pour moi : en avouant toute la vérité à monsieur Birmann, vous ne changeriez rien à ce qui s'est passé; laissez-lui donc ignorer qu'il est mon débiteur; c'est la seule grâce que je vous demande. Plus tard, lorsque ses affaires seront tout à fait rétablies, et qu'un remboursement lui sera facile, je vous laisse libre de lui faire connaître le service que je lui ai rendu.

A son tour, Alice n'avait rien à répondre; elle s'avoua vaincue, et, mettant avec un touchant abandon sa main

dans la main frémissante de Terral, elle lui dit avec un doux sourire :

— Soyons amis!

En ce moment, monsieur Birmann rentra dans la chambre.

III

NI MARIAGE D'AMOUR NI MARIAGE DE RAISON.

Cette soirée passa comme un rêve enchanté pour Jacques Terral. Le secret qui existait entre la jeune fille et lui autorisait cette douce familiarité, cette intelligence des regards et des cœurs qui, en quelques heures, vieillissent de vingt ans une sympathie réciproque.

Il écoutait avec un charme indicible la conversation de cette belle enfant dont l'esprit enthousiaste et rêveur s'exaltait en lui racontant les légendes des fleuves et des montagnes du pays.

Sa raison sévère ne pouvait repousser les tableaux romanesques évoqués par Alice, qui lui semblait elle-même une de ces fabuleuses ondines dont elle décrivait la beauté et les malheurs.

Terral ne pensait qu'en frémissant à l'heure où il devrait quitter mademoiselle de Favières, dont la présence seule animait sa vie, pour retomber, isolé et chagrin, dans le stérile tracas des affaires.

« Ne serait-il pas temps, enfin, de vivre et d'être heureux? — disait-il. — Et d'ailleurs, que deviendrait Alice? Peut-être la proie de quelque marchand grossier qui croirait faire trop d'honneur à une fille pauvre en l'épousant et en le lui reprochant le reste de sa vie, ou de quelque officier noble endetté dont le babil et l'uniforme la séduiraient un jour, et qui, incapable de comprendre une âme si pure et si noble, la délaisserait au bout de la lune de miel. »

Se déguisant ainsi à lui-même l'impérieux et égoïste entraînement de l'amour qui brûlait son sang, il ne songea plus qu'à reculer, sous des prétextes spécieux, le terme de son séjour dans le duché de Brunswick.

Bientôt il s'étonna d'avoir pu regarder comme des obstacles sérieux à son union avec mademoiselle de Favières le souvenir de sa servitude au Mexique et de ses quarante ans.

Ne suffisait-il pas que son âme eût l'ardeur et le feu de la jeunesse, et quand il se sentait pâlir à la seule pensée qu'un autre homme pût étreindre dans ses bras cette divine créature; quand il se demandait s'il aurait la force de ne pas tuer cet homme; quand il se disait avec effroi que sur une prière d'Alice il serait capable de commettre une lâcheté ou un crime; que pour obtenir un sourire d'elle, il donnerait sans regret toute sa fortune si laborieusement amassée, il souriait avec la joie d'un joueur qui vient de faire sauter la banque, en disant :

— C'est impossible qu'un autre l'aime davantage!

Et pour un esprit aussi élevé que celui d'Alice, n'était-ce pas avoir conquis des titres de noblesse que d'avoir été soi-même l'artisan de sa fortune?

Quant à la malheureuse lutte dans laquelle avait succombé Gontran de Favières, elle n'en aurait jamais connaissance.

C'était d'ailleurs pour lui un souvenir triste, il est vrai, mais qui n'éveillait en son cœur aucun remords.

Il avait fait son devoir en protégeant Élisabeth.

Et puis, qu'avait-il voulu? partager sa fortune avec Alice. En l'épousant, il faisait plus, il la lui assurait tout entière.

Il hésita quelques jours encore; mais plus il voyait mademoiselle de Favières et plus il sentait grandir en son cœur cet amour qu'il croyait déjà auparavant profond et sans limite comme la mer.

En effet, sa raison était impuissante à le garantir du prestige, puisqu'il ne cédait pas seulement à l'attrait de l'éclatante beauté d'Alice, mais aussi et surtout à celui de sa vive sensibilité, de son âme pure, de son esprit facile et enjoué comme celui d'un enfant.

« Il existe peut-être des femmes plus belles, —pensait-il, — mais il n'en est point dont les sentiments soient aussi sympathiques aux miens, qui partagent si bien mes manières de sentir et de voir ! »

Enfin, il résolut de ne pas tarder davantage à connaître la pensée de la naïve jeune fille.

Un soir, le marchand de fer, après avoir échangé avec Terral un sourire d'intelligence, dit à Alice :

— Ma chère fille, sais-tu que tu n'es plus une enfant, que tu as déjà... oh ! cela est terrible à dire... dix-sept ans !

— Et demi, mon père, — répondit-elle en riant. —Vous voyez que je sais mieux compter que vous, quoique ce soit votre métier.

— Je suis bien vieux, Alice, — poursuivit Birmann.

— Si vous étiez roi de France, je vous répondrais en bon courtisan : Qui n'est pas vieux, sire ? Mais comme je ne suis que votre petite Alice, je vous dirai que vous devez être satisfait de vieillir, parce que, plus vous deviendrez vieux, et plus je vous aimerai.

— Chère enfant ! Mais au bout de la vieillesse... il n'y a que la mort, et toute ton affection ne saurait me garder contre cette infirmité-là.

— Oh ! mon père, voulez-vous bien ne pas avoir de si vilaines pensées !

— Tu es dans l'âge des illusions, mon Alice, —poursuivit Birmann, — et tu repousses, parce qu'elle t'afflige, la pensée d'une séparation qui ne te paraît pas imminente ; mais moi, je n'ai pas le droit de m'abuser : je dois songer pour toi à cette heure terrible où il n'est pas en notre puissance de reculer, et que mon âge m'avertit de regarder comme prochaine. Avec quel effroi l'envisagerais-je si je devais te laisser seule, sans guide, sans protecteur, toi dont le cœur généreux, le caractère enthousiaste, l'esprit crédule et confiant, feraient une victime facile dans un monde où sont en honneur la fausseté et la trahison. Ce guide, ce protecteur, il est donc temps de te l'assurer, chère Alice, et dans une fonction aussi sérieuse que douce à remplir ; qui peut succéder à un père, si ce n'est un mari ?

— Un mari ! — répéta vivement Alice. — Oh ! nous avons encore bien des années devant nous pour y penser.

— Tu crois ? — dit Birmann avec un geste d'incrédulité.

— Et il est même possible que nous n'ayons jamais à nous en occuper, — ajouta-t-elle.

— Pourquoi donc ? — demanda le vieillard.

— Parce qu'avant de se marier il faut s'aimer, — répliqua Alice, dont les yeux brillèrent d'une flamme rapide.

— Demandez plutôt à monsieur Terral, il vous dira, lui qui s'entend si bien aux choses du cœur, qu'il n'y a rien de plus horrible que la contrainte ou le mensonge des sentiments. Une fille qui se voue à Dieu sans vocation ou qui met à son doigt la bague d'un fiancé dont la présence ne fait pas battre son cœur, est une créature indigne et dépravée, selon moi. Tromper Dieu ou un homme, vendre son âme libre pour une position, pour un rang, c'est là le plus infâme trafic qu'autorise la société.

— Tu es un juge bien sévère et bien rigoureux pour ton âge et ton expérience, Alice, — dit Birmann découragé.

— Ai-je tort, monsieur ? — demanda doucement mademoiselle de Favières au maître de forges. — Peut-être ai-je tort, en effet, de m'exprimer avec tant de liberté ; mais vous savez que je ne vous regarde pas comme un étranger, monsieur Terral. Vous êtes de la famille, et vous excuserez ma tête folle.

— Mademoiselle, votre arrêt condamne bien des cœurs étourdis et légers qui ne sont pas de grands criminels ; mais le sentiment qui l'a dicté est noble et pur comme le fond de votre âme, — répondit Jacques Terral d'une voix altérée.

Les deux hommes se regardèrent comme s'ils venaient d'éprouver une violente déception, et après quelques instans d'un silence qui surprit la jeune fille, Terral, qui était devenu très pâle, prit congé de ses hôtes en leur disant :

— Je vous ferai demain matin ma visite d'adieu.

— Comment, monsieur Terral, — s'écria Alice, — vous songez déjà à nous quitter, à l'improviste, sans nous avoir prévenus, et lorsque nous nous faisions une si douce habitude de vous voir chaque jour ! Oh ! c'est impossible, vous ne parlez pas sérieusement.

— Demain soir, mademoiselle, je serai sur la route de France, — dit avec émotion le maître de forges ; — mais ni vous ni monsieur Birmann ne serez absens de ma pensée.

Et il se retira, tandis que mademoiselle de Favières le suivait d'un regard douloureux et surpris.

— Ma chère enfant, — dit Birmann resté seul avec elle, — tu as bien cruellement affligé le cœur de ce pauvre Jacques.

— Moi, mon père ! — fit Alice étonnée ; — moi qui voudrais inventer l'impossible pour lui prouver l'estime et la confiance sympathique qu'il m'inspire.

— Mais alors comment n'as-tu pas apporté un peu plus de ménagement dans ton refus ?

— En vérité, je ne m'explique pas vos reproches. De quel refus voulez-vous parler ?

— Rien de plus simple, pourtant. N'est-ce pas parler un langage assez intelligible que de faire tomber la conversation d'une jeune fille sur cette délicate question du mariage en présence d'un étranger ?

— O mon Dieu ! — s'écria mademoiselle de Favières en frissonnant, — monsieur Terral vous aurait chargé...

— Seulement de sonder ton cœur, — répondit Birmann ; — mais ta réponse a été si tristement positive, que demain, tu l'as entendu, au lieu de venir demander ta main, ce sont des adieux qu'il viendra nous faire.

Mademoiselle de Favières ne répondit rien, mais elle resta rêveuse toute la soirée.

Qui pourrait dire ce qui se passa dans cette âme qui poussait jusqu'à l'exaltation le sentiment du beau et du bien ? Sans doute elle s'accusa d'aveuglement et de froideur pour n'avoir pas compris la secrète adoration de Terral ; elle s'accusa d'ingratitude pour l'avoir si mal récompensé de son dévouement ; elle se demanda s'il était juste et noble devant Dieu de faire le malheur d'un homme si grand de cœur lorsqu'elle n'aimait d'amour aucun autre ?

Elle se dit qu'il serait bien de reconnaître le généreux sacrifice de Terral par un sacrifice plus grand, en lui dévouant sa vie, en immolant sur lui tous ces rêves de passion dont s'était nourri son esprit ; elle dit adieu au fond de son cœur à cet amant idéal qu'elle croyait voir si souvent adossé au pilier de la chapelle où elle allait prier Dieu, ou sonnant du cor à la tête de sa meute, en habit vert de chasseur, lorsqu'elle traversait les sombres allées du bois de Blankenbourg, ou ramant sur la rivière du pays, au crépuscule.

Elle essaya de sourire en renonçant à ces chères rêveries qui, si souvent, avaient peuplé pour elle l'église solitaire, le fleuve insoucieux et le bois désert, qui avaient allumé une étincelle dans ses yeux et fait palpiter son sein à un son de voix ou à un bruit de pas inattendus ; mais elle eut beau faire, elle pleura en se disant :

Que de toutes ces chimères il ne devait rester que des cendres dans son cœur, et que le devoir remplacerait l'amour.

Oh ! ce fut une lutte affreuse et sublime dans son cœur

d'ange; mais l'orgueil du sacrifice l'emporta, et, par générosité, Alice mentit à sa propre conscience.

Qui l'eût entendue dans cette nuit de désespoir et d'angoisse eût été effrayé de ses sanglots et de l'amère ironie
du sourire auquel elle se condamnait.

Pourtant elle était calme et sereine, le lendemain matin,
lorsque le maître de forges, ainsi qu'il l'avait annoncé, se
présenta chez Birmann en habit de voyage.

Alice, aussitôt qu'elle l'aperçut, tressaillit de tout son
corps; mais, dominant son émotion, elle alla au-devant
de lui, et, lui tendant la main avec un gracieux sourire :

— Monsieur Terral, — dit-elle d'une voix brève et saccadée comme si elle eût eu hâte d'engager sa parole, — je
vous ai offert les diamans de ma mère en garantie; vous
les avez refusés. Refuserez-vous aussi ma main que je
vous offre aujourd'hui ? — Dans le saisissement de ce bonheur imprévu, Jacques sentit ses genoux chanceler et un
voile passer devant ses yeux. Il ne put répondre qu'en
pressant de ses lèvres la main de mademoiselle de Favières. — Je ne veux point vous tromper, — dit elle alors
avec un accent de loyauté et de noblesse indicible ; je ne
saurais feindre un sentiment qui n'existe pas encore dans
mon cœur. Mais si je ne vous promets pas un de ces amours
aussi féconds en orages qu'en joies divines, je puis vous
jurer que vous trouverez toujours en moi une amie sincère, qui vous regarde comme le plus généreux des hommes, et qui saura toujours faire respecter votre nom devenu le sien.

— Oh ! je vous aimerai tant, Alice, que vous m'aimerez
peut-être un peu, — s'écria Terral avec chaleur ; — on dit
que l'amour fait naître l'amour.

— Qui sait ! — répliqua mademoiselle de Favières d'une
voix mélancolique et douce ; — tantôt il éclate comme la
foudre et frappe deux cœurs du même coup; tantôt il
germe sourdement et va grandissant comme le filet d'eau
qui devient fleuve. Ayons confiance dans l'avenir, mon
ami ; Dieu lit au fond de nos âmes et bénira notre union.

Un mois après, mademoiselle de Favières s'appelait Alice
Terral; mais les prières du pauvre Birmann, dont le cœur
saignait à la pensée d'une séparation, avaient obtenu sans
peine du maître de forges qu'il retarderait de quelques
semaines son départ pour la France.

Cependant le moment arriva où l'impérieuse nécessité
des affaires l'emporta sur les affections.

Les adieux de Birmann et d'Alice ne furent pas moins
touchans que ceux d'un père et de sa fille ; une seule pensée eut le pouvoir de les rendre moins douloureux, celle
d'un rapprochement qui devait s'effectuer dans un avenir
peu éloigné.

Il avait été convenu que le vieux marchand de fer,
après avoir terminé la liquidation de sa maison, ce qui
n'exigerait pas au delà de deux années, irait se fixer défi-
tivement auprès de sa fille d'adoption.

Mais un sombre pressentiment semblait combattre dans
l'esprit de Birmann la joie d'un si doux projet.

— Hélas ! — disait-il en donnant à Alice le dernier baiser, — dois-je me flatter que le ciel me réserve un pareil
bonheur? Est-il raisonnable, à mon âge, de compter sur
un avenir éloigné? Embrasse-moi encore, mon
Alice ; je ne sais quelle voix sinistre me torture le cœur en
me disant que nous ne nous reverrons jamais!

Le lendemain Jacques Terral et sa jeune femme arri-
vaient à Gœttingue, où devait les retenir un jour ou deux
une affaire dans laquelle le maître de forges s'était chargé
de représenter Birmann.

Terral avait d'autant plus hâte de rentrer en France,
que l'agitation politique qui soulevait l'Allemagne entière contre Napoléon faisait alors des progrès formidables, et que c'était chose périlleuse pour des Français
de traverser à cette époque un pays où la haine éclatait déjà sur leur passage en regards menaçans, en imprécations et en chants brûlans de défi et d'insulte.

Le maître de forges n'eût répondu que par un froid
mépris à ces vagues imprécations s'il eût été seul, mais
il ne se sentait pas le courage de supporter un affront qui
eût atteint son Alice.

IV

UN STUDIOSUS DE GOETTINGUE.

Si la petite ville de Gœttingue offre une physionomie
bizarre, pittoresque, originale, elle le doit surtout à son
université, fondée en 1734 par Georges II, roi d'Angleterre,
et dont les souverains de ce pays furent depuis les recteurs,
en leur qualité de rois de Hanovre.

Figurez-vous, mêlés à une population de neuf mille
âmes environ, plus de douze cents étudians, venus de
tous les points de l'Allemagne et même de l'Europe, dé-
pouillant les préjugés, les mœurs et jusqu'aux costumes
du pays natal, pour constituer la race des *studiosi*.

Race étrange de camarades trapus, rougeauds, maigres
ou blêmes, qui fourmille à toutes les portes, à toutes les
fenêtres et dans toutes les rues, comme des comparses
qui seraient payés pour égayer la monotone petite ville.

Le *studiosus* a un code pour son usage particulier, un
costume qui consiste essentiellement à ne pas ressembler
à celui des bourgeois, et des habitudes d'espadon, de pipe,
de valse prussienne et de vin du Rhin, qui en font insensiblement un parfait légiste ou un théologien con-
sommé.

Il vit dans les brouillards du tabac et de la rêverie, il
s'enivre de bière sur les bancs de bois de la taverne, pour
aller sommeiller ensuite sur ceux de l'université, passant
ainsi du grave au doux, du plaisant au sévère; puis il
soupe d'une tirade des *Brigands* de Schiller, et s'endort
en rêvant que le bourgeois, qu'il outrage du nom de *philistin*, fut créé tout exprès pour ses menus plaisirs.

A l'époque de notre récit, c'est-à-dire en 1814, les *studiosi* ne s'adonnaient pas uniquement à ces pacifiques
exercices.

Les passions politiques remuaient profondément leurs
cœurs ; l'enthousiasme d'un patriotisme machiavélique-
ment fomenté par la sainte-alliance imprimait une teinte
sombre à leur bizarre physionomie.

Le cri de liberté avait été invoqué par les autocrates
comme l'arme la plus puissante contre Napoléon, ce glorieux fils de la liberté que l'on accusait d'avoir renié et
bâillonné sa mère.

Chaque soir des bandes de *vieilles-maisons* ou étudians
brûlés, et même de *renards* (surnom dérisoire des étudians
conscrits), parcouraient les rues de Gœttingue en chantant
les hymnes nationaux d'Uhland et de Kœrner.

Parfois ils se distrayaient de leurs accès de patriotisme
en s'égayant à casser les vitres des *philistins* suspects de
tolérance pour les Français ou des professeurs de l'université qui ne déclamaient pas assez énergiquement contre
le tyran corse.

Souvent même les plus fous et les plus turbulens s'a-
musaient aux dépens des bourgeois attardés, en embrassant les femmes et valsant comme des willis autour des
pères et des maris, afin, disaient-ils, d'entretenir ceux-ci
dans la crainte salutaire et celles-là dans l'amour bien naturel du *studiosus*. Puis ils forçaient leurs victimes à entonner avec eux l'hymne de haine à la France.

Dans la soirée même du jour où le maître de forges
venait d'arriver à Gœttingue, une douzaine de *vieilles
maisons* étaient accoudés ou couchés comme des lazza-
roni napolitains sur les tables de la taverne la plus antique et la plus enfumée de la ville, à l'enseigne du *Pin
verdoyant*.

Ils étaient vêtus de l'habit blanc jaunâtre, diapré de
taches de bière et de vin, qu'ils nomment au cours *flaus*

et à la taverne *gottfrieds*, et de larges pantalons de velours noir à la cosaque; chaussés de bottes carrées à longs éperons d'acier poli, et coiffés de la petite calotte de drap écarlate, noir, jaune ou vert, dont la forme conique bravera longtemps encore les tentatives des réformateurs.

Une des fenêtres de la taverne était ouverte et laissait filtrer au dehors les nuages de fumée. En ce moment éclatait une pluie d'orage crevant comme une trombe sur la ville, et en quelques secondes les flots d'eau jaillirent de toutes les gouttières de plomb à têtes chimériques, et gonflèrent les ruisseaux.

L'étroite rue où s'épanouissait la taverne du *Pin-Verdoyant* commençait à ressembler à un canal de Venise et d'Amsterdam à l'instant où y pénétrèrent deux personnes égarées dans le dédale inconnu du vieux quartier de Gœttingue.

Surprises par la violence de l'orage, elles n'eurent d'autre parti à prendre que de se réfugier dans la taverne, dont les vitres lumineuses paraissaient promettre une joyeuse hospitalité.

C'était *Alice* et son mari, qui revenaient d'une course faite dans l'intérêt de Birmann.

Terral, inquiet de voir sa jeune femme grelotter sous cette pluie torrentielle, pressait le pas pour atteindre plus tôt l'asile espéré; mais, au moment d'entrer dans la taverne, il s'arrêta en entendant les clameurs étranges, les voix discordantes et confuses qui éclataient par la fenêtre entr'ouverte.

— C'est une taverne d'étudians, — murmura-t-il; — impossible d'entrer avec vous, Alice, dans cet enfer de buveurs enfumés. — La jeune femme avait reculé elle-même avec une frayeur instinctive en apercevant une pléiade de figures farouches et barbues estompées dans les brouillards du tabac. — Ne craignez rien, — reprit le maître de forges, — ces braves jeunes gens ne sont pas si conspirateurs qu'ils ont envie d'en avoir l'air. Mais si nous ne pouvons rester ici, nous ne pouvons guère non plus poursuivre notre chemin. Ce serait une folie de vouloir traverser cette rue qui s'est changée en lac. Une ondine elle-même n'oserait s'y hasarder. Attendons que la pluie s'apaise et que ce torrent s'écoule.

Alice, sans savoir pourquoi, se sentit agitée d'un pressentiment étrange. Il lui semblait que ce vulgaire incident devait marquer dans sa destinée, car cette nature délicate et nerveuse pressentait les crises solennelles de sa vie à l'oppression de son cœur, comme les oiseaux des Antilles devinent l'approche de l'ouragan à la lourdeur de l'atmosphère et à la pesanteur de leurs ailes.

— Pourquoi rester ici? — se disait-elle machinalement, tandis qu'elle frissonnait sous la large auvent de la taverne qui la garantissait à peu près des cascades versées par le ciel comme par une urne fendue.

Terral l'avait enveloppée de son manteau de voyage, et placé devant elle la regardait avec cette expression de tendresse inquiète et profonde qu'un père témoigne à son enfant. Sa pensée ne se détachait pas d'Alice un seul instant.

Tout à coup leur attention fut vivement attirée par le silence subit qui s'établit dans la taverne, au moment où l'horloge de la ville venait de sonner huit heures.

La jeune femme, qui regardait vaguement la salle enfumée, vit tous les yeux des *studiosi* se fixer curieusement sur la porte, qui ne s'ouvrit pas.

La rue était toujours déserte.

Alors un étudiant, à la calotte écarlate duquel se hérissait une vieille plume de héron, véritable hercule à cou de taureau, aux mains épaisses et poilues, aux moustaches tordues en virilles interminables, frappa la table du poing et s'écria:

— Ah çà! camarades, pourquoi devenez-vous muets comme des poissons? Aucun de vous ne veut-il porter un toste pour animer vaillamment les buveurs? A moi donc de porter le meilleur de tous. A la patrie, camarades! qu'elle soit libre et grande! Trinquons, Albert!

Et il tendit son verre contre celui de son voisin.

— A la patrie! — répliqua sans bouger le *studiosus* qu'il avait appelé Albert; — hélas! je ne connais pas la mienne. As-tu donc oublié, Sigismond, que je suis un enfant de la Bohême, et qu'il me faudrait remonter jusqu'au temps des fables et des légendes pour trouver la moindre trace d'une patrie?

Sigismond vida philosophiquement son verre, le remplit de nouveau, et, le choquant contre celui de son voisin de gauche:

— Et toi, Orio, me feras-tu raison?

— Puis-je boire à la patrie! — répondit le brun jeune homme auquel il s'adressait. — Je suis d'une race déshéritée qui a perdu la sienne. Le *Bucentaure* est devenu un ponton. Le lion de Saint-Marc n'a plus de griffes. Brise le carcan auquel est rivé le cou de Venise la belle, et je boirai à la patrie.

L'étudiant à plume de héron vida encore son verre, et, après l'avoir rempli, interpella un autre de ses camarades à figure mélancolique et rêveuse:

— Et toi, Adam? dit-il.

— Ce vin me serait amer, — répliqua Adam; — la patrie est un mot qui sonne creux à mes oreilles. La Pologne démembrée se débat entre la vie et la mort. Ne suis-je pas, comme Albert et Orio, un fils sans mère?

— Camarades! — s'écria alors Sigismond, le visage empourpré par ses libations patriotiques, — vous voyez qu'il est temps d'entonner le chant de la délivrance. Le tyran corse va crouler sous les décombres de son empire. Le ciel même conspire contre lui. L'incendie du Kremlin a été le signal sublime de sa perte. En Russie, les neiges ont dévoré, englouti, enseveli son armée; sur mer, les Anglais ont fait sauter ou sombrer ses flottes. En Espagne, les guérillas ont décimé ses prétoriens. L'Allemagne seule a été trop longtemps patiente, mais son heure est enfin venue: le sommeil léthargique de ses peuples a cessé pour faire place à un réveil terrible. Camarades, à la liberté!

— A la liberté! — hurlèrent en chœur tous les *studiosi* enthousiasmés; et ils vidèrent leurs grands verres coniques.

Alice, épouvantée de ces clameurs sauvages, se rapprocha encore de son mari, comme pour bien s'assurer de son aide et de sa présence; mais elle ne pouvait détacher ses yeux de cette scène singulière pour elle, et son cœur était troublé par ces accens d'enthousiasme.

Le silence avait succédé aux cris de liberté.

Les regards des *studiosi* se fixaient tour à tour sur l'horloge et sur la porte de la taverne.

La jeune femme crut un instant qu'ils la découvraient dans sa retraite, et elle frissonna comme une coupable.

Le quart sonna à l'horloge.

— C'est étrange, — dit Sigismond, — je croyais le Français plus exact au rendez-vous d'épée. A-t-il craint de se mouiller? — Aucun étudiant ne répondit à ce sarcasme. — Camarades, — reprit-il, — vous savez pourquoi nous sommes réunis. Ce matin, ce maître d'armes de la garde impériale, que le professeur Ulrich avait fait transporter chez lui après la retraite des Français et dont il a guéri lui-même les blessures, a dit tout haut que, avec un fouet et quelques tonnes de bière, il se chargerait de mettre à la raison tous les *studiosi* de Gœttingue. Nous avons résolu de donner une leçon à ce misérable et de tirer au sort parmi nous, *vieilles-maisons* moussues de l'Université, celui qui se battra contre ce bourreau des crânes. Un seul de nous manque à l'appel. C'est Raoul de Vaumeillan. Devons-nous l'attendre?

— Raoul de Vaumeillan! un Français! — murmura Alice avec une sorte de vague intérêt qu'elle n'eût pu s'expliquer à elle-même.

— Attendons-le, — répliqua Albert. — Il viendra certainement, et il aurait lieu de s'offenser si nous voulions nous passer de lui en pareille occasion. Tu sais que c'est un démon déchaîné, violent comme la tempête, quand il se croit outragé. D'ailleurs c'est la meilleure lame de l'université!

— Bah! vous n'avez que ce refrain à la bouche, — dit Sigismond avec un geste d'impatience brutale. — Crains-tu donc, Albert, que le sort te favorise plutôt que lui?

— Sigismond! — s'écria le jeune Bohémien en se levant de son banc, blême de colère.

— Allons! viens me chercher querelle maintenant, — dit le gigantesque étudiant, — parce que je m'étonne et m'irrite de vous voir tous engoués de ce maudit sculpteur! Votre enthousiasme aveugle finira par en faire un demi-dieu, comme s'il n'était pas déjà assez gonflé de dédain et d'orgueil insensés.

— Pour les Philistins, c'est vrai, mais pas pour les camarades, — interrompit Adam. — Il ne faut pas calomnier Raoul; il est généreux comme une main ouverte, vaillant comme nos schlagels d'Iéna, et, à cheval, c'est un vrai centaure.

— Sans compter, — ajouta le Vénitien Orio, — qu'il est beau joueur à ne jamais refuser une revanche, et artiste à faire le désespoir de Canova et à procurer des insomnies au Danois Thorwaldsen.

— Mais enfin c'est un Français! — s'écria Sigismond avec un accent de rage.

— Oui, il est fils d'un gentilhomme angevin émigré, — dit Adam.

— N'importe! il est de la race de ceux contre lesquels Kœrner nous a dit : « Peuple allemand, réveille-toi! les ruines de tes chaumières maudissent les ravisseurs! le déshonneur de tes filles crie vengeance! le meurtre de tes fils demande du sang! »

Cette citation de l'appel de Kœrner fut écoutée dans un profond silence.

Involontairement Alice s'intéressait de plus en plus à cette discussion orageuse, dont elle suivait le cours avec une anxieuse curiosité.

Il s'agissait en effet d'un Français, d'un artiste, d'une de ces natures exceptionnelles, qui ont pour les femmes le charme de l'inconnu et du fruit défendu, et la supériorité de ce jeune homme ne paraissait pas moins attestée par les jalouses récriminations du buveur à plume de héron que par les éloges des autres *studiosi*.

La demie sonna.

La pluie tombait toujours avec violence.

— Vous voyez que l'heure passe et que le camarade Raoul ne vient pas, — observa Sigismond. — Ah! les loups ne se mordent pas entre eux. Qui sait si Raoul ne s'est pas donné la distraction de se moquer de nous, s'il n'a pas averti ce damné prévôt de fuir au plus vite, et pendant ce temps-là nous l'attendons sous l'orme, comme de vertueux imbéciles.

— Il est impossible que Raoul nous prenne pour ses jouets, — dit Albert.

— Bah! à cette heure, — répondit Sigismond, — il ne s'occupe peut-être que de cette fameuse statue qu'il cache comme une énigme de marbre au fond de son atelier, ou peut-être enlève-t-il quelque Vénus d'auberge ou de métairie qu'il jugera digne de lui servir de modèle, car vous avez oublié, parmi ses titres de gloire, camarades, sa réputation de Don Juan irrésistible. Mais, je vous le répète, il ne viendra pas.

Au même instant, Terral vit venir dans la direction de la taverne un homme armé d'un lourd et grand bâton et muni d'une lanterne, qu'il reconnut pour un *nachtwœchter* ou crieur de nuit, à la trompe et à la crécelle suspendues à sa ceinture.

Cet homme était enveloppé dans une capote grossière, et son visage se cachait à moitié sous un de ces bonnets de laine carrés adoptés depuis longtemps par les geôliers de mélodrames.

Le maître de forges, voulant éviter d'être aperçu par le crieur, saisit le bras d'Alice, et ils s'effacèrent tous deux dans l'ombre contre le mur.

Le *nachtwœchter* s'arrêta à la porte de la taverne sans regarder autour de lui, frappa trois coups, et aussitôt la porte s'ouvrit devant lui.

A son apparition inattendue, tous les *studiosi* se levèrent d'un mouvement spontané.

— Pardon, messieurs les *studiosi*, si je me permets de pénétrer dans votre salle de conférences, — dit-il d'une voix stridente qui fit tressaillir Terral comme si le vague souvenir d'avoir autrefois entendu un timbre semblable lui eût traversé l'esprit. — Je viens vous prévenir que votre camarade monsieur Raoul de Vaumeillan ne pourra se rendre à votre réunion.

— Que vous avais-je dit? — s'écria aussitôt Sigismond avec un accent de triomphe. — C'est bien, nous demanderons à ce traître compte de sa conduite. Mais pourquoi, honnête *nachtwœchter*, — ajouta-t-il railleusement, — notre ami est-il obligé de manquer à un engagement sacré?

— Parce qu'il s'est battu à cinq heures avec le maître d'armes de la garde, — répondit le crieur.

Sigismond laissa tomber sur la table, d'étonnement et de rage, son verre titanique, qui se brisa en mille morceaux.

— Hourra pour le camarade! — s'écrièrent les *studiosi* électrisés.

— Comment cela s'est-il passé? — demanda d'une voix sombre Raoul à plume de héron.

— Mon Dieu! tout simplement, — répliqua le crieur; — monsieur de Vaumeillan est allé trouver son homme dans le jardin du professeur Ulrich : « Jean Michel, — lui a-t-il dit, — quand tu te bats en duel, tu es sûr de ton coup, n'est-ce pas? — Un peu, mon neveu, — a répondu le prévôt, — j'en ai tant descendu et des plus malins! — Alors, c'est indigne à toi, — a repris monsieur Raoul, — d'avoir provoqué de braves jeunes gens dont tu n'avais reçu aucune insulte. — Ah! vous en êtes, et vous avez peur pour votre peau! » a riposté Jean Michel en ricanant. monsieur Raoul n'a d'abord rien dit; c'était comme une tenaille de fer rouge qui lui retenait les paroles dans le gosier, mais ses sourcils se froncèrent d'une certaine façon qui m'eût fait frémir si j'eusse été le prévôt Je me dis tout de suite : Si Jean Michel n'est que de première force, c'est un homme mort. Le prévôt croyait que monsieur Raoul suait la peur, et il continuait à se moquer des étudiants, qui préféraient la fumée de leurs pipes à celle du canon, et qui se cacheraient au fond des tonneaux, dans les caves des tavernes, dès qu'un tambour français battrait la charge à la porte de Gœttingue.

— Et Raoul l'écouta préférer de tels blasphèmes? — dit Sigismond; — mais je l'aurais bâillonné, moi!

— Monsieur de Vaumeillan le laissa parler et faire le fanfaron, puis il lui dit froidement : « Misérable, tu veux donner une dernière représentation de ton rôle d'assassin, car il y a parmi ces braves *studiosi* plus d'une main adroite et vaillante qui saurait châtier ton insolence. Mais je suis Français comme toi, et, par honneur pour notre pays, je ne veux pas que tu sois puni par la main d'un étranger. Ainsi donc, prends cette épée, et en garde! » Jean Michel voulait encore faire le plaisant, par ce que monsieur Raoul a l'air frêle et délicat comme une demoiselle; mais la patience du sculpteur était à bout; il saisit le prévôt par le poignet avec une vigueur incroyable et l'entraîna au fond du jardin. Notre bourreau des crânes était un peu étourdi, mais le fer à la main il retrouva son aplomb. J'ai bien vu que M. Raoul voulait le ménager; aussi a-t-il été dupe de sa générosité, et Jean Michel l'a blessé au bras droit, mais sans lui faire lâcher son épée.

— Raoul blessé! — s'écrièrent Adam et Orio.

Alice sentit le même cri s'échapper de ses lèvres, et, sans savoir pourquoi, elle éprouva le vague mouvement de pitié sympathique que lui eût inspiré un ami cher depuis longtemps.

— Alors, — reprit le crieur, — notre maître d'armes, tout glorieux, s'est mis à injurier grossièrement son adversaire et à l'appeler traître à sa patrie. Le visage de monsieur Raoul est devenu livide; il a dit d'une voix brève à cet homme : « As-tu une mère, une sœur, une maîtresse que ta mort fera pleurer? — Je suis seul de ma famille, » a répliqué en riant le Jean Michot, « mais j'ai déjà fait autant de veuves qu'un boulet de canon. — Tu n'en feras plus, misérable ! » et en même temps monsieur de Vaumeillan a pris son épée de la main gauche, elle a tracé le zig zag flamboyant d'un éclair, et elle s'est plantée dans la gorge du prévôt, qui est tombé raide mort.

— Eh bien ! — dit Albert, — avais-je dignement jugé notre camarade ?

— Mais souffre-t-il beaucoup de sa blessure?— demanda Orio.

— Il est pris d'une fièvre violente, — répliqua le *nachtwœtcher*, — il a voulu venir jusqu'ici pour vous annoncer la conclusion de cette affaire, mais sa faiblesse a trahi sa volonté.

— Alors c'est à nous d'aller chez lui, n'est-ce pas, camarades, — dit Orio, — l'hymne de Kœrner aux lèvres ?

— Ma mission est remplie. — fit le crieur de nuit.

— Bois un verre de vin du Rhin à la liberté et à l'égalité, brave homme ! — poursuivit Orio.

Le *natchwœchter* vida en souriant le verre qu'avait rempli l'étudiant, et sortit après avoir salué toutes les *vieilles-maisons*.

Cette fois il aperçut le groupe formé par Alice et Terral, et jeta sur eux un regard curieux en s'éloignant.

— Pauvre jeune homme ! - soupira Alice, — il a fait là une courageuse action, et à cette heure il est blessé, souffrant, brûlé par la fièvre... sans une âme charitable pour veiller sur lui...

— Votre imagination fait déjà un héros de roman de ce *studiosus* ferrailleur, chère Alice, — dit Terral. — La jeune femme rougit ; son mari continua sans s'en apercevoir : — Mais c'est peut-être tout simplement un de ces jeunes extravagans, de ces oisifs rongés par une vanité stérile ou une agitation nerveuse et maladive, qui ont parfois quelques lueurs généreuses dans l'âme, mais qui gaspillent leur vie à tous les excès, et dont la brillante jeunesse cache la plaie incurable de l'égoïsme.

— Vous jugez sévèrement les hommes, mon ami, — dit Alice, — révoltée au fond du cœur de cette agression contre l'inconnu.

— J'ai été trompé si souvent ! — murmura Terral avec un accent mélancolique.

Cependant les *studiosi* s'étaient bruyamment levés de table. L'attention du maître de forges se reporta sur eux.

— Vous le voyez, camarades, — disait l'un d'eux, — quoique Français, Raoul de Vaumeillan a été hardi du collier. Je vous le dis, avant deux années il n'y aura plus de haines nationales, ni de castes opprimées; tous les hommes seront égaux, tous les peuples s'embrasseront en frères sur l'autel de la patrie commune.

— Qui parle d'embrasser? — s'écria en se réveillant le buveur à plume de héron que l'ivresse venait d'assoupir.

— L'embrassement dont il est question n'est point celui de tes rêves, Sigismond, — répondit Albert. — Nous parlons du jour où tous les peuples se tendront fraternellement la joue.

— Jour heureux, *ter, quaterque felix !* A moins toutefois que la plus tendre moitié du genre humain ne soit ce jour-là, par un reste de préjugés barbares, exclue de la cérémonie.

— Ou que les maris ne soient alors, — dit Orio, — comme sont aujourd'hui ceux de Gœttingue, qui mortifient leur âme dans la peur du diable et leurs femmes dans celle du *studiosus* ?

— Camarades, — reprit Sigismond en s'affermissant sur ses jambes, — ne nous vengerons-nous pas de ces ours mal léchés qui enferment leur filles au coucher du soleil et soutiennent à leurs femmes que le lever de la lune est aussi beau à voir du haut de leur balcon que de la promenade des vieux remparts ?

— Oui, vengeance ! — s'écrièrent les *vieilles-maisons*,— vengeance! Punis soient les philistins !

— Eh bien ! partons ; la pluie a diminué, — dit Orio, — et c'est bien le diable si d'ici à l'atelier de Raoul nous ne surprenons pas quelque couple suspect de bourgeoise, égaré dans les limites de notre juridiction.

— Que le mari soit vieux, laid ou difforme, nous lui pardonnerons ses infirmités, pourvu qu'il sache vider d'un trait notre plus large coupe et chanter à pleine poitrine le chant de l'*Épée* de Kœrner.

Terral tressaillit.

— Ces fous vont sortir ; il est temps de nous éloigner, Alice, — dit-il, vivement.

Et il saisit son bras pour l'entraîner, tandis que Sigismond ajoutait d'une voix retentissante :

— Et veuille le ciel que la femme soit jeune, jolie et de svelte tournure, car nous l'embrasserons tous.

— *Vivallerallera !* — crièrent joyeusement les *studiosi* en cachant leurs schlgels sous leurs blanchâtres *gottfrieds.*

Ces dernières clameurs frappèrent la jeune femme d'épouvante.

Elle n'eut plus qu'une pensée, c'était de fuir, de fuir assez rapidement pour éviter même le regard d'un de ces terribles *studiosi ;* mais ses petits pieds, trempant dans les flaques d'eau, pouvaient à peine la soutenir; elle chancelait, sa respiration était haletante, et elle croyait faire un de ces rêves affreux dans lesquels vos membres se paralysent à l'instant où vous êtes menacé par un incendie ou par un éboulement.

Les *vieilles-maisons* sortaient de la taverne.

— Que le chien de Faust nous soit propice, et en avant! — dit Sigismond. Puis il poussa aussitôt un triomphant: *Vivallerallera !* car il venait d'entrevoir au bout de la rue deux ombres qui s'enfuyaient. — En chasse, camarades, le gibier a flairé le *studiosus,* — ajouta-t-il.

Orio, prends par la ruelle des *Douze-Apôtres* avec la moitié de la troupe, et vous leur couperez le chemin.

Puis les étudians se donnèrent le bras et formèrent une sorte de filet vivant auquel il devait être impossible d'échapper.

Bientôt la jeune femme éperdue entendit leurs pas résonner à peu de distance.

— J'ai peur ! — dit-elle en frémissant à son mari. — Je ne puis plus marcher. Emportez-moi, Jacques.

— C'est une folle et aveugle terreur, — répliqua le maître de forges essayant de déguiser ses craintes. — Ces gaillards-là exhalent leur patriotisme et leur ivresse en chansons, voilà tout. A mon bras, que peux-tu redouter de ces cerveaux enfumés? Un sarcasme, une mauvaise plaisanterie! Ah! le premier qui oserait t'insulter, Alice...

— Et voilà justement ce que je crains, — interrompit la pauvre enfant ; — des violences, une lutte avec ces chercheurs de querelle à moitié ivres.

Les *studiosi* se rapprochaient d'eux. Alice voyait briller les torches qui les éclairaient ; elle entendait leurs pas, elle écoutait grincer sur le pavé les pointes des schlagels.

A force de vouloir la rassurer, Terral devenait de plus en plus inquiet.

Il la prit enfin dans ses bras et se mit à courir vers la rue voisine, sans que les étudians eussent l'air de vouloir les poursuivre.

— Allons, tu es sauvée de cette mauvaise rencontre,—lui dit-il, en s'efforçant de sourire. Au même instant, il vit s'aligner comme une muraille devant lui une autre bande de *studiosi,* tranquille et silencieuse, mais qui barrait le passage de la rue. C'était celle d'Orio le Vénitien. Terral affecta un air indifférent et essaya de traverser cette barrière vivante ; on ne le repoussa point, mais nul ne lui fit place.—Messieurs,—dit-il d'une voix calme, où frémissait sourdement le feu de la colère, — si vous n'êtes pas des voleurs de nuit, mais de braves *studiosi*, pourquoi nous empêchez-vous de passer librement?

— C'est à nous de t'interroger, philistin, — répondit Orio d'un ton méprisant. — Pourquoi t'enfuyais-tu ? Quand on a la conscience tranquille, on ne court pas si vite.

Le maître de forges sentait la colère gronder en son cœur comme une tempête, mais, voyant Alice frissonner contre sa poitrine :

— Nous avons été surpris par l'orage, —dit-il froidement,—ma femme et moi. Elle tremble depuis une demi-heure sous le vent et la pluie, et j'ai hâte de la transporter à notre logis.

L'attitude sévère de Terral imposait un peu aux *studiosi*.

La bande de Sigismond les avait rejoints, et tous formaient un cercle autour de leurs victimes.

—Honorable philistin, — dit alors l'étudiant à plume de héron, — si tu veux aussi continuer ta route, il faut nous payer le péage. Es-tu capable de chanter juste avec nous le chant de *l'Épée* de Kœrner?

— Jamais cet hymne sauvage contre la France ne sortira de mes lèvres, — répliqua le maître de forges indigné.

— Eh bien ! alors, que préfères-tu, de vider notre plus large *rœmer* écumant de bière, ou de croiser le fer avec l'un de nous?

— Je ne réponds pas à un défi d'ivrogne, mais j'attends une épée, — répliqua Jacques Terral.

— O mon ami, — s'écria Alice en l'enlaçant de ses bras, —vous ne ferez pas la folie de vous battre avec ces jeunes gens. C'est une plaisanterie : ils ne parlent pas sérieusement. Quel mal leur avons-nous fait ?

— O la délicieuse voix et le charmant visage ! — s'écria Sigismond en regardant Alice avec hardiesse à la lueur des torches. — Qui de vous, camarades, a jamais entrevu une plus radieuse apparition dans les rues et dans les jardins de Gœttingue? Ma foi ! la plus douce rançon que nous pourrions exiger du philistin, ce serait un baiser de sa femme. Nous jouerons au premier sang à qui aura le bonheur d'embrasser cette reine de beauté.

— L'épée ! l'épée ! — cria Terral exaspéré de tant d'insolence, et il saisit le schlagel que lui tendait Orio. Cependant Sigismond, toujours sous l'influence de l'ivresse, voulut prendre de force la main d'Alice ; le maître de forges le repoussa avec violence, et, se plaçant devant sa jeune femme, dit à l'étudiant : — Pas de lâcheté, monsieur. Avez-vous dépensé tout votre courage à outrager une femme? Si vous en avez gardé pour vous battre, ne laissez pas un étranger douter plus longtemps du courage des *studiosi* de Gœttingue.

— Un étranger! — répliqua vivement Orio, — mais alors, camarades, nous sommes dans notre tort. Un étranger est comme un hôte pour nous, et les Bédouins du désert eux-mêmes respectent leurs hôtes. Nous pouvons bien nous amuser aux dépens de nos imbéciles philistins, mais ce serait un lâche abus de la force de provoquer en duel un étranger qui défend bravement sa femme contre les insultes. Notre code est textuel et rigide à cet égard.

— Libre passage à l'étranger ! — dirent Albert et Adam.

Les *studiosi* s'écartèrent des deux côtés de la rue, dans un profond silence, et Sigismond lui-même recula, car il n'eût pas osé braver les prescriptions du code des étudians ; mais il se mordait les lèvres à en faire jaillir le sang, et il jetait sur Orio un regard haineux et menaçant.

Cependant Terral profitant sans retard de la généreuse intervention du Vénitien, s'éloignait déjà à grands pas, lorsqu'il vit sortir d'une maison qui formait l'encoignure de cette rue et de l'étroite allée des Douze-Apôtres le *nachtwœchter* qui avait raconté le duel de Raoul de Vaumeillan.

Cet homme observa avec une attention singulière les traits du maître de forges, à la lueur de sa lanterne, et, le saisissant par le bras qui formait un geste brusque, il lui dit à voix basse, en mexicain :

— Il paraît que la fortune, qui se conduit envers tant d'autres en marâtre, a été pour toi une bonne mère..; Sois donc le bienvenu à Gœttingue, Jacques Terral, l'honnête péon !

Le maître de forges resta comme frappé de la foudre en entendant son nom sortir de la bouche d'un homme du peuple, dans une ville où il passait pour la première fois, et son origine obscure lui être rappelée dans ce salut ironique.

A peine revenu de son saisissement, il regarda autour de lui pour interroger le crieur, mais déjà celui-ci se dirigeait rapidement du côté des *studiosi*, et il traversa leur groupe en disant tout haut :

— Que ce Français cherche lui-même son logis! Ce n'est pas à moi à me mêler de ses affaires! La ville ne me paye pas pour protéger les espions!

Et en même temps il s'enfonça dans la rue où resplendissait encore la taverne du Pin-Verdoyant.

Mais ces dernières paroles avaient frappé les oreilles de Sigismond, qui lui cria précipitamment :

— Que parles-tu d'espions, *nachtwœchter?*

— Je dis que ces honnêtes personnes qui vous ont trouvé si complaisans ont passé leur soirée sous l'auvent de la taverne à épier vos harangues et vos confidences, — répondit le crieur. — Comment appelez-vous donc ce métier-là? Moi qui suis un pauvre homme, je ne lui connais qu'un nom.

Et il disparut dans l'ombre de la rue.

— Il a raison, — s'écria l'étudiant, — cet homme est un espion français, et moi qui ai failli souiller ma schlagel en me battant contre ce misérable !

Le cercle des camarades se resserra autour de lui, et ce fut une terrible explosion de murmures et de cris menaçans ; puis une seule clameur courut comme l'étincelle qui allume un incendie et domina tout : « A mort l'espion français ! à mort! »

Et toute la bande s'élança à la poursuite des malheureux, qui avaient entendu le terrible cri de condamnation, et qui fuyaient avec cette énergie fébrile que donne le désespoir.

Les *studiosi* eurent bientôt gagné du terrain sur Terral et Alice, qui venaient de se réfugier dans une ruelle sans issue, et ils les ramenèrent brutalement devant la maison d'où était sorti le crieur.

Alice sentait une angoisse profonde faire courir dans ses veines le frisson, mais elle eut le courage de surmonter cette faiblesse et de dire à son mari :

— Quoi qu'il arrive, Jacques, ils ne me sépareront pas de vous !

Le maître de forges s'apprêtait à demander compte aux étudians de cette nouvelle agression, car s'il avait fui devant leurs menaces et leur poursuite, ce n'était point par une lâcheté soudaine, mais par pitié pour la terreur de sa jeune femme ; malheureusement Sigismond ne lui donna pas le temps de parler :

— C'est ici que tu nous as trompés, seigneur des fines oreilles, et c'est ici que tu vas être jugé, — dit-il rudement. — Nous serons indulgens, d'ailleurs. Miséricorde au pécheur, n'est-ce pas, camarades ? — Quelques murmures s'élevèrent. — Contentons-nous, — poursuivit le *studiosus* herculéen, — de purifier cet honnête homme des souillures de son ignoble métier en lui faisant prendre un bain dans les eaux de la Leine. Cette ablution lui fera du bien.

La proposition fut accueillie avec cet enthousiasme moutonnier qui rend les foules si cruelles et si stupides, et chacun mit à vanité de crier plus fort que les autres :

— A la Leine, l'espion ! à l'eau, le Français !

VI

LA STATUE D'ARMINIUS.

La situation était vraiment terrible.

Les étudians s'enivraient de leurs propres cris; ils trouvaient dans cette aventure une issue à leurs accès de vengeance.

En vain Alice enlaça-t-elle son mari dans ses bras, et Terral, exalté par les larmes et la frayeur de la pauvre femme, réussit-il à s'emparer de la longue rapière de Sigismond, et menaça-t-il de frapper le premier qui oserait s'approcher de lui.

Saisi par derrière, entouré et soulevé du sol, il fut en une seconde désarmé et séparé de sa femme.

Albert et Orio l'entraînèrent, tandis que le géant à plume de héron soutenait Alice dans ses bras musculeux.

— Vous aviez cependant pitié de cette vile créature, — vous autres, — dit-il à ses amis. — Vous avez incliné vos fronts libres devant la compagne d'un espion.

Terrifiée, les yeux grands ouverts, le visage pâle comme la mort, ne comprenant plus rien à cette horrible scène, elle tomba agenouillée devant Sigismond, et, pressant ses larges mains, elle lui disait d'une voix haletante à déchirer tout autre cœur que celui d'un *studiosus* ivre :

— Mon mari, où le mène-t-on ? Je veux aller à lui, quel mal a-t-il fait ? Ô mon Dieu ! ne le laissez pas périr, ne le laissez pas entraîner par ces hommes ! Qui donc l'accuse ? de quoi l'accuse-t-on ? Mais qu'on m'emmène avec lui, alors; s'il est coupable, suis-je innocente, moi; sa femme ? car je suis sa femme, monsieur !

— Vous ne le serez pas longtemps, la belle, — ricana Sigismond. — Votre divorce aura lieu avant dix minutes.

Alice recula avec horreur, se traînant sur ses genoux, regardant l'ivrogne comme si elle eût regardé un de ces monstres inconnus dont la vue pétrifie ou fascine, et essuyant avec un geste d'horreur et de dégoût à ses cheveux ses mains qui avaient touché cet homme.

— Quoi, rien ! — cria-t-elle encore de sa voix épuisée. —Des bourreaux et pas un défenseur ! Personne qui m'entende, pas un être qui ait des yeux pour voir ce qui se passe ici d'infâme, pas une âme pour nous venir en aide, Tout est fermé, les portes et les cœurs ! nul n'aura pitié et pourtant, je vis contre un, ô les braves étudians ! je ne le laisserai pas entraîner sans le suivre, sans m'attacher aux pas de ses assassins; car vous êtes des assassins et des lâches ! vingt contre un, ô les braves étudians !

— Les lâches, ce sont les espions ! — dit Adam, qui avait rougi de honte à ces paroles.

— Jacques Terral un espion ! — s'écria avec un rire terrible la jeune femme en se tordant les bras. — Ah ! mais Dieu nous a donc abandonnés !

C'était un spectacle émouvant que de voir cette charmante créature, belle comme une ondine avec ses cheveux humides dénoués sur ses épaules, sa voix vibrante et ses grands yeux fixes d'effroi.

Dans tout autre moment, pas un de ces jeunes gens qui l'entouraient ne l'eût regardée sans être saisi d'admiration et de pitié; mais la passion politique les aveuglait et les forçait à se tenir en garde contre leur cœur.

Tout à coup, une des fenêtres à balcon de la maison

d'où était sorti le *nachtwæchter* s'ouvrit avec violence, et une voix impérieuse, quoique assez faible, cria :

— Quel est ce tapage infernal ? Si vous êtes ivres, ne pouvez-vous aller cuver votre ivresse ailleurs ?

— Qui a dit cela ? — s'écria Sigismond, — que je lui fasse rentrer ses paroles dans la gorge !

— Mais c'est la voix de Raoul ! — répondit Orio en s'arrêtant.

A ce nom, la jeune femme tressaillit; un vague sentiment d'espoir courut dans son esprit, et tendant vers le balcon gothique ses mains suppliantes, elle épuisa toute sa force dans un dernier cri :

— Aide et secours, monsieur, au nom du ciel ! miséricorde ! au nom de votre mère, sauvez-nous !

Et elle fixa ses yeux dilatés par l'effroi sur le jeune homme qui venait d'apparaître au balcon qui surplombait la porte de la maison.

Ce n'était pas un robuste cavalier, mais un frêle damoiseau, dont la taille était svelte et mince comme celle d'une jeune femme.

Son visage ovale, au galbe pur et fin, était singulièrement pâle, et le feu de la fièvre qui brûlait son sang brillait dans le regard hardi et profond de ses yeux vert d'émeraude; ses longs cheveux dorés et son nez aquilin finement modelé donnaient à sa physionomie un air de distinction hautaine et railleuse que complétait le pli dédaigneux de ses lèvres pâles.

Il avait le bras droit soutenu par une écharpe, et se manchettes étaient étoilées de gouttes de sang.

Deux de ses amis se tenaient à côté de lui, car il paraissait trembler sur ses jambes, et ils lui avaient jeté sur les épaules une sorte de caban brun.

Dès que les *studiosi* eurent reconnu Raoul, il se fit un grand silence parmi eux.

— Des violences sous mes fenêtres, — dit-il avec effort, — que signifie cela, camarades ? Je viens de m'arracher de mon lit, tout brûlant de fièvre et de douleur ; parlez vite !

Et en même temps il jeta un regard sur la jeune femme dont la voix l'avait déjà ému ainsi que la vibration étincelante d'une corde d'or qui se brise.

Malgré son angoisse, elle rougit comme une fraise sous ce regard magnétique qui semblait fouiller jusqu'au fond de son cœur, et Raoul de son côté parut pétrifié de surprise et d'admiration comme un artiste qui découvre au fond d'une vieille église déserte un sublime tableau de Raphaël ou du Dominiquin.

Pendant ce rapide échange de regards qui se croisèrent comme deux flèches, Sigismond avait brusquement répondu au sculpteur :

— Nous sommes fâchés, camarade, de t'avoir réveillé si mal à propos; mais c'est une sotte affaire dont tu n'as pas à te mêler: ce sont des espions français que nous avons surpris dans l'exercice de leur fonctions.

— Des espions ! — répéta Raoul avec un geste de mépris.

— Cela ne me regarde pas, en effet. L'espion propose et la potence dispose.

La bande d'Orio, qui s'était arrêtée, se mit à reprendre sa course avec son patient, qui était bâillonné et ne se débattait plus.

Mais Alice, que le sculpteur contemplait toujours avec une sorte d'extase involontaire, lui cria d'une voix déchirante :

—Ne croyez pas cet homme, monsieur, il ment ! Qu'on nous mène devant un juge ! qu'on nous écoute avant de condamner et d'assassiner !

Sigismond serra avec force le bras de la pauvre enfant et voulut la forcer à se relever et à le suivre.

— Mais ce n'est point là le langage d'une créature infâme et dégradée, — dit Raoul d'une voix brève et sifflante.—Il y a quelque lâcheté là-dessous. Camarades, oserez-vous user de violence contre une femme ! est-ce là votre courage ?

— Que t'importe ? — répliqua Sigismond exalté par l'ivresse.

La pâleur de monsieur de Vaumeillan devint effrayante.

— Il m'importe si bien, — dit-il froidement, — que je me déclare le champion de cette femme, et malheur à qui aura l'audace de s'approcher d'elle!

Le silence redoubla; Sigismond lâcha le bras d'Alice.

— Puisque tu prends la femme sous ta sauvegarde, — répondit-il, — il ne sera pas touché à un cheveu de sa tête; nous te décernons ce beau modèle de naïade comme récompense civique pour ton duel avec le prévôt Jean Michel; mais quand au mari, ni menaces ni belles paroles ne nous le feront lâcher.

— Qu'a-t-il donc fait? — demanda Raoul avec un calme ironique.

— C'est un Français, — dit le farouche étudiant.

— Le crime est grand, mais j'en partage la honte; je mérite au même titre que cet homme d'être jeté à l'eau.

— Ne raille pas, Raoul; tu es un loyal étudiant, et lui un vil espion, un serpent des ténèbres. Qu'y a-t-il de commun entre vous?

— Les preuves de son crime? — dit le sculpteur.

Sigismond embarrassé se tut.

— Vous voyez bien, — s'écria Alice, — qu'ils ne peuvent justifier leur accusation! Un misérable crieur de nuit leur a soufflé cette calomnie et ils la répètent... Ils insultent ainsi le plus honorable, le meilleur, le plus noble des hommes.

— Ainsi, — dit alors Raoul en commandant le silence par un geste plein de noblesse, — je ne vois ici qu'un accusé et des bourreaux. Comment avez-vous osé porter des mains violentes sur un homme qui n'a été ni défendu ne condamné? Si vous voulez être des juges, faites entrer ce prétendu espion dans mon atelier, et là nous saurons bientôt, sans employer la question extraordinaire, qui a menti du *nachtwaechter* ou de cette femme.

Les *studiosi*, après un instant d'hésitation, allaient accueillir la proposition de monsieur de Vaumeillan, lorsque le géant à plume de héron leur cria :

— Ah! sommes-nous des enfans ou des esclaves, pour obéir ainsi au commandement de cet orgueilleux Français, et croit-il pétrir à son gré des hommes libres comme la glaise de ses statues? Ne l'écoutons pas, et à l'eau l'espion! Allons, Orio, en avant!

La figure pâle du sculpteur se teignit d'une couleur pourpre; une écume sanglante moussa au coin de ses lèvres crispées, et étendant ses mains vers Sigismond, il répliqua :

— Ne bouge pas, camarade; tu es vraiment aussi familier avec moi que si nous avions gardé les rues ensemble jusqu'à ce jour; jo n'avais pas si bien apprécié toutes tes qualités; je reconnais déjà que tu étais ce qu'on pouvait désirer de mieux comme ivrogne; mais je ne t'avais jamais vu déployer une si louable persévérance à te faire distinguer comme lâche et assassin.

— Lâche et assassin! — hurla le géant, suffoqué par le sang-froid, railleur et implacable avec lequel Raoul l'avait accablé. — Vous voyez bien, camarades, que cet insolent soutient les espions! Avais-je tort de me méfier de lui, et ne devrions-nous pas l'arrêter et l'emmener avec son digne protégé?

Les *studiosi*, étaient incertains; ils avaient un peu honte de leur conduite et de la brutalité hébétée de Sigismond, mais ils trouvaient que le sculpteur avait pris trop chaudement à cœur les intérêts de ses compatriotes.

Enhardi par leur hésitation, Sigismond reprit avec rage :

— Arrêtons Raoul!

Ce dernier se mit à rire avec une expression de dédain écrasant :

— Viens donc me prendre, éventreur de brocs et de *rœmers*! dit-il. Ce sera pour toi une seconde occasion de jouer ce rôle d'agent de police pour lequel tu annonces les plus heureuses dispositions. — Et, comme Sigismond, étourdi par ces sarcasmes ainsi que le taureau agacé par les banderilles ardents, le menaçait de son épée.

— Ah! tu n'es pas plus pressé que cela! — reprit Raoul.

— Bah! il faut bien faire quelque chose pour ses amis. Je vais rapprocher les distances. — Et s'élançant sur la balustrade de son balcon, qui n'était exhaussée que de sept pieds au-dessus du sol, il sauta d'un bond leste et vigoureux malgré sa faiblesse, et vint tomber debout à deux pas d'Alice et des *studiosi*, qui reculèrent troublés par ce trait de hardiesse inattendue. — Eh bien! qui de vous m'arrêtera? Est-ce toi, Adam? — dit-il à l'étudiant polonais.

Ce dernier lui donna une poignée de main.

— Tu t'es battu pour ma promise, tandis que j'étais absent, Raoul; je ne l'ai pas oublié.

— Et toi, Albert?

— Ne m'as-tu pas caché dans ton logis lorsque je fus poursuivi comme complice de Sand ? — répondit le Bohémien. — Tu risquais ta vie pour moi.

— Alors, ce sera donc toi, Orio ?

— Moi, — dit en riant l'enfant des lagunes. — Te souviens-tu de cette nuit où nous jouâmes un jeu d'enfer, où tu gagnais toujours et où je perdais avec tant d'assiduité que j'avais la meilleure envie du monde de te jeter les cartes à la figure. Mais toi, tu me donnas revanche, quitte ou double, jusqu'à ce que j'eusse regagné mon argent et mon honneur, car j'avais engagé ma parole.

— Allons, vous êtes tous de braves cœurs, — dit Raoul, — et vous auriez honte, n'est-ce pas? de suivre comme des moutons de Panurge, cette brute gorgée de bière et de tabac. Entrez donc dans mon atelier, et amenez-moi cet espion.

Raoul avait vaincu toutes les résistances; il ouvrit la porte de son atelier, qui donnait sur la rue, et les *studiosi* s'y précipitèrent sur ses pas.

Sigismond lui-même, se sentant abandonné, avait repris la main glacée d'Alice, et, l'entraînant avec lui, avait suivi ses camarades.

L'atelier du sculpteur offrait cet aspect de désordre pittoresque qui a déjà servi de texte à tant de descriptions ingénieuses.

Nous passerons donc rapidement sur cet inventaire.

Des fleurets, des rœmers et des videcornes étoilés de félures; des masques et des gantelets, composés de vieux bas de soie, variaient la physionomie froide et sévère que les plâtres, les médaillons, les modèles de terre glaise, donnent aux ateliers de la statuaire; des masques de soie aux cordons brisés et flétris, des ballotas vénitiennes, des mezzaros génois donnaient lieu de rêver aux étudians novices; un échiquier et des cornets remplis de dés prouvaient que le jeu avait plus d'une fois égayé le sanctuaire de l'artiste. Un grand rideau blanchâtre masquait la statue énigmatique à laquelle travaillait mystérieusement Raoul de Vaumeillan, et qui préoccupait si fort les Œdipes de l'université; mais nul de ces devins n'eût osé pousser l'indiscrétion jusqu'à soulever un coin du lourd rideau abaissé sur l'œuvre inconnue; seulement tous les regards s'y dirigeaient.

Sigismond paraissait s'entêter à regarder la jeune femme comme sa proie, mais Raoul ne la laissait pas longtemps subir ce joug brutal.

— Puisque nous formons un tribunal, camarades, il faut faire placer vos prisonniers au banc des prévenus. Voici, sur l'estrade où je fais poser mes modèles, une chaise gothique qui remplacera avantageusement le susdit banc.

— Il alla prendre la main d'Alice qu'il sentit trembler dans la sienne, et lui dit à voix basse : Rassurez-vous, madame, vous serez traitée de Française à Français. — Puis il fit un signe, et Orio laissa aller le maître de forges, qui s'accouda, la figure bouleversée et les yeux injectés de sang, au dossier de la chaise où venait de tomber la pauvre Alice. — Pas un mot, pas une menace, ou vous êtes perdu,

— murmura le sculpteur à son oreille. — Jacques Terral ne répondit pas; mais au pli creusé sur son front, à l'affectation qu'il montrait à ne pas regarder Sigismond, un observateur eût deviné la terrible soif de vengeance qui l'agitait. — Eh bien! que les accusateurs se présentent! — demanda monsieur de Vaumeillan.

— Je persiste à affirmer que cet homme est un espion, — dit le géant en désignant du doigt Terral, — et que sa femme est sa complice.

— Oui, — ajouta un autre *studiosus*, — le crieur de nuit les a surpris tout deux épiant nos paroles sous l'auvent du Pin-Verdoyant.

Raoul fixa ses yeux étincelants sur Alice, qui, malgré son visage baissé sur sa poitrine, sentait la flamme de ce regard faire affluer le sang à son cœur; elle éprouvait une agitation incompréhensible qu'elle prenait pour de la terreur ou de la haine, et sous laquelle palpitait son sein.

— Par le ciel! — s'écria le sculpteur, — êtes-vous devenus fous, camarades, et quelque sorcier du Harz vous a-t-il fasciné les yeux? Cette chaste et divine figure est-elle celle d'une espionne? est-ce là le visage ridé, blafard et plaqué de taches de ces misérables femmes au regard double et à la lèvre pendante, qui, sous prétexte de vendre des chapelets ou des chiffons, vont épier les cœurs, les paroles et les actions, pour les enduire de leur venin et les trahir, afin de gagner le pain de leur journée? Est-ce qu'on ne lit pas leur infâme métier dans leurs yeux clignotants et mielleux, et sur leur face farée comme leur âme? Je jurerais, moi, que c'est une pauvre enfant à peine échappée du toit paternel, et quelqu'un de vous allez faire mourir de peur, comme ces oiseleurs dont la main rude écrase les nichées d'oiseaux. Mais votre devoir, c'était de la protéger contre l'aveugle brutalité de cet hercule savant, sous le poignet duquel son sang se glaçait. Ce n'est plus une plaisanterie, cela, c'est un crime!

— Un crime! — et quelques murmures s'élevèrent.

— Qu'ils prouvent leur innocence, — grommela Sigismond; — puis je m'occuperai de mes injures personnelles, car j'ai quelqu'un à tuer ici!

— Patience, — dit Raoul. — Tu m'éventreras en sortant; je t'y ferai penser. En attendant, la parole est à l'accusé. Comment vous nommez-vous, monsieur?

— Jacques Terral, — dit le soi-disant espion en relevant fièrement la tête, — et je suis maître de forges dans les Ardennes.

— Maître de forges et espion, ce serait cumuler, — reprit le sculpteur. — D'où venez-vous?

— De Blankenbourg, en Brunswick, où j'ai épousé mademoiselle Alice de Favières, que vos camarades ont si indignement outragée et qui est fille adoptive d'un honnête marchand de fer de cette ville.

— Son nom? — demanda Albert.

— Max Birmann!

— Max Birmann? je le connais, — répliqua l'étudiant, — et je me souviens d'avoir rencontré une fois à l'église cette jeune femme avec lui.

— Devons-nous nous contenter de ces explications pour laisser libre monsieur Jacques Terral? — demanda Orio.

— Vous vous êtes contentés de l'accusation d'un crieur de nuit pour condamner monsieur Jacques Terral, — riposta Raoul.

— Non! — cria Sigismond, — il faut le conduire à la prison et les magistrats jugeront.

— O mon Dieu! — murmura Alice, qui tremblait comme une feuille secouée par l'orage, — est-ce assez d'humiliation?

— Je ne subirai point cette honte! — dit Terral en tordant de ses mains crispées le dossier de la chaise gothique.

— Allons donc! — dit la plume de héron, — croyez-vous qu'on va vous adresser un placet pour obtenir votre autorisation?

— Qui sait, — répliqua le sculpteur, dont l'irritation fiévreuse grandissait. — Tu deviens monotone de brutalité, mon cher camarade, et tout lassé à la fin, même l'insolence. L'ennui naquit un jour de l'uniformité. Or, j'ai justement sous la main une vengeance de dix pieds de haut et d'un succès infaillible. Tiens-tu beaucoup à l'existence, Sigismond?

— Crois-tu me faire peur avec tes menaces incompréhensibles? — dit le géant en ricanant. — Je ne crains rien.

— Je vais me faire comprendre, — répliqua Raoul; — Sigismond, mon atelier est encombré d'une statue dont j'ai quelque envie de me débarrasser en un tour de main.

— Ah! quelque bacchante, sans doute, — dit le lourd *studiosus* avec son rire hébété, — une Océanide ou une Cléopâtre piquée d'un aspic, qui se cache derrière ce rideau... Ma foi! je serais curieux de voir le modèle qui a posé pour ce chef-d'œuvre!

Le sculpteur haussa les épaules, et, faisant glisser les anneaux du rideau blanchâtre sur sa tringle :

— Regarde donc, camarade, — s'écria-t-il, si toutefois tes yeux ne sont pas troublés par l'ivresse qui te caractérise à toute heure?

Tous les yeux se fixèrent sur le fond de l'atelier, et les *studiosi* aperçurent une statue colossale et presque entièrement terminée, qu'ils saluèrent d'un hourra triomphal :

— La statue d'Arminius! l'Hermann, saxon! le défenseur des libertés germaniques!

— Voilà comment le sculpteur français s'occupe depuis six mois à ciseler les contours voluptueux d'une bacchante, — dit Raoul de Vaumeillan avec dédain.

DEUX LEÇONS D'ESCRIME.

Sigismond avait d'abord baissé la tête, mais il reprit bientôt son audace bestiale et répliqua :

— Quel rapport y a-t-il entre cette statue et des menaces?

— Quel rapport! — dit le sculpteur en ramassant le maillet et le ciseau qui étaient au bas du piédestal en bois du marbre colossal, et en s'avançant vers le *studiosus* :

— Sache donc que cette statue m'a coûté une année de travaux et de veilles, d'insomnies brûlantes et de découragements insensés; que j'y ai travaillé tantôt avec amour, tantôt avec la fièvre au cœur et au cerveau; que j'y ai mis toute ma pensée, toute ma force et tout mon avenir! Le moine absorbé dans l'extase de la prière, le fakir indien transporté par l'opium dans les cercles lumineux où il contemple Dieu face à face; l'amant qui rampe au bas du mur de la prison où l'on retient sa maîtresse et qui rêve au moyen de la délivrer, ne sont pas brûlés d'un délire plus vertigineux que n'était le mien en tentant de créer une œuvre digne de mon orgueil. Comme la sibylle sur son trépied, une fois le ciseau à la main, je n'étais plus de ce monde; je me sentais Dieu en dégageant du bloc informe cette figure inspirée, et j'aimais ma statue comme un père aime son enfant, et j'étais fier, tout à l'heure encore, de l'offrir à l'université de Gœttingue, c'est-à-dire à vous tous, mes frères et camarades!

— Hourra pour Raoul! — crièrent Adam et Orio.

— Mais si ma parole ne paraît pas une garantie suffisante de celle de ce Français, Sigismond, — poursuivit le sculpteur dont la colère montait, et qui traîna l'étudiant devant la statue, — il ne me faut qu'une seconde pour trancher les cordes de la charpente qui soutient ce géant de marbre sur son piédestal et pour le faire tomber en se

brisant sur ta tête de Bacchus. Cet incident contribuera
peut-être à te dégriser. — Sigismond recula, mais Raoul
lui saisit le bras avec la force d'un étau. — Ne bouge
pas, camarade. La porte de l'atelier est fermée, et j'en
ai la clef. Nul ne fuira sans ma permission. Les *studiosi*
irrités s'approchèrent pour secourir leur compagnon.

— Si l'un de vous fait encore un seul pas, je tranche
les cordes, — dit le sculpteur, — et il appuya la pointe de
son ciseau sur un des nœuds qui s'enchevêtraient autour
de la statue.

— Tu ne feras pas cela ! — s'écria Adam.

— Pourquoi pas ! — reprit Sigismond, de plus en plus
abruti par l'ivresse ; — il est bien capable de sacrifier son
Arminius à cette dame de beauté, qui pourra, par reconnaissance, lui servir de modèle pour quelque Vénus nais-
sant de l'écume des flots.

A ce sarcasme insolent, Alice tressaillit comme si elle
eût été mordue par la langue venimeuse d'un serpent, et
Terral s'élança vers le *studiosus*, afin de lui rendre outrage pour outrage, mais Raoul le retint en souriant, de
quel sourire, Dieu le sait ! et en fronçant légèrement ses
sourcils fauves.

— Laissez donc mon honorable camarade dégorger son
fiel, — dit-il, — il n'est pas si terrible qu'il en fait semblant. Au premier coup d'œil, c'est vrai, on le prendrait
pour une bête féroce et enragée, mais au second, ô mon
Dieu, je vous assure, on s'aperçoit que c'est tout simplement un lâche !

Et en même temps, d'un hardi coup de ciseau, il tran-
cha la première corde, qui vibra et fit trembler toutes les
autres.

Les étudians reculèrent intimidés, croyant déjà voir la
statue vaciller sur sa base, et tous crièrent alors au sculpteur :

— Grâce pour ta statue, Raoul !

— Justice pour ces malheureux ! — répliqua le jeune
homme en montrant Terral et Alice.

— Ils sont libres, — dit Orio.

Et les autres répétèrent cette parole comme un engagement sacré.

— Libres ! pas encore, — cria Sigismond en bégayant
de fureur, et en allant s'adosser contre la porte. — J'ai été
accablé d'injures et de sarcasmes, qui m'en rendra raison ? Je veux le savoir avant de laisser le passage libre
aux protégés du Français.

— Vous êtes bien curieux, mon cher, — répliqua Raoul
avec cette ironie froide et mordante qui l'abandonnait rarement.

Les étudians rirent de la réponse, ce qui exaspéra encore la rage du géant.

— Un mot de plus, Raoul, et je te tue comme un
chien.

Et il s'avança vers lui l'épée haute.

— Si c'est ta manière de te battre en duel, essaye, —
reprit le sculpteur. — Je te préviendrai seulement que
cela ne se fait pas dans la bonne société. Quant à ceux
qui abusent de ce genre de distraction, on se permet de les
guillotiner un peu.

Les *studiosi* éclatèrent encore de rire, et la colère porta
au comble l'ivresse de Sigismond.

— En garde donc, — cria-t-il, — et luttons sans trêve
ni merci !

— Bah ! à demain les duels sérieux ! — dit doucement
le sculpteur, qui voyait son adversaire troublé et agité par
les vapeurs du vin.

— Non, à l'instant, à l'instant ! — répéta le *studiosus*.

— Impossible ! ce serait un meurtre. Ta main tremble
et peut à peine tenir ton épée.

— Ah ! tu as peur, duelliste de parade !

— Ma foi oui, j'ai peur de te renverser par terre en
te touchant du doigt, car tu n'as pas ce soir le pied très
marin.

— Lâche ! lâche ! lâche ! — cria le *studiosus* d'une voix
rauque.

— Tu es un plagiaire, camarade, car c'est moi qui, le
premier, t'ai comblé de cette épithète. — Sigismond, à
bout de fureur, ramassa à terre un gantelet et le jeta au
visage de Raoul. Le sculpteur fit un bond terrible, et,
reprenant son épée : — Tu l'as voulu, malheureux ! eh
bien ! nous allons un peu nous dégourdir la main. Je vais
te donner deux leçons d'escrime. Abondance de leçons ne
nuit pas.

Et le fier jeune homme attendit son adversaire ; mais il
avait compté sans sa blessure.

Il avait dépensé tant d'énergie dans toute cette scène
qu'il avait outrepassé ses forces et qu'il sentit tout à coup
son cœur défaillir.

Il en frissonna de terreur, et sa respiration devint de
plus en plus courte et haletante.

Depuis quelques instans, Alice n'avait d'yeux que pour
lui.

Elle venait de se trouver soudainement transportée au
milieu d'une de ces aventures romanesques et émouvan-
tes qu'elle avait souvent rêvées.

Jamais elle n'avait vu passer, dans ses songes de jeune
fille, un héros plus sympathique à son cœur que cet artiste jeune et beau, brillant de courage et de génie, insolent avec grâce, et dont le regard étincelant, velouté, profond, semblait commander l'amour.

Puisqu'il était prêt à sacrifier sa gloire et le succès de
ses veilles pour sauver des inconnus, que ne ferait donc
pas un si généreux cœur pour la femme qu'il aimerait, la
femme qui recevrait l'effluve de ses regards et de ses
aveux passionnés ?

Dans ce moment, Alice oublia son danger, les étudians,
son mari, le monde entier ; elle ne s'associa par la pensée
qu'à ce protecteur généreux.

En lui voyant croiser le fer, elle trembla comme s'il se
fût agi de l'existence d'un de siens ; elle adressa, du fond
de son âme, à Dieu, d'ardentes prières pour le téméraire
blessé.

Tout d'abord, la faiblesse de Raoul lui avait enlevé l'agilité qui faisait son plus précieux avantage, tandis que le
vin et la rage qui enflammaient le sang épais de Sigismond avaient doublé sa force herculéenne.

Le jeune sculpteur pâlissait de plus en plus, et il avait
beau parer de son épée sou cuirasse contre les impé-
tueuses attaques de l'étudiant, il finit par être obligé de
rompre.

A ce moment, Alice vit l'épée de Sigismond flamboyer
comme l'éclair et se diriger vers la poitrine découverte de
Raoul.

Elle ferma les yeux et se leva toute droite en poussant
un grand cri.

Monsieur de Vaumeillan, malgré ce danger imminent,
tourna la tête vers la jeune femme par un instinct plus
fort que sa volonté, en se jetant de côté comme pour aller
à elle.

L'épée du *studiosus* au lieu d'atteindre la poitrine ne
fit qu'égratigner l'épaule du sculpteur.

— Blessé devant elle par ce géant imbécile ! — pensa
Raoul, et il se redressa aussitôt ranimé par le feu de l'orgueil froissé et cette rage froide qu'inspire à certains caractères d'homme la vue de leur sang. Il fut alors si beau
qu'Alice ressentit un sentiment d'admiration étrange, qui
était tout simplement de l'amour déguisé, brûler son
cœur comme un fer rouge. — Je te dois maintenant trois
leçons, — dit l'artiste à son adversaire, — et tu vas voir
que je suis un professeur consciencieux. Tu m'as appelé
lâche. Pour ce mot, je ferai sauter ton épée et je t'accule-
rai à la muraille.

Sigismond ricana lourdement en croisant le fer, fondit
sur Raoul et lui fournit un dégagement furieux, mais
Raoul riposta après avoir admirablement paré, enroula
l'épée de l'étudiant avec la sienne comme avec un fouet,
et la lança en l'air, puis il lui mit la pointe sur la poitrine
et le força à rompre jusqu'au mur.

— Orio, — dit-il alors, — rends-lui sa schlager. Le

camarade m'a jeté un gantelet à la figure, il faut qu'il sente la pointe de mon fer marquer sur son visage l'endroit où le mien a reçu l'outrage.—Une minute après que les épées se furent entrelacées de nouveau comme des serpens, Sigismond poussa un cri de rage, car il avait été frappé à la figure ainsi que l'avait promis Raoul. — Enfin, — dit ce dernier, — je pourrais encore me souvenir que tu m'as blessé à l'épaule, mais les courtes folies sont les meilleures, et pour un duel d'agrément je tiens mon honneur satisfait. — Ecumant de colère et de haine, Sigismond voulut encore se précipiter sur lui, mais le sang bourdonnait à ses oreilles et battait ses tempes; il chancela, et ses camarades durent l'entraîner avec eux, tandis que Raoul, après avoir rouvert la porte de l'atelier, leur disait : — Dans trois jours, la statue d'Arminius sera offerte à l'université de Gœttingue. — Adam, Orio et Albert serrèrent la main du jeune sculpteur et s'éloignèrent silencieusement avec les autres *studiosi*, en transportant à son logis le buveur à plume de héron. — Il était temps ! — murmura alors Raoul en tombant blême de fatigue et de faiblesse sur un escabeau.

Le maître de forges s'approcha de lui.

— Comment pourrons-nous reconnaître un si généreux service ? — dit-il.

— En fuyant sur l'heure, — repartit le jeune sculpteur dont le regard vague se ranima en se fixant sur Alice ; — car la haine contre les Français grandit chaque jour. Le peuple pourrait se mêler de cette affaire, et je ne serais peut-être plus en état de vous protéger.

— Ne devons-nous jamais nous revoir ? — reprit Terral. — Oh ! si vous veniez en France, promettez-moi de passer par les Ardennes. Vous serez l'hôte de ceux que vous avez sauvés, n'est-ce pas ?

— Qui peut répondre de sa destinée ! — dit Raoul. — Vous êtes heureux, vous ; moi, je suis un orphelin qui ai déjà fait un rude apprentissage de la vie, et le hasard est le maître de mon avenir ; mais croyez, — ajouta-t-il en évitant de rencontrer les yeux attendris de la jeune femme, — que cette soirée a marqué dans mon existence, et que je ne l'oublierai jamais. Maintenant, adieu, et, au nom de votre salut, ne restez pas un jour de plus à Gœttingue.

Il se leva par un violent effort et accompagna jusqu'au seuil de la maison Terral et Alice, puis, tremblante et confuse, cherchait en vain des paroles pour lui exprimer sa reconnaissance, et qui ne put que balbutier des mots étouffés et sans suite.

Le lendemain matin, ils quittèrent cette ville funeste ; mais l'image de Raoul avait laissé une dangereuse empreinte dans le cœur de la jeune femme, qui emportait la flèche empoisonnée dans sa fuite, et qui n'eût osé sans effroi s'interroger elle-même sur les sensations nouvelles qui venaient de s'éveiller au plus profond de son âme.

VII

LES BRUYÈRES ROSES.

Le voyage de Terral et d'Alice ne fut troublé par aucun nouvel incident.

Il s'écoula même plusieurs mois après leur retour en France sans qu'il se présentât, dans le cours assez uniforme de leur vie, un de ces événemens qui gravent dans l'esprit une date et un souvenir.

Ce calme dans lequel ils semblaient sommeiller était-il le symptôme d'un bonheur réel ?

Nous savons tous qu'il n'y a pas de repos plus profond, plus absolu, plus menaçant que celui de la nature à la veille de ses plus grandes perturbations.

Alice n'avait pas un de ces caractères froids et compassés pour qui les devoirs de la vie consistent dans une sorte de discipline et de vertu mécaniques semblables aux règles des couvens.

L'attrait mystérieux qui résidait en elle tenait surtout à une naïve indépendance de manières, et à une mobilité d'impressions et de sentimens mêlée de tant de confiance et d'ingénuité, qu'on ne pouvait se défendre en la voyant d'une vague inquiétude sur son sort.

N'allait-elle pas s'offrir désarmée aux coups d'un monde ennemi, sournoisement cuirassé et armé de poignards venimeux contre tout ce qui ne lui ressemble pas ?

Son esprit était transparent comme son teint suave, et jamais femme ne fut moins née pour le mensonge, cette arme des faibles, dont son sexe est dressé à apprendre l'usage dès le berceau.

Elevée par de bonnes gens dont la tendresse respectait son indépendance, la pauvre enfant était habituée à dédaigner les interprétations de la médisance, à ne rendre compte de ses actes qu'à sa conscience, et à ne suivre d'autre règle que les instincts d'un cœur naturellement élevé, fier et généreux.

L'amour de Terral pour sa jeune femme, loin de s'affaiblir, grandissait chaque jour avec une énergie nouvelle et prenait tout à fait le caractère d'une passion violente dans cette âme forte, prédisposée par un long calme moral à cette explosion de sentimens comprimés.

Quant à Alice, elle était restée enfant, et elle prodiguait à son mari ces mêmes trésors de tendresse tour à tour sérieuse et mutine qui avaient fait le bonheur des vieux jours de Birmann.

A coup sûr, pour un observateur superficiel, c'eût été là le modèle des unions heureuses.

Et cependant ni l'un ni l'autre n'étaient intérieurement satisfaits.

Eût-elle désiré plus de réserve et de gravité dans ce mari qui avait l'amour trop jeune et trop ardent pour son âge ?

Eût-il, lui, désiré des preuves d'une affection plus vive et plus semblable à la sienne ? nous l'ignorons.

Il y avait, du reste, une autre cause à cette contrainte soigneusement cachée qui jetait le voile morne et glacé du devoir sur toutes leurs relations intimes.

Jacques Terral avait fait la plus grande faute qu'un homme puisse commettre en se mariant : il avait eu un secret pour sa femme.

Emporté par le premier élan de la passion, il ne s'était pas appesanti sur les conséquences d'une dissimulation qu'il fallait continuer chaque jour et à chaque instant.

Peut-être les obstacles qui l'avaient motivée n'eussent-ils pas été insurmontables, mais plus il y réfléchissait depuis son mariage, plus leur portée grandissait à ses yeux, probablement par la crainte qu'il éprouvait sans cesse d'une révélation due à quelque circonstance imprévue.

Les étranges paroles du crieur de Gœttingue résonnaient souvent à ses oreilles et troublaient son sommeil d'une vague épouvante.

Il n'osait se croire le légitime possesseur de cette jeune femme si charmante et si aimée.

Son bonheur lui semblait être le fruit de la ruse et du mensonge.

C'était un bien volé dont il ne jouissait ni sans remords ni avec la sécurité nécessaire au repos de ce cœur honnête et loyal.

Cette agitation secrète ne rendait pas Terral plus sombre et plus froid envers Alice ; au contraire, il se torturait continuellement l'esprit pour inventer des surprises, des présens, des distractions nouvelles qui pussent rompre la monotonie de leur vie solitaire ; jamais il ne croyait avoir assez fait pour celle qu'il aimait, et il travaillait avec une sorte d'acharnement et de cupidité afin de lui préparer dans l'avenir une fortune royale.

Mais les preuves multipliées de son amour manquaient de cet abandon, de cette effusion de cœur qui en auraient

fait le charme le plus grand, elles trahissaient une inquiétude fiévreuse.

Tous ses efforts sentaient l'expiation.

Comment, Alice aurait-elle fait preuve, dans ses rapports avec son mari, d'un abandon qui n'existait pas chez
celui-ci ?

Peu à peu, elle sentit son cœur comprimé par une torpeur résultant de la contrainte que Terral éprouvait lui-
même. Sans doute, au point de vue matériel, la jeune
femme dépassait les rêves les plus brillans dans lesquels
eût jamais pu s'égarer son imagination sous le toit modeste de Birmann.

C'était beaucoup, mais elle n'en ressentait d'autre mouvement intérieur que cette reconnaissance inspirée aux
nobles cœurs par un procédé généreux.

Quant à ce bonheur moral tellement inséparable de l'a-
mour que tous deux semblent être en même temps l'origine et la conséquence l'un de l'autre, elle pouvait le comprendre et le souhaiter ; elle ne le possédait pas.

C'est que deux choses manquaient dans cette union impro-
visée par le hasard, la confiance absolue qui rapproche les cœurs, la communauté des pensées qui unit et
confond les esprits.

En un mot, au lieu de ne faire qu'un par le mariage,
Alice et Terral étaient restés deux.

Dans cette situation, il pouvait s'écouler de longues années sans que leur tranquillité fût troublée.

Pour la détruire, il ne fallait qu'un moment, une occasion.

Le souffle d'une passion suffirait pour déchaîner la
tempête.

Plus d'une fois, le souvenir du jeune sculpteur de Gœttingue avait passé comme une vision radieuse dans l'esprit agité et enthousiaste d'Alice ; alors, elle si vive, si facilement gaie, devenait tout à coup silencieuse, distraite,
rêveuse ; une rougeur soudaine empourprait son front,
et pendant des journées entières elle errait dans les jardins de son habitation, en proie à une impatience involontaire.

Pourtant, ces symptômes alarmans d'un amour idéal et
inavoué commençaient à s'affaiblir, lorsqu'une nouvelle
préoccupation, étrangère à Terral, s'empara de son esprit.

Cette préoccupation était due à la recherche d'un mystère inexplicable, mais qui n'était pas sans charmes pour
elle, car il répondait aux secrets instincts de sa nature
exaltée et mobile.

Voici, en effet, ce qui s'était passé un mois avant le
jour où se renoue ce récit, et ce qui depuis ce moment
n'avait pas manqué d'avoir lieu un seul jour.

Un matin, Jacques Terral, curieux de prouver à Alice
que les Ardennes n'étaient pas moins riches que l'Allemagne en sites pittoresques, l'avait conduite à un quart
de lieue de la forge, dans un vallon délicieux que dominait un immense bloc de granit isolé comme un dolmen
druidique.

Il lui fit gravir lentement une rampe étroite qui contournait la base du rocher gigantesque et menait à une
sorte de plateau d'où le rocher, tout à coup rétréci comme
si la main d'un Titan l'eût taillé à plaisir, élevait sa cime
en forme de pyramide à une hauteur prodigieuse.

Arrivée sur le plateau, Alice laissa échapper un cri
d'admiration en contemplant la vallée verdoyante et boi-
sée qui se déroulait à ses pieds, et à laquelle sa forme
gracieuse avait fait donner le nom de la *Conque-Verte*.

Ce cri fut entendu d'un jeune homme qui les avait pré-
cédés, et qui à leur approche s'était réfugié dans une ex-
cavation creusée sous le plateau, comme s'il craignait
d'être vu.

Lorsque la jeune femme, ayant longuement admiré
dans une contemplation silencieuse ce magique panorama, leva les yeux vers la cime du rocher, elle aperçut
dans les anfractuosités qui le découpaient en festons bi-

zarres, des touffes d'une sorte de bruyère rose qu'elle n'a-
vait encore vue nulle part et qui ne croît que dans les
fentes de quelques rochers du Jura et des Ardennes.

— La jolie fleur ! s'écria-t-elle aussitôt avec l'élan
irréfléchi d'un enfant qui désire, — et que je serais heureuse d'en avoir un bouquet !

Terral s'élança aussitôt dans l'espoir de réaliser le sou-
hait d'Alice, mais les années avaient alourdi sa souplesse
d'autrefois, et quels que fussent ses efforts, il ne put parvenir à atteindre les crevasses et les fissures granitiques
d'où s'élançaient dans l'air les tiges fleuries de la bruyère.
Cependant, plus l'obstacle semblait insurmontable et plus
le maître de forges s'opiniâtrait à le vaincre ; ses mains
s'ensanglantaient aux saillies du roc, ses pieds glissaient
sur ses parois et se raidissaient en infructueux efforts ; il
eût fini par s'exposer à quelque danger sérieux si la jeune
femme alarmée ne lui avait crié : — Assez, mon ami ! je
vous en supplie ! Ne voyez-vous pas que c'était un caprice,
un enfantillage ! Soyez moins fou que moi et ne vous
donnez pas tant de peine pour cette fleur, qui n'est belle
que parce qu'elle s'épanouit librement sur son rocher, au
gré des vents, et qui dans ma main se flétrirait au bout
de quelques minutes.

Terral renonça à son ascension hasardeuse, mais il prit
la main d'Alice dans la sienne, et, la regardant avec tendresse, il lui dit :

— Si vous saviez, chère enfant, ce qu'il m'en coûte de
vous voir, de vous entendre désirer quelque chose que je
ne puisse vous donner !

— Alors, allons-nous-en bien vite, — dit Alice en souriant, — car je vous causerais trop de chagrin en admi-
rant cette belle vallée dont vous êtes le roi, renfermé, depuis
le murmure de ses cascades jusqu'au chant de ses milliers
d'oiseaux.

Ils redescendirent la rampe en silence, Terral un peu
soucieux et Alice absorbée par une involontaire rêverie.

Mais quelle ne fut pas sa surprise, le lendemain matin,
de trouver sur sa fenêtre un magnifique bouquet de cette
même bruyère qu'elle avait si inutilement désirée la
veille.

Qui donc l'avait apportée là ?

Elle pensa tout d'abord à son mari ; mais après avoir
fait usage de toute l'innocente diplomatie dont elle était
susceptible, la seule certitude qu'elle put acquérir, fut
qu'elle ne devait remercier de cette attention ni Jacques
Terral ni aucun des serviteurs attachés à sa maison.

A partir de ce jour, Alice trouva chaque matin, au
même endroit, un bouquet de cette charmante bruyère
rose, fraîche et humide ; mais ce fut toujours en vain
que, à peine levée, elle ouvrit elle-même sa fenêtre dans
l'espoir de surprendre le mystérieux personnage qui l'y
apportait.

Il est juste de dire que les perquisitions de son regard
n'avaient jamais été au delà du mur qui entourait le
jardin sur lequel donnaient ses fenêtres.

La maison qu'habitait Terral, située à une demi-lieue
de la petite ville de Maleforest, distante d'un quart de
lieue de la forge, était un véritable séjour poétique.

Bâtie à mi-côte, un parc se déroulant à ses pieds, un
petit bois l'abritant sur le sommet de la colline comme une
couronne verdoyante, elle dominait un paysage merveilleux par l'ensemble imposant de ses forêts sombres et profondes, de ses larges et bruyans cours d'eau et de ses
rochers sauvages.

Mais maintenant la capricieuse imagination d'Alice ne
songeait plus à animer et à peupler de ses rêves ces ma-
jestueuses solitudes ; sa pensée s'aventurait dans des espaces
plus chimériques ; elle ne sortait qu'avec effort de sa
morne distraction, et c'était pour regarder autour d'elle
avec une sorte d'inquiétude et d'effroi, comme si elle
attendait l'invraisemblable réalisation d'un désir insensé.

Aussi ne s'était-elle point aperçue que, sous un syco-
more, à une cinquantaine de pas plus loin que le mur du

parc, un jeune homme venait s'asseoir tous les jours, à la même heure.

Cette heure, c'était celle où Alice, presque aussi tremblante qu'une coupable, avait coutume de chercher d'un regard voilé et de prendre d'une main furtive son bouquet de bruyère.

Le livre que tenait entre ses mains l'étranger aurait pu faire croire au premier abord qu'il avait fait choix de ce lieu solitaire uniquement pour se livrer avec plus de tranquillité au plaisir de la lecture; mais en y regardant de plus près, on n'eût pas tardé à remarquer que le livre restait complètement ouvert à la même page, et que, contrairement à l'usage qui veut qu'on lise les yeux baissés, notre jeune homme avait les siens constamment en l'air.

A peine Alice rentrait-elle dans son appartement, que l'assidu lecteur fermait son livre, se levait et reprenait le chemin de la forge.

Depuis trois mois, en effet, il y remplissait les fonctions de contre-maître.

Dans le pays, nul ne le connaissait et n'eût pu dire d'où il venait. Recommandé par un correspondant wurtembergeois de Terral, il s'était présenté sous le nom de Frantz Muller, et, rebelle à toutes les interrogations, il semblait vouloir entourer son passé d'un mystère singulier; mais à voir dans les premiers temps le contraste de sa science théorique du métier avec ses hésitations dans la pratique, il avait été facile de conjecturer qu'il s'acquittait de fonctions tout à fait nouvelles pour lui.

Frantz Muller n'était pas le seul personnage étranger qui travaillât à la forge.

Parmi les ouvriers, le plus hardi, le plus habile, mais aussi le plus turbulent, était un nouvel arrivé qui en peu de temps était parvenu à exercer sur ses camarades une influence sourde et funeste.

Petit, maigre, la peau parcheminée, les cheveux et la barbe rougis par les années et une existence misérable, il déployait à l'occasion une force nerveuse extraordinaire; calme et railleur d'ordinaire, même en face des plus grands dangers, il s'était deux ou trois fois laissé emporter, dans des querelles de jeu avec d'autres ouvriers, à de tels accès de colère que son visage jaune blanchissait, et qu'une écume de sang moussait à ses lèvres; aussi ses compagnons avaient-ils oublié son nom de Pierre Mineur pour lui donner le sobriquet de *Bourrasque*, dont il affectait de s'enorgueillir.

Chose bizarre! le contre-maître et l'ouvrier causaient souvent ensemble s'il se passe pendant les heures de repos.

C'était, au reste, Bourrasque qui recherchait Frantz, et si ce dernier n'avait pas répondu par le dédain aux avances du terrible Bourrasque, c'est que d'abord il croyait reconnaître en lui, d'après certaines inflexions de voix et certains tics de physionomie, un homme qu'il avait déjà rencontré dans sa vie quelques mois auparavant en Allemagne; c'est qu'ensuite il le trouvait ouvrier au fond des Ardennes comme s'il se fût attaché en espion à ses pas dans quelque but ténébreux, mais en affectant dans leurs relations nouvelles un langage choisi et des manières qui contrastaient d'une façon effrayante avec sa position.

Il est vrai que, loin de Frantz, l'ouvrier oubliait bien vite sa transformation, la rudesse de ses allures, la brutalité et le cynisme trivial de ses paroles, le mettaient parfaitement alors au niveau de ses compagnons.

Aussi le jeune contre-maître, plusieurs fois témoin de ces brusques transitions, soupçonnait-il dans la présence de cet homme à la forge une énigme redoutable qu'il essayait vainement de s'expliquer; mais c'est en vain qu'il cherchait à obtenir de Bourrasque des aveux ou des révélations à ce sujet.

Ce qui inquiétait surtout Frantz Muller, c'était l'espèce d'autorité et de puissance exercée par ce forgeron sur une demi-douzaine d'ouvriers engagés en même temps que lui et qu'on eût dit soumis à son moindre signe par un pacte secret de dévouement et d'aveugle obéissance.

Quant à Bourrasque, il paraissait connaître Frantz un

peu mieux qu'il n'était connu de lui, et jamais il ne l'avait questionné sur les circonstances qui l'avaient jeté dans une position à laquelle on voyait bien que ni sa vocation ni sa nature ne l'avaient appelé.

Il se contentait de sourire du bout de ses lèvres minces et blêmes lorsqu'il le voyait, un livre sous le bras, se diriger du côté de la maison de Terral, et ne manquait pas de lui crier : « Bonne lecture, monsieur Frantz! » de l'air d'un homme qui savait parfaitement que monsieur Frantz avait un tout autre but que la lecture.

Et l'ouvrier ne se trompait pas dans ses conjectures, car Frantz réunissait en sa personne le jeune homme qui, caché dans la grotte de la *Conque-Verte* avait entendu Alice admirer les fleurs de bruyère, le génie nocturne qui transportait de la cime du rocher sur la fenêtre de madame Terral l'objet d'un désir une seule fois exprimé, et le promeneur solitaire heureux de voir chaque matin la charmante femme ouvrir curieusement sa fenêtre et avancer sa main mignonne pour s'emparer de sa bruyère favorite.

Du reste, quoiqu'il remplît avec une rigide ponctualité ses fonctions de contre-maître, il témoignait pour toutes choses une profonde indifférence; les ouvriers l'accusèrent de fierté et d'orgueil, surtout lorsqu'il refusa d'intervenir auprès du maître de forges pour solliciter le pardon d'un nommé Pierre Gervais, qui avait été surpris volant deux barres de fer et que monsieur Terral avait donné l'ordre de renvoyer.

Ce malheureux avait trouvé dans son maître un juge d'autant plus sévère que, probe et travailleur jusqu'alors, il avait souvent été cité en exemple à ses compagnons par monsieur Terral.

Il avait une femme presque infirme et une fille de quatorze ans, nommée Denise, fort belle, mais d'une intelligence obtuse qui lui avait valu dans le pays l'épithète d'innocente.

Une maladie grave de cette enfant avait mis Gervais à bout de ses dernières ressources, et l'avait empêché de travailler pendant un mois.

Sa tête était perdue.

Il n'osait s'adresser à la pitié du maître, à cause des perfides conseils de Bourrasque, qui lui faisait craindre un renvoi s'il importunait monsieur Terral.

Au lieu de lui demander secours, il préféra le voler, avec la complicité secrète de son nouvel ami.

Fut-il trahi? fut-il seulement maladroit? nul n'eût pu le dire, mais il fut surpris traînant les deux barres de fer.

Il ne se défendit pas, il n'accusa personne, il n'essaya pas de protester de son innocence et de se disculper; il pleura et dit ce seul mot : « Denise! » Jacques Terral lui fit demander s'il avait quelque chose à lui dire pour sa justification.

Le malheureux répondit qu'il lui demandait pour toute grâce de ne pas le faire comparaître et rougir devant un maître justement irrité.

Après cet aveu, Terral crut être très généreux en ne dénonçant pas le pauvre diable à la justice et en se contentant de le renvoyer.

Les ouvriers, qui l'aimaient, car Gervais était bien l'homme le meilleur et le plus inoffensif de la terre, supplièrent Frantz d'obtenir sa grâce; mais ce dernier savait que monsieur Terral croyait nécessaire de faire un exemple et refusa de se mêler à ce débat.

Cependant Gervais n'avait pu se résoudre à rester les bras croisés devant sa pauvre femme et sa chère Denise, qui avaient faim comme lui.

Ça lui était bien égal de mourir, mais il ne pouvait pas voir mourir par sa faute ces deux créatures aimées.

Il emprunta un fusil à son ami Bourrasque, et alla braconner dans les bois de la *Conque-Verte*; il eut pendant quinze jours le bonheur d'éviter les gardes et de faire assez bonne chasse, mais un vendredi qu'il avait passé presque toute la nuit au milieu d'une mare d'eau stagnante pour tuer quelques canards sauvages, il rentra au logis à moitié perclus.

La fièvre le prit le soir, et il mourut entre sa femme infirme, qui ne pouvait que prier, et Denise, qui ne comprenait pas et qui tremblait de peur devant cette agonie, au lieu d'aller chercher du secours.

Cette mort avait secrètement irrité les ouvriers de la forge contre monsieur Terral; mais Franz, qui vivait comme sourd et aveugle au milieu d'eux, ne s'était pas aperçu de ces dispositions malveillantes.

Il ne pensait guère à observer autre chose que la fenêtre où s'encadrait le matin le doux visage d'Alice.

VIII

BOURRASQUE.

Une nuit, vers quatre heures du matin, le jeune contre-maître, après avoir cueilli dans les fentes du rocher un triomphant bouquet de bruyère, venait de s'assoupir au fond de la grotte, lorsqu'il fut réveillé en sursaut par un murmure de voix qui semblaient venir du plateau.

Surpris, il prêta l'oreille et entendit d'étranges paroles.

— Ça va de mal en pis! — disait une voix qui ne lui était pas inconnue. — Vous vous tuez le corps et l'âme pour enrichir ce gueux de Terral; vous êtes cent contre un, et cependant vous n'osez mettre la dent à la gamelle, tas de lâches que vous êtes!

— Mais que pourrions-nous faire, nous autres petites gens, contre un richard pareil? — interrompit une autre voix.

— Bah! — reprit la première, — si vous vouliez me donner un bon coup d'épaule, je saurais bien le moyen de forcer le Terral à mettre les pouces.

— Nous t'aiderons tous, Bourrasque! — crièrent une douzaine de voix rauques.

Franz frissonna et écouta plus avidement encore.

— Plus bas, ne me criez pas comme ça mon nom aux échos d'alentour, mes troubadours, — reprit aigrement l'ouvrier, — on pourrait nous entendre.

— Qui ça? les aigles et les corbeaux qui perchent sur la pointe des rochers n'iront point nous dénoncer, — dit une voix en riant.

Mais au même instant les soupçons de Bourrasque furent confirmés par un refrain triste et monotone qui se fit entendre sur la cime de granit.

Tous les ouvriers levèrent les yeux avec crainte, et virent comme une ombre sauter légèrement d'une pointe de rocher à une autre, à travers la brume épaisse du matin.

— Nous sommes trahis! cria l'un d'eux aussitôt.

— Eh non! poule mouillée! — répliqua Bourrasque. — C'est l'Innocente, la fille à Pierre Gervais, encore une victime du maître. Elle grimpe comme un chamois sur ces rochers qu'elle appelle sa volière, parce qu'il y a là des tas d'oiseaux qui viennent s'empêtrer à ses cheveux et chanter sur ses épaules. C'est une sœur pour eux!

— Mais, une innocente, ça peut nous dénoncer sans le vouloir, — insista le forgeron que Bourrasque avait traité de poule mouillée.

Cette réflexion parut impressionner vivement les autres ouvriers.

— Tu as raison, mon fiston, — reprit Bourrasque; mais je vais apprivoiser Denise, et je veux que ce soit cette pauvre sainte fille qui donne le signal de la révolte. — Puis élevant brusquement la voix : — Eh! Denise! descends vite de ton nid! descends vite, car le brouillard est glacial!

— Je ne descendrai pas, — répondit l'enfant, — car mes oiseaux auraient peur de vous. Tenez, ils sont déjà tout effarouchés de vous entendre. Allez-vous-en!

— Mais, Denise, nous ne leur ferons pas plus de mal que tu ne leur en fais, — dit Bourrasque.

L'Innocente se mit à rire naïvement.

— Mais moi, ils me connaissent, parce que je leur laisse faire tranquillement leur couvée et que je ne déniche point leurs petits. Aussi les anciens ne quittent pas le rocher, et les nouveaux apprennent à y rester. Je leur apporte du blé, du miel, du chènevis, tous les grains qu'ils aiment à becqueter. L'hiver, je leur fais des nids de mousse et de paille.

— Mais pourquoi viens-tu les voir si matin, Denise?

— Pour chasser les loirs et les chouettes qui leur font la guerre. Quant aux petits enfans, ils sont pires que les loirs, mais ils n'oseraient jamais grimper si haut pour tourmenter mes bons amis les oiseaux.

— Elle a raison, — dit Bourrasque. — Le plus leste et hardi chasseur se tordrait le cou dix fois avant d'atteindre le haut de ce rocher, et cette innocente s'y promène aussi insouciamment que si elle avait des ailes.

— Allez-vous-en! allez-vous-en! — répéta Denise d'une voix plaintive. — Mes oiseaux ont peur.

— C'est bien, nous ne voulons pas faire de peine à tes protégés, — ricana Bourrasque, — mais nous ne nous en irons qu'à une condition, Denise. Dis-moi, te souviens-tu que ton père est mort pour toi?

L'Innocente poussa un cri affreux qui fit tressaillir les ouvriers et Franz Muller.

— Mon père, — reprit-elle après un long silence, — on l'a mis dans un grand trou. Me le rapportez-vous, mon père? alors je descendrai bien vite, bien vite, pour l'embrasser.

— Non, — répliqua vivement Bourrasque, — nous ne te rapportons pas ton père, mais je te demande si tu te rappelles ce qu'il t'a recommandé avant d'être cousu dans son linceul.

Pendant quelques minutes on n'entendit que les sanglots étouffés de Denise.

Tout-à-coup elle s'écria :

— Je me souviens! il m'a dit : « Ne pleure pas sur ton père, pauvre enfant, car je suis un voleur, et je devais mal finir, quoique j'aie volé pour toi, qui souffrais à me fendre le cœur. Pourtant, si monsieur Terral avait voulu, je pourrais encore te nourrir avec mon travail, mais monsieur Terral est un honnête homme qui n'a pas besoin de voler, lui, pour nourrir sa femme, et qui ne s'apitoie pas sur des misérables comme nous. Promets-moi cependant, Denise, que si jamais il lui prenait fantaisie de te faire l'aumône, promets-moi de mourir de faim plutôt que de rien accepter du maître qui t'a tué ton père. » Oh! voilà bien ses paroles exactes, car je les ai apprises par cœur, et souvent je les répète des heures entières pour ne pas les oublier.

— Ainsi, c'est monsieur Terral qui a causé la mort de Pierre Gervais, — dit gravement Bourrasque; — tu le reconnais, Denise?

— C'est monsieur Terral qui a tué mon père, — répéta machinalement l'Innocente, — car mon père me l'a dit.

Les ouvriers laissèrent échapper quelques sourdes exclamations de fureur.

— Mais vous ne vous en allez pas? — ajouta-t-elle.

— Eh bien, Denise, — répliqua Bourrasque, — nous partirons comme tu le désires, si tu veux nous promettre de venir ce soir à la forge, et de répéter ce que tu viens de nous dire devant tous les ouvriers et devant le maître.

— Devant le maître! — s'écria la pauvre fille; — mais il me fera battre et chasser.

— Ton père est mort pour toi, et tu craindrais d'être battue en criant vengeance pour lui! c'est mal, Denise, — dit le forgeron; — mais ne crains rien : nul ne touchera à un cheveu de ta tête. Nous sommes les amis de Pierre Gervais, et nous défendrons sa fille contre son meurtrier.

Les derniers oiseaux que les caresses de l'Innocente retenaient encore sur ses épaules et sur sa tête, effrayés du bruit persistant de ces voix rauques, s'envolèrent.

C'est ce qui décida Denise.

— J'irai ce soir à la forge, — répondit-elle; — mais partez, partez vite!

— Bon! la petite allumera la mèche! — s'écria Bourrasque en s'éloignant avec ses compagnons, — et si le richard ne cède pas, il verra resplendir à ses yeux la plus brillante illumination qui ait jamais fait cligner sa paupière.

Puis le bruit de leurs voix et de leurs pas se perdit dans l'éloignement.

La surprise et l'indignation de Franz étaient au comble; il ne s'était point fait scrupule d'écouter jusqu'au dernier mot l'étrange révélation que lui procurait le hasard, bien résolu à en faire usage dès le matin même dans l'intérêt de Terral ou plutôt par intérêt pour Alice.

Lorsqu'il crut tous les ouvriers dispersés, il sortit de la grotte et se mit à descendre la rampe du rocher; mais quand il fut arrivé au bas, il n'aperçut point un homme, caché dans les taillis, qui fit à sa vue un geste d'étonnement et de menace.

C'était Bourrasque, guettant le départ de Denise pour lui répéter sa leçon; mais le forgeron ne resta pas dans son immobilité; rampant derrière les haies avec l'adresse silencieuse d'un sauvage, il suivit Franz à une cinquantaine de pas de distance, dans tous ses détours.

Parvenu au pied du mur qui enclosait le jardin de Terral, le jeune contre-maître déroula une souple et mince échelle de corde aux deux bouts de laquelle pendait une boule de plomb; il la lança par-dessus le mur, de manière à ce qu'elle assurât le succès de son escalade, à l'intérieur et à l'extérieur, et, sans la retirer, il traversa rapidement le jardin, arriva sous la croisée d'Alice, s'aida de l'espalier pour aller poser son bouquet sur le balcon, redescendit, et, après avoir exécuté cette stratégie d'amoureux en moins de temps qu'il n'en faut pour la décrire, revint à l'endroit du mur où il avait laissé pendre son échelle de corde.

Mais elle avait disparu.

Franz, alarmé, leva précipitamment la tête et aperçut à cheval sur la crête du mur un homme qui balançait avec un geste ironique dans sa main les derniers nœuds de l'échelle.

— Bourrasque! — s'écria-t-il aussitôt avec un accent d'inquiétude et d'effroi.

— Bourrasque en personne, pour vous servir, maître, — dit l'ouvrier d'un ton railleur.

— Comment vous trouvez-vous là, perché sur ce mur, et pourquoi avez-vous retiré cette échelle? — reprit impatiemment Franz Muller.

— Pourquoi je me trouve là, mon jeune maître? Tiens, c'est étonnant comme les beaux esprits se rencontrent! J'allais justement vous demander comment vous trouviez à pareille heure dans ce jardin, monsieur Franz.

— Insolent! — murmura le jeune homme, qui cherchait vainement à comprimer sa colère.

— Insolent! — répéta Bourrasque; — mais non, je suis curieux, voilà tout. D'ailleurs, je suis votre ami, monsieur Franz, et s'il vous plaît de faire un peu de gymnastique avant le lever du soleil, ce n'est pas moi qui vous en empêcherai.

— Eh bien! alors, — dit Franz, — lancez-moi l'échelle, afin que je sorte de ce maudit jardin.

— Patience, mon maître, — répliqua l'ouvrier. — Les bonnes explications font les bons amis, et il faut d'abord nous expliquer ensemble. Vous vous êtes occupé cette nuit à entendre ce que vous ne deviez pas savoir.

La pensée de Franz se reporta sur-le-champ à la conversation que le hasard lui avait fait surprendre sur le rocher de la Conque-Verte.

— Vous voulez parler des violences que vous projetez d'exercer contre monsieur Terral, n'est-ce pas? — reprit-il.

— Eh bien! si j'ai un conseil à vous donner, c'est de quitter le pays au plus tôt, car j'ai l'intention de révéler au maître de la forge tout votre complot.

— Ah! vraiment! — dit Bourrasque avec un calme imperturbable; — et c'est sans doute pour vous livrer à ce petit exercice de dénonciation que vous vous êtes rendu si matin, et par un chemin si original, chez notre maître? — Franz tressaillit. — Eh bien! courez remplir votre métier d'espion, — continua l'ouvrier. — Du diable si je bouge d'ici, et, tandis que vous irez me dénoncer, je crierai et j'appellerai à l'aide, et à tous ceux qui viendront je dirai...

— Que diras-tu, misérable? — interrompit Franz les dents serrées par la colère.

— Je dirai que j'ai vu un homme escalader le mur du jardin de monsieur Terral et grimper au balcon de la fenêtre de sa femme.

— Tais-toi, tais-toi, Bourrasque! — s'écria le contre-maître d'une voix sombre et étouffée. — Espères-tu donc me faire peur?

— Oh! je sais que vous êtes brave comme l'épée de Roland, monsieur Franz Muller, — poursuivit l'ouvrier; — je vous ai déjà vu à l'œuvre; mais les plus vaillans peuvent trembler sans déshonneur pour la réputation d'une femme...

— Que veux-tu dire? — interrompit le jeune homme avec une hauteur dédaigneuse qui n'était pas exempte d'inquiétude.

— Oh, mon Dieu! je me trompe peut-être, — reprit Bourrasque; — comme nous disions tout à l'heure, la gymnastique est un art si utile au corps! et à coup sûr je n'en connais pas de meilleure que de grimper sur la cime d'un rocher à pic, au risque de se rompre vingt fois les os; d'y cueillir une bruyère qui ne se prodigue pas ailleurs, et de franchir des murs de douze pieds de haut pour aller la déposer sur un balcon choisi. Si je me demande pourquoi c'est la nuit que vous consacrez de préférence à ce genre d'occupation, rien ne m'empêche de me répondre que vous ne voulez pas nuire à vos travaux du jour. Tout cela dépend de la manière d'interpréter les choses. Par exemple, rien de plus facile à comprendre que le goût des paysages et même l'amour d'un seul paysage, comme on a de l'amour pour une seule femme. Il n'y a donc rien d'étonnant à ce que vous veniez tous les matins admirer celui dont fait partie la maison de monsieur Terral. Appuyée au coteau, encadrée de bois, voisine à la fois de la ville de Maleforest et des solitudes de la Conque-Verte, elle offre un site pittoresque et bien digne de fixer l'attention du connaisseur.

— Où voulez-vous en venir? — demanda encore Franz.

— Surtout, — continua l'ouvrier sans l'écouter, — lorsque parmi les figures dont tout paysage a le droit d'être embelli, se montre furtivement une charmante tête qui se penche à la croisée fleurie de cette même maison. — Le jeune homme stupéfait écorcha ses mains au mur comme s'il eût espéré pouvoir s'y cramponner et parvenir jusqu'à Bourrasque. Ce dernier se prit à rire sourdement et poursuivit : — Enfin tout s'explique avec la même facilité : le voyage de Gœttingue à Maleforest, par l'amour des découvertes et des pérégrinations qui a fait les Christophe Colomb, les capitaine Cook et les Robinson Crusoé; votre changement de nom, par cette fantaisie d'incognito commune aux princes qui voyagent et aux rameurs de Toulon qui veulent abdiquer les soucis de la vie maritime; votre transformation d'artiste en ouvrier, par le besoin d'étudier le peuple de près et de fraterniser avec lui, comme le czar Pierre à Saardam! Il faudrait vraiment avoir l'esprit bien mal fait pour s'obstiner à voir en tout cela une question de femme et une histoire de cœur.

Bourrasque aurait pu parler longtemps sur ce ton. Franz ne songeait plus à l'interrompre : il était pétrifié.

Il y eut un instant de silence; mais le jeune homme avait le cœur d'une trempe trop énergique et trop ferme pour ne pas reprendre bientôt l'initiative.

— Qui donc êtes-vous? — demanda-t-il nettement à l'ouvrier.

— Allons! voilà que vous êtes aussi curieux que moi. — Il me semble vous avoir déjà vu quelque part?

— Bah! est-ce qu'un artiste gentilhomme prend garde à de pauvres diables comme moi? Ils courent les rues comme l'esprit. Comment distinguer un haillon dans un tas de guenilles?

— Mais enfin, quel est votre but? —reprit Franz poussé à bout.

— Mon but est de vous prouver que je puis vous perdre, — répliqua tranquillement Bourrasque. — J'ai sous ma blouse un petit pistolet de poche avec lequel je puis vous tuer comme un chien; au bruit de l'explosion, on accourra, et si vous êtes mort ou à peu près, vous passerez pour un voleur d'un grade plus élevé que Pierre Gervais, voilà tout. Si au contraire je vous ai manqué, vous serez libre d'expliquer votre escalade andalouse par l'histoire des bouquets de bruyère. Ça sera une occasion de savoir si Jacques Terral est plus doux aux troubadours qu'aux voleurs. Quant à moi, de toute façon je serai choyé, remercié, récompensé comme un scriteur courageux et dévoué. L'histoire du monde n'est remplie que de ces amusants quiproquos.

Le silence du jeune homme témoignait assez qu'il se reconnaissait vaincu.

Comment résister au ton précis et sarcastique de cet homme qui paraissait savoir si bien tout ce qui se rattachait à lui, et qui se montrait impénétrable pour ce qui le concernait lui-même.

— Monsieur Raoul de Vaumeillan, — reprit Bourrasque à voix basse et lente, — je me contenterai aujourd'hui de votre parole. Jurez-moi donc que vous ne parlerez à personne au monde de ce que vous avez entendu cette nuit, et je vous livre aussitôt passage.

Et en même temps il laissa glisser le long du mur deux à trois nœuds de l'échelle.

— C'est-à-dire que vous me proposez, — répondit celui que nous continuerons à appeler Franz Muller, — de devenir votre complice?

— Ce sont là de grands mots, — dit Bourrasque; — mais enfin c'est à vous de savoir si vous préférez, dans l'intérêt de monsieur Terral ou de l'honneur de sa femme, qui est en jeu ici.

— L'honneur d'Alice! — répéta en frissonnant le jeune sculpteur; — mais n'avez-vous pas compris déjà que je donnerais ma vie pour un de ses regards, pour un de ses sourires?

— Allons donc! voilà un aveu qu'on a bien de la peine à vous arracher. Et comme on hait le mari en raison de l'amour qu'on a pour la femme, il n'est pas d'homme au monde qui puisse vous être plus antipathique et plus odieux que monsieur Terral.

— Sans doute, je le hais, car il est l'obstacle incessant à la réalisation de mes rêves; — je le hais, — répéta Franz, — de tout l'éloignement qu'il met entre Alice et moi. Vienne une occasion légitime, et par les effets de cette haine, maître Bourrasque, tu pourras juger de la force de mon amour aussi sûrement que tout à l'heure, sur l'expression de mon amour tu prétendais mesurer ma haine.

— Une occasion légitime! — répliqua l'ouvrier en ricanant. — Le mot me semble du dernier joli. Légitime parce que vous entourerez votre action de tous ces procédés hypocrites adoptés dans le monde pour donner une couleur honorable au même fait qui sera qualifié de crime s'il a lieu dans la brutale simplicité. Allons! ayez le courage et la franchise du désir qui brûle votre cœur. D'ailleurs, que vous demande-t-on? le silence, voilà tout. Ni votre main, ni votre pensée n'auront contribué à notre complot. Les résultats m'en sont inconnus à moi-même. Supposez que vous avez dormi cette nuit et que vous n'avez vu qu'en rêve le rocher de la Conque-Verte.

— Mais s'il arrive malheur à monsieur Terral? — insista Franz d'une voix hésitante.

— Ce serait fâcheux, — répliqua Bourrasque en déroulant négligemment deux autres nœuds de l'échelle, — car vous ne pourriez plus vous battre avec lui, et, après l'avoir légitimement tué, lui enlever sa femme; mais en revanche madame Terral serait veuve. C'est ce que les jésuites appellent un cas de conscience.

— La conscience n'est donc rien? — murmura le jeune homme. — Oh! c'est un bagne qu'on porte partout avec soi!

— Enfants! — dit Bourrasque, — la conscience, c'est un mot inventé par les habiles pour effrayer les dupes, les niais, et les forcer à croupir de bonne foi dans la misère et la servitude. Quiconque a gagné un trône ou un galion l'a gagné par la violence et la fraude déguisées sous des noms sonores. Qui ne risque rien n'a rien, dit la sagesse des nations; et aujourd'hui le hasard, ce dieu des gens d'esprit, vous donne cette magnifique occasion d'avoir beaucoup en ne risquant rien. Mais hâtez-vous de vous décider; la fortune ne se laisse prendre aux cheveux qu'une fois. Pensez que vous n'êtes ni engagé ni compromis; que le succès justifie tout, qu'un seul mot peut réaliser tous vos rêves d'amour et d'ambition. Le jour va se lever, monsieur Raoul; que me promettiez-vous si le maître de la forge venait à périr dans sa lutte avec les ouvriers, si j'allais dans un an vous saluer à Paris monsieur le marquis de Vaumeillan, mari de la belle Alice? Aimez-vous mieux que j'aie la douleur de tirer du haut de ce mur sur le voleur de nuit Franz Muller?

L'échelle de corde glissait déjà des mains de Bourrasque et allait frôler la tête du jeune amoureux.

La nature s'éveillait; le jour devait surprendre avant peu d'instants le prétendu contre-maître dans le jardin de Terral; celui-ci jeta un regard sur la fenêtre d'Alice, et dans son trouble crut voir les persiennes s'agiter.

Il prit une résolution subite.

— Ecoutez, — dit-il brusquement, — je veux bien ne rien révéler de la conversation que j'ai entendue cette nuit ni de notre rencontre, mais je refuse de prendre tout autre engagement.

— Vous voulez rester libre de défendre votre ennemi contre nous, n'est-ce pas? — dit Bourrasque; — c'est de la générosité mal entendue qui pourra vous coûter cher; pourtant je ne m'oppose pas à ce dévouement chevaleresque; mais n'oubliez pas mes conseils: la vie est un jeu; celui qui gagne, c'est celui qui cache le mieux son jeu ou qui triche à coup sûr. Soyez discret aujourd'hui, et nul au monde ne pourra vous imputer le crime le silence qui vous fera millionnaire demain, car c'est pour vous seul que nous autres pauvres diables nous allons risquer notre bou ce soir. A cette heure, en luttant contre le riche Jacques Terral, vous son contre-maître, vous chassez au sanglier, eh bien! quand le chasseur a débusqué le sanglier de sa bauge et le voit venir les défenses fumantes, il ne doit pas le manquer par crainte d'écorcher ses mains à l'épieu ou de souiller son habit. Vous n'êtes pas de ces mollusques qui se gîtent servilement au fond du bourbier social pendant toute leur vie; le métier de l'artiste au milieu des besoins fiévreux de votre ambition vous dessèchera sur pied. Vous voulez monter sur le dos des douze cents sculpteurs de talent qui meurent de faim à Paris et vous faire tout de suite un grand nom; eh bien! commencez par être riche, le monde viendra à vous et vous apportera la célébrité, sans que vous le deviez aux sales et avilissants manèges d'un long charlatanisme. Ici-bas on fait semblant de croire aux rois et aux principes, mais on ne respecte que les événements et on n'adore que le succès.

— C'est un cours de morale un peu avancé, maître Bourrasque, — dit froidement le sculpteur, qui voulait dissimuler l'émotion que lui causaient cette effrayante théorie et le calme audacieux du forgeron; — mais puisque j'ai accepté vos conditions, j'attends que vous teniez votre promesse.

L'ouvrier, sans répondre, laissa filer jusqu'au sol l'échelle de corde, que Franz saisit avec ardeur; il se hâta de monter jusqu'à la crête du mur, mais Bourrasque avait déjà disparu.

Cependant ce dernier ne rentra à la forge qu'après le contre-maître, et il murmura en le revoyant :

— C'est un courageux garçon que ce Raoul, et il m'en eût coûté d'en venir avec lui aux extrémités. D'ailleurs, si ce soir je ne réussis pas à abattre le Terral, c'est sur cet amoureux que je place mes espérances pour l'avenir.

Fidèle à sa parole, Franz Muller ne dénonça pas les ouvriers; mais pendant que ceux-ci prenaient leur repas, il écrivit au crayon un petit billet sans signature, et ayant appelé un des enfans qui jouaient devant la grande porte de la forge, il lui donna tout haut une commission insignifiante, et puis, glissant dans sa main le billet tout chiffonné, il lui dit à voix basse et brève :

— Si tu parviens à remettre, avant ce soir, ce papier entre les mains de madame Terral, je t'achèterai demain des sabots neufs, une blouse bleue et une des belles montres du colporteur, Joseph. Va et n'en parle à personne.

L'enfant cacha sa joie et obéit. Le billet était ainsi conçu :

« Empêchez monsieur Terral de se rendre ce soir à la forge; il y va de votre fortune et peut-être de la vie de votre mari. »

IX

UNE PAYE A LA FORGE.

Au moment où Alice reçut ce billet, mystérieusement jeté à la porte de sa chambre par le petit chevrier Joseph, elle s'habillait pour se rendre à un bal splendide donné par un conseiller de préfecture de Maleforest.

Malgré elle, sa pensée se reportait vers l'inconnu aux bouquets de bruyère. Elle se disait que peut-être elle le reverrait à ce bal; que, se cachât-il dans la foule, elle le devinerait à un geste, à un regard; et alors ses yeux s'animaient et elle apportait involontairement à sa toilette plus de soins et de coquetterie.

L'imprudente jouait avec le feu sans se douter du danger.

Son cœur, avide de passions, inquiet et enthousiaste, lui faisait sentir un vide profond dans son existence et cherchait un aliment au dehors.

Lorsqu'elle tendit, distraite, sa main vers sa femme de chambre pour prendre le billet, elle venait de jeter dans la glace un dernier et vague sourire à sa beauté.

Elle lut d'abord sans comprendre, puis elle relut, et un éblouissement passa sur ses yeux.

Ce billet si laconique, c'était un coup de foudre qui la réveillait brusquement de ses rêves, et qui, du haut de ses illusions enchantées, la faisait retomber dans une réalité cruelle et inattendue.

Cette jeune femme, parée pour le bal, avec son collier et ses pendans d'oreille en diamans, accablée de stupeur et froissant ce billet avec ses mains mignonnes chargées de bagues, offrait une image saisissante de la terreur; mais dès qu'elle fut revenue à elle et eut bien compris la portée de ce message sinistre, elle n'hésita pas sur le parti à prendre.

Elle avait le cœur noble et courageux; elle résolut d'affronter le danger et de sauver son mari ou de partager sa destinée.

Pour sa nature impatiente et nerveuse, il y avait un attrait secret dans toute action, fût-elle périlleuse, et, jetant à la hâte sa mante sur ses épaules nues, elle s'élança dans la direction de la forge, comme si elle se fût jetée dans

un précipice, car depuis plus d'une demi-heure Jacques Terral était parti.

Il s'y était rendu en effet, avec son calme ordinaire, malgré de vagues rumeurs venues jusqu'à lui, malgré quelques placards grossiers et menaçans collés depuis deux ou trois jours aux portes de la forge et qu'il avait eu, avec dédain, sans même donner l'ordre de les déchirer.

Il savait bien, en effet, que l'irritation du peuple, à cette époque de réaction, était grande et légitime; à la suite des catastrophes qui accompagnèrent la chute de l'empire, la disette et la famine avaient fait leur sinistre apparition.

Le pain manquait; le commerce était paralysé; beaucoup de fabriques se fermaient et jetaient sur le pavé des familles d'ouvriers bientôt transformées en tribus de mendians; une agitation sourde bouillonnait de toutes parts, et le cours irrégulier de la justice n'avait pu réprimer tous les désespérés qui brûlaient les maisons des propriétaires soupçonnés d'accaparement ou qui pillaient les chariots chargés de grains.

Jacques Terral n'avait pas, comme tant d'autres alarmés de ces symptômes menaçans, suspendu ni diminué les heures de travail; il n'avait pas supprimé une partie de ses ouvriers, mais il avait dû diminuer le chiffre du salaire, et, convaincu de la nécessité de cette décision, il s'était fait un cœur de bronze pour résister aux plaintes comme aux menaces.

En avançant vers la forge, le soir de la paye, il rencontra bien des groupes déguenillés fixant sur lui des yeux tantôt supplians, tantôt haineux et féroces, et d'où sortaient des gémissemens, des prières ou des imprécations.

Le maître n'y faisait pas même attention.

Il pensait le long du chemin à son Alice, si jeune et si belle; il se demandait pourquoi un mur de contrainte semblait s'être élevé entre eux; il se reprochait de trop renfermer son amour dans son cœur, par crainte de la froisser.

« Elle croit m'aimer, » pensait-il, « parce qu'elle ressent pour moi un sentiment presque filial; mais je n'occupe pas toutes les facultés de cette nature vive et passionnée. Et pourtant, devant cette affection calme et chaste, je rougis de la fièvre qui brûle ma tête et mon sang ! »

La forge était située à un petit quart d'heure de la maison du maître.

A cette heure, de grandes flammes rougeoyantes au-dessus dans les ténèbres et lui donnaient l'aspect d'un gouffre infernal.

A l'intérieur, elles illuminaient les ombres noires des forgerons, qui ne ressemblaient pas aux vigoureux et titaniques cyclopes qu'eût rêvés l'imagination d'un Parisien.

C'étaient des hommes maigres, bronzés, chétifs, dont les jambes grêles accusaient un profond énervement, car cette constante éruption de chaleur, pompant l'eau qui découle de leurs membres les dessèche et les calcine. Toute leur force se concentre dans leurs bras, maigres aussi, mais sur lesquels se tendent et saillissent des muscles d'acier.

Ces hommes sont habituellement mornes, ennuyés, sombres, comme hébétés.

Chez eux point de gaieté franche et triviale, pas même une chanson de caserne ou d'atelier aux lèvres.

Leurs yeux éblouis et rougis n'ont qu'un regard terne et incertain.

Tels étaient du moins les forgerons de monsieur Terral.

Lorsque le maître entra, quelques ouvriers alimentaient le haut fourneau, dans la forme ou le creux duquel ils jetaient le minerai, ce sable jaune qui doit devenir fonte et fer, et qui de là coule dans des rigoles où il s'allonge en barres plates et minces, sous le battement du lourd marteau de fer mis en mouvement par des machines et vulgairement appelé le crapaud.

Mais tous les autres erraient découvrés, traînant après

eux, comme des grappes humaines, leurs femmes et leurs enfans, hâves, affamés, en haillons.

A son arrivée il se fit un profond silence.

Terral entra dans un petit cabinet à porte vitrée, où le contre-maître lui rendait ordinairement compte de l'état des travaux, et où il faisait la paye chaque samedi soir.

Il déposa sur le bureau deux sacs d'argent, et, à ce bruit, le jeune Franz, qui, courbé sur son pupitre et absorbé dans une rêverie profonde, crayonnait vaguement une tête de jeune femme, tressaillit et releva vivement la tête.

A la vue du maître de forges il faillit pousser un cri de surprise et devint pâle.

Il fut sur le point de lui crier :

— Mais on ne vous a donc rien dit? votre femme ne s'est donc pas jetée à vos pieds pour vous empêcher de venir dans cette tanière de bêtes féroces?

Mais d'un coup d'œil il avait vu Bourrasque et trois autres ouvriers fermer la porte de la forge et s'y appuyer. Il se tut.

Nulle puissance ne pouvait désormais tirer monsieur Terral des mains de ces forcenés.

Cependant ce dernier ne s'était pas aperçu de ces manœuvres, et il dit tranquillement à Franz :

— Muller, veuillez disposer les piles et me remettre le décompte de chaque ouvrier.

Le jeune homme eut un geste nerveux et se dit :

— Je suis un lâche de ne pas avertir cet homme de son danger; mais que puis-je faire contre ce tas de furieux?

Et d'une main tremblante il se mit à compter et à empiler les écus.

Un silence morne régnait dans l'atelier.

On entendait d'une façon distincte le cliquement argentin du métal.

Terral s'avança sur le seuil du cabinet, et s'adressant aux ouvriers, qui peu à peu s'étaient groupés et rapprochés de lui :

— Compagnons, — dit-il d'une voix ferme, — voici l'heure de la paye. C'est la dernière fois, vous le savez, qu'elle sera rétribuée d'après l'ancien tarif. L'année a été mauvaise, mauvaise au maître autant qu'à l'ouvrier, et c'est en vain que j'ai espéré quelque temps éviter la nécessité d'une réduction de salaire. A partir de ce soir, le nouveau tarif va être affiché dans l'atelier. Ceux qui ne le trouveront pas à leur gré et qui ne voudraient pas l'accepter sont libres de chercher de l'ouvrage ailleurs. — Nul ne répondit, mais ce silence était menaçant comme ces calmes qui précèdent l'orage et qui oppressent la poitrine. Jacques Terral lui-même semblait mécontent de sa rude résolution, et pour échapper à la contagion de cette contrainte qui semblait peser en l'air, il s'empressa de prendre sur le bureau le livret où le compte de chaque ouvrier était additionné, et il cria d'une voix un peu altérée : — A toi d'abord, Bastien Guyard ! — Le forgeron interpellé hésita et fit un pas en avant, mais un geste et un regard menaçans de Bourrasque l'eurent bientôt cloué à sa place. — Bastien! ah çà, ne m'as-tu pas entendu? — répéta Terral avec impatience.

— Il n'ira pas tendre la main comme un mendiant, — dit une voix avec un accent d'insolence.

— Qui a parlé? — demanda sévèrement le maître de forges.

— Moi! — répliqua avec hardiesse Bourrasque, et il vint se planter railleusement, les bras croisés et le rire aux lèvres, devant Terral.

— Quand ce sera ton tour, je t'interrogerai et tu répondras, — dit froidement celui-ci.

— Oh! oh! je ne me chauffe pas de ce bois-là, — reprit l'ouvrier. — Il y a longtemps que j'ai envie de te dire ton fait, et je vais contenter mon envie!

— Misérable! retirez-vous! — s'écria Terral exaspéré de tant d'audace.

— Ah! nous en sommes déjà aux gros mots, — reprit l'impudent Bourrasque. — Eh bien! oui, mon cher doux maître, je suis un misérable, un gueux, un porte-besace;

mais la faute à qui, si ce n'est à ceux qui nous tondent la laine sur l'échine?

— Silence! — interrompit Terral indigné.

— Silence! Pourquoi donc? — continua l'ouvrier. — Je me suis accordé la parole et je la garderai. Dieu merci! c'est le moins qu'il nous reste la langue pour nous plaindre. Tu crois avoir beau jeu avec nous parce que nous sommes ignorans et déguenillés, mais nous avons cet avantage sur toi que nous sommes en effet trop misérables pour rien craindre. Tu as mal choisi ton temps pour réduire notre salaire, mauvais riche! Le blé manque; nos vieux, nos femmes et nos enfans rongent l'herbe des champs et meurent de faim. Au nom du diable! si notre travail ne peut pas les nourrir, ce n'est pas là peine de nous tuer le corps à travailler pour engraisser les chevaux de tes écuries et les chiens de ton chenil.

— Que voulez-vous donc? A quoi tendent toutes ces insolences? — demanda Terral d'une voix brève et froidement ironique.

— Il faut que tu augmentes le salaire, maître, au lieu de le diminuer, — dit résolûment l'ouvrier.

— C'est impossible! — répliqua Terral.

Les ouvriers murmurèrent. Bourrasque se retourna et d'un signe leur imposa silence. Il se rapprocha de son interlocuteur et répéta le mot :

— Impossible! c'est-à-dire qu'il est impossible, n'est-ce pas, d'avoir du cœur, de la pitié, d'être humain pour des chrétiens comme on le serait pour des animaux? Ah! c'est que, pour apprendre cette science-là, il faut avoir pâti soi-même, il faut avoir mangé longtemps de la vache enragée; il faut avoir manqué, par la neige et le givre, d'un chiffon de linge pour faire un lange d'abord, puis un linceul à son enfant.

— J'ai été plus malheureux que vous tous, — dit à voix haute le maître de forges, et j'ai appris que quiconque travaille et a bon courage sait toujourse se tirer d'affaire avec l'aide de Dieu.

— On ne se tire pas toujours d'affaire, — reprit Bourrasque d'un air sombre. — Maître, tu as l'orgueil et l'aveuglement de la richesse; mais que dirais-tu si cette nuit tu voyais ta jeune femme éperdue, et grelotante, fuyant les décombres enflammés de ta maison et chassée même de nos tristes cabanes, au lieu de la regarder danser dans un bal avec des fleurs de diamans dans les cheveux? Oh! ne crois pas que le malheur ne puisse t'atteindre, et prends garde!

Jacques Terral frissonna à cette image, la plus terrible qu'il pût évoquer devant lui.

L'ouvrier souriait déjà, lorsque le maître, irrité d'avoir laissé deviner et provoquer sa faiblesse, répliqua vivement :

— Je ne veux pas de conditions.

— Tu te repentiras de cette parole, — dit Bourrasque, — lorsque tu verras ta ruine s'accomplir sans pouvoir faire un pas pour l'empêcher.

— Je suis seul contre cinquante, mais je ne céderai pas aux menaces ni aux violences, — répondit fièrement Terral. — Si vous n'acceptez pas le nouveau tarif, je trouverai des ouvriers plus dociles.

— Il n'en entrera pas un à la forge! — cria Bastien.

— La forge est ma propriété, et si dans cinq minutes tout n'est pas tranquille dans l'atelier, — dit lentement Terral en tirant sa montre et la posant sur la table avec un geste impérieux, — je vous renvoie tous!

— Comme Pierre Gervais, n'est-ce pas?—riposta Bourrasque au milieu d'un silence de mort, mais voyant le visage du maître se troubler à ce nom, il continua : — Vous nous chassez comme des valets qui vous auraient volé, nous qui vous gagnons votre fortune et qui demandons seulement à gagner de quoi mettre sous la dent pour nous et nos familles.

— Je n'ai jamais refusé de secourir ceux d'entre vous que la misère a atteints et qui sont venus à moi, — dit le maître de forges.

Bourrasque haussa les épaules, et se retournant avec un rire amer vers ses compagnons :

— Voyez-vous ce richard orgueilleux, il veut bien nous faire l'aumône, la charité avec les rognures de l'argent qu'il nous vole! Eh bien! soit! nous partirons tous, mes braves; mais c'est nous qui lui ferons la charité d'une dernière soirée de forge, et qui travaillerons gratis pour le millionnaire! En avant, les marteaux!

— Je te défends de toucher à un seul outil de cette forge! — s'écria Terral exaspéré. — Hors de chez-moi tous, si vous soutenez cet homme!

Mais les ouvriers, irrités, le visage contracté par la colère, murmurant, les uns : « Il nous prend donc pour un troupeau d'agneaux! » les autres : « Il croit nous faire peur! » se groupèrent devant lui en phalange compacte, comme pour insulter à cet adversaire isolé et impuissant.

Cependant Bourrasque, sifflant un air en signe de bravade, avait tranquillement pris un marteau et l'avait laissé retomber sur l'enclume.

Alors Terral s'élança d'un bond soudain pour lui arracher le marteau des mains.

La masse des ouvriers s'ébranla, et tandis que la plupart entouraient leur maître, deux des plus robustes saisirent avec leurs tenailles un bloc de fer incandescent, et le traînant sur le pavé, l'apportèrent sur l'enclume, où Bourrasque se mit à le frapper à coups redoublés.

A ce bruit insultant, le maître de forges ne se sentit plus maître de sa colère; le sang bourdonnait à ses tempes et voilait ses yeux d'un nuage.

Sans se soucier de tous ces regards fiévreux qui le menaçaient, de ces poitrines soulevées, à demi nues, qui frôlaient la sienne, il se baissa avec un mouvement de rage, et ayant ramassé un lourd barreau de fer contre lequel ses pieds avaient trébuché, il cria à son contre-maître :

— Mullor, fermez la porte et gardez la clef. — Puis il s'élança vers Bourrasque qui, sifflant toujours sa chanson, continuait bravement sa besogne. Le vide se fit devant Terral; car l'expression terrible et désespérée de sa figure avait intimidé les ouvriers, et les deux adversaires se trouvèrent seuls en présence. Bourrasque, qui du coin de l'œil avait surveillé les mouvemens du maître, sauta de côté assez à temps pour éviter un choc terrible. Puis, faisant tournoyer avec une force et une agilité extraordinaires son marteau au-dessus de sa tête, il en asséna un coup violent sur le barreau, qui tremblait aux mains de Terral, car ce dernier venait d'entendre tout à coup une voix connue et aimée jeter, déchirante comme un râle, son nom au fond de l'atelier révolté. Le barreau roula à terre. Les ouvriers poussèrent des cris de triomphe; entouré par ces furieux dont la colère brutale éclatait enfin, n'ayant ni le temps de réfléchir, ni celui de jeter un regard en arrière, le maître de forges s'élança, prompt comme l'éclair, droit devant lui, jusqu'au réservoir d'eau glacée qui se trouvait au fond de l'atelier. Puis remplissant de cette eau le grand vase de cuivre placé à côté, il monta avec ce fardeau les degrés de l'échelle dressée contre la chaudière où la vapeur chauffait dans le haut fourneau. Alors, se retournant vers les ouvriers stupéfaits, il leur cria d'une voix tonnante : — Retirez-vous tous, ou je verse cette eau dans la chaudière!

La menace était terrible, car une goutte glacée tombant sur cette vapeur bouillonnante devait faire éclater la chaudière et semer l'atelier de débris et de cadavres.

C'est à ce moment qu'Alice venait d'entrer haletante et brisée, et que son aspect faisait reculer Franz épouvanté, tandis que les ouvriers reculaient devant le geste suprême de Terral et que déjà plusieurs demandaient grâce.

— Taisez-vous donc, cœurs de papier mâché! — leur cria Bourrasque. — Le richard n'osera pas; il tient trop à sa fortune pour la faire sauter en l'air!

Mais ses compagnons n'eurent pas plutôt vu la jeune femme se montrer sur le seuil de la forge, belle et blanche comme une apparition, qu'ils s'écartèrent devant elle avec un sentiment de respect et d'espoir.

Ce fut alors au tour de Jacques Terral, dont le sourire et le geste les bravaient, de trembler comme un enfant, car il sentit tout son courage l'abandonner en voyant le danger de sa bien-aimée.

Cependant Alice était restée un instant immobile à l'entrée de cet enfer, éblouie par les scintillemens et les rugissemens des flammes.

D'un coup d'œil elle avait ensuite embrassé l'ensemble de ce tableau sinistre, qui s'offrait comme un rêve à ses yeux.

Sur le haut de l'échelle se penchait son mari, dont le front large se creusait de rides et se chargeait de nuages, dont les yeux lançaient des éclairs.

Entre elle et lui s'éparpillaient ces hordes d'ouvriers cuivrés par le feu, noircis par le charbon, et sur les visages farouches desquels on lisait empreintes la révolte et la haine contre le riche.

Enfin, pour cadre à ce drame, se joignait le bouillonnement formidable du fer fluide dans les hauts fourneaux incandescens, tandis que les flammes fuyant par les ouvertures sifflaient dans l'air et illuminaient les cours comme un incendie.

Alice comprenait enfin quel courage et quelle volonté étaient nécessaires pour diriger et manier ces hommes presque abrutis.

Elle admirait l'énergie de Terral.

Pourtant à son oreille bruissaient encore les plaintes et les lamentations de ces femmes, de ces enfans, dont elle avait traversé les groupes répandus dans les cours, et à qui elle n'avait pas hésité à donner de l'espoir.

Et comme elle avait toujours vu son mari en quête du moindre de ses désirs, soumis à ses caprices les plus futiles, elle ne douta pas un instant qu'il n'écoutât sa voix et qu'un mot de sa bouche ne fît fléchir comme un acier flexible cette volonté robuste et inébranlable en face des rugissemens et des menaces.

Quel fut donc son étonnement lorsque le maître de forges, étendant sa main vers elle avec un geste d'autorité, lui dit d'une voix dure :

— Retirez-vous, madame! Sortez! sortez! votre place n'est pas ici.

Alice entendit ces paroles comme si elles eussent été prononcées par une bouche étrangère, car aucun accent de tendresse ou d'émotion n'adoucissait le sens impérieux de cet ordre.

Stupéfaite, elle faisait machinalement un pas en arrière, lorsque Bourrasque releva railleusement la phrase de maître Terral.

— Non, — s'écria-t-il, — la place de la maîtresse n'est pas ici, au milieu des malheureux. La place de madame Terral est au bal, au milieu de la musique, des danses et des parfums, comme celle de nos femmes est au revers des fossés, sur la route, dans la boue, sous la bise! — Puis devinant à merveille l'hésitation de Terral à agir, il ajouta par bravade : — Verse donc ton eau glacée dans la chaudière, maintenant! Mais non, tu n'oses pas! S'il ne s'agissait que de nous, à la bonne heure! Mais tu ne veux pas faire partager notre châtiment à cette délicate créature dont la beauté te rend si fier et si glorieux! Oh! que ne donnerais-tu pas pour l avoir loin d'ici, n'est-il pas vrai richard?

— Sortez donc, madame, — répéta Terral d'une voix brève et sifflante. — Vous, au moins, obéissez-moi!

Alice, étourdie, jeta un regard autour d'elle.

Déjà les ouvriers l'entouraient. L'un d'eux, Bastien Guyard, saisit le bout de sa mante comme pour la retenir et lui dit :

— Vous voyez, madame, que monsieur Terral est bien dur aux pauvres gens.

— Il croit parler aux nègres qu'il commandait aux colonies, — dit un autre.

Et un troisième ajouta :

— Il est impitoyable comme si nous étions d'une autre chair que lui! Il faut que notre sueur se change en or pour lui et il ne veut pas même nous jeter, comme à ses chiens, une ration suffisante.

Tout ceci fut dit avec des voix rauques mais plaintives, avec des gestes à la fois désespérés et respectueux.

La jeune femme se sentit le cœur touché.

Autour d'elle il n'y avait plus que l'insistance navrante de la misère; sa vue avait fait fondre l'irritation des âmes, éteint le feu dans les regards et la violence sur les lèvres.

— Mais enfin, que voulez-vous, mes braves gens? — leur dit-elle d'une voix émue. — Pourquoi insulter et menacer votre maître? Monsieur Terral est bon et généreux.

— Il nous refuse du pain, et il en faut pour nos enfans! — répliqua Bastien.

— C'est que vous avez employé avec votre maître la colère et la violence, — dit Alice, — et les lâches seuls cèdent à cela. Mais monsieur Terral est le plus honnête homme que je sache. Retournez à votre travail, mes amis, et je me fais garante qu'il vous écoutera.

Debout près de l'entrée, Franz Muller regardait cette charmante créature avec des yeux brillans de sympathie et d'admiration, disposé à mourir pour elle si un doigt se levait pour l'outrager.

X

ALICE ET DENISE.

Les ouvriers ne savaient à quoi se décider. D'un côté, ils voyaient le maître de forges sombre, inflexible, comme incrusté à la chaudière.

De l'autre, cette voix de femme, pure, douce et loyale leur imposait.

Bastien fit cesser leurs hésitations; il s'approcha encore d'Alice et lui dit:

— Que monsieur Terral ratifie d'un signe vos promesses, madame, et il ne verra plus en nous que des travailleurs fidèles et soumis.

La jeune femme leva les yeux en souriant du côté de son mari, et, au milieu du silence le plus profond, s'écria avec un accent plein de conviction:

— N'est-ce pas, mon ami, que vous dégagerez ma parole?

Terral resta impassible et répondit:

— Qu'ils retournent d'abord tous à leur travail, et vous, madame, sortez de cet atelier, car ce qui se passe ici ne regarde pas les femmes. Après, nous verrons.

Si les ouvriers murmurèrent de cette réponse, Alice, elle, en fut froissée comme d'un manque de confiance et de tendresse.

Quoi! pour venir au secours de son mari, pour sauver sa vie à force de prières et de larmes, elle, craintive enfant, elle était venue se jeter au milieu de ces furieux, et lui, froid, calme, sans émoi, semblait presque reprocher à la pauvre femme son courage et refusait de s'associer à ses sentimens de pitié et de générosité!

Les ouvriers avaient-ils donc raison en accusant Terral de cupidité et de méchant cœur?

Qu'était-elle donc pour lui à côté de ses affaires?

Jouait-elle le rôle d'un joli hochet, dont on tire vanité, et non celui d'une compagne respectée, digne de comprendre les pensées d'un homme et d'y participer?

Telles furent les pensées qui en une seconde assaillirent l'esprit d'Alice.

Cependant Bourrasque, silencieux depuis l'entrée de la jeune femme, avait habilement profité de l'opiniâtreté du maître de forges pour réchauffer la rage de ses compagnons.

— Il ne s'agit pas de ces fariboles, feignans! Ne lâchez pas la queue de la poêle quand vous l'avez en main; ne vous laissez pas leurrer par des mots; ne croyez qu'aux actions, ou demain vous serez muselés et verrouillés! Osez! osez!

— Que faut-il donc faire? — lui demanda Bastien.

Bourrasque se mit à rire d'un air méprisant.

— Crâne de linotte, tu demandes ce qu'il y a à faire, quand tu vois cette femme au milieu de nous!...

— Cette femme! — répéta Bastien avec surprise en regardant Alice.

— Mais c'est un otage que le diable lui-même nous envoie, — reprit Bourrasque. — Il ne faut pas la laisser s'échapper d'ici que son mari ne nous ait signé bien gentiment et de son plus beau paraphe la continuation de l'ancien tarif.

— Mais madame Terral est innocente des duretés du maître, — observa Bastien.

Bourrasque haussa les épaules.

— Sans doute, triple sot que tu es! Franchement, Bastien, tu me fais de la peine, tu es plus jeune que ton âge, mon vieux. Innocente, et pourquoi? parce qu'elle jette parfois les miettes de sa table à nos enfans affamés! Mais ne voyez-vous pas que c'est pour mettre cette péronnelle dans une châsse de bijoux que le maître nous tond le poil si ras! Ne la voyez-vous pas s'étaler, ici même, ses joyaux insolens? Il y a dans chacun de ces cailloux brillans la vie d'une famille pendant une année. Ouvrez donc vos lanternes, vous autres. C'est bon au Terral de fermer les yeux pour ne pas voir nos femmes décharnées et nues; mais la sienne, il l'a conduit au bal étincelante de colifichets que notre sueur a payés. N'est-ce pas pour nous braver qu'elle est venue ici avec ces diamans?

— Ces diamans! ils me font horreur! — s'écria avec un saint frémissement la jeune femme, qui avait entendu ces sauvages paroles avec une surprise, une indignation et une douleur indicibles.

Et, arrachant ses bagues, ses pendans d'oreilles et son collier, elle les jeta à ses pieds en ajoutant:

— Achetez du pain, mes amis, avec ces ruineux jouets; ils sont à vous; je ne les aurais pas portés une minute, si j'avais cru le devoir à l'oppression et à la misère des travailleurs!

Oh! comme Franz Muller la trouva belle et superbe en ce moment, où une émotion généreuse lui faisait tout oublier, jusqu'à son danger.

Peut-être eût-elle apaisé la fureur des ouvriers par cet élan spontané de sympathie, si Bourrasque, redoutant l'effet de ce mouvement de cœur, ne s'était écrié:

— Oh! vous faites la dame de charité, maintenant, parce que vous avez peur et que vous ne pouvez pas faire autrement; mais, encore une fois, ce n'est pas une aumône que nous demandons. Nous ne ramassons pas ce qu'on nous jette à terre. Nous exigeons notre dû!

Et il s'avança insolemment vers elle.

Épouvantée à la vue de cette figure féroce et railleuse, elle recula et jeta autour d'elle des regards effarés comme pour implorer secours.

— Lâche scélérat, ne touche pas à ta maîtresse! — cria Terral frissonnant, — ou Dieu lui-même ne pourrait te sauver de ma colère!

— Oh! oh! nous vendons la peau de l'ours comme si nous la tenions déjà sous les barreaux de la ménagerie! — répliqua le brutal forgeron; — mais c'est à toi de prendre garde, mon doux maître, car ta femme va nous servir de caution. Si tu ne signes pas notre tarif, si tu ne descends pas de là-haut, je jure Dieu qu'elle payera pour toi!

— Cela ne sera pas, — dit Terral, — car ces ouvriers égarés par tes harangues de cabaret sont d'honnêtes gens, après tout, et tu n'en feras pas des assassins. Non, ils ne t'aideront pas à frapper une femme éplorée, sans défense, et qui ne leur a fait aucun mal. Qui donc ici oserait porter la main sur elle?

— As-tu eu pitié de la femme et de la fille de Pierre Gervais? s'écria Bourrasque en voyant l'hésitation des ouvriers. — Ne les as-tu pas condamnées à la faim et à la mendicité en chassant ce pauvre diable de la forge!

— C'était un voleur, — dit Jacques encore troublé par ce souvenir douloureux.

— Bah! qui est-ce qui ne vole pas un peu plus ou un peu moins dans ce monde? — réplique le forgeron; — mais tu vois bien, mon maître, que les innocens payent toujours pour les coupables. Enfin, il y a vol et vol, comme il y a fagots et fagots... Pierre Gervais t'a pris deux barres de fer afin de pouvoir acheter du pain pour sa femme et payer les visites du médecin pour sa fille... c'est un voleur, soit! Toi, tu exploites une centaine de malheureux à qui tu retranches leur goutte d'eau-de-vie, leur tabac, le ruban de leur promise, le sarrau de leurs enfans, ou la miche du soir, afin de suspendre à cette femme qui porte ton nom, donc tu es un honnête homme, très bien! Regarde dans ce tas yeux ton Alice, — poursuivit l'ouvrier avec un éclat de voix moqueur et terrible : — elle est belle et tu l'aimes, toi presque vieux, à en être jaloux; cela te rajeunit le cœur de regarder ses pieds d'enfant et son sourire d'ange; tu es fier de ses yeux brillans qui te cherchent, de ses cheveux souples que la main caresse... Et n'est-il pas vrai, compagnons, que c'est justice et que la femme de monsieur Terral est plus belle que les nôtres, dont la visage est plombé par le hâle, les mains ridées par le travail et les pieds déformés dans des sabots percés! Eh bien! si tu préfères ton tarif à son amour, malheur à elle! — ajouta-t-il avec un accent plus farouche encore. — Ses pieds ne seront pas assez agiles pour me fuir, son sourire de dédain fera place aux larmes suppliantes, aux contractions de l'angoisse... La femme qui jusqu'à présent a reposé comme l'oiseau dans l'ombre, le silence et les fleurs, tandis que les nôtres ramassaient l'herbe et le bois mort, cette femme sera tout à l'heure plus à plaindre que nos ménagères.

— Mes amis, — s'écria Terral, — arrêtez ce bandit!

— Que veux-tu donc faire? — dit Bastien à Bourrasque.

Mais les ouvriers, intimidés par la violence de ce dernier, ne bougèrent pas.

Alice ne tentait pas de s'échapper.

Immobile, les mains jointes, dévouée à la mort, fascinée de terreur par les regards haineux du forgeron, elle priait Dieu de sauver son mari.

Bourrasque étendit vers elle une main fine et nerveuse quoique noircie par le travail.

— Vous êtes belle, madame, et monsieur Terral doit bien vous aimer. Dites-lui donc d'avoir pitié de vous, il ne résistera pas à vos prières, votre voix fera fondre son opiniâtreté; il ne voudra pas vous sacrifier à son coffre-fort.

Alice regarda l'ouvrier avec des yeux pleins d'étonnement et de mépris.

— Mon mari est un brave cœur, et vous êtes des lâches! — répondit-elle, et elle ajouta, en élevant un peu la voix, avec une douceur singulière : — Adieu! mon ami!

Jacques Terral se mit à descendre les degrés de l'échelle.

Bourrasque forcené lui cria :

— Signe le tarif, ou, avant que tu sois descendu, je me serai vengé de toi sur ta femme!

— Tu n'oserais, misérable, — répliqua Terral avec un effroi secret au cœur, mais le calme au visage, — tous tes compagnons la défendront contre toi.

Et il continua à descendre.

Bourrasque saisit alors avec les tenailles une large barre de fer rouge posée sur l'enclume et, la portant à bras tendus devant lui, écarta les ouvriers terrifiés qui s'étaient d'abord jetés entre la jeune femme et lui.

Alice se trouvait donc séparée de tous et à la merci du

orgeron, dans l'angle que formait l'extrémité du cabinet de monsieur Terral; là s'ouvrait, à ras du sol, une sorte de citerne en briques où se déversaient les eaux de la forge et sur la bouche de laquelle tremblait une planche vermoulue.

Bourrasque mit le pied sur cette planche, et s'écria en brandissant sa barre de fer rouge avec fureur :

— Signe le tarif, maître, ou je brûle le visage de ta bien-aimée!

Un cri immense d'horreur et d'épouvante répondit à cette menace de bête féroce, mais nul n'eut pu sauver Alice, qui, saisie de vertige, et de peur, reculait devant son ennemi, si Franz Muller, jusqu'alors inerte et muet, ne s'était élancé à son aide, et, la repoussant en arrière, n'avait posé à son tour son pied sur la planche de la citerne.

Il n'avait pas d'armes, mais son visage exprimait une résolution inébranlable.

— Arrière, Bourrasque! — dit-il à l'ouvrier ivre de sa colère. — On ne touche pas aux femmes, à moins d'être lâche ou fou, dans les guerres d'atelier.

— Je comprends que ça vous contrarie, mon gentilhomme, — dit ironiquement Bourrasque; — mais laissez-moi passer, ou ça va se gâter.

— Jette à terre la barre de fer rouge! — ordonna le contre-maître.

— Ah bah! — fit l'ouvrier. — Combien de gages me donnerez-vous pour être à votre service, cher monsieur Franz?

— Si tu n'obéis pas, — répliqua Muller d'une voix ferme — je brise cette planche pourrie qui tremble sous mes pieds, et le réservoir nous engloutira tous deux.

— Insensé! — dit tout bas le forgeron, — me prenez-vous pour un égorgeur de femmes? Je ne veux pas faire un veuf, mais une veuve. Laissez monsieur Terral défendre sa femme, et ne vous mêlez de la chose que quand il sera trop tard.

Une sueur froide couvrit le front de Muller.

— Tais-toi, — murmura-t-il sourdement, — ou je te dénonce à tes compagnons.

Au moment où Bourrasque, voyant s'avancer le maître de forges, agitait d'une main fiévreuse sa barre de fer, se demandant s'il ne devait pas abattre à ses pieds le hardi jeune homme, on entendit un chant monotone et plaintif retentir à la porte de l'atelier.

Tous les yeux s'y portèrent.

Bourrasque alors jeta sa barre de fer et courut ouvrir la grande porte avec un sourire de mauvais augure.

On vit apparaître une grande jeune fille blonde, aux yeux bleus, aux blanches épaules, aux pieds nus.

C'était Denise Gervais.

Dans les longs cheveux ébouriffés de l'innocente s'empêtraient trois ou quatre petits oiseaux, tout effarés par la flamme, la fumée et le bruit, mais qui ne quittaient pas néanmoins leur jeune protectrice.

Elle allait, se balançant tantôt sur un pied, tantôt sur un autre, lançant des monotones la, la, et donnant le bout de ses doigts à mordre à ses pauvres oiseaux effarouchés.

Terral, rassuré en voyant son contre-maître protéger Alice, s'était arrêté pour se irriter de nouveau la colère des ouvriers; Bourrasque, se tournant vers ceux-ci, leur cria :

— Eh bien! compagnons, à la volonté de Dieu! Prenons pour juge cette enfant simple de cœur et d'esprit. Qu'elle décide si la femme du maître doit sortir libre, saine et sauve de la forge. Dieu parlera par sa bouche.

— Oui, que Denise soit juge! — s'écrièrent tous les forgerons, heureux de récuser cette responsabilité périlleuse.

Bourrasque prit la jeune fille par la main; il écarta doucement les mèches de cheveux qui couvraient son front, et la conduisant en face d'Alice :

— Denise, — lui dit-il, — tu aimais bien ton père, n'est-ce pas?

— C'est lui qui m'aimait, qui m'embrassait et qui m'apportait du pain et des fruits, — répondit-elle.

— Où est-il maintenant? — demanda Bourrasque.

— Dans le grand trou, — répliqua Denise avec un rire navrant, — et il ne m'apporte plus rien. Il ne vient plus jamais m'embrasser. La nuit, quelquefois je le vois, mais mes bras ne peuvent pas le serrer et le réchauffer. On l'a tué parce que j'avais faim; mais je ne dirai plus que j'ai faim à personne.

— Et que ferais-tu à celui qui a tué ton père? — demanda l'ouvrier avec un accent qui fit frémir tous les spectateurs de cette scène.

— La, la, — dit Denise à voix basse, — si je le trouvais près de la mare où mon père a eu froid, si froid qu'il en est mort, je m'avancerais par derrière et je le pousserais dans l'eau froide, froide, froide comme les morts.

Et elle se mit à rire naïvement.

Jacques Terral tressaillit, et un remords aigu déchira son cœur en entendant ce cri d'une douleur idiote, mais poignante et réelle.

Les forgerons étaient redevenus sombres et menaçans.

Bourrasque continua en désignant Alice, qui depuis l'intervention de Franz avait repris courage :

— Regarde cette belle dame, Denise.

L'Innocente obéit et tourna autour de la jeune femme avec la curiosité d'un enfant, répondant par un sourire à son sourire calme et plein d'une tendre pitié.

Alors le jeune contre-maître, voulant prévenir les haineuses provocations de l'ouvrier, dit à son tour à Denise :

— Tu aimes bien ta mère, n'est-ce pas?

— Oui, car elle me fait prier Dieu le matin et le soir, — dit Denise; — elle pleure en tressant mes cheveux, et elle me donne du grain pour mes petits oiseaux.

— Où loge-t-elle depuis huit jours?

— Dans la maison du garde-chasse, où elle n'a plus faim, ni Denise non plus. Il y a une bonne dame qui est notre ange gardien; ma mère ne sait pas son nom, mais nous prions toutes les deux pour elle.

Alice, en entendant la question de Franz, avait laissé échapper un geste de surprise; elle regarda le jeune homme, et, en voyant sa belle et mâle figure, elle éprouva un trouble étrange; à coup sûr ce n'était pas un inconnu pour elle.

Cependant Bourrasque impatienté saisit le bras de Denise.

— Assez de bavardages! — s'écria-t-il. — Ma petite, voici la femme de monsieur Terral, qui a tué ton père; maudis-la et sauve-toi loin d'elle.

L'Innocente recula avec une sorte d'effroi; mais Franz s'avançant lui dit :

— Denise, voici la femme qui a donné l'hospitalité à ta mère et à toi, celle pour qui vous priez toutes deux chaque jour.

Denise Gervais se mit à battre des mains en poussant des cris de joie.

Puis elle s'agenouilla devant Alice et voulut baiser le bas de sa robe.

Madame Terral, les yeux humides d'émotion, la releva et l'embrassa avec tendresse.

Elle était redevenue libre, au milieu de ces hommes grossiers et courroucés, sous la protection de Denise.

Cependant son mari était parvenu jusqu'à elle et lui disait :

— Sortez maintenant de cet enfer, Alice, hâtez-vous!

— Non, monsieur, — dit-elle d'une voix douce et sereine. — Quand j'étais en danger, j'ai refusé de vous implorer; mais puisque je ne suis plus sous le coup des menaces et des insultes, je vous supplie de faire droit à la requête de ces pauvres gens, car j'aimerais mieux me couvrir d'une robe de bure que de dentelles et de bijoux dus à leur détresse.

Ce fut un changement subit dans les dispositions encore douteuses des forgerons.

Ils vinrent tous entourer Alice en criant :

— La patronne est une sainte! c'est la mère des malheureux!

Jacques Terral avait réprimé un geste d'impatience et de contrariété.

— Avant de rien promettre, — répondit-il, — je veux que vous nous fassiez libre passage...—les ouvriers s'écartèrent devant lui, — et que vous me laissiez chasser cet homme.

Il désigna du doigt Bourrasque.

— Serez-vous assez capons pour m'abandonner? — dit ce dernier. — J'ai joué mon cou pour vous, et vous me livrez comme le bouc émissaire de l'émeute, — ajouta-t-il en voyant que pas un de ses compagnons n'osait bouger. — Crédieu! le maître voudra bien se charger de me venger de votre lâcheté. Merci d'avance, monsieur Terral, soyez heureux en ménage!

Et, sifflant de nouveau son air de bravade, il s'avança tranquillement vers la porte de l'atelier et disparut au milieu du silence.

Le maître de forges, après l'avoir vu s'éloigner, chargea Franz Muller de faire la paye et de déchirer le nouveau tarif; puis il se hâta de s'éloigner, soucieux et triste, du théâtre de ces désordres avec sa femme, pensive et rêveuse.

— Je tiendrai vos promesses, Alice, — lui dit-il avant d'arriver à leur maison,— mais vous avez ruiné mon autorité de maître. Grâce à vous, mes ouvriers m'ont fait la loi aujourd'hui, et il me sera bien difficile de les retenir dans le devoir. Promettez-moi donc, en échange de cette concession, de ne jamais intervenir dans mes affaires. Sans ce brave Franz, qui sait ce que nous réservait cette hyène à face humaine qu'ils appellent Bourrasque.

— Oui,—murmura Alice,—monsieur Franz a risqué sa vie pour me sauver de mon imprudence...—et elle se dit à elle-même, — tandis que mon mari me sacrifiait presque pour maintenir son droit et son autorité de maître.

Le cœur de la jeune femme fut mortellement blessé de ce que Terral lui reprochât le noble sentiment qui l'avait poussée, malgré tous périls, à venir se placer entre lui et des assassins.

Elle ne savait pas que le maître de forges eût jeté sa fortune entière dans un gouffre, sans le moindre regret, pour lui épargner une douleur; qu'il tenait à la richesse pour elle seulement, et que s'il n'avait pas cédé aux menaces des forgerons, c'est qu'il eût cru se déshonorer et se perdre à jamais dans l'esprit d'Alice par une action qui eût semblé une lâcheté.

Peut-être madame Terral eût-elle compris tout cela si elle eût eu le temps de réfléchir avec calme à ce qui s'était passé; mais elle ne se rappelait déjà plus que l'instant où le bras de Franz l'avait touchée, et le hardi contre-maître avait fait face à Bourrasque armé et écumant de colère, et elle se demandait pour la vingtième fois à quel visage déjà caressé dans ses rêves ou ses souvenirs ressemblait celui de monsieur Franz Muller.

XI

RAOUL A ORIO BEVILACQUA.

« Mon cher Orio, tu sais à la suite de quelle scène vulgaire, mais terrible, j'ai été installé par monsieur Terral dans sa maison, sous le pseudonyme assez vraisemblable de Franz Muller.

» Vraiment, j'aurais honte et remords de tromper cet honnête homme si calme, si loyal et qui sous sa froide apparence cache une âme d'une trempe peu commune, mais dont la chaleur s'est figée sans doute après quelque grande catastrophe morale.

» Il ne ressemble en rien à ces maris niais, sots ou fanfarons dont je me suis joué si souvent.

» J'ai vu jaillir de son regard cet éclair d'énergie et de résolution qui ne luit que chez les hommes intrépides.

» Pourtant il fera le malheur d'Alice, qu'il aime d'un amour de vieillard, d'un amour à faire des crimes et des bassesses pour elle, d'un amour à se faire fouler avec plaisir sous ses pieds!

» C'est qu'il ne peut comprendre cette âme ingénue, mobile, expansive, avide d'espace, de sentimens et de lumière, cette âme qui demande à vivre, tandis que lui a déjà vécu.

» Madame Terral est bien la femme que nous rêvons, nous autres artistes, la femme pour qui la vie n'est pas un rôle de comédie, et qui possède toutes les distinctions sans les avoir apprises.

» C'est une nature poétique sans le savoir; sa voix est sonore et harmonieuse comme une musique; ses yeux reflètent le doux éclat de son cœur, avide de tendresse, et la franchise de son esprit, avide de vérité.

» Je croyais avoir aimé jusqu'à cette heure, Orio.

» Folie! et comme je profanais ce sentiment pur et sacré l'amour!

» Tu ne saurais comprendre les extases où je me plonge en regardant Alice; les mangeurs d'opium envieraient mon bonheur lorsque je la vois passer avec sa robe blanche entre les arbres verts et que je me sens l'envie puérile de tomber à genoux comme le matelot naufragé et sauvé qui vient offrir un ex-voto à sa madone.

» Tu riras peut-être des allures romanesques de mon style, mais j'ai horreur de l'hypocrisie, et lorsque je suis embrasé d'une passion vraie, je tiens peu à me déguiser en don Juan blasé.

» La plupart des hommes sont des singes ou des moutons de Panurge, et je n'estime, moi, que ceux qui ont le courage de leurs opinions, de leurs sentimens et même de leurs vices.

» D'ailleurs, je suis glorieux de cette charmante femme, qui avait traversé ma vie comme une éblouissante vision, et que j'ai retrouvée avec joie, bonne, sincère, courageuse, animant tout autour d'elle d'une douce gaieté.

» Il reste dans le monde assez de coquettes pour les fats et les Lauzuns postiches.

» Qu'on me laisse Alice, car il m'a suffi de la voir pour comprendre que la vie est tout entière dans l'amour et que le reste n'est qu'un passe-temps plus ou moins monotone.

» Quand je songe qu'autrefois il me fallait les grands soupers, le jeu, les duels au clair de lune, le masque mystérieux du bal, pour trouver de l'attrait à mes intrigues galantes!

» Je ravivais sans cesse tout ce vieux répertoire, je mettais un cadre nouveau à ces imbroglios usés toujours les mêmes, et j'étais surpris, au bout de tous mes succès, de me trouver à la fois le cœur lassé et inassouvi.

» Je sentais vaguement qu'il devait y avoir quelque chose au-delà de ces vaudevilles sans imprévu, où le nom de l'actrice et la décoration subissaient seuls des changemens.

» Tu ne reconnaîtrais jamais ton ami Raoul de Vaumeillan dans l'humble contre-maître Franz Muller.

» Le lion a rogné sa crinière et sa griffe. Voir trembler le rideau de la fenêtre d'Alice et son ombre s'y détacher, voler un ruban fané qui a touché ses cheveux, un gant flétri encore parfumé de la moiteur de sa main, c'en est assez pour me faire pleurer de joie comme un enfant.

» Comme cette passion s'est soudainement emparée de tout mon être!

» Depuis cette nuit où je protégeai la pauvre femme contre les brutalités de Sigismond, quelle indifférence dans mon cœur, quel profond dégoût de toutes choses!

» Le ciseau me tombait des mains.

» Je ne pouvais m'expliquer l'étrange torpeur qui m'envahissait.

» Une seule image se reproduisait sans cesse à mon esprit, tantôt rose et souriante, tantôt pâle et désolée.

» Machinalement, j'essayai de sculpter ses traits divins.

» Ils devenaient vagues et confus pour l'artiste dès que l'amoureux voulait donner une forme matérielle à son idéal. Mon talent me fuyait.

» Peu à peu, je sentis la sourde flamme m'incendier, tout entier, et je compris que je mourrais si je ne revoyais cette céleste créature dans le souvenir de laquelle je vivais et m'absorbais uniquement.

» Toi-même, Orio, tu me conseillas de partir, et je quittai tout, ma folle vie, mes amis, mon atelier; moi, ennemi du mensonge, j'abdiquai mon nom pour venir avec plus de sécurité rôder autour de la demeure d'Alice.

» Je n'osais pas venir demander franchement à monsieur Terral l'hospitalité qu'il m'avait offerte à Gœttingue.

» Je voulais lutter contre lui, mais non trahir un hôte loyal et confiant.

» J'ai coupé mes longs cheveux, mes moustaches, grâce au ciel, sous l'humble veste du forgeron Muller, le mari d'Alice n'a pu reconnaître ce sculpteur écervelé qu'il avait entrevu par une nuit de rixe et de colères, à Gœttingue!

» Quant à elle, la chère enfant, rien ne prouve qu'elle eût reconnu dans l'adversaire de maître Bourrasque le vainqueur de Sigismond.

» Il est vrai que je ne me suis pas encore trouvé seul avec elle, et que par une sorte de frayeur puérile, j'évite presque les occasions d'un tête-à-tête qui pourrait détruire à jamais mon bonheur, car je ne pourrais supporter une parole froide de sa part ou un regard de reproche et de douleur; mais je ne puis m'empêcher de la suivre constamment des yeux; de veiller sur elle avec jalousie, d'écouter le son mélodieux de sa voix comme l'avare écoute le tintement de l'or; il est impossible qu'elle ne s'en soit pas aperçu!

» Mais vraiment, Orio, tu dois rire de ton ami transformé en Céladon moderne.

» Que veux-tu? je souffre et je suis heureux comme jamais je ne l'ai été en taillant une Hébé dans le marbre ou en couronnant de baisers le front de nos nymphes germaniques.. . . . .

» Je me trompais, mon ami, je me trompais. Madame Terral n'avait pas été dupe de mon déguisement.

» Depuis quinze jours que j'ai commencé cette lettre sans avoir le courage de la finir, il s'est passé de grands événemens.

» D'abord notre maître de forges a été retenu un soir à Maleforest par ses affaires, et je suis resté seul avec Alice.

» Après avoir causé de choses indifférentes, la conversation était tombée et nous nous taisions tous deux depuis quelques minutes, lorsque tout à coup, d'un air inquiet et ému, elle m'a adressé ces quelques mots bien simples qui m'ont fait frissonner de la tête aux pieds:

« Monsieur Raoul, pourquoi donc êtes-vous venu vous » cacher sous le nom de Franz Muller chez des amis qui » vous devaient plus que la vie?

» Doutiez-vous de leur cœur?

» Croyiez-vous votre nom déjà effacé de leur souve-» nir? »

» Juge de mon trouble, Orio, devant tant de naïveté et de confiance.

» Je rougissais moi-même, je ne retrouvais plus ma brillante audace d'autrefois.

» J'ai voulu inventer quelque misérable fable; j'ai parlé de duel, de soupçons d'affiliation à la Tugendbund, qui me forçaient à fuir l'Allemagne comme un proscrit traqué par les limiers de la Sainte-Alliance.

» Vains efforts! si tu avais vu quel regard clair et serein

elle fixait sur moi tandis que je balbutiais ces mensonges maladroits !

» Elle a souri et a murmuré :

« Oh ! ce n'est pas cela ; vous me trompez, monsieur » Raoul. »

» — Madame, » ai-je répondu assez sottement et d'un air probablement tragique et mystérieux, « pardonnez-moi d'avoir un secret pour vous.

« — Ce secret doit être bien terrible, » a répliqué Alice, « puisque vous avez pu vous décider à abandonner cet art » dont vous étiez amoureux, à quitter vos joyeux amis, » votre existence indépendante, pour revêtir ce costume et » adopter ce métier vulgaire. »

» Je voyais qu'elle cherchait à s'expliquer ce changement étrange et que mon silence lui causait un dépit involontaire. Je me laissai entraîner par la situation, et je lui dis alors :

» Vous savez, madame, que les artistes sont souvent » tourmentés par des idées capricieuses et bizarres.

» Ne vous offensez pas de l'aveu que vous allez entendre » et que vous trouveriez sans doute ridicule, extravagant » et téméraire de la part de tout autre.

» Vous savez avec quelle ardeur nous poursuivons dans » notre art l'idéal de beauté et de perfection auquel notre » esprit aspire sans cesse.

» Eh bien ! madame, depuis la nuit où vous m'étiez fu- » gitivement apparue, je n'avais plus qu'une pensée, c'é- » tait de vous revoir, car j'avais trouvé en vous le type » divin que je cherchais, et nulle autre femme ne pouvait » plus inspirer mon ciseau.

» Toutes mes ébauches prenaient votre forme, mais » toutes restaient inachevées, inhabile que j'étais loin du » modèle à rendre cette expression virginale et pure qui » ferait le désespoir des plus grands maîtres.

» Voilà, madame, pourquoi je suis venu. »

» Madame Terral a rougi et n'a pas répondu tout d'a- bord ; mais bientôt elle m'a tendu loyalement la main, en me disant :

« — Les artistes ont des privilèges, monsieur Raoul, car » on les accuse d'avoir tous plus ou moins un grain de fo- » lie dans la tête, mais votre vaillante conduite à la forge » m'est un garant de votre complète sincérité ; nous serons » désormais deux bons amis, n'est-ce pas ? et vous ne me » ferez pas repentir d'avoir eu confiance en vous ! »

» Voilà comment cette noble enfant m'a livré sans s'en douter la clef de son cœur, en me promettant d'une ma- nière tacite le silence vis-à-vis de son mari.

» Comment, en effet, révéler maintenant mon vrai nom à monsieur Terral, cet homme de tant de réserve et de mesure ? Comment lui expliquer mon long silence sans risquer un éclat ?

» Il me forcerait à m'éloigner, à coup sûr.

» Alice a pris le seul parti raisonnable.

» Que mon affection pour elle soit une sympathie d'ar- tiste, comme elle le croit, ou une passion d'amour, comme je le crains, elle s'est mise sous la sauvegarde de mon honneur, et je serai son ami ; rien de plus, mais son ami dévoué jusqu'à la mort ; je le lui ai promis avec des larmes brûlantes, en baisant ses blanches mains . . . . . .

. . . .

» Quel enivrement, Orio, que mes longs entretiens avec madame Terral !

» Elle a voulu savoir comment j'étais devenu artiste, suivre mes premiers pas dans cette épineuse carrière.

» Je n'avais pas à lui raconter des exploits et des dan- gers héroïques, comme ceux dont le récit faisait palpiter le cœur de Desdemona.

« Pourtant mes humbles misères l'ont touchée et at- tendrie.

» Elle a pleuré quand je lui ai dit qu'à la mort de mon père, gentilhomme émigré, j'avais commencé à sculpter des jouets de Nuremberg pour faire vivre ma vieille mère ; et qu'à force d'aller rêvant, taillant dans le bois des nez de

bourguemestres, ou des enfans Jésus, j'avais senti peu à peu le démon de l'art s'emparer de toutes mes facultés.

» Elle me souriait à travers ses larmes, elle murmurait d'une voix entrecoupée :

« — C'est bien, cela, monsieur Raoul ! » et ces seules pa- roles sorties de sa bouche m'eussent récompensé d'une vie de quaker ou de puritain tout entière.

» Puis je lui fis humblement l'aveu de mes folies de jeune homme, je lui contai cette libre vie de l'université et de l'atelier, où l'on ne rend compte de ses actions qu'à soi-même, où l'on porte gaiement même la misère, où on la nargue en buvant et chantant avec de joyeux compa- gnons sous la treille.

» T'en souviens-tu, Orio, de ces heureux jours ?

» A ce tableau, Alice était devenue distraite et rêveuse ; enfin elle me dit avec un soupir de regret :

« Oh ! j'aurais aimé être la femme d'un artiste, d'un de » ces esprits libres, insoucieux des conventions sociales, » aspirant toujours à la recherche du beau et du vrai !

» Avec quel bonheur, monsieur Raoul, je me serais as- » sociée à son œuvre et à sa gloire ; j'aurais écarté les » ronces de son chemin, et j'aurais soutenu son courage » en lui montrant sans cesse le triomphe au bout de la » lutte.

» C'est là une mission dont une femme peut être fière, » une communauté sympathique où elle se sent vivre, » tandis que la plupart de mes sœurs se glacent d'ennui » dans quelque salon morne et doré, écoutant battre leur » cœur dans le silence, ou, si elles n'en ont pas, usant » leurs heures d'oisiveté à envier les bijoux, la taille fine » ou les amans de leurs amies. »

» Si tu avais vu, Orio, le teint d'Alice s'animer et ses yeux briller en parlant ainsi, toi aussi tu serais tombé à genoux devant elle.

» Oh ! que ne l'ai-je connue plus tôt, lorsqu'elle était en- core libre de disposer de sa destinée !

» Ce n'est pas là une de ces âmes étroites et frivoles qu se consument doucement dans les quiétudes du livre de ménage, de la quenouille et du chapelet.

» Il lui faut, à elle, un plus large horizon, car ses pen- sées la dévorent.

» Nos cœurs s'enflamment pour les mêmes idées, nos regards sourient aux mêmes paysages.

» Cachés ensemble dans un désert, nous saurions nous faire de cette solitude un paradis à deux. »

XII

RAOUL A ORIO.

(Second fragment de lettre.)

« Un rien suffit aujourd'hui à me rendre heureux jus- qu'à l'extase, moi que tu as connu si mobile, variable comme le vent, toujours avide d'émotions diverses ; ris un peu de mes enfantillages.

» L'autre soir, nous étions assis au bord de la Sarre, pe- tite rivière qui coule non loin de la forge. Je m'amusais à lancer des pierres dans les petites vagues qui frissonnaient sous le vent, et Brimborion, le charmant épagneul d'Alice, se jetait à l'eau et plongeait pour nous les rap- porter.

» Tout à coup le courant l'entraîne ; c'était pitié de voir les efforts de cette pauvre petite bête, dont la tête se sou- levait à moitié au-dessus de l'eau et dont les yeux glau- ques se fixaient encore sur sa maîtresse avec un regard navrant.

» En deux secondes, j'eus dépouillé ma blouse, je plongeai dans la Sarre et je ramenai Brimborion au port.

» J'ai vu alors deux larmes tomber des yeux d'Alice, perles divines que j'eusse voulu sécher sous mes lèvres; le pauvre chien, après avoir secoué ses oreilles et sa fourrure, vint à elle, puis à moi, et nous partagea ses caresses; elle le flattait de la main, et moi j'étais heureux de placer ma main là où la sienne s'était posée.

« Petits bonheurs! » diras-tu.

» Je ne crois pas qu'il y ait de petits bonheurs.

» Alice ne me remercia pas. Je te l'ai déjà dit, ce n'est ni une coquette ni une comédienne.

» Nous nous éloignâmes sans avoir échangé un mot.

» En chemin, une mendiante vint à passer et nous tendit silencieusement sa sébile :

«—Donnez pour nous deux à cette pauvre femme, mon-» sieur Raoul, » me dit Alice.

» Voilà comment elle me remerciait, la noble enfant, en me mettant de moitié dans son aumône et sans doute dans les prières de la pauvresse, en me disant cette douce parole : Nous!

» J'ai donné à cette femme tout ce que j'avais d'argent sur moi, et je regrettai en ce moment de n'être pas riche comme monsieur Terral.

» La mendiante nous a regardés :

« —Mon bon monsieur, » a-t-elle dit, «rendez heureuse » votre jeune dame, car je suis sûre qu'elle vous aimera » toujours bien! »

» Alice a pâli, et j'ai baissé les yeux.

» Pourquoi n'avons-nous pas ri aux éclats de la méprise de la pauvresse?

» J'avais certainement l'air d'un criminel qui va au supplice, et pourtant je me sentais au fond du cœur une émotion de bonheur inexprimable.

» Quelques instans après, j'ai essayé de revenir sur cet incident.

« — Cette femme n'est pas du pays, » ai-je balbutié.

» Madame Terral n'a rien répondu, et elle a gardé, le reste du chemin, une physionomie froide et sévère.

» Sans doute elle voulait me punir de l'excès de joie que m'avait fait éprouver l'erreur de la pauvresse.

» Elle y réussit, car tout mon bonheur fut gâté.

» Le lendemain, tu peux juger si, lorsque j'apportai les comptes de la forge à monsieur Terral, j'avais la figure pâle et décomposée.

» Ce dernier m'a trouvé souffrant et m'a interdit le travail.

» Alice était tremblante, et du regard elle me fit signe de rester, ainsi que m'en priait son mari.

» J'obéis, et monsieur Terral s'étant retiré dans son cabinet pour vérifier les comptes, nous restâmes seuls dans le salon.

» Elle s'avança aussitôt vers moi et me dit avec précipitation, comme si elle eût craint le silence ou l'échange d'un regard :

« — Vous êtes triste et morose, monsieur Raoul. Je vais » essayer de vous guérir par le procédé du roi David. »

» Elle s'est mise au piano en souriant avec effort et m'a chanté de sa voix veloutée, dont le timbre est sonore comme le cristal de l'argent, une plainte amoureuse de Bellini.

» De temps en temps elle était obligée de s'arrêter pour cacher l'émotion de sa voix.

» Je me suis approché et lui ai proposé de l'accompagner.

» Elle s'est levée pour me faire place.

» Mes mains tremblaient sur le clavier qu'elle venait de faire résonner.

» Son chant vibrait comme une flèche d'or dans ma poitrine.

» Nous n'osions nous regarder.

» J'appliquai les paroles de la romance à notre situation.

» Une flamme pétillante allumait le sang dans mes veines.

» Tout à coup je ressentis comme une folle rage d'enlacer Alice dans mes bras et de la presser contre ma poitrine.

» Puis je feignis de me pencher pour mieux déchiffrer, et ma bouche effleura sa main, qui tressaillit et se retira comme un charbon ardent l'eût touchée.

» Je n'osais retourner la tête, effrayé du courroux que je prévoyais, lorsque j'entendis sa voix s'arrêter et mourir dans son gosier.

» Elle chancela et défaillit, et je n'eus que le temps de la saisir entre mes bras et de l'emporter, éperdu, jusque sur le balcon, où l'air pur devait frapper son visage et la ranimer.

» Oh! comme je maudissais mon imprudence en voyant ce beau visage décoloré se pencher sur mon bras! Des larmes s'échappaient brûlantes de mes yeux et tombaient sur elle.

» Enfin ses paupières se rouvrirent, et son premier regard me chercha avec un sourire dont l'expression faillit m'enivrer et me rendre fou.

» Puis elle revint complétement à elle et se souvint; alors elle me repoussa doucement, disant :

«—Ce n'est rien, Raoul, rassurez-vous; mais ne commet-» tez plus de semblables folies, car vous me feriez mou-» rir! »

» Je la regardais, et dans ses yeux azurés il me semblait voir le ciel ouvert.

» Je me contenais pour ne pas me jeter à ses pieds et baiser le bas de sa robe, car j'avais peine à croire que nous ne fussions pas seuls au monde.

» Je fus tiré de mon égarement et de mon rêve en voyant entrer dans la cour une bohémienne avec ses deux enfans déguenillés accrochés à sa jupe jaune et sale.

«—Oh! pourquoi ne suis-je pas morte tout à l'heure, » murmura Alice, « il eut été doux de mourir ainsi! »

« — Ne blasphémez pas, madame, » lui répondis-je à voix basse, « Dieu doit réserver une part de bonheur à » celles de ses créatures qu'il a douées de perfection!

» Au même instant, comme si le ciel eût voulu me répondre, la bohémienne, qui avait fixé sur nous ses yeux étincelans de malignité, nous cria d'une voix glapissante :

» — Voulez-vous savoir votre destinée, ma belle » dame?

» Alice tressaillit d'un mouvement d'effroi involontaire.

» Je fis impérieusement signe à la vieille de s'éloigner.

« — Non, » dit brusquement madame Terral, « je veux » consulter cette devineresse; c'est un enfantillage, mais » il y a un je ne sais quoi qui m'entraîne à croire aujour-» d'hui aux prophéties. Ne vous moquez pas trop de moi, » monsieur Raoul. » Quand la bohémienne fut montée, Alice lui dit : « Allons, ma bonne femme, ne crains rien, » heur ou malheur, dénonce-moi le sort qui m'attend. » La sibylle, après avoir minutieusement examiné les lignes d'une main blanche comme l'albâtre, se troubla et balbutia quelques excuses, simagrée assez familière à ses pareilles. « Ne fais pas valoir ta marchandise, » interrompit Alice en souriant; « parle, je le veux!

» La vieille gitana hésitait toujours.

» Enfin elle se laissa arracher les paroles sacramentelles qui suivent :

« —Celui qui tire l'épée périt par l'épée; celle qui vivra » par l'amour mourra par l'amour. »

» En vain madame Terral l'engagea à s'expliquer plus clairement; elle s'obstina dans l'obscurité de son oracle, et nous ne pûmes en tirer autre chose.

» Alice feignit de rire de la prophétie, mais elle resta inquiète et agitée pendant plusieurs jours.

» Je la crois un peu superstitieuse.

» On dirait, parfois qu'elle veut se fuir et se tromper elle-même.

» Elle me parle alors de son mari avec des transports exagérés d'affection ; elle me répète combien il est bon et généreux, et quel avenir sans trouble et sans mécompte lui prépare une union si heureuse.

» Elle semble se défendre contre des objections absentes et se fait l'avocat d'une cause sans adversaire.

» Ce n'est pas à moi, c'est à elle-même qu'elle a l'air de vouloir apprendre et prouver tous les mérites de ce vertueux monsieur Terral, et comme, loin de la contredire, j'applaudis avec une perfide bonne foi à tous ces éloges, elle finit par tomber dans une sorte d'abattement silencieux et puis par fondre en larmes.

» Mais, dès que je me rapproche d'elle, l'inquiétude empreinte sur le visage, elle s'éloigne effrayée, en disant qu'elle veut monter à cheval, que le grand air et le mouvement chasseront bien vite tous ces nuages de mélancolie.

» T'ai-je dit qu'elle montait admirablement à cheval, et que j'obtiens maintenant l'honneur de lui servir d'écuyer et de l'accompagner dans ses promenades?

» J'aime à lui laisser prendre de l'avance et à la poursuivre ensuite comme le mirage du bonheur qui m'échappe, comme une proie précieuse promise à mes efforts; et je m'imagine volontiers que une fois atteinte, j'aurai le droit de l'enlever dans mes bras.

» Tout mon être frissonne dans ces jeux qui ont pour mon cœur un attrait secret, dangereux, mais irrésistible, car la nature elle-même s'associe comme un cadre enivrant à mon extase, et les senteurs des branches vertes, le chant des oiseaux, les rayons brisés du soleil dans les feuilles ajoutent encore à ce délire.

» Nous sommes allés deux fois au rocher de la Conque-Verte, mais Denise Gervais était en tiers avec nous; aussi Alice s'est-elle montrée charmante, car nul embarras n'altérait la franchise de son esprit, qui hait toute hypocrisie et toute lâcheté.

» L'innocente l'adore comme une madone, parce qu'elle est douce à ses inférieurs, ainsi que tous ceux qui détestent également la servilité et la tyrannie.

» De jour en jour je m'aperçois mieux que madame Terral a peur de moi, pour ainsi dire, et qu'elle cherche un but d'occupation à tous ses momens, afin d'éloigner des conversations dont elle redoute le péril.

» Nul doute qu'elle n'ait lu dans mes yeux l'aveu de cet amour qui m'a fait quitter Gœttingue.

» Après bien des réflexions sans doute, elle vient de trouver un grand moyen, c'est de ranimer en moi le feu sacré; hier elle m'a dit avec douceur :

« — Je souffre, mon ami, de penser que vous négligez
» tout à fait votre art et que le découragement peut vous
» gagner quand vous essayerez plus tard de reprendre
» vos travaux. Pourquoi ne pas revenir à votre grand
» sculpteur, monsieur Raoul? Vous vous devez au monde.
» Ne m'interrompez pas. J'ai mis dans ma tête que vous
» deviendriez artiste sans quitter la maison de vos amis
» les forgerons. Mon mari a laissé à ma disposition le
» petit pavillon qui est au fond du jardin, j'en ai seule la
» clef et je vous le donne; vous en ferez votre atelier.

» — Mais, madame, » ai-je repris vivement, » je ne puis
» pas sculpter des hauts fourneaux ou des paysages. Qui
» me fournira ici les modèles dont j'ai besoin?

» — Mon Dieu! j'en ai bien un à vous proposer, » dit-elle, avec une petite moue malicieuse, » mais je ne sais
» trop s'il vous conviendra.

» — J'en doute, » répliquai-je avec humeur, » car
» je ne vois guère dans le voisinage que Denise l'idiote
» qui ressemble à une créature humaine; toutes les au-
» tres naturelles du pays dépassent les bornes du vraisem-
» blable en fait de laideur.

» — Merci du compliment, monsieur Raoul! » dit
Alice, » puisque vous êtes si sévère, je me retire du con-
» cours.

» — Que voulez-vous dire? » lui demandai-je, croyant
» n'avoir pas bien entendu.

» — Le modèle que je vous proposais un peu trop

ambitieusement, c'était moi, » répondit-elle avec calme.

» — Est-il possible! » m'écriai-je en joignant les mains. « Oh! je n'aurais jamais osé rêver tant de bon-
» heur!

» Elle reprit aussitôt d'un air plus froid et plus sé-
» rieux :

» — Mon mari est obligé de s'absenter pendant quel-
» ques jours pour des affaires importantes. Je veux que
» vous mettiez cette absence à profit pour faire mon buste
» le mieux qu'il vous sera possible, et qu'à son retour
» monsieur Terral me remercie d'avoir pensé à lui. »

» J'ai feint d'être dupe de cette touchante attention conjugale : sans doute Alice se fait illusion à elle-même; mais j'ai deviné à travers sa froideur qu'elle a eu pitié de mes souffrances.

» Ainsi je vais avoir le droit de poser mon regard sur son céleste visage, sans qu'elle puisse détourner le sien ; le droit de draper les plis de sa tunique sur ce corps charmant digne de tenter le ciseau des plus grands maîtres ; le droit de dérouler sa chevelure dans ma main sans qu'elle puisse s'en offenser.

» La seule pensée de ce tête-à-tête mystérieux m'enivre de bonheur.

» Cependant, madame Terral exige que Denise soit présente aux séances. Que m'importe ! est-ce que je verrai autre chose qu'Alice?...

      .   .   .   .

» Elle a tenu sa promesse.

» Ami, j'ai commencé cette tâche délicieuse que je continuerais volontiers pendant toute une éternité.

» Je me suis installé dans le petit pavillon tout encadré de verdure, tout guirlandé de liserons, de vigne vierge et de clématites.

» Par les fenêtres entrent curieusement les brindilles vertes des plantes grimpantes, et monte la senteur des chèvrefeuilles qui secouent leurs odorans calices.

» Le bloc de terre ne se dégrossit pas très vite, mais j'ai tant de choses à dire à mon modèle, tant de conseils à lui donner sur la meilleure pose à choisir !

» Ne faut-il pas empêcher l'ennui de glacer son front ?

» Ne faut-il pas animer ses regards d'une flamme souriante ?

» Les yeux fermés, je saurais reproduire ce visage aimé, mais j'oublie les heures quand je le regarde, et, une fois absorbé dans cette contemplation, il me semble impossible de rendre la beauté d'Alice dans toute son angélique réalité.

» Et à quoi bon d'ailleurs me hâter? n'est-ce pas hâter moi-même le terme de mon bonheur ?

» Hélas ! il ne finira que trop tôt !

» Avec quelle joie je cherche mille motifs pour détruire et recommencer mon œuvre à mesure qu'elle s'avance!

» Mais Alice n'est pas facilement complice de ces ruses d'artiste, et me témoigne peu d'indulgence à cet égard.

» Sans cesse elle m'encourage au travail et me promet un avenir glorieux qui me touche moins qu'un seul de ses sourires.

» Elle mépriserait, » disait-elle hier encore, « l'homme qui négligerait lâchement le génie que Dieu lui aurait réparti.

» — Avec un guide tel que vous, » ai-je répondu, « où
» n'arriverai-je pas? Que votre douce voix résonne tou-
» jours à mes oreilles, et je me sens la force d'illustrer
» mon nom; mais cette heure de soleil que vous m'avez
» donnée, et qui a rajeuni mon cœur, va faire place à
» l'ombre où je m'engloutirai quand je ne vous verrai
» plus. »

» Alice a soupiré et a dit alors avec découragement :

» — Ce serait un tort grave, monsieur Raoul, que de s'a-
» bandonner plus long-temps à de dangereuses illusions;
» je ne dois pas oublier, moi, que nous autres femmes

nous sommes des esclaves sur parole, à qui dès le ber-
» ceau on enseigne la dure nécessité du mensonge, à qui
» l'on défend comme un crime l'exercice et l'expansion
» de leur âme. Il nous est même interdit d'être la Béatrix
» sacrée, mystérieuse et voilée d'un grand artiste. Ne
» poursuivons pas un rêve décevant. Oublions-le tous
» deux, dès que vous aurez terminé ce buste, mon ami.
» Nous nous serons toujours donné une heure heureuse
» qui brillera comme une étoile dans ma vie. »

» — Allons, sculpteur, à la besogne ! me suis-je écrié
avec un accent d'amertume, car j'étais sourdement irrité de voir Alice se détourner de la pente où j'avais cherché à l'entraîner.

» Elle me regarda d'un air presque douloureux, et son
bras qui tenait un bouquet se dérangea.

» Je me levai pour la replacer dans la position conve-
nue.

» Je retroussai la manche de la tunique, et ma main
en frôlant ce bras satiné et blanc comme l'albâtre, devint
moite et tremblante.

» Il me semblait que je ne respirais plus et que l'air du
pavillon était embrasé.

» Je vis que les cheveux d'Alice se dénouaient et s'éparpillaient sur son cou de neige ; je les relevai machinalement et les tordis en diadème ; leur parfum me fit frissonner et je les touchai de mes lèvres.

» L'effroi que m'inspirait mon émotion profonde me rendait maladroit et gauche.

» Enfin je murmurai d'une voix sourde et les yeux
baissés devant le regard limpide de la jeune femme :

» — Décidément, je ne ferai rien de bon aujourd'hui.
» Je suis à bout de mes forces.

» — Dites la vérité, Raoul : vous manquez de volonté et
» d'énergie contre vous-même.

» — Non, » ai-je repris avec colère, « mais vous êtes
» trop belle pour ne pas décourager un artiste de si pau-
» vre talent que votre ami Raoul.

» J'appuyai vivement sur ces derniers mots, et, après
avoir salué madame Terral, je me retirai, car je me sentais mourir.

» J'étais honteux et mécontent de moi.

» Mille sentimens opposés se heurtaient dans mon esprit.

» Quand je fus loin, je me répétai les moindres paroles
de ma protectrice, je retrouvai dans ma tête toutes les
belles phrases que j'aurais pu lui répondre si j'avais pu
conserver devant elle un peu d'esprit et de sang-froid.

» Oh ! si je ne l'aimais pas si follement, comme j'aurais
bien su la convaincre de mon amour! mais Alice est une
sainte, je terminerai son buste, et je la respecterai comme
une sœur.

» Je t'en fais le serment, Orio! »

XIII

L'ILOT ET LA GAFFE.

Dans le pays, on donnait le nom d'étang des Iles Flottantes à un étang assez singulier qui formait le fond
d'une vallée à une demi-lieue de la maison de monsieur
Terral.

Trois ou quatre fois grand comme cette mer de poche
que les Parisiens appellent le lac d'Enghien, l'étang
des Iles Flottantes offrit l'aspect du monde le plus
étrange.

Situé au creux d'un vaste entonnoir formé par une
couronne de hautes collines couvertes de bois et de
bruyères, il ressemblait moins à un lac, au premier coup
d'œil, qu'à une prairie touffue émaillée de taillis et de
futaies.

On y arrivait de la forge par un chemin surplombant
des ravins verdoyans, et lorsqu'on se trouvait à la porte
de la maisonnette d'un meunier, dont les eaux déversées
par l'étang faisaient tourner le moulin, on ne voyait encore devant soi qu'une nappe d'herbes luxuriantes et humides d'où s'élançaient des saules aux troncs noueux et
mutilés.

Cependant on n'avait qu'à traverser un sentier de trois
ou quatre pieds de large, qui contournait le lac dans tous
ses circuits, pour toucher du pied la rive invisible; en
effet, le bord de l'eau était caché par une abondante
végétation d'ajoncs, d'oseraies, de hauts roseaux qui
semblaient continuer le sol, et au delà s'entre-croi-
saient, de façon à masquer l'horizon, une forêt de toutes
sortes d'arbres et d'arbustes, rosiers, peupliers, ormes,
petits chênes, qui paraissaient s'enraciner dans une terre
ferme.

Ce jardin anglais naturel se composait d'une agréga-
tion de petites îles immobiles, presque adhérentes les unes
aux autres, formées par l'accumulation successive de mo-
lécules terrestres et végétales sur les couches d'herbes
aquatiques.

Dans ces détritus spongieux et visqueux, qui ressemblent à des bancs de mousse et de filasse, s'enchevêtraient
les racines d'arbustes qui leur donnaient de la consis-
tance.

Du reste, comme vous le voyez, il n'est point nécessaire de faire le voyage du Mexique pour admirer ces
jardins flottans portés sur les eaux comme des vastes cor-
beilles, flots dont la couche végétale est épaisse d'un demi-
mètre.

Outre l'étang dont nous parlons, on en compte en France
plusieurs autres qui offrent la même particularité, notam-
ment en Bretagne; et, à dix lieues de Paris, nous avons
nous-même navigué sur les îles Vallière, appartenant
au duc d'Uzès, d'une façon aussi primitive que Chactas.

Pourtant un danger très réel se cachait sous les appa-
rences fleuries et arcadiques de cet étang.

Celui qui eût mis imprudemment le pied sur l'herbe
perfide qui semblait joindre les îles entre elles comme un
pont verdoyant, sans avoir sondé le terrain, ou en se laissant tromper soit par le voile de la brume, soit par les
lueurs douteuses du clair de lune, celui-là fût tombé dans
les canaux d'eau courante que cachaient les hautes touffes
d'herbes et d'oseraies; il eût péri sous ces escadres de ra-
deaux naturels, sans que son corps pût reparaître à la surface.

Un de ces sites les plus pittoresques, c'était un petit
golfe formé par trois caps en miniature qui s'avançaient
comme un triangle dans l'étang, à mi-chemin de son
circuit.

Celui du milieu ressemblait à l'arche d'un pont, vieille
roche branlante et moussue, trouée par le bas et laissant
voir par cette ouverture tout un paysage fuyant de prai-
ries et de vallées.

On grimpait en haut entre des charmilles de mûriers.

Une croix de pierres s'élevait sur ce promontoire où ache-
vaient de s'écrouler les décombres d'un ancien ermitage,
qui, à chaque coup de vent, laissait tomber dans l'eau
quelques-unes de ses pierres éparses.

Le golfe était bordé d'une ceinture de hauts châtaigniers
qui se penchaient sur les bords de l'étang avec leurs touffes de fleurs blanches et lui faisaient une voûte mystérieuse et sombre.

A leurs pieds bruissaient de hauts roseaux entortillés
de clochettes et de fleurs grimpantes de diverses couleurs.

L'eau dormait froide et claire à cet endroit, sur un lit de
pierres plates, comme dans le fond d'une cuve, et n'avait
guère que quatre pieds de hauteur.

Une barque vermoulue, aux planches trouées et disjoin-
tes, était échouée entre les roseaux.

Là nichaient des poules d'eau ; dans les branches rou-
coulaient en sécurité les oiseaux, auxquels nul paysan ne

venait chercher noise, car une tradition sinistre gardait, mieux que la plus vigilante sentinelle, cette solitude connue dans les environs sous le nom de la Croix-de-l'Émigré.

Au mur de l'ermitage pendait encore une cloche rouillée qui avait joué un rôle dans le récit de ce drame, qui peut se conter en quelques mots.

Le pêcheur qui fut le dernier habitant de cette masure avait, sous la Terreur, donné asile à un émigré poursuivi, qui lui confia sa valise gonflée d'or et qui se cacha avec son aide dans les îles flottantes, retraite funeste et précieuse.

Deux jours et deux nuits se passèrent sans que le proscrit revît son sauveur.

Que d'angoisses ! Sans doute le pêcheur n'avait pu tromper la surveillance des espions.

Enfin la troisième nuit, exténué de faim et de froid, pris de fièvre au milieu des exhalaisons malsaines de l'étang, se croyant oublié, l'émigré parvint à regagner l'ermitage ; mais il eut beau frapper à la porte d'une main défaillante, le pêcheur n'ouvrit pas.

Les forces du malheureux s'épuisaient ; il s'accrocha désespérément à la cloche, et il osa sonner.

Le pêcheur n'ouvrit pas ; mais le son de la cloche avait signalé la sortie de l'émigré, et les paysans, embusqués à l'affût du pauvre diable, lui tirèrent deux coups de fusil qui lui fracassèrent l'épaule.

Il tomba du haut de la roche dans l'eau, et le pêcheur garda la valise.

Dix ans plus tard, des contrebandiers qui voulaient exploiter ces retraites bizarres entrèrent une nuit chez lui, et le forcèrent à leur servir de guide dans les îles.

Puis, lorsqu'il leur eut indiqué tous les gués et tous les détours, ils le laissèrent sur un de ces îlots, où ils entassèrent une partie des pierres de l'ermitage et qui ne tarda pas à couler à fond.

Ils rirent de ses supplications comme de ses menaces, et, lorsqu'il demanda à s'associer à eux, ils lui répondirent qu'ils n'avaient que faire d'un traître pour compagnon.

Il voulut alors crier à l'aide, mais l'un d'eux se mit à sonner la cloche pour étouffer ses cris, jusqu'au moment où l'eau monta à ses lèvres.

Dès lors le souvenir de cette tragique histoire avait écarté les curieux des ruines de l'ermitage.

Nul n'avait touché les rames de la barque du pêcheur, qui pourrissait dans les roseaux.

D'ailleurs, quiconque eût eu cette témérité sans bien connaître l'étang eût couru grand risque de se voir entraîné par les courans souterrains et broyé entre les îles.

Nous demandons grâce pour cette description un peu longue, mais c'était là que devait se décider le sort de madame Terral, et nous croyons à la secrète influence des lieux sur les actions et les passions humaines.

Depuis qu'Alice cherchait, malgré elle, à fuir Raoul, en proie aux sentiments les plus contraires, agitée, inquiète, troublée loin de lui, effrayée en sa présence et n'osant interroger ses pensées, elle tâchait de tromper son agitation par un violent exercice physique.

Elle avait pris Denise en affection, et la choisissait pour compagne ou pour guide de ses promenades.

Un jour, elle reçut la nouvelle du prochain retour de son mari, et se sentit saisie d'une involontaire épouvante dont elle eut honte presque aussitôt, et que remplaça un élan de joie et d'espoir de salut.

Son buste était terminé, et Raoul avait tenu son serment de respecter en elle la femme loyale et confiante.

Depuis deux jours, elle ne l'avait pas revu ; elle éprouvait un certain dépit de cette indifférence, et dix fois elle accueillit et repoussa tour à tour l'idée de le prévenir de l'arrivée de monsieur Terral.

Son orgueil souffrait de cette démarche comme d'une avance.

Cependant elle s'y décida et chargea Denise de ce message, mais l'innocente revint lui dire que monsieur Franz Muller n'était pas rentré depuis vingt-quatre heures.

Alice devint pâle.

— Et ne sait-on pas où il est allé? — demanda-t-elle.

— Oh ! on n'est pas inquiet de lui, — répondit Denise. — Il aura couché au moulin des îles. Monsieur Franz y va si souvent !

— Pourquoi donc ? — demanda Alice d'une voix brève ?

— Pourquoi, madame ? — répliqua l'enfant avec un sourire de surprise. — C'est si beau et si désert ! On y resterait des journées entières sans s'ennuyer, et même des nuits, si on ne craignait d'y voir sortir de l'eau les fantômes du pêcheur et des réfractaires qui y ont péri, sous l'empereur, en se sauvant des gendarmes.

Alice frissonna.

— Tais-toi, petite, — dit-elle vivement. Elle réfléchissait. Ce silence, cette absence de Raoul, ne lui semblaient pas naturels. Elle se rappela qu'il lui avait parlé de cet étang avec un enthousiasme d'artiste, et qu'il avait ajouté : « C'est un lieu où ceux qui voudraient mourir ne seraient pas troublés. » Il avait bien dit ces paroles-là en riant ; n'importe ! une idée vague et terrible passa dans l'esprit de madame Terral. — J'irai, — dit-elle ; — peux-tu m'y conduire, Denise ?

— Oui, — répliqua la jeune fille avec un peu d'indécision et de peur ; — mais nous n'y resterons pas longtemps, bonne madame. De mauvais gars peuvent rôder par là.

— Partons ! — s'écria Alice saisie d'une ardeur fébrile, et sanctifiant ainsi par un sentiment de pitié et d'effroi généreux l'entrevue peut-être dangereuse qu'elle cherchait.

Elles partirent. Denise avait peine à suivre la jeune femme, qui eût voulu échapper à ses pensées et se tromper elle-même.

En chemin, elle se souvint qu'un jour Raoul lui avait montré une esquisse de l'étang, en disant :

« Pour animer ce paysage, il faudrait voir glisser une robe blanche entre ces arbres. »

Le temps était lourd et orageux.

Le soleil ne dardait ses rayons qu'en perçant des nuées massives d'un blong rougeâtre ou gris de fer.

Arrivée au moulin, elle n'y trouva que les enfans du meunier, qui n'avaient vu passer personne.

Alice se mit à côtoyer le sentier de l'étang ; d'un regard inquiet elle sondait les taillis et interrogeait le silence de la campagne, qui lui semblait lugubre.

La brise sifflait dans les roseaux.

Denise avait pris une longue gaffe au moulin, et, tandis que madame Terral se torturait le cœur, l'enfant essayait de mouvoir un des petits îlots qui longeaient le bord du dessus avec elle.

Puis, elle céda à un de ces caprices familiers à sa tête légère, et se livra à de grands efforts pour faire glisser cet îlot de trois pieds de long entre ceux qui l'entouraient ; elle parvint, en effet, à le dégager et à le lancer sur l'étang.

Quand elle le vit nager seul comme une barque, elle battit des mains avec transport.

Les cris de Denise rappelèrent alors madame Terral à elle-même, car sa pensée jusqu'à ce moment, l'avait transportée dans un autre monde, et elle éprouva une sensation singulière en se voyant abandonnée à la merci de cet étrange esquif; mais elle était courageuse et ne s'alarma pas tout d'abord.

Son cœur était rempli, ses yeux étaient troublés par la passion, qui jetait un voile entre son esprit et les choses extérieures.

La pensée de Raoul la préoccupait, tandis que, bercée sur cette corbeille verdoyante d'où s'élevaient en guise de mâts deux jeunes peupliers, elle eût fait rêver un statuaire à une de ces naïades qui naissaient de l'écume des flots et régnaient sur les solitudes.

Cependant la brise avait ridé l'eau et la faisait bouillonner en petites vagues; les arbres frissonnaient, l'onde baignait les pieds des deux femmes.

Alice sentit l'îlot s'alourdir sous le poids de l'eau, fléchir et s'enfoncer peu à peu. Elle dit doucement à Denise :

— Prends garde, petite! le courant nous entraîne, je crois. Tâchons de regagner les îles ou le rivage.

Mais celle-ci, la regardant avec un visage sur lequel la terreur avait posé sa pâle empreinte, lui montra du doigt Bourrasque appuyé contre un des châtaigniers de la rive et dont le torse s'élevait au-dessus des ajoncs, puis elle laissa la gaffe s'échapper de ses mains.

— Eh bien! l'idiote, que diable fais-tu? — s'écria le terrible forgeron en ricanant.

— Va-t'en! va-t'en! — dit Denise en le repoussant du geste, à la manière des enfants.

— Allons, belle dame, veillez au grain, — reprit Bourrasque, — ou cette niaise vous jouera un mauvais tour. Le vent fraîchit. Ramassez donc la gaffe, qui va rouler dans l'eau. — Mais Alice, sombre, émue, effarée, le regardait comme un mauvais génie soudainement apparu pour sa perte. L'atmosphère de plus en plus lourde s'échauffait; les nuées, qui avaient pris des teintes de cuivre, zébraient le ciel. Madame Terral restait immobile et ne paraissait pas avoir entendu la voix de l'ouvrier, mais voyant Denise se baisser, reprendre la gaffe et se disposer à obéir, elle lui retint la main par un geste impérieux. — Ah! je vois ce que c'est, — dit Bourrasque, — vous avez peur de moi bien plus que du vent et de l'orage. Bien obligé! Vous avez tort, mes petits agneaux! Ma seule envie est de vous voir filer loin d'ici. Vous ne m'avez pas fait de mal, et je n'aurais aucun profit à vous en faire; j'irais moi-même vous porter secours à la nage, s'il m'était possible de me dépêtrer de ces herbes et de ces ajoncs. Ecoutez-moi donc pour votre salut. Enfoncez hardiment la gaffe dans la vase; l'îlot tournera sur lui-même et se dégagera peut-être du courant; alors vous pourrez regagner le rivage.

Alice, malgré sa terreur et son mépris pour cet homme, résolut d'affecter la confiance et de lui imposer par son calme et son apparente sécurité en allant au-devant du danger.

Ce fut en vain que Denise plus craintive s'écria :

— Non, non, n'allons point vers Bourrasque! ici nous sommes à l'abri de ses méchantes intentions. Que fera-t-il de nous s'il nous tient une fois dans ses mains?

— La folle! — dit l'ouvrier. — Denise, tu veux donc faire périr la dame par peur de mes griffes? Tiens, si j'étais méchant comme tu dis, la distance ne m'empêcherait pas de vous rendre muettes toutes deux avec ce joujou. Et il lui montra un pistolet rouillé qu'il venait de sortir de la poche de son pantalon de toile bleue. Cependant il murmurait entre ses dents : — Maudites soient-elles avec leur bavardage! J'ai bien besoin de pareils témoins pour la besogne que j'ai à faire ici. — La vue du pistolet n'avait pas effrayé madame Terral. Elle avait résolûment suivi le conseil du forgeron, et maintenant l'îlot s'avançait, quoique avec lenteur, vers le petit golfe que nous avons décrit, parce que le vent était contraire et le repoussait vers le courant. Lorsque la barque végétale toucha au pied d'une des roches formant cap, Denise sauta dessus la première avec sa souplesse habituelle, en s'aidant de la gaffe. La jeune femme, moins aguerrie à ces sortes de vaillances, hésitait à l'imiter, et le forgeron, marchant dans l'eau jusqu'à la ceinture, s'avançait vers elle, lorsque l'apparition d'un nouveau personnage rendit son intervention inutile. C'était Raoul, que le son de voix connues venait de surprendre au milieu du silence et de la rêverie, et qui, ayant embrassé d'un coup d'œil toute cette scène, s'élança du haut de la roche sur l'îlot pour prendre Alice dans ses bras et lui faire traverser sans danger, sans même se mouiller le bout des pieds, la digue de roseaux qui séparait l'esquif de la terre ferme. Mais sous son élan l'îlot fléchit et recula en sens contraire de plus en plus. Aussitôt Bourrasque poussa un formidable éclat de rire, et arrachant la gaffe des mains de Denise, il s'en servit pour repousser l'île au large. — Cette fois, — s'écria-t-il, — je vous défie bien de lutter contre le vent qui vous entraîne au courant.

— Malheureux! — dit Raoul stupéfait, — oses-tu bien...

— J'ose toujours beaucoup en votre faveur, monsieur Raoul, — interrompit Bourrasque, — quoique vous ne m'en témoigniez guère de reconnaissance.

— Jette-moi la gaffe, je te l'ordonne! — poursuivit le jeune homme.

— Vous oubliez qu'un ouvrier chassé de la forge n'est pas payé pour obéir à son contre-maître; cependant, si cela vous fait grand plaisir, je ne veux pas trop regarder à ma peine...

Il feignit de balancer la gaffe avec soin et de la lancer de toute sa force, mais soit hasard, soit maladresse volontaire, elle alla tomber dans l'eau à une certaine distance de l'îlot qui continuait à s'éloigner.

La jeune fille tendit ses mains jointes comme une suppliante vers Bourrasque :

— Je vous en prie, je vous en prie, sauvez-nous! oh! malheureuse que je suis! implore-le, Denise! qu'il ait pitié de moi! lui seul peut nous entendre ici! je ne lui ai jamais fait de mal, il l'a dit lui-même tout à l'heure!

Aux accents de cette voix déchirante, Bourrasque sembla involontairement tressaillir, mais il dompta bien vite ce bon mouvement, en criant à Raoul :

— Bon voyage, mon gentilhomme!

— Mais cet homme est donc fou! se demanda l'artiste éperdu.

— Vous me remercierez plus tard de ma maladresse, beau contre-maître! — lui cria encore l'ouvrier. Et comme Denise saisissait ses mains et cherchait à l'engager à secourir sa maîtresse, il lui dit : — Toi, tu as ton esprit dans les nuages, j'ai pitié de toi; mais file sans retourner la tête, ou mon joujou t'apprendra à ne pas être curieuse. Si tu retournes à la forge ou à la maison, pas un mot sur tout ceci, ou la vieille mère en pâtirait, entends-tu? — Et il la poussa dans le sentier en la menaçant du bout du pistolet. Quand la pauvre fille se fut éloignée en sanglotant, terrifiée par ses menaces, Bourrasque suivit d'un regard ironique l'îlot poussé par le vent, où l'artiste se tenait immobile, les bras croisés, le front penché, tandis que madame Terral, adossée à un des arbres, semblait abîmée dans son désespoir. — Voilà deux amans bien heureux de leur tête-à-tête, — se dit le forgeron. — N'importe! j'aime mieux cela. Deux vengeances pour une; c'est de la chance. Si je croyais au diable, je dirais qu'il me les a envoyés ici tous les deux.

XIV

UN BAISER DE SŒUR.

Cependant l'île voguait doucement sous la brise comme une corbeille embaumée.

Raoul et Alice étaient réellement consternés. Ils avaient peur, en effet, de ce tête-à-tête secrètement rêvé dans les replis les plus cachés de leurs cœurs. Ils se demandaient avec un frémissement douloureux si ce n'était pas là un piège, si ce bonheur hasardeux et inattendu ne voilait pas une trahison, si la main de Bourrasque n'allait pas les livrer aux soupçons de Terral soudainement revenu.

Mille complications terribles se pressaient et se heurtaient dans leur esprit.

Quand Raoul releva la tête, l'île était presque arrêtée au milieu de l'étang.

Le calme les enveloppait ainsi que les émanations et les senteurs des arbres qui couvraient les autres îles.

Le chant des oiseaux leur faisait un concert. Le vent s'était apaisé.

Ce paysage d'un aspect singulièrement paisible, sauvage et charmant changea le cours de ses idées et lui fit oublier le danger.

Il ne vit plus dans cet incident étrange qu'une femme aimée à protéger, à rassurer, à consoler.

Il ne vit plus que ce rendez-vous, convoité souvent par son imagination, qu'il n'eût pas osé réclamer au nom de son amour, rendez-vous qui malgré les périls avait sa poésie, et que Bourrasque lui donnait à l'abri de tous les regards, sur cette fragile couche de terre où elle et lui se trouveraient comme séparés du monde.

Il remercia presque au fond de son cœur l'impudent forgeron, et s'avança vers Alice, qui le regarda avec angoisse.

— Suis-je donc tout à fait perdue, Raoul? — lui dit-elle d'une voix brisée par la honte et la crainte; — n'y a-t-il aucun moyen de revenir au rivage?

— Non, madame, — répondit-il avec effort. — Il est impossible de nager, à cause des hautes herbes et de la vase où le plus adroit comme le plus hardi s'engloutirait.— Madame Terral cacha dans ses mains son visage qui se baigna de larmes. — Mon Dieu! madame, — reprit Raoul anéanti devant la douleur de la femme qu'il aimait, — ma vie est à vous. J'ai peur, il est vrai, de vous laisser seule sur cet îlot, de vous abandonner... mais si votre désespoir est si profond, je puis essayer de surmonter les obstacles dont je vous parlais... Mon désir de vous sauver est trop grand pour que le ciel ne me protège pas un peu.

— Oh! vous ne m'avez pas compris, monsieur, — dit vivement Alice; — je n'accepterais pas si légèrement le sacrifice de votre vie... ce serait une tentative insensée, et vous ne l'accompliriez pas pour moi... Mais laissez-moi pleurer librement, car ma position est affreuse.

— Oui, il est affreux, — reprit amèrement l'artiste, — de vous voir en péril sans que ni le courage, ni l'adresse, ni la volonté la plus ardente me suffisent pour vous sauver; il est affreux de me sentir plein de force et de hardiesse, d'être prêt à me dévouer pour vous épargner la moindre douleur, et de me voir condamné à l'inaction devant votre angoisse, les mains paralysées et la volonté impuissante!

— Ainsi l'honneur d'une femme est à la merci du hasard, — répliqua madame Terral accablée; — un misérable comme ce Bourrasque peut s'en faire un jeu!

— Oui, — dit Raoul avec une expression de sombre ironie, — parce qu'un contrat stupide vous a liée à un homme que vous ne pouvez aimer, votre honneur est son bien comme l'esclave est celui du maître. Votre vertu, beauté, votre jeunesse, vous rendent digne d'être aimée à genoux par un homme supérieur, et vous êtes la ménagère d'un forgeron qui vous prodigue son indifférence comme une insulte domestique de chaque jour. Une lâche habitude vous fait respecter cette chaîne dont l'homme garrotte vos mains délicates et votre esprit timide.

— Oh! Raoul, ce sont là des paroles impures et indignes de vous! — interrompit la jeune femme en le regardant avec d'autant plus d'épouvante que ces phrases audacieuses ne vibraient pas seulement à ses oreilles, mais s'insinuaient dans son cœur si amoureux d'indépendance, si altéré de sympathies.

— Chose étrange! — poursuivit le sculpteur avec une sorte de violence passionnée, — nous sommes réunis seuls ici, bercés par le flot sous la voûte du ciel, et ce qui devrait être un bonheur, vous épouvante comme un crime! Je suis heureux de vous voir ainsi librement, seul,

sans être jalousé par des regards rivaux, et je dois me reprocher cette joie comme une trahison! Si vous n'étiez pas la femme de monsieur Jacques Terral, cette solitude, qui vous paraît dangereuse, pourrait être un paradis.

— Oui, si nous étions libres tous deux, — murmura Alice, — nous pourrions l'admirer ensemble, d'un cœur calme et sans remords.

— Vous l'avouez, n'est-ce pas, madame? — reprit impétueusement Raoul. — Ah! c'est que la nature nous a réellement unis et marqués l'un pour l'autre, c'est que, sur quelque objet que se fixent mes regards et que se porte mon esprit, je ne vois que vous, je ne pense jamais qu'à vous!

— Mon ami, ne caressons pas plus longtemps de telles chimères, — répondit-elle. — Je crois à la sincérité de votre affection, je crois que vous saurez la préserver d'entraînemens coupables, mais il faut éviter pour cela de nous complaire dans des suppositions dangereuses, et ne pas oublier que madame Terral ne peut jamais être Alice pour monsieur Raoul de Vaumeillan.

Le jeune homme la regarda avec un sourire d'étonnement.

— Mais, madame, — reprit-il, — ce que j'aime, ce n'est pas ce qui attirerait l'attention vulgaire des autres hommes, ce n'est pas la forme de votre visage, la couleur de vos cheveux, l'azur de vos yeux et la grâce de votre démarche : c'est votre âme que je recherche en vous. Laide ou défigurée, il me semble que je vous aimerais de même. Depuis la nuit de Gœttingue, votre image m'a partout suivi, tandis que vous m'aviez sans doute oublié. Je n'ai pas fait un pas dans mes voyages sans avoir pour compagne de route, pas admiré un site sans regretter que vous ne partagiez pas ma découverte. Les plus beaux arbres ne me semblaient avoir d'autre utilité que de vous abriter de leur ombre, les plus belles fleurs que de se grouper en bouquets à votre corsage. Un jour, dans mon voyage, j'aidai à combattre et à éteindre l'incendie d'une grange où j'avais dormi sur la paille : des femmes criaient aux fenêtres; mon courage redoubla, et j'appuyai une échelle contre le mur enflammé, car je rêvai que vous priiez peut-être Dieu, toute tremblante, derrière ce mur, et que j'allais vous chercher et vous emporter dans mes bras, cher et inespéré fardeau! Je sauvai une de ces femmes, et je ne m'éloignai qu'à regret des décombres brûlans pour regagner le sol où mon rêve allait cesser et s'évanouir. Oh! Alice, comme je vivrais bien dans cette solitude, devant tout mon bonheur à l'amour, loin de l'envie des hommes, mettant mon âme entière en vous, et devenant pour vous l'univers!

Madame Terral fixa sur lui un regard plein de tristesse de reproche et de douleur.

— Raoul, — lui dit-elle, — vous m'estimez donc bien peu que vous osez me faire entendre des aveux insensés et criminels! Si vous m'aimiez, vous ne chercheriez pas à verser dans mon cœur comme un poison enivrant et mortel ces paroles d'amour. Songez au devoir, mon ami, et ne me faites pas repentir d'avoir placé ma confiance en vous. Soyez pour moi un véritable frère. Au lieu de m'entraîner au gouffre, venez à l'aide de ma faiblesse; soutenez-moi d'une main ferme dans le sentier que je ne dois pas quitter. Ne soyez pas le tentateur, mais l'ange gardien. Songez à ce que vous attendriez de moi si j'étais votre femme, à quel prix j'aurais votre estime, à quel prix vous m'honoreriez dans votre cœur. C'est à celui qui m'aime réellement à me sauver et non à me perdre. Et, je vous le répète, Raoul, je crois en votre amour et je m'y appuie.

L'artiste avait écouté Alice avec un sombre dépit.

— Oh! vous n'avez pas besoin de mon appui, madame — répliqua-t-il. — Mon délire n'a pas été contagieux pour vous. Je vous ai aimée parce que j'avais cru deviner les mêmes sympathies dans nos pensées et nos sentimens parce qu'il me semblait que vous deviez répéter tout bas, au fond de votre cœur les paroles qui s'échappaient de mes lèvres. Je me suis trompé sans doute. Vous êtes la femme de monsieur Terral, l'honnête maître de forges, et ce bonheur vous suffit. Je dois désormais réprimer ces élans désordonnés de mon âme, qui sont à vos yeux aussi criminels qu'ils eussent été légitimes avant l'heure où par une simple signature insouciamment donnée, vous enchaînâtes votre liberté et votre cœur à monsieur Terral ! J'obéirai, madame.

— Raoul, si j'avais été votre femme et que j'eusse écouté les protestations d'amour d'un autre homme, ne m'auriez-vous pas méprisée, dites? — insista Alice avec un naïf élan de fierté, mais les yeux mouillés de larmes.

— Si vous aviez été ma femme! — s'écria le jeune homme avec un transport passionné. — Oh ! pourquoi faire briller à mes yeux ce décevant mirage? Croyez-vous que j'aurais compris comme monsieur Terral mes devoirs de mari? Vous aurais-je enfermée dans la prison du logis pour aller débattre loin de vous je ne sais quels intérêts vulgaires? Non, je n'aurais pu vous quitter. Suivant votre désir, je vous aurais jalousement gardée dans la solitude, où j'aurais été glorieux de vous montrer à tous comme un trésor envié. Au lieu d'un maître, vous auriez eu un esclave prosterné devant le moindre de vos caprices!

Madame Terral commençait à prêter plus complaisamment l'oreille à la séduction de ces entraînantes paroles.

Cependant son caractère fier et généreux lui fit répondre vivement :

— Je n'aime ni les esclaves ni les despotes ; je veux l'égalité et l'indépendance dans l'amour ; quant au monde, je le crains pour le bonheur, c'est lui qui le gaspille et le ruine par envie.

— Tant mieux, car je ne t'aimerais que si vous l'aimiez, — reprit le sculpteur, qui, s'apercevant qu'il avait dépassé le but avec cette nature loyale et franche, voulut revenir sur ses pas. — Ce que je rêve, moi, c'est un humble atelier où vous ne me quitteriez pas, car mon âme vit hors de moi, elle vous suit, et je sens une immense en votre absence. Votre regard protégerait et encouragerait mon travail. Au bout de ma tâche, je quêterais un de vos sourires pour ma récompense. L'hiver, au coin de l'âtre, nous mêlerions nos pensers d'avenir , nous remonterions le cours des jeunes années en remerciant Dieu de nous avoir donné l'un à l'autre.

— Ce pouvait être là notre vie, en effet, — soupira Alice.

— Voilà ce que je préférerais au vain luxe du monde, — continua Raoul avec chaleur, — aux chevaux fringans, aux loges de théâtres, aux bals, à la gloire et aux acclamations de la foule.

— A la gloire même! est-ce bien vrai? — demanda la jeune femme avec un sourire de doute.

— Mais cette gloire, — reprit-il, — combien je serais plus fier encore si je la devais à l'encouragement de votre présence, si elle m'arrivait grande et légitime, si qu'elle me permît de vous donner une aisance gagnée par les journées laborieuses, sans être forcés de nous quitter et de nous sacrifier aux exigences du monde!

— C'eût été un bonheur trop grand, mon ami ! — murmura madame Terral.

L'artiste laissa échapper un mouvement d'orgueilleux triomphe dont elle ne s'aperçut pas. Il s'approcha d'elle et saisit sa main :

— Oh! laissez-moi croire, Alice, que l'avenir est à nous et le passé un mensonge. S'il m'était donné de vivre ainsi, votre main dans la mienne, je n'aurais plus rien à demander au ciel, et pendant l'éternité je n'aurais pas un moment de regret ou d'ennui.

— Raoul, ayez pitié de moi, — dit la jeune femme en cherchant à dégager sa main. — Songez que je suis forcée d'entendre vos paroles contre ma volonté; n'abusez pas de cette contrainte du hasard. Soyez généreux et ne m'avilissez pas à mes propres yeux et aux vôtres; ne cherchez pas à égarer mon cœur. Vous savez que veux être fidèle à mon devoir comme un homme loyal qui a prêté un ser-

ment et qui veut le tenir au risque de sa vie. Cette probité que vous exigez de l'orgueilleuse force de l'homme, respectez-la chez une pauvre femme qui vous implore.

Raoul lâcha la main d'Alice avec un geste de colère et de douleur.

— Ainsi, madame, — dit-il, — vous invoquez mon amour contre moi afin de me repousser comme si j'étais un danger pour vous. Mais mon amour est d'un frère et veut vous servir d'égide et de protection. Que devez-vous à cet homme dont vous portez le nom ? L'honneur de ce nom. Mais le croyez-vous donc en péril, madame? Je vous défendrai contre tous et contre moi-même, si vous êtes confiante en moi. Pourtant je le hais, ce Jacques Terral, car je suis égoïste ; je voudrais que tu ne lui doives rien à cet homme, et que tu me doives tout à moi, Alice ! me suis-je envieux du vent qui caresse ta chevelure et du flot endormi qui te berce ? Comment ne deviendrais-je pas fou de douleur en te voyant recevoir de ton mari un de ces baisers sacrilèges non sanctionnés par l'élan du cœur.

— Vous êtes injuste, Raoul, — dit Alice violemment émue de cette fougue passionnée ; — vous savez mes tortures. Mais oubliez-vous que j'ai accepté de plein gré monsieur Terral pour mari? Ce n'est pas un vieillard sans âme qu'une famille opiniâtre et cupide m'a imposé comme à tant d'autres victimes. S'il s'agit d'une chaîne c'est moi-même qui l'ai rivée à mon cœur. Si désormais ma vie doit être vide et perdue, c'est que j'acquitte une dette et qu'il serait lâche de tromper la confiance de celui à qui j'ai presque offert ma main.

— Ainsi, pour vous, madame, — reprit le sculpteur avec un accent plein d'amertume et d'ironie, le cœur est comme une marchandise. Vous voulez soumettre aux froids calculs de la raison ces élans irrésistibles, ces orages dont la vie dépend. Mais c'est vouloir arrêter par une digue de sable le flux de l'océan! C'est entreprendre une tâche puérile et hasardeuse, madame. Nous autres artistes, bohémiens du ciseau, de la plume ou du pinceau, nous ne transigeons pas si facilement avec les tyrannies du monde.

— Mais qu'exigez-vous donc, mon ami, pour croire à mon affection? demanda la jeune femme désespérée des doutes et des reproches de monsieur de Vaumeillan.

— Vous voulez que je vous parle franchement et à cœur ouvert, n'est-ce pas, Alice, — répliqua le gentilhomme.

— Trève donc à ces paroles équivoques dans lesquelles chacun de nous cherche et cache sa pensée, et abaisse son caractère. Monsieur Jacques Terral a eu tort d'accepter votre dévouement puisqu'il n'était pas certain d'assurer votre bonheur, ce bonheur moral que ne donnent ni l'or ni les diamans, mais la sympathie des âmes. Il a surpris votre cœur généreux et confiant au profit de son amour égoïste ; il vous a garrotté d'un lien ; ce lien, vous avez le droit de le rompre et de ne pas repousser l'homme qui vous aime véritablement. Quant à ces mots d'amitié et de sympathie que nous échangions, ce sont des mensonges, des fictions indignes de nous. Je ne vous aime pas comme un frère, Alice. Pour tous deux peut s'ouvrir encore une vie de bonheur complet, une vie qui fasse cesser ce rêve, cet ennui profond qui vous consume comme une agonie incessante. Voulez-vous reprendre votre liberté? Au lieu de cette bâche inquiète qui ride nos fronts, qui nous éloigne l'un de l'autre, nous resterions les mains unies, les regards confondus, heureux par nous-mêmes à jamais! — Et comme la jeune femme ne répondait pas, il s'approcha d'elle et lui reprit les mains : elles étaient glacées. Il la regarda : elle était blanche comme la neige et frissonnait comme saisie de froid. C'est que pendant cet entretien le soleil avait disparu, que la brume s'était levée comme un voile sur l'étang et les marais, de plus en plus épaisse et pénétrante, et que Raoul, tout entier à sa passion, n'avait rien remarqué de ce changement funeste. Il s'aperçut alors qu'Alice, silencieuse, immobile, n'avait pas fait entendre une plainte, mais qu'elle était légèrement vêtue; qu'une simple écharpe couvrait ses épaules et que ses pieds, trempant dans l'eau dont l'île flottante s'imprégnait sans cesse, devaient être engourdis ou gonflés. Il poussa alors une exclamation de douleur et d'effroi et s'écria : — Aveugle que j'étais! vous souffrez, Alice, et je ne le voyais pas, et je vous parlais comme un insensé de mon amour! Oh ! ce misérable Bourrasque, avoir osé vous exposer à subir ces miasmes, ces émanations malsaines, et m'avoir fait le témoin impuissant de votre souffrance! et pas un mot de reproche ou de plainte n'est sorti de vos lèvres!

— A quoi bon ? — murmura-t-elle. — Ces vapeurs glaciales n'atteignent que mes membres C'est là une moindre torture que d'entendre vos paroles, Raoul. Ma présence ici suffit déjà à me déshonorer aux yeux du monde ; mais vos discours, mon ami, justifieraient la calomnie, car, en les écoutant, je me déshonore à mes propres yeux.

Le jeune homme ôta son caban de pêche et en couvrit soigneusement les épaules de madame Torral, qu'il regarda avec un attendrissement inexprimable sans oser lui répondre.

Elle ne se sentait plus la force de bouger, tant l'humidité glaciale avait comme paralysé son corps.

Le vent avait augmenté, il sifflait et grondait avec éclat, faisant écumer les vagues et ballottant l'îlot d'une façon menaçante : toutes les autres îles commençaient à se séparer, à s'entrechoquer et à se disperser comme les vaisseaux d'une escadre, spectacle tout à fait étrange, et les arbres courbaient et froissaient leurs branches sous la rafale avec un frémissement sonore.

Raoul errait désespéré sur cet étroit espace où ils étaient emprisonnés.

— Et au milieu de tous ces bruits de la nature, — disait-il, — pas une voix humaine, pas un être vivant! Si j'appelais au secours, peut-être quelqu'un nous entendrait-il.

— Prenez garde, Raoul, — répliqua la jeune femme,— celui qui viendrait serait pour nous un juge. Songez au scandale, à la honte dont je serais publiquement flétrie. Hélas! folle que je suis, peut-être Bourrasque a-t-il déjà parlé, et l'opprobre est-il irréparable!

Et des larmes brûlantes sillonnèrent ses joues pâles.

Mais Raoul, au lieu d'être ému de ces paroles, en fut sourdement irrité.

— C'est juste, madame, — reprit-il,— être sauvée en ma compagnie, ce serait une chose honteuse et déplorable; mais rassurez-vous, ma vie vous appartient, et si nous devons être surpris ensemble sur cet îlot, au premier appel d'une voix, au premier signe d'un secours humain, je descendrai vivant dans ce gouffre qui ne rend pas ses victimes, et on ne retrouvera pas de cadavre dénonciateur. Vous voyez que je pourrai encore vous être bon à quelque chose, dès que je serai assuré de votre salut.

La malheureuse femme fut saisie d'un tremblement soudain à ces cruelles paroles ; une rougeur pourprée se plaqua sur ses joues ; elle essaya d'étendre ses mains vers le jeune sculpteur, elle voulut répondre, et ses lèvres tremblantes ne pouvaient préférer les mots confus que lui inspiraient une noble indignation et la blessure de son cœur.

— Raoul! Raoul! — dit-elle enfin d'un voix entrecoupée et déchirante, —voilà donc comme vous me jugez, assez lâche, assez honteuse, assez peureuse de la calomnie pour acheter mon honneur au prix de votre vie! Mais si je tiens à être honorée par tous, c'est pour l'être par vous, Raoul, car je tiens plus à votre estime qu'à celle du monde entier, et, si je vous avais perdu, que m'importerait la vaine considération du monde, que m'importerait la vie.

A cet aveu arraché du cœur par la passion, Raoul fut saisi d'une de ces joies profondes qui touchent à l'extase,

il s'agenouilla devant Alice, et, embrassant ses mains, il y laissa tomber une larme ardente en disant :

— Pardon, pardon, Alice, mais vraiment j'étais fou et je ne mérite pas tant de bonheur.

Effrayée elle-même de son imprudence, la jeune femme reprit timidement :

— N'est-ce pas, mon ami, vous serez jaloux de justifier la confiance que je mets en vous, car je ne vous fatiguerai plus de mes craintes et de mes reproches.

— Je la justifierai, — s'écria l'artiste, — en mourant pour vous sauver l'honneur, Alice. C'est ainsi seulement que je pourrai être digne de vous.

— Vous mourir ! — répliqua-t-elle. — Non, si vous m'aimez; ne comprenez-vous pas que je ne puis vous laisser mourir? Ai-je si bien pu cacher toute trace de cette épouvante? Je ne veux pas déserter mes devoirs d'épouse, Raoul, mais j'ai besoin de votre présence, il faut que je sente votre affection veiller sur moi. Raoul, ne m'abandonnez pas et laissez-moi vous donner un baiser de sœur. Vous verrez bien que loin de vous craindre maintenant, je n'espère qu'en vous pour m'aider à tenir saintement mes serments.

Et, se penchant vers lui, elle imprima un chaste baiser sur le front brûlant du jeune homme.

XV

UN BAISER D'AMANT.

Raoul tressaillit sous ce baiser et sentit la flamme courir dans ses veines.

— Oh! repousse-moi, Alice, plutôt que d'avoir en moi cette confiance qui me tue !

— Je te connais, mon ami, tu ne le trahiras pas. tu ne voudras pas avilir et perdre celle que tu aimes.

— Autrefois, je t'ai aimée comme on adore les anges dans ses rêves ; te voir de loin, te parler dans ma pensée, c'était là mon bonheur. Puis, quand j'ai vu dans le pavillon que nos cœurs et nos regards se répondaient, que nous sentions ensemble les mêmes choses sans nous le dire, j'ai voulu te fuir ; mais me séparer de toi m'était devenu impossible. Je suis resté. Et je t'ai avoué mon amour, et ta résistance a irrité le feu de mon cœur. Mais à cette heure que tu m'écoutes sans colère et sans peur, que tu te fies à mon honneur, je croirais t'outrager comme un lâche si je n'obéissais pas à ta prière comme à un ordre sacré.

— O noble et cher Raoul, comme tu me rends heureuse! il me semble que je renais à la vie, que je vois le ciel pour la première fois. que tout mon être sent avec plus de chaleur et de puissance! Maintenant je puis penser à mon mari sans remords, car je suis sous la sauvegarde d'un frère!

Le jeune sculpteur contemplait sa maîtresse avec adoration, en réchauffant ses mains d'un souffle ardent.

— Hélas! si cet instant de bonheur pouvait s'éterniser, Alice! mais non, bientôt il faudra nous séparer. Oh! comme nous regretterons cette heure radieuse de liberté, car elle ne reviendra plus jamais. Sois bénie, petite île charmante où nous avons aimé et souffert! Ailleurs nous serons tous deux bien malheureux désormais, mon Alice! Nos cœurs resteront unis, mais nous serons séparés, obligés de veiller sur nos regards, nos gestes, nos paroles, qui pourraient trahir le trouble et l'épanchement de nos âmes. Je t'aimerais mieux absente et morte que me souriant au bras de ton mari, sais-tu bien, Alice? Absente, j'espérerais te revoir; morte, ah! j'espérerais bien te rejoindre, et je ne souffrirais pas de te savoir malheureuse et profanée par l'amour d'un autre homme. Mais te voir par momens, te parler avec une apparente liberté, froidement, respectueusement, t'aimer avec folie et te savoir perdue à jamais pour moi, ah ! c'est là un intolérable supplice !

— Dieu nous a fait cette destinée, mon ami, — dit tristement madame Terral.

Raoul jeta des yeux égarés sur les vagues qui venaient se briser contre l'îlot et poursuivit d'une voix sombre :

— Il n'y a qu'un moyen pour que ce ne soit pas moi qui te perde, mais cet homme, c'est de mourir ensemble. Oui, il y a des momens où je suis tenté de t'arracher à Jacques Terral et de te réunir à moi pour toujours en t'entraînant sous cette eau profonde. L'occasion nous est propice, et il suffit d'un geste. A cette heure, je t'aime, Alice, et je n'ose te presser dans mes bras par respect pour le serment qui t'enchaîne à cet homme; mais la mort ne nous tiendrait-elle pas quitte de tout devoir envers lui ? Oh ! comme je comprends de plus en plus tout le bonheur d'être ensemble, et tout ce que je perdrai quand ton mari t'aura séparée de moi ! Comment résister à cette horrible tentation? Me repousseras-tu encore, Alice, si je te supplie de concentrer dans une heure d'extase cette longue vie de bonheur que nous rêvions en vain?

— Je ne crains pas de mourir, — dit la jeune femme épuisée par tant de secousses.

Raoul se releva brusquement :

— Oui, — continua-t-il avec agitation, — c'est le moyen de finir ces tourmens trop violens que j'endure. Pendant quelques instans qui résumeront tout ce qui nous reste à épuiser de félicités humaines, tu auras été belle et souriante pour moi seul, je me serai enivré seul de tes douces paroles et de tes doux regards, à l'abri du monde curieux et de l'envie des hommes... Nous nous avouerons notre amour sans remords, puisque nous nous punirons aussitôt de ce grand crime par une mort volontaire. Cette heure nous est encore donnée pour accomplir ce dessein. Passé cette heure, nous serons séparés. Toi, Alice, esclave qui n'as que la liberté de mourir, tu retomberas sous la chaîne du maître, et moi je serai condamné à vivre seul, d'une vie qui sera une mort lente, une agonie affreuse et incessante. Vivans, la société impitoyable nous sépare et nous défend le bonheur. La mort nous unit et m'ôte la douleur de te laisser à un autre homme.

— Mon ami, le ciel nous protège et nous favorise, — dit Alice avec un calme sourire, — car la brume s'épaissit, le vent agite les eaux avec un bruit sinistre, et l'île s'enfonce de plus en plus, submergée par les flots qui s'y jettent.

Mais en voyant le danger réel, menaçant, terrible que courait sa maîtresse, le sculpteur oublia, comme un rêve, le projet sinistre que lui avait fait concevoir l'emportement de sa passion.

— Maudit soit mon égoïsme féroce ! — s'écria-t-il d'une voix amère et douloureuse, — Voilà donc ce que mon amour t'aura offert, une mort silencieuse et cachée, à toi que Dieu avait faite belle et rayonnante pour de longs jours ! Oui, cette île va sombrer sous nos pieds. Et c'est mon poids qui la fait pencher et vaciller ainsi; c'est moi qui vous perds, Alice. Oh ! à tout risque, je veux essayer d'aborder à une de ces îles plus grandes, que le vent a sans doute rapprochées de nous.

Et il se pencha sur le bord, mais la jeune femme le retint avec force :

— Non, restez, Raoul, j'aurais trop peur de mourir seule. Pourquoi nous quitter à ce moment suprême? il faut attendre la mort avec calme, et ne pas la chercher dans une chimérique espérance de salut; elle nous fait libres, elle nous dégage de nos liens avec le monde; il est doux de partager le même danger, de partager la même agonie, et j'aime cette mort silencieuse et cachée, je la trouve belle, et j'aime ces flots qui vont nous servir de linceul, parce qu'ils semblent dire à nos cœurs de se parler à voix haute et de ne plus rien craindre en ce monde.

L'île s'enfonçait sous une couche d'eau plus haute.

Les racines, qui soutenaient un sol végétal, s'affaissaient

et se disjoignaient, et le flot allait bientôt atteindre les genoux des deux amans.

— Oh ! moi qui te parlais tout à l'heure de mourir, — s'écria Raoul, — je sens une angoisse indicible à voir la mort s'approcher de toi !

— Et moi, je l'accueille avec joie, mon ami, parce qu'elle dénoue les nœuds de la terre et qu'elle me permet de t'avouer sans honte et sans rougeur, comme en présence de Dieu, que je t'aime de toutes les forces de mon âme !

— O ma bien-aimée ! — dit-il en l'étreignant de ses bras, — c'est donc à l'heure où ton âme s'échappe vers moi que je vais te perdre, car ton visage est glacé et tout ton corps est agité d'un frisson mortel.

— Remercie Dieu, Raoul, — murmura Alice en s'abandonnant à son étreinte, — de nous avoir envoyé cette mort imminente, car sans elle j'aurais encore lutté et tu n'aurais pas su mon secret.

— Oh ! mais quelqu'un viendra à notre aide ! — dit le jeune homme. — Dieu doit veiller sur ses anges. Je te sauverai, Alice. Malgré la brume et la nuit, je veux me jeter à la nage et t'entraîner avec moi jusqu'à ce que nous rencontrions une de ces îles. Ne te semble-t-il pas que déjà le vent s'apaise et que les flots sont moins irrités?

Les rayons rougeâtres de la lune percèrent en ce moment le brouillard, qui devint moins opaque.

— Oh ! je ne voudrais pas vivre après cette heure d'extase et d'amour, — dit Alice. — Vienne la mort maintenant, car tu sais, Raoul, que mon cœur n'a jamais battu que pour toi ! — Une brusque secousse fit soudainement trembler et pencher l'îlot d'un côté : il venait de toucher une autre île assez vaste qui s'étendait jusqu'au rivage. La jeune femme crut que c'en était fait, et, regardant tour à tour le ciel et Raoul qui la gardait dans ses bras : — Que Dieu nous pardonne, mon ami, — dit-elle d'une voix grave et douce, — et qu'il ne nous sépare pas dans l'autre vie !

Mais le sculpteur n'était pas homme à désespérer si facilement.

— Il n'est pas dit que nous devions échouer au port, — s'écria-t-il. Et sentant l'îlot sombrer tout à fait, comme il venait de mesurer de l'œil la distance qui les éloignait de l'autre île, il s'y élança d'un bond avec son cher et précieux fardeau, et se cramponna aux branches d'un saule penché sur le bord. Dès qu'il sentit ses pieds s'appuyer sur un terrain plus solide, il poussa un cri de joie, et rapprochant son visage de celui d'Alice avec un transport si passionné que leurs lèvres se touchèrent dans un baiser presque involontaire qui fit tressaillir au contact d'un fluide électrique, il lui dit d'une voix vibrante : — Tu ne mourras pas, ma bien-aimée ! tu ne mourras pas! — Au même instant, à travers les sifflemens et les plaintes du vent, un cri humain, cri lamentable et prolongé, cri de détresse et d'appel, vint frapper les oreilles des deux amans qui oubliaient le monde. Ils furent saisis de terreur. — Est-ce un malheureux qui se noie? — dit monsieur de Vaumeillan. Ils écoutèrent encore; le vent gémissait toujours et mêlait ses bruits aux accens étouffés qu'ils croyaient parfois entendre. Tout à coup le son d'une cloche retentit dans le silence, mais ce son fêlé était terrible, brusque, saccadé, lugubre, sinistre. — La cloche maudite de l'ermitage, — dit Raoul, — à cette heure ! Oh ! il se passe là-bas quelque chose d'affreux ! — Il se tut pour écouter. Les dernières vibrations de la cloche s'éteignirent. Les deux jeunes gens se regardèrent, épouvantés de la même pensée. Une frayeur superstitieuse avait chassé l'amour de leurs cœurs. — Dans le pays il n'y a pas un ouvrier ni un paysan qui oserait toucher à cette cloche, — dit Raoul.

— A-t-elle sonné d'elle-même sous la violence du vent? dit Alice. C'est peut-être un présage fatal par lequel Dieu a voulu nous avertir.

Le jeune homme ne répondit pas.

Le remords remplaçait la passion dans leurs âmes.

Ils se sentaient coupables.

Ils s'étaient laissé entraîner par l'amour lorsqu'ils voyaient la mort devant eux, mais la mort n'était pas venue pour les absoudre comme une expiation souveraine.

Madame Terral se mit à pleurer silencieusement, et ce fut en vain que Raoul essaya de retrouver des paroles chaleureuses pour la rassurer; l'accent de la conviction ne les animait plus.

Une inquiétude insurmontable le dominait et le rendait froid et embarrassé.

Sa mobile imagination d'artiste, qui le faisait brave jusqu'à la folie devant un danger réel, était paralysée par ce glas lugubre et mystérieux.

Un quart d'heure se passa dans cette inertie.

Enfin il s'écria :

—Ne vous a-t-il pas semblé encore entendre un gémissement, Alice? Oui, n'est-ce pas? Eh bien! pourquoi restons-nous froidement à cette place, où mon amour paraît devenir pour vous un sujet de honte et de larmes? Tâchons de nous diriger vers la Croix-de-l'Émigré; là nous aurons sans doute l'explication de ces cris de détresse qui nous ont arrachés aux plus doux des rêves !

— Vous avez raison, mon ami, — dit Alice d'une voix entrecoupée. — Marchons, marchons sans perdre de temps !

Le sculpteur cassa une branche d'arbre qui devait lui servir à sonder le terrain de ces alluvions perfides, et, soutenant les pas chancelans de la jeune femme, il s'avança le plus rapidement possible dans la direction de l'ermitage.

L'orage s'était enfin apaisé, et le silence n'était guère interrompu que par une brise qui chassait la brume.

Les nuées se déchiraient pour laisser entrevoir dans le ciel de larges pans d'azur étoilé.

La lune encore trouble et voilée de vapeurs rougeâtres, jetait une lueur mélancolique sur l'étang.

N'entendant aucun nouveau bruit, à mesure qu'ils se rapprochaient du lieu sinistre, Raoul et Alice, se pressant convulsivement la main, cherchaient à se rassurer.

Ils eussent voulu rire de la terreur qui faisait frissonner tous leurs membres.

Ils purent enfin franchir la berge de l'étang, mais lorsque le jeune homme dit à madame Terral :

— Je savais bien, Alice, que je vous sauverais ! — elle le regarda avec une sorte d'égarement et lui répondit d'une voix sourde :

— Vous me croyez donc sauvée, Raoul ! Non, je ne suis pas sauvée, mais perdue! je serais sauvée si j'étais morte !

Le hardi gentilhomme n'osa répondre ; il suivit le sentier qui côtoyait l'étang, et bientôt atteignit les haies de mûriers qui montaient au haut de la roche de l'ermitage.

Il recula tout à coup en voyant sur le sol une traînée de sang, à la clarté plus distincte de la lune, et s'élança précipitamment jusqu'au sommet où s'élevait la croix.

La jeune femme recula d'épouvante, les mains jointes :

— Misérable que je suis, — s'écria Raoul, — pourquoi ai-je tant tardé à accourir ! j'aurais pu sans doute empêcher ce crime !

— Oui, — reprit Alice, — si au lieu de chercher à me rassurer par de vaines paroles d'amour, vous eussiez écouté cette cloche comme une voix qui nous avertissait et qui nous disait de sauver cet homme, Dieu nous eût peut-être pardonné.

Ils s'avancèrent encore pâles et mornes. Raoul s'agenouilla et se pencha vers le cadavre ; mais aussitôt, les yeux hagards, il s'écria en étendant vers Alice ses mains frémissantes pour repousser madame Terral :

— N'approchez pas, Alice, n'approchez pas ! ne *le* regardez pas, madame !

— Vous le connaissez ! malheur ! quel est donc cet homme? — répliqua la jeune femme avec effroi.

Il se releva vivement et voulut l'entraîner violemment loin du cadavre en disant :

—Éloignons-nous ! un tel spectacle n'est pas fait pour les yeux d'une femme ! Je reviendrai seul ici.

Mais elle :

— Je veux le voir face à face, je le veux voir ! — répliquait-elle avec force, car une horrible idée venait de passer comme la foudre dans son esprit. Et se dégageant impétueusement de l'étreinte de son amant, elle vint jeter un regard avide et plein d'angoisse sur le corps étendu au pied de la croix. C'était Jacques Terral inanimé, sanglant, le front pâle, les mains raidies. — Jacques ! — s'écria la malheureuse avec un sourire d'idiote, — mon mari! Oh! le châtiment ne s'est pas fait attendre! Il nous voyait, il nous entendait, il nous maudissait. Quel témoin et quel juge! Oh! comme vous m'avez sauvée, Raoul !

Et elle s'affaissa à terre, accablée par le remords et le désespoir.

— Levez-vous, Alice, — dit le jeune homme en lui prenant doucement la main. Elle lui laissa sa main inerte, mais ne bougea pas. — Nous poursuivrons le meurtrier, — continua-t-il.

— Et de quel droit, — répliqua-t-elle, — oserons-nous le poursuivre et l'accuser, nous plus coupables que lui, qui devrions courber notre front dans la poussière? Il lui a pris sa vie, nous lui avons pris son honneur, qui lui était plus cher que sa vie. L'assassin s'est contenté de son sang ; à nous, il nous a fallu sa honte. Oh ! je ne l'abandonnerai plus ; je resterai près de lui. Vous ne m'arracherez pas d'ici !

— Mais attendez, Alice, — interrompit Raoul qui, penché sur le corps, ne cessait de l'examiner attentivement, — il me semble que son pouls bat faiblement sous ma main.

— N'essayez pas de me tromper, — dit-elle. Mais s'il y a réellement espoir de le sauver, j'aurai encore assez de volonté et de forces pour le transporter cette nuit jusque dans sa maison.

— Vous, pauvre femme, vous succomberiez à la tâche, et le contact de ce corps inanimé vous glacerait, — répondit Raoul, qui venait d'enlever l'habit du maître de forges, d'étancher le sang de sa blessure et de le bander avec des mouchoirs.

— Vous dites vrai, Raoul, — murmura Alice, — je n'ose plus même regarder mon juge. Il me semble que ses yeux fermés me menacent, et leur main étendue m'épouvante plus que des paroles de colère et de mépris.

Le sculpteur chargea avec un frissonnement d'horreur le corps de Jacques Terral sur ses épaules, et les deux coupables reprirent à pas lents le chemin de la forge, inquiets du moindre bruit et n'osant plus échanger un regard ni une parole.

XVI

LA CLOCHE.

Nous allons maintenant raconter le plus brièvement possible les détails de cette catastrophe.

Depuis son expulsion de la forge, Bourrasque errait dans la campagne, craint de tous, repoussé par les plus hardis, accueilli par les timides : décidé à une vengeance sommaire et terrible, il épiait le retour du maître de forges, et chaque jour il parcourait la route sur laquelle ce dernier devait nécessairement passer.

Jacques Terral ayant terminé avec assez de bonheur les affaires qui avaient causé son absence, et ne pouvant résister à son impatience de revoir Alice, était parti un jour plus tôt qu'il ne l'avait annoncé.

Bourrasque, après avoir lancé au large l'îlot qui portait Alice et Raoul et chassé Denise, s'était avancé sur la route jusqu'à un quart de lieue de l'étang.

Il se trouvait dans une cavée ombragée par des arbres qui faisaient voûte au-dessus de sa tête, lorsqu'il entendit le galop précipité d'un cheval.

Il s'arrêta et se mit à rire.

— L'ennemi s'approche, — se dit-il, — je le sens au tressaillement de joie qui me resserre le cœur. Je pourrais le tuer tout de suite, ajouta-t-il en secouant son gros bâton noueux, mais son âme ne souffrirait pas. D'ailleurs, ce n'est pas l'ouvrier Bourrasque qui veut se venger aujourd'hui du maître de forges Terral. Souvenons-nous de monsieur de Favières le gentilhomme et de Jacques le péon.

Son visage prit alors une expression calme et froide, presque digne. Lorsque Terral, arrivant à quelques pas de lui sans l'avoir aperçu à cause de l'obscurité de la cavée, vit tout à coup un homme se dresser devant lui au beau milieu du sentier, il n'eut que le temps de crier :

— Détournez-vous!— Mais déjà l'ouvrier avait frôlé de son bâton les naseaux du cheval, qui se recula effarouché.

— Que veux-tu, misérable? — demanda le maître de forges, qui pensa avoir affaire à quelque rôdeur de nuit.

— Une seule chose, — répondit Bourrasque.

— De l'argent, n'est-ce pas? Mais j'ai hâte d'arriver. Prends et livre-moi passage.

Et Terral lui jeta une bourse qui effleura son visage.

L'ouvrier ne se baissa pas pour la ramasser, mais ses yeux jetèrent un éclair rapide, et il répondit d'une voix brutale :

— Merci! c'est bon pour vous, maître Terral, d'être un voleur d'argent. Une mine d'or, moi, ne me tenterait pas si elle était le bien d'autrui.

Le maître de forges tressaillit d'une émotion singulière.

— Je reconnais cette voix, — dit-il précipitamment.

— Tu l'as entendue assez souvent, Jacques Terral, — répliqua le bandit. — Mais assez causé! Voici ce que moi, Bourrasque, j'ai à te proposer. Tu vas descendre de cheval ; j'ai deux pistolets sur moi, je pourrais t'assassiner, mais je ne suis pas un lâche et je veux bien te faire l'honneur d'un duel. Nous allons nous battre ensemble, mais au dernier sang, entends-tu bien!

— Me battre avec un de mes ouvriers que j'ai chassé aux acclamations de ses compagnons, — dit Terral d'un ton d'ironie dédaigneuse,—mais il faudrait pour cela que je sois fou.

— Je ne me suis pas toujours nommé Bourrasque, — s'écria le forgeron, — et je te fais honneur, maître Terral, en t'acceptant pour adversaire; je ne veux pas déshonorer mon véritable nom en l'accolant aux haillons qui me couvrent, et je tiendrai caché, mais si tu refuses mon défi, je porterai la main sur toi, et alors peut-être...

— Alors je me défendrai, — interrompit le mari d'Alice, — comme un homme de cœur assailli par un brigand ; mais nous ne nous battrons pas ensemble en égaux et en gens d'honneur.

— Et si je te traitais de lâche,— reprit avec fureur l'ouvrier, — car c'est le seul nom que mérite celui qui refuse un combat loyal...

La voix de Terral trembla légèrement en répondant :

— Ton insulte ne me touche pas, car elle ne saurait même-même comme une calomnie. Tu m'as vu calme et résolu devant la chaudière bouillante de la forge, et toi je t'ai vu te retirer devant mon ordre et ma menace. Tu n'as aucun moyen, tu le vois, de me contraindre à te satisfaire.

— Peut-être ! — reprit Bourrasque avec un rire âcre et insolent ; — tu as hâte, je vois, de retourner auprès de ta jeune dame, qui est si belle et qui t'est si chère. Mais sois donc patient. Tu as bien du temps devant toi , car à cette heure tu ne la trouveras pas au logis.

— Infâme! — s'écria vivement Terral, — Alice aurait-elle été victime de quelque scélératesse tramée par toi?

— Moi! qu'ai-je de commun avec de belles dames ? — dit d'un air insouciant le forgeron;— mais madame Terral est jeune, attrayante et jolie; d'autres le savent comme toi et profitent de ton absence pour te le dire.

Une sueur froide mouilla le front de Terral ; mais surmontant son trouble, il répliqua :

— Je serais bien sot et je te rendrais bien content si j'écoutais tes perfides confidences, ami Bourrasque; mais je te préviens que tu perds ton éloquence. Ainsi donc, place à mon cheval et adieu !

— Vous êtes encore plus pressé d'arriver, monsieur le mari confiant, — dit le forgeron en ricanant, — mais moi je n'ai nullement le loisir de me déranger. — Et il se mit à faire le moulinet avec son bâton, tout en continuant ainsi ; — Ecoute, Jacques Terral, nous pouvons conclure un arrangement ensemble. Consentiras-tu à te battre avec moi si je te prouve que ta femme te trompe ?

— C'est faux ! c'est impossible ! c'est un mensonge ! — s'écria Jacques.

— Si je te montre, — ajouta Bourrasque, — les coupables, ignorans de ton retour, oublieux du monde entier au milieu d'une sécurité profonde, trahissant ta niaise confiance dans l'asile qu'ils ont fait à leur amour au milieu des îles flottantes?

— C'est faux, — te dis-je, — mais si cela est, mène moi, guide-moi! je te suivrai partout,—dit Terral, frémissant et laissant éclater la violence de sa jalousie. — Mon sang, ma vie, ma fortune, tout est à toi, car si Alice m'a trahi, qu'aurai-je besoin de vivre !

— Suis-moi ! — dit laconiquement le forgeron.

Et, prenant la bride du cheval, il conduisit silencieusement Terral dans la direction de l'étang, insoucieux tous deux du vent et de la tempête.

Lorsqu'ils furent arrivés au bord de l'eau, sous les châtaigniers :

— Où sont-ils? — demanda le mari d'Alice.

— Bien près de nous, dans une de ces îles dispersées par l'orage, — répondit Bourrasque;— mais, pour les rejoindre, il faut attendre que ce mauvais temps s'apaise et que la lune déchire les nuages.

— Attendre, — répéta Jacques, — cela m'est impossible !

— Il le faut cependant, — dit l'ouvrier, — si nous ne voulons pas couler bas comme une barque pourrie. Ah ! ces pauvres enfans ne pensent guère à vous voir troubler leur entretien par une si terrible apparition, maître Terral Nous allons les surprendre s'abritant contre l'orage sous le couvert de quelques arbres, les mains entrelacées, les regards confondus...

— Tais-toi, tais-toi, démon! oh ! je n'attendrai pas!

— Prenez garde ! si vous voulez vous risquer sur ce terrain spongieux et perfide par cette nuit noire, vous périrez infailliblement. Ne comptez pas sur moi pour vous servir d'éclaireur, je prends trop d'intérêt à ma santé.

— Misérable fourbe, ne m'as-tu pas promis de me guider jusqu'à la retraite des coupables ? — s'écria le maître de forges indigné. — Mais non, je devine la vérité, tu as voulu m'effrayer, me tromper, t'amuser à mes dépens.

— Erreur, mon maître. Quant à moi, je trouve tout naturel que madame Terral préfère un beau et hardi jeune homme à un mari d'un âge respectable, qui s'occupe d'affaires au lieu de s'occuper de sa femme, et qui la relègue dans une campagne déserte comme dans une prison !

— Ah! tu t'amuses à retourner le couteau dans la plaie, — dit Jacques exaspéré ; — eh bien ! je te forcerai à me conduire jusqu'à leur refuge. — Et saisissant le bras de Bourrasque avec une violence et une énergie extraordinaires, il l'entraîna, croyant voir une prairie s'étendre devant ses pas; mais la terre lui manqua presque aussitôt sous les pieds, et tous deux tombèrent dans l'étang. Bourrasque avait prévu ce danger et était parvenu à se cramponner aux touffes de hauts roseaux qui bordaient la rive; il retint le maître de forges par les cheveux et se demanda un instant s'il ne l'abandonnerait pas à sa mauvaise destinée; mais il pensa que cette mort de hasard rendrait sa vengeance incomplète, et que vivant Jacques Terral souffrirait davantage. Il remonta au sentier, et transporta son ennemi jusqu'au pied de l'ermitage. Là seulement le maître de forges fit un effort, étourdi par sa chute, reprit ses sens; il ouvrit les yeux. Sa première parole, en voyant Bourrasque debout devant lui, fut : — Tu as menti, n'est-ce pas, avoue-le? Alice, à cette heure, n'a pas quitté le domicile de son mari?

— J'ai dit la vérité, — dit froidement l'ouvrier. — Elle est avec son complice dans les îles, à quelques pas de nous, et toi, Jacques Terral, tu les attendras ici, car tu es faible, sans force, impuissant à les atteindre et à les punir. Que ce soit là ton châtiment.

Le maître de forges fit un effort suprême pour se relever, mais Bourrasque appuya une main violente sur son épaule et l'en empêcha.

— Au secours! à l'aide! — s'écria le malheureux; — mais l'ouvrier le bâillonna avec un mouchoir et sa voix s'éteignit.

Jacques cessa de se débattre, mais ses yeux se portèrent çà et là avec un regard vague et avide.

Il aperçut la cloche, et un sourire amer dilata ses traits.

Dans un moment où Bourrasque dirigeait son attention vers l'étang, Terral parvint à se redresser sur les genoux, et sa main droite se cramponna à la cloche, qui retentit d'une façon soudaine et sinistre dans le silence.

Ce fut en vain que l'ouvrier essaya de l'arracher de cette cloche à laquelle sa main semblait scellée par un effort convulsif.

Alors un éclair de rage brilla dans les yeux de Bourrasque, et, brandissant son terrible bâton, il le laissa retomber avec lourdeur sur la main de Jacques, qui, brisée et sanglante, lâcha la cloche.

La douleur fut si vive que la tête du maître de forges se renversa en arrière et porta sur une saillie de roche.

Le sang coula avec force de la blessure, et le malheureux s'évanouit.

Bourrasque, épouvanté lui-même de son œuvre, s'enfuit.

Il était au bas du rocher de l'ermitage que la cloche, mise en branle par sa victime, sonnait encore.

XVII

DOUTE ET SOUPÇONS.

Lorsque le maître de forges, à la suite d'une fièvre violente que sa blessure a la tête détermina, reprit enfin connaissance, son premier regard tomba sur Alice, qui, pâle et tremblante, veillait au chevet de son lit de douleur.

Il lui sourit avec une expression de tendresse et de reconnaissance, car il ne se souvenait pas encore des soupçons empoisonnés que lui avait inspirés Bourrasque.

Mais à mesure que le temps effaça les traces physiques de la lutte qui avait mis son existence en danger, la plaie que l'ouvrier avait ouverte dans son cœur s'agrandit et s'envenima.

Terral ne pouvait regarder sa femme sans penser que ce visage charmant et candide cachait la trahison et l'adultère.

Il se demandait bien s'il pouvait condamner sans preu-

ves, sur l'assertion perfide d'un misérable altéré de haine et de vengeance, une femme qui était sa foi et son orgueil.

Il voulait douter et rejeter loin de sa pensée ces soupçons qui lui faisaient honte, mais qui revenaient aussitôt, comme des serpens immondes et difformes, torturer son cœur inquiet.

La vie devenait pour lui un supplice avec ce doute qui jetait un crêpe lugubre sur toutes les actions d'Alice.

En effet, paraissait-elle froide, distraite, soucieuse, c'est qu'elle pensait à son amant, dont elle regrettait l'absence.

Était-elle prodigue de soins, d'attentions délicates et tendres pour son mari convalescent, c'étaient autant de piéges qui devaient cacher sa faute.

Maintenant Terral se croyait obligé de devenir le surveillant et peut-être le juge de celle qu'il aimait autrefois avec une confiance profonde et absolue.

Il en était réduit à épier involontairement ses paroles, ses gestes, ses regards, ses sourires, qui étaient auparavant pour lui des bonheurs intimes, des fêtes secrètes du cœur; aussi éprouvait-il à chaque instant les sensations fébriles et vertigineuses d'un homme soudainement précipité des hauteurs brillantes et azurées du ciel dans la vase ardente de l'enfer.

L'expression de son visage était sombre; il s'efforçait de paraître doux et calme, mais il ne savait plus trouver de paroles affectueuses pour Alice; parfois il tentait de chasser la pensée qui l'obsédait en se disant :

« Cet homme qu'elle me préfère serait trop heureux et « trop fier s'il me voyait souffrir ainsi! »

Puis il ne voulait pas compromettre Alice aux yeux des autres par l'éclat d'un espionnage bruyant et afficher ces doutes déshonorans dont l'innocence elle-même garde toujours quelque souillure.

Il redoutait aussi d'éclaircir le mystère de son aventure, et reculait devant la lumière qu'eussent apportée des explications précises.

Il commençait même à s'étonner de la crédulité qui lui avait fait accueillir les propos calomnieux d'un Iago de grand chemin, lorsque le hasard l'amena à interroger Denise, et les réponses naïves de cette enfant, qui trahissait sa chère maîtresse sans s'en douter, furent pour lui une épreuve foudroyante.

Un matin, elle mettait de nouvelles fleurs entourées de fraîches bruyères dans les vases qui garnissaient la cheminée de la chambre du malade, et ce dernier lui demanda si elle avait été cueillir ces bruyères à la Conque-Verte.

— Oh! non, — répondit-elle, — je ne vais plus courir les champs, à cause de ce vilain Bourrasque qui m'a chassée et séparée de ma maîtresse, à l'étang.

— Il t'a chassée... Ah! tu étais avec elle ce jour-là! — dit Terral non sans une vive expression de joie, et il respira plus librement comme si sa poitrine était déchargée d'un poids énorme. — Mais ma pauvre Alice est donc restée seule dans les îles?

— Dans les îles... oh! non... L'autre qui était venu à notre secours ne l'a pas quittée... il n'avait pas peur de Bourrasque comme moi, mais il ne pouvait pas nager dans les herbes.

— L'autre! quel autre? — répéta le maître de forges avec une explosion terrible qu'il ne put comprimer. L'innocente ne répondit pas, soit que l'épouvante eût augmenté la paralysie de son intelligence, soit qu'elle eût vaguement conscience du tort qu'elle pouvait faire à sa maîtresse. Cependant Terral s'était levé de son fauteuil et se promenait avec agitation dans la chambre. — Ainsi, — disait-il, — c'est la voix d'une enfant et non plus celle d'un bandit qui accuse Alice, la voix d'une enfant qui l'aime et qui l'accable sans le savoir. Alice m'aurait trahi, moi qui croyais un trône à peine digne d'elle! Où trouver pourtant dans le monde entier une créature si séduisante, si belle et d'un si chaste visage! Mais cet homme, quel est-il? que ne puis-je passer ma vie entière à me venger de lui — Et s'arrêtant brusquement devant Denise, qui le re gardait avec de grands yeux effarés : — Parle-moi donc de cet *autre* qui est venu au secours de ta maîtresse ; j'attends. C'est un brave jeune homme, n'est-ce pas? Eh bien! son nom, ne le sais-tu pas? — L'Innocente, de plus en plus effrayée, balbutiait des paroles inintelligibles et reculait vers la porte pour s'en aller. — Reste! — dit impérieusement Terral. Elle s'arrêta, clouée au parquet comme une statue. Terral reprit : — Alice, la malheureuse, il me semble qu'elle est morte pour moi et que je cherche à me rappeler ce qu'elle était. Être infâme! non ; avec sa voix douce et mélodieuse, elle eût trompé Dieu lui-même dans le ciel... et un esprit si vif, si attrayant; tout cela employé à me tromper! Est-ce possible? Maintenant je ne pourrai plus l'entendre sans souffrir; sa voix me semblera une ironie continuelle. Il faudra donc me venger d'elle aussi! Oui, il le faudra, car je l'ai trop aimée d'un amour que je cachais, que je n'osais lui montrer, parce que je suis un vieux pour elle. Mais que fait mon âge? Était-elle donc aveugle et ne m'a-t-elle pas choisi! Mais l'*autre*, il lui aura fait honte de son choix, il aura fait risée de moi. Oh! je veux savoir son nom! je le saurai!

Il prit doucement la main de l'Innocente :

— Maître, vous avez le frisson, — dit-elle. Laissez-moi aller chercher la bonne dame.

— Bonne, c'est vrai, — répliqua Jacques. — Si parfaitement bonne, si généreuse, si pitoyable aux pauvres; mais trop bonne pour tout le monde, à ce qu'il paraît. Ah! ah! ah! quelle misère pourtant de voir une si belle fleur se tacher et mourir! Denise, quelle misère! Ah! cela brise le cœur. Eh bien! le nom de l'*autre*, dis-le-moi! je le veux!

— Votre main brûle, — répondit Denise; — je vais appeler la maîtresse pour vous soigner.

— Reste! Le nom de l'*autre* qui a veillé sur ma femme dans les îles? — dit-il avec un éclat de rire étouffé et en serrant le bras de l'enfant.

— Mal! vous me faites mal!

— Le nom de l'*autre*! — insista Terral avec colère en fixant sur elle des yeux étincelans.

Mais l'Innocente, se laissant tomber à genoux et regardant le mari d'Alice avec ce regard craintif des chiens battus par leur maître sans en deviner la cause :

— Dites le nom, dites le nom, — répondit-elle d'une voix plaintive, — et je le répéterai bien.

Terral eut aussitôt honte de sa violence inutile, et, lâchant le bras de Denise :

— Va-t'en donc! — dit-il sourdement. — Belle lutte que j'entreprends là avec une idiote!

La pauvre fille s'enfuit, le cœur gros d'avoir irrité contre elle le maître de forges.

Quant à Alice, elle avait évité toute occasion de se retrouver seule avec monsieur de Vaumeillan; elle croyait le haïr depuis qu'il lui avait ravi cette ferme croyance en sa volonté et en sa vertu, qui faisait tout le doute de ce qu'est pour l'homme le sentiment de l'honneur. Nature franche, ouverte, mobile, elle ressentait une humiliation singulière d'être désormais forcée de déguiser ses sentimens et ses pensées par de vils et lâches mensonges.

Elle n'avait pas longtemps transigé avec son devoir.

Dès qu'on eut mis le premier appareil à la blessure de son mari et que le chirurgien eut laissé espérer une prompte guérison, Alice dit à Raoul :

— Dieu nous a mis notre crime sous les yeux. Vous allez quitter cette maison, car nous ne devons jamais nous revoir.

En vain le jeune séducteur avait-il voulu la faire revenir de cette décision rigoureuse, elle fut inflexible, et refusa de le recevoir à partir de ce moment.

Cette conduite ne fit qu'exciter la passion de Raoul; il alla s'enfermer dans le petit pavillon, où il restait des jours entiers en tête-à-tête avec le buste de madame Terral, dont il perfectionnait avec amour quelques détails incorrects.

Il ne pouvait admettre la pensée d'une séparation.

La maison d'Alice lui semblait s'élever comme une oasis unique dans le monde entier ; tout le reste devenait pour lui une Sibérie glaciale et morne, au ciel bas et neigeux, où son cœur serait comprimé.

Il était comme écrasé sous le poids de l'ordre qu'elle lui avait donné.

Enfin il résolut de la revoir encore une fois avant de partir, et il lui écrivit les quelques lignes suivantes :

« Madame, mon œuvre est finie, et je dois me retirer.
« Mais si vous songez à la grandeur de mon châtiment,
« si vous comprenez quelle sera la vie que je vais passer
« à compter les minutes loin de vous, à essayer de faire
« repasser votre image devant mes yeux, à traîner la
« chaîne du souvenir, à souffrir comme le cénobite dont
« le regard cherche le ciel tandis que son corps est plongé
« dans la chaudière bouillante des martyrs, vous m'accor-
« derez une heure d'entretien.

« On ne peut interdire l'adieu à celui qu'on exile et
« qu'on chasse. J'ai besoin d'entendre, ne fût-ce qu'un
« instant, votre voix composée, froide et sévère,
« mais votre voix attendrie et douce... Ainsi changée en
« marbre vous n'êtes plus Alice. Quel que soit votre re-
« pentir d'une faute, pardonnée par Dieu si elle est con-
« damnée par les hommes, pour peu que vous m'ayez
« aimé, l'amour doit toucher votre cœur et le gagner à
« ma demande. J'obéirai à votre ordre, madame, mais pas
« avant que vous m'ayez permis de vous parler une fois
« encore.

« Croyez-en la parole de celui que vous avez nommé
« votre ami, et qui préfère ce titre aux plus grands hon-
« neurs de la terre.

« R. DE V. »

Le jeune sculpteur confia cette lettre à Denise, quoique la pauvre fille n'éprouvât plus si directement la bienveillance de madame Terral.

Le maître de forges, qui essayait de sommeiller au fond d'un moelleux fauteuil lorsque l'Innocente entra dans sa chambre d'un pas défiant et craintif, ouvrit furtivement ses yeux, car sa jalousie était incessamment aux aguets.

Denise était derrière lui, mais il regarda dans la glace qui répétait tous ses mouvements, et il la vit glisser une lettre dans la corbeille à ouvrage de sa femme.

Il ne fit pas un mouvement qui pût déceler son réveil ; mais dès que Denise se fut retirée, il courut à la corbeille et retira d'une main tremblante la lettre du beau gentilhomme, qu'il parcourut avec une douleur et une colère indicibles.

— Voici donc la preuve que j'attendais, — s'écria-t-il en essayant encore de douter de la réalité funeste, en se forçant à relire d'une voix calme ces phrases d'amour qui flottaient devant ses yeux éblouis comme si elles étaient écrites en lettres de sang. — Maintenant je n'ai plus le droit d'être un mari confiant et crédule. Bourrasque avait raison. Denise savait la vérité comme lui. Tout le monde la savait excepté moi; c'est l'usage. J'étais un niais en effet; mais je vais cesser de jouer ce rôle; il a duré assez longtemps. Oui, adieu maintenant le bonheur, car j'étais heureux! adieu le repos, car je vivais dans une sécurité aveugle et honteuse! Adieu le travail de chaque jour, car c'était pour cette malheureuse femme que je consumais mes jours à poursuivre une rude et pénible tâche! Oh! s'il reste au monde des poisons subtils, des flots profonds ou des lames acérées, Alice, Alice, que Dieu te protège, car je me vengerai cruellement!

XVIII

LES INITIALES.

Les tortures de Terral étaient affreuses, car la nature, qui l'avait fait vaillant, généreux, intelligent, avait terni d'une tache misérable ce noble caractère; cette tache, c'était la jalousie, ce sentiment complexe qui tient de la vanité froissée plus encore que de l'affection souffrante, d'un égoïsme avare et envieux plus peut-être que de la passion exclusive et intolérante.

A partir de la lecture de cette lettre, le malheureux fut en proie à une idée fixe.

Il cherchait à quel nom pouvaient s'appliquer les deux initiales dont la lettre était signée, et qui brillaient sans cesse devant ses yeux comme deux chiffres de feu.

Mais en vain se creusait-il la cervelle à ce sujet; en vain les conjectures les plus absurdes se heurtaient-elles dans sa tête, aucun indice ne venait l'éclairer.

Il lui faudrait donc descendre à un honteux espionnage; il lui faudrait tarifer la délation pour pouvoir exercer cette vengeance qu'il appelait de tous ses vœux.

Le jour même il voulut quitter sa chambre de malade et dit à Alice :

— Je me sens assez fort, grâce à vos bons soins, ma chère amie, pour essayer de travailler. Je désire revoir mon cabinet et parcourir mes livres arriérés.

— Permettez-moi de vous y accompagner, — répondit doucement la jeune femme.

Terral, réprimant un mouvement d'impatience, s'appuya sur son bras.

Quelle fut sa surprise, en entrant dans le cabinet, de voir devant lui, reposant sur un socle, au-dessus de son bureau de travail, le buste d'Alice admirablement exécuté.

Il se crut un instant dupe d'une hallucination, et se dit :

— Aurai-je donc toujours sous les yeux ce visage trop aimé?.. mais non, c'est trop réel. Ah! l'heure est bien choisie pour me faire un pareil don! — Il s'approcha furieux, ne pouvant retenir sa colère, prêt à saisir et à briser sous ses pieds ce marbre, fausse et hypocrite preuve d'affection, tandis que la jeune femme, restée en arrière et essayant de sourire, sentait le fiel de la honte imprégner tout son être. Le cœur gonflé, les yeux lançant des éclairs qui présageaient la tempête, Jacques Terral contemplait les bras croisés le chef-d'œuvre de Raoul, lorsqu'au moment où sa rage allait faire explosion et accabler la jeune femme, il lut ces deux initiales, R. V., empreintes au bas du socle. « Le sculpteur est le coupable, le sculpteur est le signataire de la lettre! » telle fut la pensée qui jaillit rapide comme l'éclair à l'esprit du maître de forges. Une sorte de joie amère et désespérée le saisit. Déjà il se retournait pour saisir le bras d'Alice et lui faire avouer le nom de l'artiste; mais il réfléchit que si sa femme aimait l'homme qu'il soupçonnait, elle résisterait à tous ses efforts pour obtenir la révélation souhaitée, et qu'il n'obtiendrait rien par la violence. Il eut donc la force de maîtriser son émotion et résolut de feindre le calme et la confiance. — Ainsi donc, Alice, pendant que j'étais absent, vous avez pensé à moi, vous avez compris quelle joie ce serait pour moi de contempler votre image planant sur mes heures de travail? C'est là une bonne et affectueuse idée.

La jeune femme devint rouge comme une cerise et comprima un léger frémissement.

Ces paroles retombaient sur son cœur comme des flèches empoisonnées, car le cri de sa conscience prêtait un sens fatalement ironique aux remercîmens de son mari.

— C'est une pensée bien simple et bien naturelle, mon ami, — répliqua Alice; — le souvenir de ceux que nous aimons n'a-t-il pas une secrète vertu pour ranimer notre courage chancelant dans les luttes et les épreuves de la vie? n'est-ce pas comme un parfum qui rend autour de vous l'atmosphère plus saine et qui ne laisse épanouir dans votre cœur que des sentimens purs et avouables?

Elle dit ces derniers mots avec un accent de mélancolie si vraie que Terral éprouva un instant quelque attendrissement; mais ses yeux se reportèrent sur les deux initiales, et il reprit d'une voix contrainte :

— Oh! vous êtes vraiment, Alice, la femme chaste du poëte, l'honneur et la joie du foyer, l'orgueil de la famille! Certes vous ne ressemblez pas à ces folles sans pudeur qui livrent à tous les vents des carrefours, à tous les caprices des désœuvrés, à tous les chuchotemens de la médisance les noms qu'elles ont fait serment de porter sans tache et de faire honorer par tous. Aussi n'aurez-vous jamais à rougir ni devant votre propre conscience, ni devant l'ami que j'accueillerai dans mon logis, ni devant le mendiant auquel vous faites l'aumône et qui vous bénit dans sa prière.

— Pourquoi ces éloges? — murmura-t-elle timidement.

— S'il est des femmes qui manquent à leur devoir, elles doivent trouver dans leur âme un juge si sévère et si habile en châtimens, que je ne puis m'empêcher de plaindre ces malheureuses pécheresses.

— Vous les plaignez! — s'écria Terral. — Vous, les plaindre, Alice! Ah! il n'y a que des âmes blanches et candides comme la vôtre qui puissent prendre en pitié ces créatures perverses dont je ne saurais comprendre l'abjection. Quant à moi, laissez-moi me réjouir et remercier le ciel de m'avoir donné une femme aimante et fidèle, car j'ai de la fermeté et du courage, mais je n'aurais pu tolérer une trahison de ce genre. Que l'on vienne m'annoncer soudainement l'incendie de mes granges et de mes forges, la grêle sur mes vignes, la fuite de mon banquier, ma ruine totale en un mot; que de riche un seul mot me fasse pauvre, qu'un accident me rende infirme, que la calomnie m'abreuve d'humiliations, eh bien! le ciel dans sa rigueur me trouverait peut-être encore résigné. Oui, je supporterais ce poids d'infortunes qui en accablerait tant d'autres; mais perdre le trésor où j'amassais secrètement toutes mes illusions dernières, toutes mes tendresses, toutes mes espérances; mais devoir déserter et maudire le refuge unique où je puis vivre sous peine de ne plus vivre, ce serait là un malheur qui ferait de moi un autre homme, plus semblable à un malade frappé de vertige, de démence et de rage qu'à un être doué de raison.

La jeune femme tremblait comme une feuille en écoutant cet élan de jalousie passionnée; un instant elle eut la pensée de se jeter aux pieds de son mari et de lui tout avouer; mais ses dernières paroles l'en empêchèrent. Pour lui, il passa sa main sur son front, et, reprenant un air souriant :

— Mais dans quelles divagations allais-je m'égarer, — reprit-il, — au lieu d'admirer le don précieux que vous me faites, Alice! Quel chef-d'œuvre! quelle ressemblance! et comme le sculpteur a admirablement compris le caractère touchant et ouvert à la fois de votre physionomie! c'était une tâche difficile, en vérité. L'expression sereine et candide de vos traits, votre regard doux et rêveur, il a tout reproduit à merveille. C'est bien là le coup de ciseau d'un maître, et d'un maître tout à fait inspiré par son modèle. Je veux le remercier, Alice, car ce n'est qu'avec de l'enthousiasme, et non avec de l'argent, qu'une œuvre d'un si haut mérite peut se payer.

Madame Terral répondit avec un embarras extrême, quoiqu'elle se fût préparée à cette demande.

— Mon ami, le sculpteur a voulu rester inconnu, il a mis cette condition à son travail. J'espère que tu me permettras d'être fidèle à la parole que je lui ai donnée, et que tu ne t'offenseras pas de ce mystère.

Il feignit de ne pas s'apercevoir de son trouble.

— Certes, j'aurais lieu de m'en offenser, ma chère, — poursuivit-il vivement. — Je veux serrer la main à cet habile artiste et le compter au nombre de mes amis. Prendre sa modestie au mot, ce serait de l'ingratitude; je ne veux pas demeurer son obligé à ce point. Je sens que j'aimerai l'homme qui m'a préparé cette joie pour toutes mes heures pénibles et laborieuses.

Ses yeux souriaient, mais ses lèvres se crispaient en donnant passage à ces hypocrites paroles.

Alice se laissa cependant prendre au piège.

Elle éprouvait une répugnance instinctive à céder.

— J'avais promis le secret, — dit-elle encore.

— Allons, ma chère, ne vous faites pas tant prier, — reprit-il. — Tout profane que je sois en fait de beaux-arts, je garantis à votre sculpteur un brevet de grand homme sur le vu de ce buste. Son nom, Alice? s'il est obscur aujourd'hui, je veux qu'il soit célèbre demain.

La jeune femme regarda encore son mari pour un sentiment de vague inquiétude; mais le front de Terral rayonnait de joie et de sincérité, elle n'hésita plus.

— Vous le connaissez, — répondit-elle; — c'est un de vos plus dévoués travailleurs; c'est un gentilhomme et un artiste qui n'a pas cru se déshonorer en revêtant la blouse de l'ouvrier, et qui a caché sous le nom plébéien de Franz Muller le nom armorié de ses ancêtres.

— Franz Muller! — répéta avec une surprise effrayante le maître de forges.

— Franz Muller n'est autre que notre sculpteur de Gœttingue, monsieur Raoul de Vaumeillan.

— Raoul de Vaumeillan! c'est lui! — cria Jacques Terral d'une voix rauque. Et le voile se déchirant enfin à ses yeux, il se dit à lui-même avec amertume : — Et moi qui ne me suis pas défié de la blouse de ce Franz Muller, moi qui le donnais pour guide à ma femme et qui croyais à son dévouement, sans que rien m'avertît de mon sot aveuglement! — L'expression étrange avec laquelle il s'était écrié :«C'est lui!» avait fait tressaillir Alice. Le visage de son mari avait changé subitement; calme et souriant tout à l'heure, il ressemblait maintenant au masque ridé et blafard d'un démon.—Ah! c'est lui, Raoul de Vaumeillan, notre sauveur de Gœttingue! — répétait-il d'une voix idiote et machinale, — j'irai le remercier. Grâce vous soit rendue, ma chère, de m'avoir dit son nom. Sans vous, je n'aurais pas eu le talent de le deviner; je ne suis pas un sphinx fort habile. — La peur vint alors saisir la pauvre femme, elle comprit sa faute. Le cri de joie sauvage qu'avait jeté son mari, ce cri sorti des entrailles, l'éclair qui avait lui dans ses yeux, étaient autant de menaces pour Raoul. Elle sentit combien elle aimait encore ce jeune homme, qu'elle croyait avoir oublié par un acte de sa volonté, en l'exilant de sa présence. Mais l'effort de contrainte déployé par le maître de forges dans cette scène avait épuisé son courage. Il retomba accablé au fauteuil, et, regardant fixement Alice, crut retrouver sur son visage, par une hallucination soudaine, les traits exacts de sa pauvre mère, de cette belle Elisabeth morte dans le désert de sable, au pied de la mine d'or des monts Bacuaches. Ce souvenir attendrit l'ancien péon et paralysa son ardente volonté.—De quel droit, — murmura-t-il, — ai-je été lier cette jeune et fière destinée à ma destinée flétrie? Comme ma mère, Alice souffrira pour avoir aimé; mais quant à porter sur elle une main de bourreau, je n'en aurais pas la force! Réservons toute ma colère pour le misérable qui est venu lâchement me voler mon bonheur! — Ranimé par cette résolution, Terral se leva, et, baisant Alice au front comme un père : — Allez, — lui dit-il, — ma chère enfant, car j'ai un long arriéré à régler, et c'est une lourde tâche pour un convalescent.

Rentrée dans sa chambre, madame Terral trouva la lettre de monsieur de Vaumeillan froissée et tombée à terre; elle pensa aux regards de son mari et frissonna.

— J'irai au pavillon, — dit-elle aussitôt avec résignation. — A tout prix, il faut que Raoul s'éloigne, pour que

je puisse lutter victorieusement contre le souvenir de la soirée de l'étang et empêcher peut-être un malheur irréparable.

A la même heure, le jeune sculpteur se promenait à grands pas dans son atelier du pavillon, pâle, agité, la fièvre dans le sang.

Quitter cette femme lui semblait de plus en plus impossible.

C'était chez lui un désir ardent et furieux de la voir, de l'entendre, de la choisir pour le mobile et le but de toutes ses actions. Il caressait des projets insensés.

— Viendra-t-elle? — se demandait-il; — non, car elle méprise et renie mon amour pour donner comme une esclave sa vie à l'homme égoïste qui l'a épousée. — L'orgueil de l'artiste se révoltait de ce que madame Terral lui sacrifiât pas sans hésitation son amour entier, l'estime du monde, le repos de son mari; de ce qu'elle préférât le toit qui devait abriter honorablement toute son existence à une fuite déshonorante avec l'élu de son cœur. Déjà il se disait qu'il avait trop attendu, et il balançait s'il n'irait pas lui demander compte de sa résistance, et la chercher dans la maison de son mari au prix d'une lutte, d'un crime peut-être. A cet instant d'égarement et de folie où l'imagination de Raoul ne connaissait plus d'obstacles, il entendit frapper un coup léger à la porte de l'atelier, et un sourire de triomphe passa sur son visage. — Que j'étais fou de douter! — s'écria-t-il. Et se hâtant d'ouvrir la porte : — Alice, enfin, vous voilà! vous avez entendu le cri de mon désespoir; vous avez consenti à me laisser baigner vos mains de mes larmes avant de me soumettre à l'exil auquel vous me condamnez!

La pauvre femme résista à l'émotion qui s'emparait d'elle, et répondit avec une vivacité forcée :

— Je ne suis pas venue, mon ami, pour écouter les protestations d'amour, mais pour vous supplier de fuir sans retard, car mon mari sait votre nom et nous soupçonne peut-être tous les deux.

— Comment cela? — s'écria le gentilhomme frappé de stupeur; — qui donc m'a dénoncé à lui?

— C'est moi, Raoul, qui n'ai pu garder votre secret, et qui me suis laissé surprendre par la bonhomie apparente de Jacques. Mais aussi ce mystère était-il pour moi un fardeau impossible à porter. Je ne sais pas tromper, mes lèvres se refusent au mensonge; chaque jour, le regard calme et confiant de mon mari me faisait repentir de ma lâcheté. Ses bonnes paroles me perçaient le cœur. J'aimerais mieux affronter sa colère que d'être réduite à me mépriser moi-même à toute minute. Je ne puis mener cette vie de basse et honteuse dissimulation.

— Vous avez raison, Alice, — répliqua monsieur de Vaumeillan. — C'est une vie basse et honteuse. Délivrez-vous donc de cette contrainte! Jetez le masque de chaque jour sous vos pieds. Suivez-moi là où il est permis d'être libre et heureux sans honte. Oui, je conserve à tout jamais avec vous, Alice, et pas autrement. Et si vous refusez, j'irai défier la colère et la vengeance de votre mari; j'irai jouer ma vie contre la sienne, et Dieu veuille qu'il me tue, si mort je dois être pleuré par vous.

— C'est-à-dire que vous provoquerez monsieur Terral — dit Alice, — pour le punir de sa confiance en vous, et qu'après lui avoir pris l'honneur vous essayerez de lui prendre la vie.

— Vous ne m'aimez pas, madame, — s'écria le sculpteur, — si vous refusez l'avenir de bonheur qui s'ouvre devant vous pour vous ensevelir dans cette vie morne et pleine de douleurs cachées que vous fera votre mari!

La jeune femme fut émue de cet emportement, mais ne céda pas.

— Ah! Raoul, — reprit-elle, — vous ne savez pas trop combien je vous aime. Vous savez que je ne puis vous oublier, et que vous emportez avec vous mon cœur tout entier et le repos de ma conscience. Ce n'est pas pour moi, ce n'est pas par la crainte de m'avilir aux yeux du monde comme je me suis perdue aux miens que je refuse de vous suivre ; c'est pour mon mari, c'est pour vous-même, Raoul ; parce que je deviendrais une chaîne lourde et importune à votre vie, parce que je vous ferais une exigence et non plus un bonheur de mon amour, et que le mépris qui me poursuivrait, je n'aurais la force de le supporter que s'il ne devait pas rejaillir sur vous.

— Eh bien ! puisque vous l'exigez, madame, — répondit Raoul avec une sourde colère, — je partirai seul ; notre amour aura été un entr'acte qui ne laissera pas de trace dans votre existence, et si un jour nous nous rencontrons dans le monde, il faudra sans doute que vous entendiez prononcer mon nom pour reconnaître le vieillard précoce qui frissonnera à votre vue le jeune homme qui a cru un jour être aimé de vous. Mon rôle est fini ; adieu, madame !

— Mon Dieu ! il n'est plus temps, Raoul ! — s'écria la jeune femme épouvantée. — On monte les marches du perron. C'est mon mari peut-être !

Monsieur de Vaumeillan tressaillit, mais il conserva toute sa présence d'esprit.

— Ne craignez rien pour votre honneur, Alice, — répliqua-t-il après avoir écouté le bruit de pas qui se faisait entendre ; — ma vie vous répond de votre réputation. Nul ne vous verra chez moi.

Et au moment où l'on frappait à la porte du pavillon, il prit doucement la main de madame Terral, et, après avoir jeté un regard rapide sur les fleurets accrochés au mur, il la conduisit au fond de l'atelier, qui était encombré de blocs, d'ébauches, de modèles en terre glaise, et qui était séparé par un large rideau de lampas, dont les anneaux de cuivre glissaient sur une tringle de fer, de la partie qui servait pour ainsi dire de salon de réception.

Puis il alla ouvrir, après avoir soigneusement tiré le rideau, tandis que la pauvre femme, blanche comme une morte et tremblant de tout son corps, s'affaissait derrière un bloc de pierre.

XIX

LE MARI ET L'AMANT.

Terral entra sans paraître prendre garde à la surprise de l'artiste.

Ce dernier, qui était resté immobile près de la porte après l'avoir ouverte, semblait inviter ainsi à ne pas pénétrer plus avant le visiteur importun qui avait si maladroitement choisi cette heure pour se présenter.

Mais en dépit de tout l'empire qu'il exerçait sur lui-même, lorsqu'il eut bien reconnu le mari d'Alice, son visage blêmit et il eut à peine la force de balbutier quelques mots sans suite et dénués de sens.

Terral feignit encore de ne pas apercevoir ce redoublement d'émotion ; il s'avança tranquillement au milieu de l'atelier, promena son regard un instant sur quelques groupes ébauchés, puis s'assit sur la chaise que sa femme venait de quitter.

Parvenu enfin à maîtriser ce premier mouvement de trouble dont l'homme le plus courageux ne saurait se défendre en pareille occasion, Raoul, qui avait jeté un nouveau coup d'œil sur ses fleurets et sur sa boîte de pistolets d'honneur glorieusement gagnés à Gœttingue, vint s'asseoir en face du maître de forges, sans lui demander le motif de sa visite, mais attendant en silence qu'il voulût bien le lui expliquer lui-même.

La physionomie de Terral était calme ; seulement, à ses yeux abattus, à son teint pâle, à l'accent pénétré de sa voix, on pouvait voir que ce calme avait été précédé d'une lutte violente : quand l'ouragan a cessé, le sol en garde encore longtemps les vestiges.

— Je viens vous faire un reproche d'ami, monsieur de Vaumeillan, — dit le maître de forges au sculpteur. — Celui-ci ne fut pas moins surpris d'être interpellé avec cette douceur que d'entendre son véritable nom ainsi prononcé sans hésitation par monsieur Terral. — Vous avez manqué de franchise envers moi, — poursuivit le maître de forges, — et c'est mal. Peut-être craigniez-vous que votre qualité d'artiste et votre nom, qui indique une noble origine, ne me fissent douter de votre aptitude à remplir les fonctions que je vous ai confiées ?

— Monsieur, je dois avouer...

— Vous aviez tort. J'aime les arts et je ne suis point ennemi de la noblesse, lorsqu'elle ajoute à la distinction du nom celle du talent et de la vertu.—Raoul se demanda si ce n'était pas là une insulte par voie d'ironie ; mais Terral conservait un air fort sérieux en poursuivant : — Je sais que sous le rapport du talent vous ne laissez rien à désirer. Je viens tout à l'heure encore d'admirer un certain buste...

— Quoi, mons'eur, vous penseriez ?...

— Ne cherchez pas à feindre, vous vous donneriez une peine tout à fait inutile. Alice, vaincue par mes instances, m'a nommé l'auteur d'une surprise aussi agréable que délicate, et pour laquelle je vous dois les plus vifs remercîmens.

Raoul commençait à respirer plus librement ; à la tournure que prenait l'entretien, il ne prévoyait plus aucun danger de la part du maître de forges.

Il ne trouva, malgré tout son esprit, pour manifester sa joie, qu'une de ces phrases superbes de banalité qui sont les courbettes stéréotypées de la conversation bourgeoise.

— Je suis heureux, monsieur, — lui dit-il, — du suffrage que vous voulez bien m'accorder, quoiqu'à vous dire vrai, je le crois suggéré par votre bienveillance plutôt que par le mérite réel de mon ouvrage.

Si Orio Bevilacqua avait entendu cette phrase sortir de la bouche de son hautain ami, monsieur de Vaumeillan, il se fût tordu de rire pendant un quart d'heure.

— Que dites-vous donc là ? — fit Jacques Terral sans qu'un seul des muscles de son visage trahît le sourire sardonique auquel il se livrait dans sa pensée ; — mais ce buste est un chef-d'œuvre ! Jamais le marbre ne fut doué par le ciseau d'un sculpteur d'une animation si complète et si vraie. Ce n'est pas là une simple ressemblance de traits harmoniés entre eux selon les règles de l'art ; il y a dans cette tête des yeux qui ne sont pas sans regard, suivant l'antique usage des statues, une bouche dont le sourire émeut et fait rêver, des contours ravissans de finesse et de grâce. L'artiste y a mis l'étincelle du feu sacré, l'âme, la vie. En accomplissant ce beau travail, monsieur de Vaumeillan, vous étiez réellement inspiré.

—Comment ne l'aurais-je pas été, monsieur, en présence du modèle que j'avais sous les yeux ? — dit modestement Raoul.

Cette phrase, ou plutôt ce compliment banal auquel le premier venu se serait cru condamné, ce ne fut qu'en tremblant que le fier Raoul se hasarda à le prononcer.

Terral s'inclina en souriant.

Ce que ce sourire contenait de haine, de colère, de douleur et d'espoir de vengeance, Dieu seul le sait.

En effet, quelque supériorité qu'il eût déployée depuis le début de ce dialogue, cette petite phrase humble du sculpteur tombait sur lui comme un soufflet et le mettait sous les pieds de Raoul.

Mais il voulut reprendre vivement l'avantage dans ce duel à paroles courtoises :

— C'est vrai, — répliqua-t-il ; — qui peut dire ce que seraient les vierges de Raphaël si la Fornarina avait été moins belle ? — En parlant ainsi, il avait les yeux fixés sur le rideau qui cachait Alice, et dont les plis ondulaient par momens comme si le vent les avait agitées. Raoul s'en aperçut ; l'inquiétude se glissa de nouveau dans son esprit ; il lui semblait étrange que le nom de la maîtresse du divin Sanzio vînt aux lèvres de Terral à propos d'Alice. Mais le maître de forges, après un moment de silence, ramena son regard sur le jeune gentilhomme d'une façon si naturelle, que celui-ci fut tenté de rire de sa ridicule frayeur. — Ah ! vraiment, monsieur de Vaumeillan, — dit Jacques en soupirant. — J'envie votre bonheur.

— Mon bonheur ! que voulez-vous dire ? Depuis quand le riche envie-t-il le sort du pauvre ? depuis quand l'homme qui a fini sa tâche et assuré son avenir avec honneur envie-t-il la destinée errante et incertaine du bohémien ?

Terral l'interrompit avec un geste plein d'autorité :

— Ne vous plaignez pas, monsieur Raoul, car vous êtes jeune, et la jeunesse est le plus précieux don de la vie, celui qu'on gaspille comme la poignée de sable que nous laissons éparpiller entre nos doigts entr'ouverts, et on passe la seconde moitié de la vie à s'en souvenir et à le regretter. Vous en jouissez doublement, puisque la nature vous a accordé la beauté physique, cette séduction constante qui vous attire les sympathies, puisqu'elle a placé dans votre large front un génie d'artiste, fécond en jouissances intimes et en promesses de gloire. Et vous auriez l'ingratitude de ne pas reconnaître, de ne pas comprendre tout votre bonheur ! Mais songez-y donc bien, monsieur de Vaumeillan, c'est aux hommes qui vous ressemblent que sont dévolus les succès, l'estime, l'admiration, l'amour... oui l'amour, ce sentiment si cruel quand on est seul à l'éprouver, si doux quand on l'inspire ! Quelle femme résisterait à tous les prestiges qui vous entourent ! Vous commencez tout d'abord par séduire leurs yeux, car la plupart préfèrent même un sot sous une brillante écorce à un homme de mérite. Puis c'est votre talent qui exalte leur esprit ; puis leur amour-propre s'enivre de vos triomphes. Elles sont entraînées, fascinées, subjuguées. Elles se font vos esclaves, elles qui sont pour les autres hommes des tyrans impitoyables et charmants.

— Voilà, certes, un tableau peint de main de maître, — dit Raoul un peu embarrassé ; — seulement...

— O mon Dieu ! je ne prétends pas que ce soit une injustice du sort que de vous favoriser ainsi. La femme est, de sa nature, un être si impressionnable, si délicat, si fin, si enthousiaste ! C'est son essence d'aimer ce qui est jeune, ce qui est beau, ce qui est grand et ce qui est glorieux !

Impatient de ces éloges sous lesquels il croyait voir percer l'épigramme comme la pointe d'un poignard enfoui sous des fleurs ;

— Permettez-moi, monsieur Terral, — répliqua Raoul avec une certaine hauteur, — de ne point m'attribuer un pouvoir et des privilèges que vous exagérez avec la verve d'un avocat général.

— Je n'exagère rien, — dit froidement le maître de forges. — Je ne fais que reconnaître une vérité dont un simple retour sur moi-même suffirait à me démontrer bientôt l'évidence, s'il était possible que j'en doutasse un seul instant. L'esprit le plus prévenu est bien forcé de se rendre aux preuves qui résultent de la comparaison. Que pourrais-je espérer, moi, par exemple, si j'avais à lutter contre vous ? — Raoul ne put s'empêcher de jeter sur lui un regard furtif que Terral saisit au passage ; pourtant sa voix ne parut pas altérée en continuant : — Est-ce avec les rides naissantes et la lourde chagrin de mes quarante ans que je parviendrais à éclipser la grâce et l'éclat de votre jeunesse hardie et impétueuse ? Où trouverais-je dans mon vulgaire métier de maître de forges un prestige à mettre en balance avec celui de la noble profession d'artiste ? Quel honneur y a-t-il à battre et à faire battre du fer sur l'enclume ? Quel sillon le nom d'un homme de bien qui a fait vivre quelques familles laisse-t-il derrière lui ? J'emploierais tous mes moments à étudier les goûts d'une femme, à épier ses désirs, à satisfaire ses caprices ; je réunirais autour d'elle tout ce que le luxe a pu enfanter d'excentrique, de fabuleux et de charmant ; je cacherais sous les diamants son cou de lait et ses mains blanches, que m'en reviendrait-il ? Je ne serais toujours à ses yeux qu'une machine à argent, plus ou moins prodigue ! Daignerait-elle même faire honneur à mon cœur de mon empressement à me montrer généreux, et ne serait-elle pas plutôt portée tout naturellement à en accuser mon amour-propre ? Un seul grain de l'encens octroyé à vos œuvres et rejaillissant sur elle lui paraîtrait préférable à toutes mes richesses. Elle gémirait dans un palais avec moi ; elle serait radieuse et triomphante dans une mansarde avec vous. Si vous voulez descendre en vous-même et être franc, vous conviendrez qu'en parlant ainsi je suis dans le vrai. — Raoul s'apprêtait à répondre, lorsque Terral, se baissant tout à coup, ramassa sur le parquet un gant d'une fraîcheur extrême et si mignon qu'il était impossible de soupçonner une main d'homme de l'avoir jamais pu ganter. — Le sculpteur, malgré son audace, ne put s'empêcher de frissonner. — Et tenez, reprit Terral, — la preuve ne se fait pas attendre. Dans toute ma vie de garçon, qui a été fort longue, il ne m'est pas une seule fois arrivé de pouvoir fournir à un visiteur l'occasion d'admirer chez moi un trophée semblable à celui-ci, monsieur de Vaumeillan.

— Monsieur, — répondit avec effort le jeune homme, dont le trouble et l'embarras croissaient à chaque parole, — croyez que j'ignore absolument...

— Comment ce gant s'est trouvé là ?... Eh ! mon Dieu, rien de plus simple... Mais vous feignez par modestie de ne pas comprendre un hasard que moi je me ferais un vrai plaisir de vous expliquer très facilement.

— Vous avez là un joli talent de société, — répondit Raoul reprenant son sang-froid devant le danger et essayant de couper court aux explications par un ton d'ironie menaçante ; — mais je puis vous assurer...

— Que ce gant est tombé des nues ? — dit en souriant le maître de forges. — Mais non, ce n'est point du ciel que tombent de si jolis objets dans l'atelier d'un jeune homme... C'est ordinairement une femme trop distraite qui les y oublie, et si j'en juge par la délicatesse de la forme, je ne serais pas si éloigné de croire que celui-ci a été oublié par une très jeune et très jolie femme. — Terral examinait le gant en le tournant et le retournant entre ses doigts. Raoul était au supplice, et une sourde colère commença à remplacer l'inquiétude dans son cœur. — Voyez cependant, — poursuivit le mari d'Alice avec un calme plein de naturel, — où peut conduire un instant d'étourderie. On se livre en sécurité au charme d'un doux entretien, puis au moindre bruit on prend l'épouvante, on se cache. On y met tant de précipitation qu'on oublie le gant tombé à terre. Entre un importun, un indiscret dont le regard découvre justement l'indice révélateur...

En ce moment l'agitation du rideau devint si manifeste que Raoul, éperdu, se leva et s'empara du gant que le maître de forges semblait prendre une maligne joie à examiner dans tous les sens, il lui dit d'une voix sombre et irritée :

— De grâce, monsieur, mettez fin à une plaisanterie que je ne saurais tolérer plus longtemps. Que ce gant appartienne à une femme ou à un homme, qu'il se trouve chez moi par hasard ou volontairement, c'est ce qui ne saurait en aucune façon vous intéresser. Je vous prierai donc de cesser une enquête dont je ne vois ni le but ni la nécessité.

— Et si je ne partageais pas votre opinion sur ce point ?

— Je ne reconnais à personne le droit de me demander compte des gants que je laisse traîner chez moi, — dit Raoul avec un sourire railleur.

— A personne, — répéta Terral. Et à son tour, il se leva ; un éclair d'indignation brilla dans ses yeux et ses poings se crispèrent. Le sculpteur, frémissant, s'élança entre Jacques et le rideau ; déjà il étendait la main vers sa boîte de pistolets, lorsque le maître de forges, reprenant tout à coup, par un puissant effort sur lui-même, l'air calme qu'il avait su conserver si longtemps, se rassit dans son fauteuil et invita Raoul à suivre son exemple. — Quelle folie nous passe donc par la tête à tous les deux ? On dirait vraiment que vous me provoquez et que je suis disposé à répondre par la violence à votre provocation ? Je vous jure pourtant que telle n'était pas mon intention en venant vous trouver. — Raoul était confondu — Veuillez m'écouter, monsieur de Vaumeillan, — poursuivit Terral. — Quelques minutes me suffiront pour vous prouver que ma démarche auprès de vous est toute bienveillante, et qu'au lieu de menaces, ce sont des remercîmens que vous me devez.

— J'avoue, monsieur, — dit Raoul avec une expression de défiance, — que vous me jetez dans une étrange confusion d'idées. Toutes vos paroles paraissent empreintes d'un sens mystérieux dont je vous supplie de vouloir bien me donner l'explication.

— Vous allez être satisfait.

Le gentilhomme pressentit qu'une scène sérieuse allait s'engager; mais ne voyant aucun moyen de l'éviter, il fit appel à toute son énergie et résolut de payer d'audace.

— Je vous écoute, monsieur.

— Il y a en ce moment même une femme chez vous!

— Cela n'aurait rien de surnaturel.

— Une femme que vous aimez...

— C'est mon secret.

— Qui vous aime.

— C'est le sien.

— Elle est là !

Et Terral montra du doigt le rideau.

— Monsieur, — répondit Raoul d'un ton décidé, — il y a en effet derrière ce rideau une femme qui a placé son honneur sous ma sauvegarde. C'est vous dire assez que, pour la mettre à couvert d'une indiscrétion, je suis prêt, s'il le faut, à risquer ma vie. Il sera donc utile et agréable pour tous les deux, si vous m'en croyez, de rompre un entretien qui ne saurait avoir que de funestes résultats.

— Votre vie ne sera pas plus que la mienne en jeu dans cette affaire, — répliqua Terral sur le même ton. — La personne cachée derrière ce rideau peut rester dans la retraite qu'elle a choisie. Pour la connaître, je n'ai pas besoin de la voir.

— Qu'osez-vous dire ?

— C'est Alice.

La foudre éclatant sur la tête de Raoul l'eût moins terrifié que ces mots froidement prononcés par Terral. Cependant il essaya de combattre encore la conviction de son adversaire.

— Vous aimez à plaisanter, monsieur; car vous ne pouvez croire...

— C'est Alice, — répéta le maître de forges en élevant la voix; — épargnez-vous un parjure inutile.

Un cri déchirant s'était fait entendre derrière la draperie; à ce cri succédèrent des sanglots.

XX

LA FEMME ET LE MARI.

C'était une horrible position. Alice, tremblante, éperdue, écrasée par la honte, pleurait et suffoquait, toujours enveloppée de cette draperie qu'elle n'eût osé soulever même pour sauver sa vie.

Raoul restait immobile, les yeux fixés sur le mari de la jeune femme; l'altération de ses traits était effrayante; il semblait n'attendre qu'un mot, un geste, pour se livrer à quelque violence inspirée par le désespoir.

Jacques Terral écoutait les sanglots d'Alice; ses traits exprimaient plutôt de la compassion que de la colère; un moment même il passa la main sur ses yeux, mais son sang-froid ne l'abandonna pas.

Il était venu chez monsieur de Vaumeillan avec une résolution arrêtée, irrévocable; rien ne pouvait l'en faire dévier.

Il reprit donc après un moment de silence :

— Ne tremblez point pour elle ; il ne sera pas touché à un cheveu de sa tête; ne vous préparez pas à une résistance qu'il n'est pas dans mes projets de rendre nécessaire. Hier, au moment où un hasard me révéla l'horrible vérité qui m'a vieilli de dix années en une seconde, si vous aviez été tous deux en ma présence, sans doute la colère m'eût dominé, sans doute... mais la réflexion a calmé le transport de mes sens. Pour se venger avec justice, il faut avoir des droits : je n'en ai point.

— Pourquoi, monsieur, cette amère raillerie ? — dit le sculpteur avec une expression de surprise et d'incrédulité.

— Je suis prêt à subir toutes les conséquences de la passion ardente et exclusive qui m'a entraîné; mais je n'entends point devenir le point de mire bouffon de vos épigrammes.

— Je n'ai jamais parlé plus sérieusement, — répondit le mari d'Alice avec une dignité imposante. — Je regretterai sans doute la perte d'une illusion qui suffisait à mon bonheur; mais c'était à mon âge une folle présomption que de compter sur un amour réservé naturellement à la jeunesse et à la beauté. Ce que je vous faisais entendre, au début de notre entretien, sous la forme d'une supposition, je vous le répète donc d'une manière directe et positive : je ne me crois pas les qualités nécessaires pour lutter avec vous. Je reconnais franchement ma défaite, dont je n'ai pas même lieu d'être surpris, et je me retire en vous cédant la place. Monsieur de Vaumeillan, soyez heureux avec celle dont vous avez conquis le cœur! — Et comme Raoul le regardait avec une indicible expression d'étonnement et se demandait déjà s'il avait affaire à un fou, — Je comprends que mes paroles vous semblent autant d'énigmes, — continua le maître de forges, — un mot fera cesser votre surprise : Alice n'est point ma femme.

Madame Terral poussa un cri de douleur et d'angoisse; le rideau glissa sur sa tringle de fer, et la jeune femme parut, les yeux égarés, les traits bouleversés ; l'indignation qu'avait excitée chez elle cette parole écrasante et ignominieuse venait de lui faire surmonter la frayeur et la honte.

— Je ne suis point votre femme? — s'écria-t-elle. — Et que suis-je donc?

— Ma maîtresse, — répondit froidement Jacques Terral. Mais l'effort que venait de faire la malheureuse enfant était trop violent; les forces lui manquèrent; elle pâlit, chancela et glissa inanimée sur le parquet. Raoul se précipita pour la relever et la prendre dans ses bras. Terral, la tête plongée dans ses deux mains, semblait insensible à tout ce qui se passait autour de lui. Au lieu de la prose énergique et fière d'un homme irrité qui vient d'accomplir un acte de vengeance, on pouvait remarquer en lui cet abattement qui suit la consommation d'un grand et pénible sacrifice. Lorsque Alice commença à reprendre ses sens, Terral dit au jeune sculpteur : — Il est nécessaire, monsieur de Vaumeillan, que j'aie avec Alice un dernier entretien... et je crois convenable pour tous trois que cet entretien n'ait pas lieu devant vous.

— Laissez-moi... laissez-moi seule avec lui ! — dit Alice d'une voix mourante.

— Non ! — s'écria Raoul avec exaltation, — je ne vous abandonnerai pas au pouvoir d'un homme qui vous a si cruellement torturée : je resterai ici pour vous protéger, pour vous défendre.

— Restez donc, — dit Terral avec résignation ; — mais croyez bien que ce n'est jamais contre moi qu'Alice aura besoin d'être protégée et défendue.

La jeune femme leva les yeux sur son mari, le regarda un moment et se retourna vers Raoul:

— Sortez, mon ami, — lui dit-elle, — sortez .... je vous en supplie... et au besoin je vous l'ordonne. — Raoul hésitait encore. — Quoique mes forces me permettent à peine de me soutenir, je suis prête à vous suivre, — dit-elle au maître de forges.

Monsieur de Vaumeillan comprit que ses instances seraient inutiles; il jeta un dernier regard sur Terral, comme pour sonder l'intérieur de son âme, et se décida enfin à sortir.

Jacques était assis. Alice, qui s'était laissé glisser de son fauteuil, se tenait à genoux devant son mari, la tête cachée dans ses deux mains; sa voix faible et suppliante avait peine à articuler ce peu de mots :

— Je me reconnais coupable... humiliez-moi sous votre colère... n'ayez pas de pitié pour moi.

Bien que Terral eût fait preuve avec Raoul d'une modération héroïque, cependant l'homme blessé dans son orgueil et son affection s'était deux ou trois fois trahi, et son ressentiment, contenu avec effort, avait aiguisé à diverses reprises la pointe de l'ironie et du sarcasme.

Maintenant l'objet de sa colère a disparu, il ne reste plus que celui de sa pitié; sa parole est calme, et sa voix n'a plus rien d'âcre ni de menaçant.

— Moi aussi, je suis coupable,— dit-il doucement. —Ce qui est arrivé, c'était à moi de le prévenir. Je ne devais point écouter une passion insensée, et nouer des liens que la raison condamnait. Votre bonheur dans cette triste union était aussi impossible que le mien; tous deux nous avons souffert, tous deux nous souffririons bien plus encore; c'est une situation qui ne peut, qui ne doit pas se prolonger. J'ai cherché le moyen d'y mettre un terme; ce moyen, je l'ai trouvé; voilà ce que je suis venu vous expliquer sans colère, sans éclat. Acceptez ma proposition, vous y gagnerez votre liberté. Quant à moi, je n'espère pas y trouver mon repos, car mon cœur est brisé. — Terral, relevant Alice, la contraignit de se rasseoir.—Cette posture de suppliante ne vous convient pas en ce moment,— poursuivit-il,— car c'est par l'aveu de mes torts que doit commencer mon explication. Relevez donc la tête, madame, et ne craignez pas de rencontrer mon regard, puisque avant de vous adresser un reproche c'est moi qui vais m'exposer aux vôtres. — Alors Terral, remontant au jour où il était entré au service de monsieur de Favières, après avoir quitté le rude métier de vaquero ou dompteur de chevaux, dans la province d'Arispe, commença à faire à Alice le récit complet de sa vie, sans en omettre le moindre détail. Vivement intéressée par les divers épisodes d'une histoire qui était aussi celle de sa famille, Alice se laissa bientôt dominer par ses impressions, comme si le présent s'était tout à coup effacé pour faire place à un passé que depuis si longtemps elle brûlait de connaître; car jusqu'alors son mari ne lui avait donné que des renseignements vagues, incomplets et comme voilés d'un nuage. Lorsqu'elle entendit la peinture simple et touchante des vertus d'Élisabeth, de sa résignation, de sa tendresse que l'enfant que monsieur de Favières l'avait forcée d'abandonner, elle pleura. Puis quand Jacques raconta son dévouement pour cette sainte et noble femme, entraînée par l'élan de sa reconnaissance, oubliant le mari offensé, le juge redoutable, elle s'empara d'une de ses mains, qu'elle porta rapidement à ses lèvres. Enfin le récit de la mort de son père Gontran, disputant à son peon la gourde dont les dernières gouttes d'eau pouvaient ranimer l'existence d'Élisabeth, ce récit fit jeter à Alice un cri douloureux; pourtant elle ne trouva pas une parole d'indignation, pas un regard de haine pour le meurtrier involontaire. Mais cette première partie de son récit terminée, la parole grave du maître de-forges dissipa brusquement le rêve qui pour un instant était descendu s'interposer entre elle et la triste réalité de sa situation présente.— Lorsque le hasard,—continua Jacques Terral,—nous mit d'une façon si étrange en présence l'un de l'autre, je fus frappé d'abord de l'éclat de votre beauté; je fus touché plus vivement encore des nobles sentiments que je vis se révéler en vous au sujet de votre père adoptif, l'excellent Max Birmann, et dès ce moment je pris la résolution de dérober à votre connaissance tous les détails que vous venez d'entendre. Pourquoi, me demanderez-vous; pourquoi? C'est que je vous aimais. L'amour, Alice, quand il s'attaque au cœur d'un homme qui a atteint l'âge

de quarante ans, vierge de tous ses désirs, de toutes ses émotions, est une lave bien autrement brûlante et rapide que cette passion, souvent superficielle, aussi facilement rallumée qu'éteinte, dont la jeunesse se fait un jeu et un passe-temps. Pour moi désormais la vie était sans but si je ne vous obtenais pour femme, et j'avais la conviction que, si mon passé vous était connu, la descendante d'une noble famille ne trouverait que des paroles de mépris pour répondre à l'audace de l'ancien péon de son père. Il y avait d'ailleurs du sang entre nous, et, quoique je n'eusse pas à m'en faire honte, puisque je ne l'avais versé qu'en défendant la faiblesse contre la force, la résignation contre la cruauté, votre mère contre son bourreau, cependant je le voyais grossir et monter comme une marée et un obstacle infranchissable devant moi. J'eus donc un secret pour vous, Alice, il est vrai une grande faute. Je ne vous peindrai pas tout ce que j'ai souffert, obligé de m'observer dans toutes mes paroles afin de n'en point laisser échapper une seule qui pût vous mettre sur les traces de la vérité, redoutant à toute heure que la première circonstance venue ne fît tout à coup luire une lumière délatrice au milieu des ténèbres dont je prenais tant de peine à vous environner. Telle est l'explication de mon apparente froideur, résultat de cette gêne, de cette contrainte que j'étais incessamment obligé de m'imposer en votre présence. Vous cependant qui ne pouviez lire au fond de mon cœur, vous avez dû vous croire négligée, méconnue, vous avez dû me prendre en haine et regretter le lien rude et rigoureux qui attachait votre destinée à la mienne; puis un homme s'est présenté à vous avec toutes les séductions de la jeunesse et du talent, de la générosité et du courage. Vous avez rencontré en lui cet empressement, cet abandon, cette ardeur d'expressions qui me manquaient à moi, asservi que j'étais à mesurer toutes mes paroles et toutes mes actions. De cette comparaison a dû naître votre éloignement pour Jacques Terral, votre mari, votre amour pour Raoul de Vaumeillan, votre sauveur. Cela devait arriver, je le répète, naturellement, nécessairement. Ce n'est donc point vous, Alice, qui êtes la seule coupable, et je ne suis pas venu ici pour vous accabler d'une stérile colère et de vains reproches. Je suis venu pour vous indiquer la seule manière de sortir d'une situation dans laquelle il est impossible que nous restions, car il n'en resterait que le malheur pour vous et le déshonneur pour moi.

— Qu'ordonnez-vous, monsieur?—dit Alice d'une voix résignée; — je suis prête à vous obéir. Mais pourquoi, vous qui vous montrez maintenant si généreux, si grand, si plein de miséricorde pour la fille d'Élisabeth, l'avez-vous tout à l'heure reniée et outragée avec tant de dédain? Pourquoi avez-vous répondu à monsieur de Vaumeillan que je n'étais que votre maîtresse?

— Hélas! pauvre femme, — répliqua Jacques Terral,— c'est là une expiation qu'il vous faut accepter et que je ne saurais vous épargner. Vous n'avez pas compris mes paroles à Raoul, je vais vous les expliquer. Entre autres appréciations si naturelles à l'homme qui aime, je vous en ai signalé une, celle de vous voir repousser par un refus humiliant celui qui fut pour ainsi dire l'esclave de votre famille, l'ancien péon de monsieur Gontran de Favières. N'allez pas croire néanmoins que pour ce motif j'aie conçu le moindre mépris de moi-même. Non, Alice, je dirai plus: c'est qu'en voyant le point où je suis arrivé par la seule force de ma volonté, je suis glorieux au contraire d'être parti de si bas. Tout péon que j'aie été, je ne permettrai donc pas, puisque j'ai le pouvoir de l'empêcher, que mon nom subisse la tache d'une flétrissure. Vous n'étiez pas ma femme, ai-je dit à monsieur de Vaumeillan; il faut que dès aujourd'hui pour tous cette parole soit une vérité.

— Mais c'est un mensonge, — s'écria Alice avec stupeur, — un mensonge impossible!

— Non, madame, — dit le maître de forges avec un accent de résolution sévère; — les formalités que nous avons remplies pour nous marier en Allemagne devaient être renouvelées en France. Elles ne l'ont pas été, notre mariage est nul.

— Qu'osez-vous dire?

— Ce que vous confirmera le premier avocat que vous voudrez consulter.

Ce fut au tour d'Alice de ressentir un mouvement d'indignation.

— Vous saviez cela, monsieur, et cependant vous me laissiez dans l'ignorance d'une position qui m'abaissait ici au rang de votre maîtresse; vous ne vous occupiez pas de me rendre la place qui m'était légitimement due!

— Pardon, — répondit Jacques Terral avec simplicité. — Cette régularisation avait été précisément la principale cause de mon absence; elle devait avoir lieu dans huit jours, et j'avais même arrêté le plan d'une fête que je comptais vous donner à cette occasion. Il est heureux pour vous autant que pour moi que ce projet n'ait pas encore reçu son exécution. Quand vous serez loin du pays où vous êtes connue seulement de quelques ouvriers dont la vie est pour ainsi dire rivée à ma forge, de quelques paysans dont toute l'ambition est de reposer dans le petit coin de terre qu'ils ont dès l'enfance arrosé de leurs sueurs, de quelques insouciants habitants de la ville qui vous ont entrevue dans une soirée de la préfecture, qui pourra jamais soupçonner que vous avez pendant plusieurs mois courbé votre tête sous un joug détesté, comme disent les poètes tragiques, ou, pour parler plus bourgeoisement, que vous avez impatiemment porté le nom d'un homme que vous n'aimez pas?

— Ah! monsieur,—dit Alice, — j'aimerais mieux trembler à vos pieds sous le poids de votre juste colère que de vous entendre me parler avec cette indulgence dédaigneuse.

— Vous vous retrouverez libre, complètement libre, — ajouta Terral; — c'est là l'idéal que rêvent toutes les jeunes femmes avides d'air et d'espace, et qui usent leur jeunesse à ensanglanter leur front contre les barreaux de cet odieux cachot qu'on appelle le mariage; vous suivrez sans crainte, sans remords, l'impulsion de votre cœur, qui ne saurait vous égarer et vous tromper, et qui vous guidera infailliblement au bonheur souhaité; le temps passé près de moi n'aura été qu'un mauvais rêve bientôt effacé par un heureux réveil. Cependant l'avenir ne tient pas toujours ce qu'il promet; si vous voyiez jamais à s'assombrir, Alice, ne bannissez pas tout à fait de votre mémoire le nom d'un homme dont l'appui vous est assuré en quelque lieu, en quelque temps, dans quelque situation qu'il vous convienne de le réclamer.

— Jamais, monsieur. — dit fièrement la fille d'Elisabeth en se levant; et elle fit un mouvement pour se retirer.

— Disposez de tout le temps qui vous paraîtra nécessaire pour vos préparatifs de départ, — dit Jacques Terral. — Ne craignez point que je vous importune de ma présence. J'ai un appartement à la forge, celui que j'occupais avant mon voyage en Allemagne; j'y resterai jusqu'à ce que vous soyez partie.

— C'est inutile, monsieur; je ne rentrerai pas sous ce toit dont vous m'avez exilée.

— Où irez-vous? — demanda Terral avec sollicitude.

— Je ne sais.

— Sortir à cette heure, sans vous être assuré un asile, c'est impossible.

— Ne m'avez-vous pas dit, monsieur, que j'étais libre?

— J'espère que la réflexion, meilleure conseillère, vous inspirera un parti plus sage; je vous laisse donc y songer avec plus de calme, et c'est moi qui me retire. Adieu, Alice; votre souvenir ne s'effacera jamais de mon cœur. Veuillez le ciel vous protéger assez pour que vous n'ayez jamais lieu de regretter la retraite du forgeron et les solitudes des Ardennes!

Et Terral s'éloigna en effet, tandis qu'Alice, stupéfaite,

étourdie comme sous l'empire d'un rêve, anéantie par tant d'émotions, le regardait machinalement sans oser faire un geste pour le retenir, sans oser lui adresser une parole d'adieu.

Elle resta longtemps ainsi, sans faire un mouvement, sans avoir une pensée; elle semblait être une de ces statues qui meublaient l'atelier du sculpteur.

Lorsqu'elle sortit de cette espèce de léthargie, son regard tomba sur celui de Raoul, à genoux devant elle et baisant ses mains glacées pour les réchauffer. Tout à coup son cerveau s'exalta, la fièvre empourpra son visage, sa voix prit l'accent du délire:

— Raoul, tu m'aimes tu me l'as juré! — Le jeune homme pressa ses mains et la regarda avec inquiétude. — Tu m'aimes, n'est-ce pas? Oh! répète-moi que tu m'aimes, car ma vie n'a plus d'autre but, d'autre excuse, d'autre pardon que ton amour!... Si tu ne m'aimes pas, je serais la plus vile et la plus criminelle des femmes... Redis-moi bien vite que tu m'as redit mille fois tout bas...! que tu veux être à moi toujours, que partout avec moi tu seras heureux, que je serai le génie qui t'inspirera... Répète-le-moi pour que ta folie de place dans le monde... Raoul, tu me priais de fuir avec toi, l'autre soir, à l'étang des fleurs flottantes; et je refusais. Aujourd'hui, c'est moi qui te crie: Emmène-moi! emmène-moi!

— En peux-tu douter! — s'écria l'artiste en extase devant la charmante tête d'Alice que la douleur faisait resplendir d'une beauté nouvelle.

— Eh bien! fuyons! — poursuivit-elle vivement. — Emmène-moi loin de ce pays, n'y restons pas un jour, pas une heure, si c'est possible... Vois-tu, Raoul, il est impossible que j'y reparaisse, que j'y subisse la honte et le dédain. Emmène-moi bien vite! il n'y a pas une femme, pas celle du dernier ouvrier de la forge, qui ne puisse se croire le droit de me jeter l'insulte au visage... Je n'ai plus de nom... je n'ai plus de place dans le monde... Raoul, tu me priais de fuir avec toi, l'autre soir, à l'étang des fleurs flottantes; et je refusais. Aujourd'hui, c'est moi qui te crie: Emmène-moi! emmène-moi!

— Reviens à toi, mon Alice, — dit monsieur de Vaumeillan; — tes vœux ne sont-ils pas des ordres auxquels tu sais bien que je m'empresserai d'obéir? Demain, puisque tu le désires, nous partirons...

— Oui... demain... avant le jour... afin qu'il n'y ait pas de témoins de mon humiliation..., de mon abaissement.

Raoul s'était levé; il aperçut alors sur sa boîte de pistolets un portefeuille qu'il ne reconnut pas; il l'ouvrit. Son étonnement fut extrême en comptant des traites sur le trésor pour une somme de cent mille francs.

— Ne touche pas à ces papiers! — s'écria Alice, qui avait suivi ses mouvements d'un regard inquiet; — referme ce portefeuille... c'est une aumône, Raoul!... — Le jeune homme semblait ne pas l'entendre. On eût dit qu'une attraction magnétique fixait ses yeux fascinés sur les caractères magiques des précieux papiers. La jeune femme s'élança vers lui, et, s'emparant du portefeuille, qu'elle referma par un geste convulsif: — Ne comprends-tu donc pas c'est lui qui a laissé là cette fortune?... Appelle quelqu'un, mon ami; il faut qu'on reporte ce portefeuille à monsieur Terral, ce soir, à l'instant... Je ne veux pas qu'il puisse croire une heure que j'ai accepté cette marque d'une insultante pitié.

— Monsieur Terral a voulu me faire sentir, — dit Raoul, — que mon ciseau de sculpteur sera longtemps encore insuffisant à te conserver ces jouissances du luxe auxquelles sa fortune t'a habituée. Oh! je commence à craindre, Alice, que la mansarde de l'artiste ne te fasse peur.

— Non, tant qu'elle sera illuminée par l'amour, — reprit-elle; — mais toi, Raoul, toi qui aimes comme artiste tout ce qui est beau, riche et brillant, ne rougiras-tu pas de la modeste compagne lorsqu'elle sera vêtue de laine et d'indienne comme Denise?

— Oh! j'espère que tu ne seras pas longtemps réduite à cette misère, mon Alice! — s'écria le sculpteur. — Dieu sait pourtant, — ajoute-t-il en reprenant le portefeuille, — quand je puis espérer de tenir dans ma main une pareille somme due à mon travail ; le métier vaut mieux que l'art pour pouvoir couvrir d'un cachemire les épaules de sa bien-aimée.

Puis, ayant appelé Deniso, qui rôdait autour du pavillon en attendant sa maîtresse, il lui donna l'ordre d'aller remettre le portefeuille au maître de forges ; mais il ne put dissimuler complétement ni la brusquerie de son geste ni le pli creusé sur son front par un sourd mécontentement.

Le lendemain, Alice et Raoul avaient quitté les Ardennes et se dirigeaient vers Paris, où le sculpteur espérait consacrer rapidement sa réputation de grand artiste, et fonder sa fortune sur l'engouement si souvent reproché au public de la Babylone moderne.

NOTE.

Ici se termine la première partie de notre récit, qui ne forme que l'exposition du drame trop réel que nous a raconté un des meilleurs amis de monsieur Raoul de Vaumeillan. Dans la seconde partie, nous profiterons des notes, des lettres et des documens qui nous ont été confiés (sous la seule réserve de changer les dates et les noms des véritables personnages) pour développer la pensée morale qui ressort naturellement de l'impression produite sur tous les esprits sérieux qui ont connu la touchante histoire de Madame Terral. Cette pensée a été indiquée et résumée par le titre général de ce roman, le *Vengeur du mari*. Nous souhaitons que notre impression soit partagée par les lecteurs, qui assisteront aux douloureuses conséquences d'une des plus fausses positions sociales témérairement acceptée et affrontée par deux êtres d'élite.

Nous serons d'autant plus hardiment consciencieux dans l'étude de ces crises douloureuses, que nous avons franchement abordé, dans un de nos précédens ouvrages, les *Mémoires d'un ange*, la grave question de l'état de servage infligé aux femmes par les lois qui régissent la société moderne.

Qu'on nous permette de reproduire ici quelques argumens de ce plaidoyer.

Certes, la femme n'est point condamnée en France, disions-nous, à l'encellulement rigoureux du gynécée antique ou du harem d'Orient. Nous lui permettons de fouler de son pied mignon l'asphalte du boulevard, sans être voilée et cachée derrière un mur vivant d'eunuques.

Nous ne sommes pas suffisamment Chinois pour mutiler ce joli pied en l'enchâssant dans des brodequins de fer : c'est une torture que nous laissons à la coquetterie le soin de leur faire adopter à l'âge de la première valse et des *yeux doux*.

Fût-elle coupable, nous ne cousons pas notre femme dans un sac avec un chat affamé et une vipère blessée, et nous ne la jetons pas en si mauvaise compagnie dans les ondes huileuses de la Seine.

Il n'est pas tout à fait nécessaire, pour que nous estimions une femme vertueuse, qu'elle passe ses jours à filer de la laine comme Lucrèce, et à étudier, en fait de littérature romantique, les procédés de la *fondue*, d'après Drillat-Sararin.

Nous ne reléguons même pas au rang des courtisanes des Impéria et des Phryné toute femme qui danse comme Taglioni, qui sculpte le marbre comme la princesse Marie ou madame de Lamartine, ou qui chante avec la verve incomparable de madame la comtesse de Sparre.

Mais cette tolérance n'est due qu'à l'indulgence des mœurs, dans certains hauts parages. On n'accueille la supériorité chez les femmes qu'à titre d'exception, et on ne l'admet que dans les arts de pur agrément, dans ce que le monde regarde comme des jeux frivoles et puérils.

Pour mieux se soustraire à l'influence des femmes, on a banni des salons ce perpétuel tournoi de l'esprit français, la conversation, dont elles tenaient si gracieusement le sceptre ; on a adopté les mœurs incultes et torpides des Anglais ; on fume, on joue, on parle chevaux. Bientôt les femmes seront obligées de se retirer au dessert.

On a inventé contre les femmes le club et le cigare. Les hommes ne sachant plus leur faire la cour, par suite de nos progrès politiques, ils feignent de les croire incapables de sortir de la question des modes et des chiffons, et les séquestrent dans le cercle tourbillonnant de la valse et la polka.

Les femmes ont une intelligence très subtile et très délicate des sentimens, des choses et des individus, un tact très supérieur à celui des hommes, une certaine générosité de cœur et une aptitude naturelle à s'exalter pour le beau et à se dévouer pour ce qui est faible et ce qui souffre, un tour d'esprit vif et comme électrique qui les rend plus facilement sympathiques que nous à tout ce qui est *bien*.

Toutes les femmes sont un peu poètes par l'imagination, anges par le cœur et diplomates par l'esprit. Ce n'est pas nous qui leur en remontrerons jamais en fait de goût, d'élégance et de distinction.

Ces qualités ont servi à la gloire de toutes les époques où les femmes n'ont pas été tenues dans un état d'asservissement et de minorité exagéré. Les prétendues *Précieuses* de l'hôtel Rambouillet ont contribué à fixer notre langue. Alain Chartier et Milton ont dû l'éveil et l'encouragement de leur génie au baiser dont les reines effleurèrent leur front endormi.

Que de femmes supérieures ont contraint le monde à croire à la capacité factice de leur mari, tandis qu'elles se cachaient modestement à l'ombre de cette auréole.

Toutes les vertus des femmes sont bien à elles ; leurs vices sont de notre façon, nous les leur enseignons ; elles obéissent à leurs professeurs.

Nous nous plaignons de leur fausseté, et nous leur défendons, dès leur berceau, les élans du cœur, sous prétexte de décence et de bienséance.

Nous les accusons de frivolité, et nous leur interdisons toute autre science que celle de l'aiguille et du ménage.

Nous les trouvons coquettes et avides du bal, elles qui n'ont que ce seul rayon de plaisir et de liberté, elles que les convenances enferment rigoureusement au logis du moment qu'elles ne s'appuyent pas sur le bras d'un père ou d'un mari, tandis que nous jouissons de la plus entière et la plus illimitée liberté, que le monde extérieur nous est tout grand ouvert, depuis le pavé de la rue jusqu'au pont des vaisseaux, depuis la stalle d'Opéra jusqu'à la table de marbre des cafés, depuis le salon littéraire et le cercle jusqu'au Ranelagh et à la cavalcade emportée dans les allées du bois.

Qui a jamais songé à faire la part du vide immense que ces heures d'action extérieure comblent chez l'homme, et qui ne peut être rempli chez la femme que par la rêverie, ce dangereux compagnon de la solitude, ce complice de l'amour.

C'est en vain que quelques écrivains damerets ont essayé de donner aux femmes le goût de leur état à l'aide de paradoxes insidieux.

Ils leur ont assuré que l'empire des grâces et des vertus de la femme, auquel tous les hommes sont soumis, excédait de beaucoup en compensation quelques misérables droits sociaux dont l'institution universelle l'a privée.

Ils plaident, disent-ils, pour l'idéal des femmes qu'on leur propose de sacrifier à une sotte réalité, et ils leur conseillent de ne pas se laisser couper les ailes.

Les femmes ne se sont pas laissé leurrer par ces exhortations romanesques, car elles s'ennuient de leurs jupes, comme des dieux scellés à leur autel par des guirlandes de fleurs qui cachent des barres de fer s'ennuient de l'encens qui les enfume, et elles ont raison.

Elles n'ont que trois ressources pour se dédommager : dans leur jeunesse, l'*amour;* plus tard, la *maternité;* et, quand elles ne sont plus femmes que de souvenir, la *dévotion.*

A coup sûr, nous ne prêchons pas pour la femme libre. Nous ne tenons pas à ce que les femmes montent la garde et nous portent les armes. Nous ne réclamons pour elles ni la cuirasse, ni la toge, ni la truelle. Nous voudrions au contraire ne pas voir nos paysannes travailler à la terre avec leur enfant sur le dos, vouées à un labeur plus rude que celui des négresses des colonies.

Nous devrions laisser aux peuplades sauvages, aux Caraïbes, aux Hottentots cette coutume tyrannique d'imposer au sexe le plus faible toutes les fatigues et tous les travaux. Chez eux la femme qui vient d'accoucher se relève de sa douleur pour faire sa corvée, tandis que l'homme se couche et reçoit tous les soins et toutes les congratulations.

A Paris, l'industrie ne produit-elle pas des monstruosités aussi révoltantes? la boutique et l'atelier n'absorbent-ils pas la vie, la santé et l'intelligence d'une foule de pauvres femmes qu'un vil et illusoire salaire cloue aux tâches les plus abjectes?

La femme du peuple n'a guère un mari que pour la battre et lui voler son misérable gain, ce qui est la manière de protéger leurs femmes la plus usuelle chez les hommes des classes déshéritées de patrimoine et d'éducation.

Cependant nous n'en sommes plus au temps où les conciles s'assemblaient pour discuter sur cette grave question, à savoir si les femmes avaient une âme et si elles faisaient partie de l'espèce humaine.

Tout ce que nous réclamons, c'est un peu d'égalité dans les droits individuels de l'homme et de la femme, c'est que la femme ne soit pas tellement écrasée sous la main brutale de son soi-disant maître, qu'il souffre injustement toutes les tortures, qu'il soit garrotté de tous les liens, encagé de tous les barreaux, flagellé de toutes les humiliations de la servitude.

N'est-ce pas une chose étrange que la loi, cette sauvegarde abstraite, protège le fort et délaisse le faible?

Si l'homme a les épaules plus larges, les bras plus vigoureux, le cœur plus vaillant, l'intelligence plus vaste et plus sérieuse, s'il a la domination de fait, pourquoi l'armer de tant de garanties contre la femme? et pourquoi désarmer cette créature chétive, la dépouiller du droit de vivre et de compter par elle-même, l'addition-

ner comme une chose faisant partie de la propriété de l'homme?

Mais cette chose, encore une fois, est une âme, une âme souvent supérieure à celle que vous lui imposez non comme compagne, mais comme souveraine.

Souvent vous associez à quelque épais butor, invalide de la galanterie, sot prétentieux, cupide promoteur de châteaux en Espagne, une pauvre jeune fille gardée sous les baisers maternels, pleine d'espoir dans la vie et le cœur tout prêt à aimer, car Dieu, en la faisant si belle, si candide et si sympathique, lui a dit à l'oreille : Tu aimeras et tu seras aimée.

Mais cet homme n'a voulu de cet enfant que sa fortune, et il l'oublie, elle, pour quelques intrigues ou quelques habitudes vulgaires.

Cependant que cette femme vienne à aimer le Clitandre aventureux ou le Chérubin timide qui passera sur le chemin de ses rêves, et que le mari lui-même fera dîner à sa table chaque jour comme l'*ami de la maison,* voilà une femme coupable d'un crime si monstrueux que son mari a sur elle droit de vie et de mort.

Mais que ce mari la trompe, qu'il prodigue sa fortune, celle de sa femme et de ses enfans à cette maigre danseuse qui pirouette sur des piles de louis et qui allume ses bougies avec des billets de banque, qu'il promène triomphalement sur les coussins de sa voiture cette maîtresse banale et insolente, qu'il jette à son cou les colliers qu'il glisse à son doigt les bagues de diamans, qu'il fasse étinceler sur son bras fardé de blanc les bracelets de sa femme qui reste solitaire au logis, comptant les heures froissant les protêts dans ses mains amaigries, pleurant sur le berceau de son nouveau-né, endurant les humiliantes menaces des créanciers et les douceureuses politesses des huissiers; eh bien ! nous le demandons, quels seront les droits de cette femme, de cette mère, contre ce mari qui a violé tous ses sermens, contre ce père dénaturé qui a volé ses enfans?

Il est honteux de le dire, mais c'est ainsi. La femme qui trahit la foi jurée est une femme adultère; elle risque, par sa folle passion, ce terrible enjeu, la vie. A chaque baiser de son amant, elle a pu sentir le tube d'un pistolet s'appuyer sur son front, l'éclair d'un poignard luire à ses yeux humides d'amour et défians de terreur; il y a quelque poésie, quelque grandeur dans son crime que la bassesse et l'ignominie de son époux excusent trop souvent.

Mais le mari qui délaisse, qui ruine, qui vole, qui humilie, qui torture sa femme par ces mille insultes, par ces lâches outrages, que les murs domestiques entendent seuls, n'a rien à craindre de la justice humaine.

Il use de son droit légitime.

Ne soyons donc pas surpris que la femme traitée en esclave ait parfois recours à la ruse et à la trahison, ces armes de tout esclave et de tout faible opprimé.

Le nègre aide lui-même à pendre son père ; il tend en souriant ses épaules au rotin du commandeur; il fouette lui-même son enfant condamné avec le sang-froid du bourreau. Mais six mois après les troupeaux du maître sont frappés d'une épidémie mortelle ; mais un an après l'incendie dévore les plantations de cannes à sucre et le *hatto* du maître ; mais cinq ans après, un serpent se glisse invisible jusque dans le hamac de la fille du maître, l'étreint de ses anneaux glacés, et pique sa veine du venin dont on meurt en quelques heures.

Les femmes n'usent guère de vengeances aussi mélodramatiques, mais elles en ont une non moins terrible leur service, grâce à notre vanité bien plus susceptible que notre amour. La vanité seule est jalouse dans le cœur de l'homme ; l'amour est crédule et confiant.

Rien n'est équitablement partagé dans la destinée de l'homme et de la femme : pour celle-ci, la séduction est un déshonneur, pour celui-là, c'est un triomphe, un succès qui lui fait des envieux.

Une jeune fille se laisse prendre aux niaises et sublimes crédulités de l'amour ; elle est pauvre, orpheline, sans appui, sans conseils, sans lumières. Au milieu des songes dorés de son imagination, du trouble de son cœur, qui palpite comme l'oiseau mettant pour la première fois la tête hors du nid, passe un beau fils désœuvré qui a besoin de se distraire.

Cet homme n'est pas un ignorant, lui ; il a l'expérience du monde, il sait qu'il ne risque qu'un peu de temps perdu, tandis que cette jeune fille dont la joue rougit déjà à son regard, dont les yeux se voilent et se détournent, dont la main tremble, dont les lèvres balbutient en lui répondant, va donner, pour l'oubli et le mensonge d'une heure, sa vie entière, son avenir, son honneur, l'estime de tous.

Eh bien ! la voix de cet homme promet à l'enfant confiante un horizon de bonheur et d'amour, et il ment ; il feint de souffrir pour elle, et il ment.

Par amour, par folie, par pitié peut-être, cette pauvre créature succombe, heureuse de pouvoir tant donner, dans sa misère, à cet amoureux si noble, si passionné, à ce frère d'âme qui lui fait oublier toutes ses veilles douloureuses et qui a résumé pour elle toutes les joies rêvées.

Deux jours après, plus d'amoureux. Notre homme est un Don Juan qui se fait un sérail de mansardes. Mais la jeune fille est mère ; elle a peur de la honte, de l'abandon, du mépris, de la pierre et du sarcasme que chacun va lui jeter. Elle est folle ; elle embrasse son enfant, elle pleure sur lui des larmes de sang, elle l'étreint, elle le tue. Cette fille est une infanticide ; elle est coupable du plus grand crime qu'il soit donné à une femme de commettre ; elle doit mourir. La loi frappe avec le couteau de la guillotine ; c'est bien.

Mais cet homme qui, lui aussi, lui surtout, a tué son enfant, ce complice, ce provocateur du crime, ce vrai coupable, que lui fait-on ? On le regarde, on sourit, on se dit à l'oreille : C'est un gaillard, un roué, un Richelieu !

S'il est riche, dix pères de famille cherchent à l'accaparer pour leurs filles chastes et pures. Mon Dieu ! n'a-t-on pas vu des procureurs du roi requérir la condamnation de filles prévenues d'infanticide, dont ils étaient les séducteurs ?

Le sort des filous et des forçats n'est-il pas plus doux mille fois que celui des femmes tombées dans le gouffre fétide de la prostitution, et qui souvent y glissent par le manége et l'astuce d'odieux entremetteurs, quand elles n'y descendent point par la volonté brutale d'un père ou d'une mère sordides qui calculent l'entretien de leurs vices sur l'infamie de leur enfant.

Beaucoup d'écrivains se sont plu à mettre en relief les défauts des femmes pour les faire contraster avec de nobles qualités qui les compensent presque toujours, et surtout sans tenir compte des mauvaises influences de l'éducation nulle, frivole ou maladroite qu'on leur donne et de la position sociale triste et fausse qu'on leur fait.

Nous avons essayé, pour notre part, de montrer la femme sous son véritable jour, c'est-à-dire avec ses fai-

blesses et sa constante jeunesse de cœur, mais aussi avec ses vertus, ses résignations patientes et son dévouement absolu pour celui qu'elle aime ou qui souffre.

Jamais la femme n'abdiquera entièrement son cœur et n'en fera toute sa vie un marchepied de lucre et de fortune.

La courtisane la plus dépravée ne sacrifiera pas un seul instant son amour à une pensée cupide. Du moment qu'elle aimera, elle brûlera son palais bâti par le vice pour s'enfermer dans une mansarde avec son amant, s'il ne veut d'elle qu'elle-même. Sans remonter jusqu'aux Phrynés antiques, nous rappellerons que, en plein dix-huitième siècle, mademoiselle Duthé elle-même, la plus légère, la plus froide, la plus capricieuse, la plus prodigue, la plus corrompue des *impures*, quitta les princes et les traitans pour se cloîtrer sans feu et presque sans pain pendant six mois avec le menuisier Gervais, dans un triste réduit de la montagne Sainte-Geneviève. Elle ne se sentit vivre que pendant ces six mois-là.

La femme sait *aimer*, tandis que les hommes ne savent guère qu'*adorer ;* elle compte facilement pour rien tous les liens égoïstes qui la rattachent au monde et la séparent de l'être aimé ; elle croit en lui comme on ne doit croire qu'en Dieu, cet amant qui ne trompe jamais les cœurs blessés du trait de flamme ; elle pense que vivre, c'est aimer et se dévouer, c'est-à-dire vivre en une autre âme et pour elle.

Chose étrange ! l'amour est si peu connu qu'on le confond sans cesse avec la passion ; or, l'amour est bien le revenant de La Rochefoucauld dont chacun parle sans l'avoir jamais vu, tandis que les anecdotes de la passion défrayent le roman et l'almanach de temps immémorial.

Souvent les femmes se croient aimées de l'homme, qui les désire ardemment parce qu'elles sont belles, riches, élégantes, haut placées, difficiles à obtenir ; parce qu'ils sont, eux, ambitieux, emportés de tempérament, opiniâtres ou absolus dans leur volonté ; parce qu'ils feront pour elles des *folies*, parce que pour elles ils risqueront leur vie, s'ils sont braves et téméraires, comme ils l'eussent risquée pour un pari, ou qu'ils se ruineront, s'ils sont prodigues et même parfois quoiqu'ils soient avares.

Les femmes tiennent compte à un amant de cette fougue, de cette persistance, de ces extravagances dues à des mobiles si divers.

Cependant la passion n'est presque jamais compatible avec l'amour ; elle est aussi variable que l'amour est constant. C'est un sentiment tout extérieur, vaniteux et personnel, essentiellement en dehors de la femme aimée, laquelle lui sert de mobile et de prétexte, voilà tout.

Des danseuses, des actrices, des chanteuses, c'est-à-dire les femmes les plus détachées de l'ombre et du mystère que veut l'amour, celles qui distribuent le plus à la foule ce que leur beauté, leur talent, leur grâce, leur sourire ont de plus précieux, voilà celles qui ont toujours inspiré les plus furieuses passions, mais qui ont été le plus rarement aimées.

La passion surexcite l'amour-propre ; elle veut du bruit, de l'éclat, de l'envie autour d'elle ; elle veut être regardée, elle pose.

L'amour au contraire veut la retraite, le banc de mousse adossé au vieux mur tapissé de lierre, la solitude sous les chèvrefeuilles, l'étroit balcon de bois tremblant sous les volubilis et les capucines, où le silence est si grand que deux cœurs s'entendent battre, où l'espace est si petit que les lèvres se rencontrent forcément.

Comme l'histoire de madame Terral le prouvera une fois de plus, chez l'homme l'amour ne vit guère que par le drame, le danger, l'obstacle, le désir, le rêve.

Quand l'amoureux peut entrer patriarcalement par la porte au lieu de se glisser à la sourdine par la fenêtre dans la chambre de sa bien-aimée, quand il n'a plus de murailles à escalader, d'échelles de soie à lancer au balcon, quand il voit l'ange de ses songes emprisonner dans un bonnet de nuit les ondes de ses cheveux, surveiller le rôti ou additionner le compte de la blanchisseuse, il peut encore, à l'état de mari, aimer en elle la mère de ses en-fans; à l'état d'amant, il ne reconnaîtra plus en elle sa maîtresse, mais une chaîne lourde et irritante qui le sépare du monde. Le rêve s'est éclipsé, le désir est assouvi et l'homme est inconstant.

Le cœur de la femme s'épanouit et son affection grandit sous les baisers ; celui de l'homme se lasse et se glace dans cette douce épreuve. Il n'aime ardemment que l'amour qui tente et qui fuit ses lèvres.

Il risque sa vie pour atteindre le fruit vermeil, et dès que sa main l'a touché, il le rejette dédaigneusement comme s'il était amer et plein de cendres.

FIN DU VENGEUR DU MARI.

TABLE DES CHAPITRES CONTENUS DANS CET OUVRAGE.

Paris. — Imprimerie J. Voisvenel, rue Chauchat, 14.